TatortOst

Stefan B. Meyer, Jahrgang 1963, arbeitete bis 1987 als Baumonteur am »Aufbau des Sozialismus«. Später folgten Tätigkeiten als Gerüstbauer, Zimmermann, Pizza-Fahrer und Hausmann. Inzwischen ist er Freiberufler und lebt mit Frau und Kindern in Leipzig. Dies ist sein erster Krimi.

Die Reihe »TatortOst« bietet fesselnde Krimis mit Handlungsschauplätzen in Deutschlands »Osten«. Von Dresden über Leipzig, durch die Altmark bis Berlin und an die Ostsee ziehen dunkle Verbrechen Liebhaber des Nervenkitzels in ihren Bann.

Mehr im Internet unter www.tatortost.de

Wie in Schigago

Ein Dresden-Krimi

Stefan B. Meyer

Mitteldeutscher Verlag

Originalausgabe

Umschlaggestaltung und -typographie: Katja Zumpe
Umschlagfoto: Egbert Merforth
Printed in the EU
ISBN 978-3-89812-474-4
www.mitteldeutscherverlag.de

Für meine drei Mädchen

1

Es war Donnerstagnachmittag. Ich befand mich im Foyer einer der unzähligen Dresdner Villen, die zu klein waren, um protzig zu wirken und deren Lage nicht exklusiv genannt wurde, weil man von keinem ihrer Fenster aus die Elbe sehen konnte. Das Haus gehörte einem Rechtsanwalt, der unter anderem als Syndikus für eines der High-Tech-Unternehmen arbeitete, die in den letzten Jahren von der Landesregierung hierher gelockt worden waren.

Eben hatte ich die Abdeckstreifen von den Kanten entfernt und die letzten Schmutzspuren meiner Arbeit beseitigt. Ich lehnte mein Hinterteil an den Flügel, rauchte und sah aus dem Flurfenster auf den zu einem Parkplatz umfunktionierten Garten der benachbarten Villa hinaus. Aus einem der Nebenräume drang das monotone Gedudel eines Radiosenders gedämpft hinter der hohen Jugendstiltür hervor.

Einen Teil meines Lebensunterhaltes verdiene ich mit handwerklichem Geschick. Der Anwalt hatte mich engagiert, um sein Foyer mit einem Rauputz zu versehen, der zum Holz der Treppe, Türen und Fensterrahmen, zum Sandsteingesims und zum Fußboden aus sächsischem Porphyr passen sollte. Nachdem ich ihn überredet hatte, für die Zukunft den gelblastigen Baselitz in eines der Zimmer zu verbannen und die böhmische Kristallvase vom Flügel verschwinden zu lassen, war ich zuversichtlich ans Werk gegangen; nun betrachtete ich meine Aufgabe als erledigt.

Ich drückte die Kippe in die leere Streichholzschachtel, wartete, bis die Glut erkaltet war, und warf beides in die Mülltüte. Die Tür neben mir wurde geöffnet, und zusammen mit dem Redeschwall eines Radiomoderators kam die Frau des Anwalts heraus und reichte mir lächelnd einen hübsch geformten Telefonhörer. Mit ihrer Erlaubnis hatte ich meine Anrufe hierher umleiten lassen. Es schien ihr Spaß zu machen, ein wenig Abwechslung in ihre Rolle als lebendiger Teil der Einrichtung zu bekommen.

»Telefon für Sie«, sagte sie und rollte mit den Augen, als ich ihr den Hörer abnahm und dabei ihre Hand berührte. Sie hatte mir in den letzten drei Tagen schon einige bedenklich hemmungslose Blicke zugeworfen.

»Hans Staiger«, meldete ich mich.

»Detektiv Hans Staiger?«, kam es vom anderen Ende, und bevor ich antworten konnte: »Mein Name ist Müller, Lothar Müller. Ich benötige Ihre Dienste in einer, sagen wir ... fachkompetenten Angelegenheit.«

Ich überlegte, wo der Unterschied zwischen Kompetenz und Fachkompetenz liegen könnte. »Was für ein Fach?«, sagte ich. »Und woher haben Sie meine Nummer?« Ich stand in keinem Telefonbuch, schon gar nicht unter den Detektiven.

»Die Nummer habe ich von Herrn Schommer. Er hat Sie mir als Fachmann in puncto Ermittlungen am Bau genannt. Ich habe mich schon seiner Hilfe bedient, aber unter seinen Angestellten ist niemand mit derartigen Fähigkeiten.«

Schommer also. Den hatte ich fast vergessen. Dass er sich so ausdrückte, wenn er keine Lust hatte, war mir neu. Heinz Schommer war ein ehemaliger leitender Bankangestellter aus Westfalen-Lippe, der sich vor ein paar Jahren hier im Osten als Detektiv selbständig gemacht hatte. Zunächst allein, mittlerweile beschäftigte er fünfzehn Angestellte. Als ich ihn kennenlernte, arbeiteten wir beide an derselben Diebstahlgeschichte, ohne voneinander zu wissen; ich hielt ihn damals für einen Komplizen der Diebe und stellte ihn in einem Fahrstuhl recht ruppig zur Rede, was zur Folge hatte, dass wir danach gemeinsam ein Hühnchen mit unserem Auftraggeber rupften. Seitdem schwor Schommer auf meine investigativen Fähigkeiten, er hatte mir angeboten, in seine Firma einzusteigen. Ich lehnte ab, arbeitete aber manchmal für ihn an kleineren Aufträgen, allerdings lag der letzte schon über ein halbes Jahr zurück.

»Fähigkeiten«, sagte ich. »Können Sie etwas genauer werden oder wollen Sie das am Telefon nicht? Wenn Sie mir sagen, wo ich Sie treffen kann, könnte ich in etwa zwei Stunden dort sein.«

»Letzteres bezweifle ich, deshalb rufe ich an. Es handelt sich um eine Angelegenheit, die keinen Aufschub duldet. Wenn Sie den Auftrag übernehmen sollten, müssten Sie am Montag anfangen. Da ich allerdings nicht vor Ende übernächster Woche in Dresden sein kann, würde ich Sie bitten, hierher zu kommen, um die Einzelheiten zu besprechen. Ich wohne am Bodensee.«

»Bodensee?«, entfuhr es mir. Süddeutscher Akzent war in Dresden schon so etwas wie eine Amtssprache geworden, jedenfalls in höheren und gehobenen Diensten, trotzdem überraschte es mich, einen Anruf direkt aus dem Herkunftsland zu erhalten.

Die Frau des Anwalts hatte die Arme verschränkt und lehnte dekorativ im Türrahmen. Die ganze Zeit hatte sie mir ungeniert zugesehen. Bei Bodensee nickte sie mir aufmunternd zu.

»Sie bekommen natürlich Ihre Auslagen voll ersetzt«, sagte Müller, »selbst wenn Sie ablehnen sollten.«

»Also gut. Ich fahre morgen Vormittag los. Wenn Sie mir noch die Adresse geben würden. Einen Moment bitte.« Die Anwaltsgattin war sehr aufmerksam. Ich hatte den Satz kaum beendet, als sie Notizblock und Stift neben mir auf dem Flügel ablegte und sich wieder in ihren Türrahmen zurückzog. Ihr Lächeln war eine Spur zu herb für meinen Geschmack, aber es verstieß gegen keines der geschriebenen Gesetze.

Ich notierte die Adresse, wobei ich mir das meiste buchstabieren ließ. Müller verzichtete auf eine detaillierte Wegbeschreibung, mit dem Hinweis auf eine autofahrerfreundliche Infrastruktur.

»Bis morgen dann, Herr Staiger!« Er legte auf.

Er schien mehr als froh, dass ich kommen wollte. Ich war gespannt, was ihn dazu veranlasste, mich und meine Fachkompetenz etwa siebenhundert Kilometer für ein unverbindliches Gespräch zurücklegen zu lassen. Ich riss den beschriebenen Zettel vom Notizblock und zog meine Zigaretten aus der Hosentasche.

»Sie fahren zum Bodensee?«, sagte die Frau des Anwalts, stieß sich vom Türrahmen ab und kam auf mich zu. Außer ihren lächelnden Lippen war alles ziemlich dünn an ihr, und sie bewegte sich leger wie eine professionelle Müßiggängerin. Sie trug eine leichte Leinenjacke, schwarze Leggins und spitze rosarote Hausschuhe, die in einem interessanten Kontrast zu dem harten Steinboden standen. Sie schielte auf meinen Zettel.

»Schon mal gehört?«, sagte ich und hielt ihn so, dass sie besser lesen konnte.

»Aber sicher«, antwortete sie und kräuselte leicht verächtlich den Mund. »Oberschwaben, aber auf der anderen Seite.«

Ich wusste, was sie meinte. Trotzdem hob ich die Augenbrauen und gab meinem Gesicht einen fragenden Ausdruck. Sie sollte ruhig noch einmal erzählen, dass sie aus Bayern kommt, offenbar tat ihr das gut.

»Wir«, begann sie, »mein Mann und ich, kommen aus Bayern. Und das da …«, sie tippte auf den Zettel, »ist Württemberg.« Es musste da Qualitätsunterschiede geben. Oder welche haben, wie der Schwabe sagt. »Geben Sie mir auch eine?« Jetzt zeigte sie auf meine Zigaretten.

»Bedienen Sie sich.«

Sie schnipste sich eine heraus und ich gab ihr Feuer.

Sie zog, nahm die Zigarette aus dem Mund, warf den Kopf zurück und blies den Rauch in Richtung Decke. Die Wölkchen lösten sich irgendwo auf halber Höhe auf.

»Arbeiten Sie oft als Detektiv?«

»Nur gelegentlich.«

»Und warum, wenn man fragen darf? Wegen des Geldes?«

»Vor allem deswegen.« Ich trat einen halben Schritt zurück, um aus dem engen Bereich herauszukommen, der die Härchen in meiner Nase vibrieren ließ, wenn sie redete. Sie quittierte es mit einem breiten Lächeln und einem spöttischen Blick.

»Haben Sie Angst, ich könnte Ihnen zu nahe kommen?«

Ich holte die Streichholzschachtel wieder aus der Mülltüte und benutzte diese Gelegenheit, noch etwas mehr Luft zwischen uns zu bringen. »Angst nicht. Aber Sie könnten mir trotzdem zu nahe kommen.«

Sie lachte. Ganz hinten sah ich ein paar tadellos gemachte Goldkronen. Oben und unten. Sie war fast einen halben Meter kleiner und ich hatte einen Ausblick wie ein Uhu auf ein Kaninchennest. Anstandshalber lächelte ich, schließlich hatte sie mir nichts getan.

»Wo wir gerade beim Geld waren«, sagte sie, nachdem sie sich beruhigt hatte. Sie holte ein Bündel neuer Geldscheine aus der Jackentasche und hielt es mir hin.

»Wir machen es so.«

So, das hieß bar, schwarz, steuerfrei.

»Ich schreib Ihnen auch gern eine Rechnung ...«

»Wozu?« Sie winkte ab. »Es würde doch nur teurer werden und Unbeteiligte mit hineinziehen.«

Ich zuckte mit den Schultern und steckte das Bündel ein. Ein großer Teil des Geldes würde früher oder später über die Mehrwert-, Benzin-, Tabak-, Alkoholsteuer und so weiter sowieso das Finanzamt erreichen.

»Wollen Sie nicht nachzählen?«

»Nicht nötig. Wenn es nicht stimmt, komme ich wieder und pfände die obere Etage.«

Diesmal zeigte sie nur die Schneidezähne und ein Stück Zunge. Dann drückten wir gleichzeitig unsere Kippen in der kleinen Schachtel aus, die ich in der Hand zwischen uns hielt. Es war unsere letzte gemeinsame Intimität für heute.

Ich warf die Schachtel in die Tüte, die Tüte über die Schulter und sah mich demonstrativ abschließend im Raum um. »Morgen ist der Putz trocken«, sagte ich und deutete mit dem Kinn zur Wand.

»Aha.« Sie schenkte mir einen Wir-sehn-uns-schon-noch-Blick, lief mit wiegenden Schultern zum Windfang und hielt mir die Tür auf.

Ich mogelte mich an ihr vorbei, ohne sie zu berühren, was nicht einfach war. »Wiedersehn. Grüßen Sie Ihren Mann!«

Sie nickte. »Man sieht sich.«

Ich verließ das Haus, packte die Mülltüte in den Kofferraum und stieg in meinen Wagen. Seit ein paar Tagen zeigte sich der Frühling von seiner besten Seite, die Sonne schien täglich, und die Gesichter der Leute hatten sich ebenfalls erhellt. Ich kurbelte das Seitenfenster herunter und atmete auf. Ich war zufrieden. In meiner Tasche steckte frisch verdientes Geld und vor mir lag vielleicht ein neuer Job.

Seit gut zehn Jahren schlug ich mich auf diese Weise durchs Leben. Das soziale Netz flatterte irgendwo fernab im rauen Wind und kein Arbeitgeber wurde von mir mit Nebenkosten gegeißelt. Die Einzigen, mit denen ich regelmäßig geschäftlichen Kontakt pflegte, waren meine Versicherungen und das Finanzamt. Dass nicht jeder verdiente Euro in der Steuererklärung auftauchte, betrachtete ich eher als eine Art Zwangsläufigkeit denn als bösen Willen oder gar persönlichen Erfolg. Man sollte nicht ein Haus beschießen und erwarten, dass die Bewohner gleichzeitig mit erhobenen Händen herauskommen. Jedenfalls nicht alle.

Ich knipste das Radio an und ließ mich von den Dire Straits mit »Where Do You Think You're Going« nach Hause begleiten. Ein Glücksfall, denn sonst hört man diese Art von Musik doch nur noch in einem der seltenen Features über die siebziger und achtziger Jahre. Ich nahm mir vor, für die morgige Fahrt in den Süden ein paar Kassetten einzupacken.

2

Am nächsten Morgen fuhr ich gegen 10 Uhr los, gute zweieinhalb Stunden, bevor – wie jeden Freitag – die Autolawine aus der Stadt rollte. Es gab noch immer eine Menge von Leuten, die nur ihre Werktage in Dresden verbrachten. Mit dem Unterschied, dass die Arbeiter die Stadt in Richtung Osten verließen, während die Akademiker gen Westen verdufteten.

Die Fahrt verlief glatt. Im Verkehrsfunk nannten sie nur Staus auf Strecken, die ich schon hinter mir hatte, und selbst auf der berüchtigten A 9 herrschte nur mäßiger Betrieb. Ich hielt an einem fränkischen Rasthof, um zu tanken und kurz nach drei fuhr ich einen sanften Abhang hinab und erblickte die Schweizer Alpen. Klar setzten sich Berge mit schneebedeckten Gipfeln vom tiefblauen Himmel ab und zu ihren Füßen bedeckte ein Dunstschleier den Bodensee.

Die kultivierte Landschaft glich einer Gartenbauausstellung und die Straßen waren so übersichtlich beschildert, dass sich nur ein nervöser Fahrschüler oder ein Ignorant hätte verirren können. Punkt halb vier parkte ich vor einer Einfahrt, neben der auf einem Messingschild groß und deutlich der Name Müller zu lesen war. Ein asphaltierter Weg wand sich einen mit knorrigen Obstbäumen bewachsenen Hügel hinauf, der den Blick auf das, was dahinter lag, versperrte.

Ich stieg aus, rekelte mich und zupfte an meinem Hemd herum, das mir am Rücken klebte. Ein herber, intensiver Geruch von frisch geschnittenem Gras hing in der Luft und die hiesige Vegetation war der in Dresden um mindestens eine Woche voraus.

Ich ging zum Tor, hängte meine Jacke über den Arm und drückte auf einen Knopf, der zusammen mit einem Lautsprecher in das Messingschild eingelassen war. Ich wartete.

Das Grundstück war zur Straße hin durch einen mannshohen, mit scharfen Spitzen besetzten, schmiedeeisernen Zaun geschützt – die beiden Torflügel waren noch etwas höher und noch etwas spitzer. Dahinter stand eine Laterne, von deren Mast mich das Auge einer Kamera anstarrte. Das Ganze erweckte nicht gerade den Eindruck einer Festung, schien jedoch solide genug gesichert gegen die im Grunde friedfertige Umgebung.

Ich drückte ein zweites Mal auf den Knopf, diesmal etwas länger. Nach etwa einer halben Minute knackte es und danach tönte ein kümmerliches »Ja, bitte?« aus dem Lautsprecher. Ich vermutete, dass es die Stimme einer Frau war.

»Hans Staiger aus Dresden«, sagte ich.

Wieder das Knacken. »Kommen Sie herauf«, sagte die Stimme.

Neben mir surrte es und dann sprang einer der Torflügel auf. Ich trat ein.

Als ich etwa vierzig Meter zurückgelegt hatte, konnte ich einen First erkennen und von nun an tauchte mit jedem Schritt ein weiterer Teil des Hauses auf. Es war ein in den Hang hineingesetzter, schnörkellos sachlicher, zweigeschossiger Betonbau mit einer weitläufigen Terrasse über den Garagen, ausladenden Fenstern in einer breiten, limonengrünen Fassade und einer breiten Front von Solarplatten auf dem Mansardendach. Vor dem Haus gab es eine kleine

Ebene, die zum größten Teil asphaltiert und von einem Steingarten gesäumt war. Neben den Garagen stand ein kleiner Renault und in der großen Eingangstür warteten eine Frau in Jeans und T-Shirt und ein hechelnder, schwanzwedelnder Irish-Setter.

»Guten Tag«, sagte ich.

»Grüß Gott«, antwortete die Frau. Sie hatte freundliche Augen, die mich aufmerksam musterten. »Ich bin Hanna Müller, mein Mann erwartet Sie. Hatten Sie eine gute Fahrt?«

»Ich bin ohne Stau durchgekommen.«

»Kommen Sie.« Sie trat zur Seite und machte eine einladende Geste. Sie mochte etwa Ende vierzig sein und die Haut an ihren Armen und um den Hals zeigte deutliche Alterserscheinungen, aber insgesamt machte sie einen sportlich jugendlichen Eindruck. Sie hatte eine kleine freche Nase, ein energisches Kinn und ihr schmaler Mund und die Augen waren von zahlreichen Lachfältchen umgeben. Ich war neugierig auf ihren Mann.

»Na kommen Sie!«, sagte sie noch einmal. »Ich bring Sie nach oben.«

Sie lief hinter mir und dirigierte mich über eine Wendeltreppe in den ersten Stock zu einer Art offener Wohndiele, von wo aus man den hinteren, oberen Teil des Grundstücks erreichen konnte. Ich erhaschte einen Blick auf einen erst zur Hälfte gefüllten Swimmingpool und ein paar brachliegende Beete, bevor sie mich auf die Terrasse entließ, die ich schon von unten erkannt hatte.

»Nehmen Sie Platz«, sagte sie und zeigte auf eine Gruppe aus schlichten Plastikgartenmöbeln, deren Sitzflächen mit grellbuntem Stoff bezogen waren. »Sie müssen hungrig sein. Ich lass Ihnen gleich was bringen. Möchten Sie Kaffee, Tee, oder vielleicht ein Bier?«

»Kaffee wäre gut.«

»Einen Moment noch, bitte. Ich sage meinem Mann Bescheid.« Sie verschwand im Haus.

Ich warf meine Jacke über eine Stuhllehne und genoss den erhabenen Ausblick über den Hügel, über das Tal, den See, auf die Berge. Es war beeindruckend. Von hier oben aus betrachtet hatte das Wort Freiheit tatsächlich eine Dimension; es schien gar einen realistischen Hintergrund zu besitzen. Wenn man in der Stadt aus dem Fenster schaut, spürt man bestenfalls eine Sehnsucht nach etwas, das man nicht benennen kann; und wenn dann unten der Berufsverkehr vorbeirollt, denkt man an rote Ampeln, Frühschicht, Monatskarten und dunkelhäutige Einwanderer, die in roten Jacken auf den Kreuzungen Boulevardzeitungen verkaufen.

»Ein wunderschöner Anblick, nicht wahr?«

Ich wandte mich um. Lothar Müller stand ungefähr drei Meter hinter mir, hatte die Hände in den Hosentaschen und lächelte.

»Ja, ist es«, sagte ich.

»Ich freue mich, dass Sie so schnell für mich Zeit hatten, Herr Staiger.«

»Zufall, ich bin gerade gestern mit einem Auftrag fertig geworden.« Ich schüttelte seine Hand, sein Druck war dem meinen wider Erwarten ebenbürtig.

Eine Frau mit einem Tablett betrat die Terrasse. Sie rief mir »Grüß Gott« zu und deckte den Tisch. »Das ist Frau Seidel«, erläuterte der Hausherr. Er bedankte sich bei ihr, und sie nickte untertänig, bevor sie sich mit dem leeren Tablett zurückzog. Auf dem Tisch standen Kaffee, Mineralwasser und ein großer Teller mit Kuchen und belegten Broten. Und sogar ein Aschenbecher.

»Nehmen Sie Platz und bedienen Sie sich!«

Ich setzte mich, füllte die einzige Tasse mit Kaffee und Sahne und trank einen kräftigen Schluck.

Lothar Müller schenkte sich ein Glas Mineralwasser ein, schlug die Beine übereinander und lehnte sich zurück. Er war ein gutes Stück älter als seine Frau, etwa Ende sechzig, Anfang siebzig, und trotz seiner breiten Schultern sah er mager aus. Seine Haut zeigte jenen natürlich dunklen Teint, den die meisten von uns mit einer drastischen Vermehrung ihrer Krebszellen erkaufen müssen. Er spreizte die Hände, legte die Fingerspitzen unter dem Kinn aneinander und verharrte in dieser Stellung, bis ich die Tasse abgesetzt und mir ein Schinkenbrot genommen hatte. Das Lächeln verschwand so plötzlich, als hätte man es ihm gestohlen und seine dunkelbraunen Augen folgten meinen Bewegungen. Dann hob sich sein Brustkorb um ein beträchtliches Stück und sein Blick blieb an meinem hängen.

»Nun«, begann er. »Die Angelegenheit, wegen der ich Sie hergebeten habe, streift weder den Rand der Illegalität, noch ist sie besonders heikel.«

»Das freut mich«, sagte ich. »Ich mag Aufträge, die weder heikel, noch illegal sind. Worum dreht sich's denn?«

»Sie sollen etwas über eine Person herausfinden, an der mir sehr viel gelegen ist. Aber um den Zusammenhang von vornherein möglichst verständlich zu machen, werde ich Ihnen zuerst etwas über mich erzählen.«

Ich antwortete nicht.

Seine Hände senkten sich, er faltete sie über dem Bauch, schloss die Augen und ließ die Daumen kreisen. Vom Tal wehte eine duftige Brise herauf und strich durch sein seidig dünnes, hellbraunes Haar.

Ich schenkte Kaffee nach und zündete mir eine Zigarette an. Plötzlich schlug er die Augen auf und das Lächeln kehrte zurück.

»Ich mag den Geruch von Tabak«, sagte er mit leiser, aber fester Stimme. »Ich mag Kaffee und eine Menge anderer Dinge, von denen mir die Ärzte dringend abraten.«

»Zum Beispiel Ihre Arbeit?«, riet ich.

»Ganz genau.« Er klopfte sich mit der linken Hand an die Brust. »Vor etwa zehn Monaten hatte ich einen Herzinfarkt. Ich habe ihn recht gut überstanden und gedenke noch einige Jahre zu leben. Und zu arbeiten, aber dies« – er hob mahnend einen Finger – »mit gebremster Energie!«

Ich nickte. Er sah nicht aus wie jemand, der demnächst sterben würde. Allerdings brannte in seinen Augen ein Feuer, das ihn, wenn er es nicht rechtzeitig unter Kontrolle brachte, frühzeitig ins Grab bringen konnte.

»Ich bin Anteilseigner der MOKA-BAU-AG, das M steht für Müller. Sie haben den Namen sicher schon gehört.«

Nun kam er also zu dem, was er am Telefon fachkompetent genannt hatte. Die MOKA-BAU-AG war eine der Firmen, deren Logo in Dresden an ungefähr jedem dritten Baukran prangte, dessen

Höhe die Zehnmetermarke überschritt. Eine jener Firmen, die als Generalauftragnehmer tief im lukrativen Geschäft der sogenannten Stadterweiterung verwurzelt waren.

»Ja«, sagte ich. »Die MOKA-BAU-AG ist eine der Firmen, die sich in Dresden besonders stark engagieren, wie die Zeitungen es nennen.«

»Zeitungen«, murmelte er, und ich glaubte, einen Anflug von Erheiterung in seiner Stimme zu erkennen.

»Jedenfalls ist meine Tätigkeit in der Firmenleitung zurzeit aus genanntem Grund nur sporadischer Natur. Aber es geht nicht um die Firma, nicht direkt. Wenn Sie den Auftrag übernehmen sollten, dann ist es für mich persönlich.«

»Aber es hat trotzdem, wenn auch nur indirekt, mit Ihrer Firma zu tun?«

»Es geht um den Bauleiter einer unserer Dresdner Baustellen, unser derzeit größtes Objekt dort. Zurzeit laufen die Nachbesserungen, es steht kurz vor dem Abschluss und in acht Tagen ist Übergabe an die Investoren. Das Gelände umfasst etwa viereinhalb Hektar und darauf hat es zwanzig vierstöckige Häuser, zum größten Teil Wohnungen, außerdem Büros und Geschäftsräume in den Erdgeschossen. Die Anlage trägt den Namen Wohnresidenz Elbaue.« Er ließ die letzten beiden Worte förmlich auf der Zunge schmelzen und verzog den Mund.

»Wohnresidenz Elbaue?« Ich musste grinsen. »Wer lässt sich denn solche Namen einfallen?«

Er hob eine Augenbraue und antwortete: »Fragen Sie den Stadtarchitekten.«

Ich winkte ab. »Lieber nicht.« Für die Architekten, mit denen ich bisher zu tun gehabt hatte, war eine Baustelle dasselbe wie für einen Junkie ein Trip. Dabei spielte die Größe der Baustelle keine Rolle.

Müller schien zu ahnen, in welche Richtung meine Gedanken gingen. »Sie mögen Architekten nicht?«, sagte er.

»Ach, ganz so schlimm ist es nicht. Aber die meisten, die ich kenne, leiden an der Diskrepanz zwischen ihren Vorstellungen und der Erdanziehungskraft. Aber fahren Sie fort!«

Einen Moment lang sah er mich belustigt an, dann trank er einen Schluck Mineralwasser und räusperte sich.

»Der Mann heißt Frank Kühn und ist fünfunddreißig Jahre alt. Das dürfte etwa Ihr Alter sein.«

Als er prüfend abwartete, nickte ich artig. Ich war etwa fünfunddreißig.

»Er ist seit über drei Jahren in der Firma, die letzten eineinhalb als Chefbauleiter verschiedener Großprojekte im Raum Dresden. Er ist mit Abstand einer unserer besten Leute und hätte sich in, sagen wir fünf, höchstens sieben Jahren zur höchsten Leitungsebene hinaufarbeiten können.«

»Hätte?«, fragte ich in die Pause hinein, die er mir dafür ließ.

»Er hat gekündigt.«

»Ein besseres Angebot vielleicht?«

»Das war bisher nie ein Problem. Glauben Sie mir, ein Mann wie er bekommt ständig und regelmäßig Angebote. Und er lehnte sie mit derselben Regelmäßigkeit ab.«

»Und was erwarten Sie von mir? Dass ich ihm die Kündigung ausrede?«

»Ich will wissen, was und vor allem wer dahinter steckt.«

»Wer oder was könnte es denn sein?«

Er wirkte ungehalten. »Finden Sie es raus.«

Sein persönliches Interesse war nicht zu übersehen. Ich fand es an der Zeit, dass er damit herausrückte. »Sie sagten vorhin, Ihnen läge etwas an Kühn. Warum fragen Sie ihn nicht selbst?«

»Das habe ich natürlich getan, mehrmals.« Er beugte sich vor und nippte bedächtig an seinem Glas. »Und das ist es, was mich beunruhigt. Wann immer ein Problem auftauchte, sprach er zuerst mit mir darüber. Sie müssen wissen, dass er für mich fast so etwas wie ein Sohn ist. Er und meine Tochter hatten mal eine Beziehung, aber das dauerte höchstens ein paar Wochen und ist auch schon über ein Jahr her. Meine Tochter ist in der Medienbranche tätig und lebt jetzt in Köln, aber das nur am Rande. Dem Verhältnis zwischen ihm und mir hat die Liaison keinen Abbruch getan, früher war er natürlich manchmal am Wochenende hier und ich war vor meinem …«, er griff sich an die Brust und wartete auf mein verständiges Nicken, »... fast ebenso oft im Osten, und seit der Trennung und meiner Krankheit telefonieren wir wöchentlich miteinander; aber von der Kündigung habe ich durch andere erfahren, und immer wenn ich ihn darauf ansprach, wich er mir aus.«

»Wann hat er gekündigt?«

»Vor vier Wochen, ganz plötzlich. Es schlug ein wie eine Bombe. Besagte Wohnresidenz ist sein letztes Projekt bei der Firma.«

»Sie müssen doch schon vorher wenigstens eine Veränderung in seinem Verhalten bemerkt haben?«

»Darüber habe ich auch schon nachgedacht. Ich kann es nicht beschwören, aber meiner Meinung nach ging es mindestens zwei Wochen vor der Kündigung los. Aber anhand von Telefongesprächen allein ist das schwer einzuschätzen.«

»Und Sie haben tatsächlich keine Ahnung, warum er aufhören will? Was sagen denn seine Kollegen?«

»Nichts, was irgendeine Erklärung lieferte. Ich habe natürlich versucht, mich im Rahmen meiner derzeitigen Möglichkeiten umzuhören, ohne Erfolg.«

»Keine Gerüchte? Affären, Saufereien? Andere Laster? Zockt er?«

»Er trinkt gern auch mal über den Durst hinaus«, Müller breitete seine Arme aus und lächelte, »aber ich bitte Sie, das ist doch kein Grund?«

Ich schenkte mir Kaffee nach und nahm ein Stück Kuchen. Wie immer bei solcher Art von Aufträgen, suchte ich nach einem Haken, und wie immer hatte ich das Gefühl, irgendeine wichtige Frage nicht gestellt zu haben. Und, wie meistens, schob ich diese Gedanken beiseite. »Sie sollten jetzt fragen, was ich verlange«, sagte ich.

»Ich denke, dreihundert Euro reichen für Ihre heutigen Bemühungen. Am kommenden Freitag bin ich zur Einweihungsfeier in Dresden, dann erhalten Sie weitere eintausendsiebenhundert. Einverstanden?«

Ich war einverstanden, auch wenn ich darüber staunte, dass er nicht sofort einen vorgefertigten Vertrag bei der Hand hatte. Bei sieben Tagen, einschließlich dem heutigen, lag ich diesmal deutlich über meinem Tagessatz. »Quittung?«, fragte ich vorsichtig.

»Wie gesagt, die Angelegenheit ist rein persönlich, und wenn Sie nicht darauf bestehen ...«

»Aber nein.« Ich fragte mich, was wohl geschehen würde, wenn ich mich einfach beim Finanzamt abmeldete. Zumindest müsste ich meine Daten beim Einwohnermeldeamt verschwinden lassen und meine Geburtsurkunde vernichten.

»Gut, dann lassen Sie uns ins Haus gehen und die Sache besiegeln!«

Er erhob sich, wartete, bis ich dies ebenfalls getan hatte und geleitete mich hinein. In einem Arbeitszimmer mit einer in die Jahre gekommenen Eichenholzvertäfelung gab er mir einen Umschlag mit dreihundert Euro und einen Ausweis, der mich als Mitglied der Geschäftsleitung von MOKA-BAU legitimierte. Er zeigte mir ein Foto von Kühn und nannte mir dessen Adresse, erklärte mir die Lage der Wohnresidenz und drückte mir ein Glas Kognak in die Hand, damit er für sein eigenes etwas zum Anstoßen hatte. In seinem Blick lag trotzige Verachtung für Ärzte und Abstinenzler.

»Und noch etwas«, sagte er, nachdem er einen Schluck genommen hatte. »Sie sollten diskret und unauffällig vorgehen, aber das ist in Ihrem Beruf wohl selbstverständlich.«

Als ich nicht antwortete, fügte er hinzu: »Ich will nicht, dass er glaubt, ich würde ihm nachspionieren.«

Ich nickte und betrachtete das Foto. Es war offensichtlich unten vor der Einfahrt aufgenommen worden und zeigte einen großen blonden Mann, der lässig über einer offenen Autotür lehnte und wegen des grellen Sonnenlichts mit schmalen Augen in die Kamera blinzelte. Ich schob das Foto in die Brusttasche.

»Was ist, wenn ich was Unangenehmes herausfinde?«, sagte ich.

»Alles andere würde mich wundern«, erwiderte er. »Aber egal, was es ist, ich möchte ihm helfen.«

»Sie mögen ihn?«

Müller lächelte still auf sein Glas herab und schwenkte die bernsteinfarbene Flüssigkeit. Er nickte kaum merklich mit dem Kopf, dann sah er mich an. »Sie können mich täglich anrufen, aber bitte nicht vor acht und nicht nach 22 Uhr. Suchen Sie, und vor allem, finden Sie!«

Wie verabredet stand seine Frau plötzlich in der Tür. Sie schenkte ihrem Mann einen milden Blick und bot sich an, mich hinunterzuführen.

Ich verabschiedete mich von Müller, stellte das Glas ab und folgte ihr. Draußen wünschte Sie mir eine gute Fahrt und kraulte den Setter, der mich schwanzwedelnd musterte.

»Was halten Sie von der Sache?«, sagte ich.

»Bitte?« Sie versuchte zu wirken, als wüsste sie nicht, wovon ich redete.

»Frank Kühn. Sie kennen ihn doch?«

»Natürlich.« Ihr Lächeln saß fest wie eine Maske aus Altsilber. »Ein sehr netter junger Mann.«

Langsam bekam ich den Eindruck, ihre Nettigkeit könne vielleicht daher rühren, dass sie ein bisschen unterbemittelt war. Ich nickte ihr zu und wandte mich ab. Während ich den Hügel hinabstieg, spürte ich ein Kribbeln im Rücken.

Gegen elf war ich wieder zu Hause. Auf dem Anrufbeantworter war eine kurze Nachricht von Sylvia, meiner ehemaligen Freundin. Ihre Stimme klang so betont beiläufig, dass es außer Zweifel stand, dass sie irgendetwas wollte. Sie sagte, sie würde wieder anrufen. Ich zündete mir eine Zigarette an, holte ein Bier aus der Küche und öffnete das Fenster.

Die laue Luft stand still und roch wie das Innere einer pensionierten Aktentasche. Durch die nächtliche Stille plätscherte das Geräusch eines Betrunkenen, der wankend an der kleinen Kreuzung stand und gegen das Einbahnstraßenschild pinkelte. Er war schon da gewesen, als ich eingeparkt hatte, und er würde noch ungefähr zehn Minuten für die paar Meter bis zu seiner Haustür brauchen. Wie fast jeden Tag.

Seit nunmehr acht Jahren lebte ich hier in Pieschen, einem alten Stadtteil auf der nördlichen Elbseite von Dresden. Ein Stadtteil wie ein Stiefkind – es wächst auf, wird älter, aber so richtig zur Familie gehört es nie. Ein ehemaliger Arbeitervorort, der vom Luftangriff im Zweiten Weltkrieg weitgehend verschont geblieben war. Hier sind die Wohnungen kleiner und die Häuser niedriger als auf der anderen Flussseite und in der benachbarten Neustadt, und hier gibt es keinen Großbarock von August II., genannt »der Starke«, für den das hier damals noch Hinterland war. 1996, kurz nachdem ich mein Architekturstudium erfolgreich abgeschlossen hatte, dümpelte ich knapp zwei Jahre in einem Berliner Planungsbüro vor mich hin – selbstständig, freiberuflich und immer bereit, den Kollegen ins Gesicht zu sagen, wenn sie sich wie Arschlöcher verhielten. Was, im Nachhinein betrachtet, ziemlich oft der Fall gewesen war. Gerade rechtzeitig bot mir ein alter Freund aus meiner Armeezeit an, in seinen Baustoffhandel einzusteigen, den er neu eröffnet hatte. Ich hatte genug Zeit mit Leuten verbracht, die ihr Selbstbewusstsein darüber definierten, wie oft sie mit dem Bausenator im gleichen Saal gestanden hatten. Architekt könnte ich immer noch werden, dachte ich damals, und so ging ich auf sein Angebot ein und kam nach Dresden. Die Sache ging fast ein Jahr lang gut, aber als ich eines Tages die Verträge überprüfte, die mein Freund gemacht hatte, stellte ich fest, dass die Stadt uns das Gelände mit der alten Lagerhalle nur auf unbestimmte Zeit verpachtet hatte. Im Klartext hieß das, genauso lange, bis sie es anderweitig benötigte. Sie benötigte es ein halbes Jahr später, wir verkauften unsere Bestände und kamen mit der vergleichsweise geringen Schuldensumme von knapp zehntausend Mark davon. Depressionen bekam ich deswegen nicht, trotzdem erwog ich damals, die Stadt wieder zu verlassen. Aber dann lernte ich Sylvia kennen und kurz darauf erledigte ich für einen ihrer Professoren einen Job, der neben architektonischen Kenntnissen auch einiges an krimineller Energie erforderte: Zuerst entwarf ich für sein Haus einen Anbau mit Wintergarten, wofür er mich fürstlich entlohnte, und nachdem wir ins Gespräch gekommen waren und uns angefreundet hatten, wies ich dem Vater seiner Enkelin auf nicht ganz legale Weise nach, dass sein Einkommen erheblich höher war, als die gelinkten Zahlen, mit denen er sich vor den Unterhaltszahlungen drückte, wofür mir der Professor ewige Dankbarkeit zusicherte. Und Sylvia war so begeistert von der Geschichte, dass sie am liebsten einen Film darüber gedreht hätte – mit mir als ermittelndem Architekten in der Hauptrolle, immer ein rechtschaffenes Lächeln auf den Lippen und ein weißes Taschentuch in der Brusttasche. Architekt könne ich ja immer noch werden, sagte ich zu Sylvia und vor allem zu mir selbst, obwohl oder gerade weil ich mir damals nicht sicher war, ob ich dies überhaupt wollte. Trotzdem – seither kümmere ich mich manchmal um anderer Leute Angelegenheiten.

Der Betrunkene hatte seine Haustür erreicht und versuchte, wankend und vor sich hin fluchend den Schlüssel ins Schloss zu stecken. Ich trank den letzten Schluck Bier, legte Beethovens vorletztes Streichquartett auf den Plattenspieler, putzte mir die Zähne und ging ins Bett.

Die Streicher des Molto Adagio wurden ein Stück von den Triebwerken einer niedrig fliegenden Nachtmaschine begleitet. Kurz bevor ich einschlief, versuchte ich mir vorzustellen, wie eine Anlage mit dem Namen Wohnresidenz Elbaue aussehen könnte.

3

Die Wohnresidenz lag in einem Wohngebiet im Osten der Stadt und war von den Elbauen nicht ganz so weit entfernt wie vom Mittelmeer. Man hätte sie genauso gut Kleinvenedig nennen können, ohne dass dies absurder gewesen wäre. Eingezwängt von graubraunen Fünfziger-Jahre-Blocks und mehr oder weniger stabil aussehenden Viergeschossern aus den Zwanzigern standen zwanzig nagelneue, in Pastelltönen gestrichene Häuser in geometrischer Eintracht, die hellroten Mansardendächer setzten sich klar vom tiefblauen Himmel ab und die Edelstahlgeländer der Balkons glänzten im Sonnenlicht. Den Raum zwischen den Gebäuden teilten sich in gnadenloser Symmetrie Parkplätze, Wege und Grünflächen in spe. Gestört wurde die Gleichförmigkeit einzig von den vielen, wild durcheinander parkenden Firmen- und Lieferwagen und den rosaroten, zu einem kleinen Turm gestapelten Bürocontainern der MOKA-BAU-AG; daneben prangte das obligatorische, an einem hölzernen Gestell angebrachte Schild, auf dem sämtliche Gauner aufgelistet waren, die irgendetwas mit dieser Anlage zu schaffen hatten.

Es war Mittwoch und ich saß in kaum fünfzig Metern Entfernung unter einem Sonnenschirm vor einer Kneipe, trank Kaffee und beobachtete seit einer halben Stunde die Gesichter der Leute, die sich eine der Musterwohnungen angesehen hatten. Einige wenige wirkten annähernd befriedigt, bei den meisten überwog Skepsis und manchmal sah jemand aus, als hätte man ihn drinnen geknebelt und ihm irgendetwas um die Ohren geschlagen. Vielleicht die Nebenkosten. Ich sah zur Uhr. Fünf vor zwei. Gleich würde eine der beiden Friseusen von nebenan kommen und ein paar belegte Brötchen mitnehmen. Mir war langweilig.

Seit Sonntagmittag, als ich das erste Mal hier gewesen war, beobachtete ich Kühn. Er war mir sofort aufgefallen, nicht nur wegen seiner hellblonden Haare und seiner Körpergröße von mindestens einsneunzig; überall, wo er sich blicken ließ, bewegten sich die Arbeiter doppelt so schnell wie vorher, außerdem trug er ein Mobiltelefon mit sich herum und telefonierte damit fast auf Schritt und Tritt. Ein einziges Mal hatte er mit einem Mann gesprochen, der aus meiner Sicht nicht zur Baustelle gehörte und sogar etwas leicht Anrüchiges an sich hatte, aber es stellte sich heraus, dass er einer der Investoren war. Im Übrigen schien Kühn seiner Arbeit hochkonzentriert nachzugehen und das war auch eine Weile ganz hübsch anzusehen, aber im Grunde nicht halb so spektakulär wie die Verfolgung eines Linienbusses.

Er bewohnte allein die obere Etage eines ruhig gelegenen zweistöckigen Hauses in der äußeren Neustadt, dessen unterer Teil leer stand. Um 7 Uhr morgens stieg er in seinen Wagen und fuhr etwa eine halbe Stunde bis zur Baustelle, die er – jedenfalls in den letzten Tagen – erst wieder am Abend, so gegen neun, halb zehn, verließ. Am Sonntag und gestern war er danach noch in einer Kneipe gewesen, in der man ihn kannte, beide Male war er allein und relativ nüchtern nach Hause gegangen und hatte sich ansonsten mit niemandem lange unterhalten. Zwischen Mitternacht und halb eins knipste er das letzte Licht aus und danach passierte nichts mehr. Ich war mittlerweile geneigt, Kühns Kündigung für einen schlichten Wechsel seiner Lebensgewohnheiten zu halten, aber mein Auftraggeber, mit dem ich vor knapp zwei Stunden telefoniert hatte, hielt davon nichts. Und mehr konnte oder wollte er mir nicht sagen, außerdem war er ein wenig beunruhigt darüber, dass ich noch rein gar nichts Auffälliges herausgefunden hatte.

Ich gähnte und sah wieder zur Uhr. Eine Minute nach. Ich trank den Rest des inzwischen kalten Kaffees, stand auf und ging in die Kneipe, um zu bezahlen. Der Innenraum war so dunkel, dass sich meine Augen erst an den plötzlichen Wechsel gewöhnen mussten, die Wände waren mit Holz verkleidet, das von einer Schicht aus Staub und öligen Ablagerungen auf ewig konserviert war. Es roch nach kaltem Bratfett und warmem Tabakrauch und das Flimmern der Spielautomaten kam so unverhofft, als würden bei sämtlichen Autowracks eines Schrottplatzes plötzlich die Warnblinkanlagen losgehen. Der Wirt, ein kleiner, stämmiger Kerl Anfang fünfzig, war allein mit einem Radiosender, der klang, als sei er schon zwanzig Jahre unterwegs gewesen, bevor er hier einen Empfänger gefunden hatte. Er hob den Kopf von seiner Zeitung und grinste mich an wie einen alten Bekannten.

»Noch lange hier zu tun?«, fragte er, während er seine Kasse öffnete.

»Ein, zwei Tage«, antwortete ich und legte einen Fünfer auf den Tresen. »Gutes Geschäft gemacht in der letzten Zeit?«

»Super«, sagte er, kurz darauf strich ein Hauch von Enttäuschung über sein Gesicht, als er mit dem Kinn in Richtung Baustelle zeigte und hinzufügte: »Leider nicht mehr lange, die da drüben sind doch schon so gut wie weg, und die, die dort einziehen, werden wohl kaum zu mir kommen.«

»Warten Sie's ab.« Wenn überhaupt jemand einzieht, dachte ich und strich das Wechselgeld ein. »Außerdem glaube ich, dass die da drüben noch eine Weile zu tun haben. Sie wissen doch, die Nachbesserungsarbeiten.« Ich zwinkerte ihm zu und wandte mich zum Gehen.

»Sie meinen den Pfusch!«, rief er mir lachend hinterher, während ich in dem kleinen Windfang fast mit der Friseuse zusammenstieß. Sie gab ein überraschtes »Oh!« von sich, umkurvte mich mit übertriebener Geziertheit und ließ mich vor der Tür in einer Duftwolke zurück, wie es sie im Original eben nur beim Friseur gibt.

Dann tat sich endlich etwas. Oberbauleiter Frank Kühn stand mit seinem Mobiltelefon auf dem provisorischen Holzbalkon an den Bürocontainern und telefonierte. Gerade hatte ich mich aus Langeweile entschieden, eine der Musterwohnungen zu besichtigen, als mir auffiel, dass er sich dabei merkwürdig suchend umsah. Er brauchte eine halbe Sekunde länger als ich, um zu finden, wonach er suchte. Fast direkt vor der Kneipe und etwa fünfzig Meter von ihm entfernt stand ein schwarzer 3er BMW mit laufendem Motor, an dessen geöffneter Beifahrertür lässig ein Mann lehnte und ebenfalls ein Mobiltelefon an sein Ohr hielt. Ich sah ihn nur von hinten, aber offenbar sprach er mit Kühn. Während dieser die Treppe hinabstieg und herüberkam, versuchte ich, dem BMW etwas näher zu kommen, um vielleicht ein paar Worte zu verstehen; doch als Kühn auf zwanzig Meter heran war, lachte der Mann und streckte den Mittelfinger in Kühns Richtung, stieg ein und der Wagen fuhr mit quietschenden Reifen davon.

Sie waren zu zweit gewesen, mit schwarzen Lederjacken und Sonnenbrillen, und wenn sie mit Absicht so aussehen wollten, wie sie ausgesehen hatten, dann wollten sie aussehen wie ganz finstere Typen. Kühn ließ die Hand mit dem Telefon sinken und starrte ihnen wütend nach, dann warf er einen abwesenden Blick in meine Richtung und wandte sich ab.

Ich verschob meine Verabredung mit der Musterwohnung und lief zu meinem Audi. Vielleicht würde Kühn in den nächsten Stunden etwas tun, das außerhalb seines üblichen Tagesablaufes lag. Ich stieg ein, öffnete das Schiebedach und wartete.

Eine Stunde und fünf Minuten später verließ Kühn zum ersten Mal, seit ich ihn beobachtete, während der Arbeitszeit die Baustelle. Ich spuckte den Kaugummi aus, startete den Motor und folgte ihm durch dichten Nachmittagsverkehr in Richtung Innenstadt. Am

Pirnaischen Platz bog er ab und steuerte seinen roten Honda Civic auf den kostenlosen Parkstreifen neben dem Rathaus. Er fand sofort eine Lücke, ich rollte an ihm vorbei und hielt hinter einem fast abfahrbereiten Golf. Immer ein Auge auf dem Rückspiegel, wartete ich ungeduldig, bis ein Paar um die dreißig seine Einkäufe verstaut hatte. Die Frau reichte dem Mann die Sachen auf seine Anweisung hin zu und er platzierte sie sorgfältig im Kofferraum, dabei nichts dem Zufall überlassend. Alles hatte seinen Platz. Ich war froh, dass noch keine Weihnachtsbäume verkauft wurden und blieb ruhig, weil die Frau mir freundlicherweise ein Zeichen gegeben hatte, dass sie wirklich gleich wegfahren würden, und weil Kühn sich in meine Richtung bewegte.

Als ich endlich einparken konnte, war Kühn längst auf den Fußweg an mir vorbeigelaufen. Mit ein paar schnellen Schritten hatte ich seinen Vorsprung aufgeholt und hielt mich etwa vierzig Meter hinter ihm. Er überquerte die Straße und lief hinüber zum Kaufhaus, einem neuen, beachtlichem Glas- und Betonklotz, dem sie versucht hatten mit einigen Kurven und Stufen die Quaderform auszutreiben. Dabei war das schönste Gebäude in der Prager Straße herausgekommen – ansonsten besteht die Prager Straße nur aus Quadern.

Ich zwängte mich quer durch das Gedränge im Erdgeschoss und folgte Kühn über die Rolltreppe hinauf ins Restaurant, das um diese Zeit gut gefüllt war. Er sah sich kurz um und ging dann auf einen Tisch zu, an dem eine sehr auffällige Frau saß und ihm theatralisch zuwinkte. Sie mochte etwa Mitte vierzig sein, hatte rotblond getöntes Haar und war sehr schlank. Sie trug einen dunkelgrauen Hosenanzug à la Marlene und hatte die Beine nicht ganz so graziös wie jene übereinandergeschlagen. Zwischen all den gewöhnlichen Leuten wirkte sie wie ein falscher Smaragd in einer Hand voll Glasperlen, und mit den Pigmenten ihres Lidschattens hätte man eine ganze Jeans färben können. Ihre tiefschwarz umrandeten Augen beobachteten Kühn, während er näher kam, und ihr kirschrot nachgezeichneter Mund lächelte ein breites Lächeln, so unverschämt wie ein Grunderwerbsteuerbescheid.

Kühn setzte sich ihr gegenüber, und ich fand einen freien Platz zwei Tische weiter. Von hier aus konnte ich nur das Gesicht der Frau sehen, den Rest verdeckte Kühns Rücken. Nachdem die Kellnerin eine Bestellung aufgenommen hatte, begannen die beiden sofort eine lebhafte Unterhaltung, deren Worte vom allgemeinen Geräuschpegel verschluckt wurden. Die Frau schien dabei den Ton anzugeben, denn ihr Mund stand selten still, sie hatte die Beine unter den Tisch geschoben und sich eine lange Zigarette mit weißem Filter angezündet. So sehr ich mich auch bemühte, ich bekam nur ein paar Wortfetzen mit, wobei ich bei ihr einen slawischen Akzent herauszuhören glaubte. Kühn schüttelte zwischendurch mehrmals den Kopf und beugte sich zu ihr hinüber, was sie meistens mit einem hochmütigen Blick oder einem geringschätzigen Lächeln quittierte. Es kostete mich einige Mühe, sie nicht andauernd anzustarren – ihre Gesichtszüge waren gleichermaßen von faszinierender Laszivität und abstoßender Affektiertheit.

Nach zehn Minuten wurde die Unterhaltung etwas heftiger, und ich verstand deutlich, wie sie sagte: »Aber das kannst du nicht!«, dann schickte sie ein Lächeln für all die Leute herum, die sie mehr oder weniger verstohlen anstarrten. Kühn schien sich unwohl zu fühlen, er wandte den Kopf und sah sich um, einen winzigen Moment streifte mich sein Blick, aber nichts deutete darauf hin, dass er mich schon mal gesehen hatte. Danach flüsterten oder raunten die beiden nur noch, allerdings kaum weniger eindringlich, und weitere fünf Minuten später zahlten sie, standen auf und gingen gemeinsam zum Ausgang. Die Frau hatte einen Hüftschwung, mit dem sie rechts und links Nägel hätte einschlagen können.

Ich vermutete, dass Kühn zur Baustelle zurückfahren würde, und beschloss, mich zunächst an die Frau zu halten. Aber sie trennten sich nicht und stiegen gemeinsam in Kühns Wagen.

Vorhin hatte ich meine Parkzeituhr nicht eingestellt und jetzt klapperte eine uniformierte Dame mit spitzem Mund, spitzem Stift und einem bedrohlichen, schwarzen Umhängetäschchen die Reihen ab und klemmte Souvenirs hinter die Scheibenwischer. Sie hatte meinen Audi noch nicht erreicht, und als ich einstieg, warf sie mir einen derartig öden Blick zu, dass ich das Lächeln vergaß, zu dem ich eben hatte ansetzen wollen. Ich wartete, bis Kühns Wagen an mir vorbeirollte und fuhr los.

Normalerweise vermeide ich es, um diese Tageszeit über die Elbe zu fahren. Es dauerte eine geschlagene halbe Stunde, bis wir die Marienbrücke hinter uns hatten, eines der innerstädtischen Nadelöhre, die die beiden Ufer miteinander verbinden. Danach fuhr Kühn in nördlicher Richtung die Großenhainer Straße entlang, bog im Stadtteil Trachenberge nach rechts ab und hielt nach einer Weile vor einem eingerüsteten Wohnhaus an. Die Frau stieg aus und rief noch ein paar Worte ins Wageninnere, bevor sie die Tür zuwarf.

Kühn fuhr weiter, aber ich folgte ihm nicht, da ich herausfinden wollte, wem er einen Teil seiner kostbaren Arbeitszeit gewidmet hatte. Ich schaltete den Motor ab und zündete mir eine Zigarette an, während die Frau, diesmal mit weit weniger Hüftschwung, das Haus betrat.

Es war ein schönes Haus mit einem Sandsteinsockel und Wänden aus gelben Klinkern. Es stand an einer Straßengabelung und hatte einen trapezförmigen Grundriss, vier Geschosse und ein erst zur Hälfte mit schwarzem Schiefer gedecktes Mansardendach – zwei Dachdecker kraxelten auf dem First herum. Über dem Eingang war die Jahreszahl 1905 in den Sandstein gemeißelt und vor dem Gerüst stand, noch in Paletten eingeschweißt, die zweite Hälfte der Schieferplatten. Auf halber Höhe hingen zwei Plakate der hier beschäftigten Baufirmen und eines mit der Aufschrift »Verkauf durch: Residenz-Immobilien Dresden-Ost«.

Ich fragte mich gerade, wie viel Residenz eine Stadt vertragen konnte, als die Frau in Begleitung eines Mannes in Arbeitskleidung herauskam. Sie redete gestikulierend auf ihn ein, gab ihm einen Klaps auf die Schulter und sah ihm nach, bis er wieder im Haus verschwunden war. Dann zückte sie ein Mobiltelefon, spazierte telefonierend über die Straße, stieg in ein silbernes Mercedes-Coupé mit Dresdner Nummer ein und fuhr los. Ich folgte ihr.

Ein paar Minuten später hielt sie vor dem Pieschener Rathaus, das nur einen Katzensprung von meiner Wohnung entfernt ist, und nahm an einem der leeren Tische im Hof des Ratskellers Platz. Sie blieb kaum eine Zigarettenlänge allein. Ein Mann, der aus einem Seitenausgang des Rathauses gekommen sein musste, setzte sich zu ihr an den Tisch. Die beiden unterhielten sich anscheinend recht gut, aber da ich in ihrer Nähe vermutlich aufgefallen wäre, war ich im Auto geblieben und konnte ihre Gesichtsausdrücke kaum erkennen. Ein Kellner brachte üppig gefüllte Teller und während die beiden speisten, steckte ich mir zwei Kaugummis auf einmal in den Mund.

Ich schloss das Schiebedach, weil die pralle Sonne anfing, mir den Kopf auszudörren, und ließ mir vom Gebläse warme Luft ins Gesicht wehen. Als ich die Hitze nicht mehr aushielt, stieg ich aus und stellte mich in den Schatten der gutbürgerlichen Rathausfassade; so konnte ich die beiden zwar nicht mehr beobachten, aber ich würde sehen, wenn die Frau wegfuhr.

Ich rauchte eben die zweite Zigarette, da bogen sie gemeinsam um die Ecke und schlenderten auf mich zu. Ich zog mich hinter das schmiedeeiserne Gitter des Portals zurück und versuchte, wie ein ausharrender Bürger auszusehen, der nur mal schnell für eine Zigarette vor die Tür gegangen war.

Direkt vor der Tür blieben die beiden stehen und reichten sich die Hände. Er sagte: »Bis dann«, und sie erwiderte: »Ich verlass mich auf dich«, drehte sich um und ging zu ihrem Coupé.

Der Mann starrte ihr eine Weile nach und wandte sich dem Portal zu. Er war etwa Anfang fünfzig, drahtig schlank, trug eine sportliche Kombination aus dunkelblauer Hose und hellblauem Hemd und hatte als Kapitulation vor der Hitze seinen Schlips gelockert, den er jetzt wieder zurechtrückte, dann ging er an mir vorbei und stieß die schwere Eichentür auf. Ich warf die Zigarette weg, ging ihm nach, bevor die Tür wieder zugefallen war, und sah ihn auf der Treppe nach oben steigen. Die Vorhalle war wohltuend kühl, aber ich hatte keine Zeit, das zu genießen. Schnell warf ich einen Blick auf die Orientierungstafel und trat an die Glasscheibe, hinter der ein Pförtner saß.

»War das eben der Herr Baumann von Zimmer zwo-zwölf? Der lässt mich nämlich schon den halben Tag warten!«, sagte ich und berief mich damit auf einen der eben abgelesenen Namen.

Der Pförtner erhob sich ächzend zu voller Größe, er reichte mir bis zur Brust. »Nein, nein, das war Herr Braun, der Ortsamtsleiter«, er schüttelte mit dem Kopf. »Aber was wollnse denn von ...« Den Rest hörte ich nicht mehr, weil ich schon auf dem Weg nach draußen war.

Der Mercedes startete gerade und ich rannte zu meinem Audi. Ich musste erst eine Straßenbahn vorbeilassen und eine Weile hinter dieser herzuckeln, bevor ich mich an ihr vorbeimogeln konnte und den Mercedes wieder direkt vor mir hatte. Ich atmete auf und bemerkte erst jetzt, dass mir das Hemd am Rücken klebte. Es gibt Menschen, die anscheinend niemals schwitzen und die Frau gehörte wohl zu ihnen, denn während der ganzen Zeit trug sie ihren Anzug.

Ihre nächste Station war ein Baustoffhandel in der Großenhainer Straße. Obwohl es einen keineswegs überfüllten Kundenparkplatz gab, stellte sie ihren Wagen direkt vor dem Eingang zum Verkaufsraum ab und stolzierte hinein. Als ich den Laden betrat, stand sie bereits am Tresen und sagte, für jeden in dem wahrlich nicht kleinen Raum hörbar: »Ich brauchääh Liefäährung! Dringäähnd!« Vorhin vor dem Rathaus hatte ihr Deutsch weitaus besser geklungen.

»Für morgen früh? Ab 7 Uhr?«, antwortete die Sachbearbeiterin.

»Geht nicht mehr heutääh?«

»Leider nicht, unsere Fahrzeuge sind alle unterwegs.«

»Miehst! Aber morrgäähn dann schnäähl!«

»Es geht mit der ersten Ladung raus. Was brauchen Sie denn?«

Während sie einen Zettel aus ihrer Tasche kramte und ihre Wünsche diktierte, verzog ich mich hinter ein Regal mit Werkzeugen. Die beiden anderen Kunden wandten sich wieder ihren eigenen Bestellungen zu. Eine Angestellte verteilte Kaffeebecher, sie redete die aufdringliche Kundin mit Frau Stein an.

Innerhalb der nächsten viertel Stunde beschäftigte diese Frau Stein die halbe Belegschaft, diskutierte laut- und akzentstark über Verpackungseinheiten und Belastungsgrenzen und machte deutlich, dass sie dies alles am liebsten mit dem Chef persönlich besprechen wollte:

»Wo ist Chäähf?«

»Herr Fink ist nicht da.«

»Ist nicht in sein Bürrooh?«

»Nein, er ist im Moment außer Haus, aber wenn Sie mit Frau Fink ...«

»Nein, nein! Wie viel Sack auf Palettääh?«

Als sie offenbar mit ihrer Bestellung fertig war, riss sie der Sachbearbeiterin den Computerausdruck förmlich aus der Hand und wandte sich grußlos zum Gehen. Man schickte ihr ein einhellig erleichtertes »Wiedersehen!« hinterher, während ihr Rücken von vernichtenden Blicken getroffen wurde.

Niemand hatte mich beachtet. Ich wartete, bis sie außer Sichtweite war, lief hinter den Regalen zum Ausgang und hechtete dann zurück zu der Frau, die eben den Lieferschein angefertigt hatte.

»Entschuldigung«, stöhnte ich schwer atmend und mit gestresster Miene, »meine Chefin hat noch was vergessen!«

Ich zeigte auf den Durchschlag, den sie noch in der Hand hielt, sie zögerte einen Moment, drehte ihn aber dann so, dass ich ihn besser lesen konnte. Ich spürte ihr nachsichtiges Lächeln, während ich die Adresse las: Hana Stein-Kralova, Häuserverwaltungs-GmbH, Goethestraße 18 a in Dresden.

»Na gut, lassen wir's erst mal so«, sagte ich und erwiderte das Lächeln. »Sie hat es immer so eilig«, fügte ich hinzu.

Der freundlich distanzierte Ausdruck, mit dem sie mich ansah, war ein gutes Stück älter als sie selbst. Man hatte ihr offensichtlich beigebracht, über ihre Kunden kein überflüssiges Wort zu verlieren – die ganz alte Schule. Ich nickte ihr zu und beeilte mich, zu meinem Audi zu kommen.

Hana Stein-Kralova, dem Namen nach tschechischer Herkunft, war bereits außer Sichtweite. Die Dame fing an, mich ernsthaft zu interessieren. Einerseits, weil es zwischen ihr und Kühn eine Beziehung gab und sie anscheinend Verbindungen zu städtisch amtlichen Kreisen hatte – was in ihrer Branche durchaus nichts Ungewöhnliches ist –, andererseits musste ich mir eingestehen, dass ihr Hüftschwung und das restliche affektierte Getue ebenfalls meine Neugier erweckten.

Ich notierte ihre Adresse und überlegte, ob ich zurück zur Wohnresidenz fahren sollte. Es war zehn nach sechs. Falls Kühn auf der Baustelle war, würde er auch in zwei oder drei Stunden noch dort sein. Vielleicht sagte meinen Auftraggeber der Name Stein-Kralova etwas. Ich entschied mich dafür, noch mal zurück zu dem Haus in Trachenberge zu fahren, um die Telefonnummer des Immobilienmaklers zu notieren und danach von meiner Wohnung aus bei Müller anzurufen.

Ich ließ den Audi langsam durch die Ausfahrt rollen und reihte mich in die Schlange der Wagen ein, die vor einer Ampel warteten. Als ich noch einmal zurückblickte, musste ich lachen. Der Baustoffhandel nannte sich »Baufink«.

×××

Die Straße war still und staubig. Die Luft flimmerte in der vorabendlichen Hitze über dem Asphalt, der an einigen Stellen so brüchig war, dass das darunterliegende Kopfsteinpflaster zum Vorschein kam.

Das Mercedes-Coupé war weit und breit nicht zu sehen. Ein Trabant fuhr mit hustendem Geräusch an mir vorbei und stieß ein paar seiner Auspuffwölkchen durch mein geöffnetes Seitenfenster. Die Dachdecker waren verschwunden. Ich schrieb die Adressen der beiden Baufirmen und die Telefonnummer des Immobilienmaklers, auf dessen Transparent keine Adresse gestanden hatte, in mein Notizbuch, stieg aus und schlenderte zum Haus hinüber.

Die Haustür stand offen und in der Vorhalle war es angenehm kühl. Der steinerne Boden war mit einer Schutzschicht aus Spanplatten belegt, in jeder erdenklichen Ecke standen Abfälle oder angebrochene Tüten mit Baumaterialien und an den mit verblassten Jugendstilzeichnungen verzierten Wänden lehnten Reste von Gipskarton. Der Hausflur war gut viereinhalb Meter hoch und hatte am anderen Ende eine zweite Tür, die zur gegenüberliegenden Straße hinausführen musste. Zwei Treppenhäuser zweigten in der Mitte seitlich ab und von weit oben, wahrscheinlich aus dem Dachstuhl, hallte das Klopfen von mehreren Hämmern, die Nägel in Holz trieben. Ich stieg ein paar Stufen hinauf und betrat eine Wohnung im Hochparterre.

Die Wohnung war geräumig, schmutzig und leer. Es roch nach faulenden Dielen und irgendetwas Abgestandenem. Ich zündete mir eine Zigarette an und sah aus dem Fenster. Hinter einer Hecke auf der anderen Straßenseite hantierte ein Mann im Garten. Der Garten gehörte zu einem halb zugewachsenen, eingeschossigen Haus, und irgendwo nicht weit hinter dem steil ansteigenden Hügel war Dresden zu Ende.

Gerade fragte ich mich, was ich hier eigentlich zu suchen hatte, als unten ein Streifenwagen hinter meinem Audi hielt. Die Beifahrerin stieg aus, lockerte ihren blonden Pferdeschwanz, schob die Uniformmütze in die Stirn und ging um den Wagen herum. Sie musterte ihn wie ein Kind, das zum ersten Mal eine Gulaschkanone sieht. Dann warf sie einen Blick ins Innere und sah sich anschließend streng um, wobei sie die Fassade des Hauses überflog. Schließlich ging sie zurück zum Streifenwagen, um eine Minute später wieder auszusteigen und einen Zettel hinter meinen Scheibenwischer zu klemmen.

Mit einem Seufzer warf ich die Kippe in eine der leeren Bierdosen auf dem Fensterbrett und wandte mich zum Gehen. Wahrscheinlich hatte ich ein Parkverbotsschild am Anfang der Straße übersehen.

Beim Verlassen der Wohnung stieß ich fast mit dem Mann zusammen, der vorhin mit der Kralova vor dem Haus gestanden hatte.

»Oih!«, stieß er hervor, und muntere blaue Augen starrten mich überrascht an. Er trug einen verwaschenen Kordanzug und sah so tschechisch aus, als sei er direkt einer Kurzgeschichte von Hrabal entstiegen. Sein Schnauzbart saß einfach pfiffiger als bei seinen hiesigen Kollegen und unter dem Rand seiner Mütze stoben zottelige Haare hervor, die in alle Himmelsrichtungen zeigten.

»Was machst du hier?«, sagte er, als er sich wieder gefasst hatte.

»Die Haustür stand offen«, sagte ich anstatt einer Antwort.

Er breitete die Hände aus und blickte um sich. »Das ist Baustelle hier!«

Ich überlegte, ob ich ihn direkt auf Kühn ansprechen sollte, aber plötzlich stutzten wir beide und lauschten den Geräuschen, die von oben zu hören waren. Es polterte, krachte und mittendrin ertönte ein kurzer Schrei. Nach einer Schrecksekunde rannte der Mann die Treppen hinauf, ich zögerte nicht und hechtete ihm nach.

Unter dem Dach herrschten tropische Temperaturen. Dort, wo die Lichtstrahlen der tief stehenden Sonne fast waagerecht durch den Raum schossen, flimmerten Staub- und Faserpartikel in der heißen Luft. Der Dachstuhl war erst auf einer Seite gedämmt und man hatte begonnen, die Dämmung zu verschalen und mit Gipskarton zu verkleiden. Mitten im Raum saß einer der Arbeiter auf einem zerquetschten Paket Dämmplatten, er stützte seinen Unterarm und sein Gesichtsausdruck pendelte noch zwischen Schmerz und Überraschung. Um ihn herum standen drei Kollegen und redeten aufgeregt durcheinander.

Der Mann, der mit mir hinaufgerannt war, offenbar ihr Vorarbeiter, unterbrach sie und beugte sich zu dem Verletzten hinunter; stockend, so als müsste er erst wieder sprechen lernen, versuchte dieser zu erklären, was passiert war. Ich verstand von all dem kein Wort, aber es war nicht schwer zu erraten, wie es zu dem Unfall gekommen war. Offenbar hatte er in etwa drei Meter fünfzig Höhe auf einem Kehlbalken gestanden und versucht, jene Gipskartonplatte zu befestigen, die jetzt zerbrochen neben ihm lag. Dabei war er aus dem Gleichgewicht geraten und mitsamt der Platte abgestürzt, er hatte, vielleicht beim Versuch, sich irgendwo festzuhalten, eine Leiter und ein Bund Bretter, das aufrecht an den Balken gelehnt war, umgerissen und war zu seinem Glück auf den Dämmplatten gelandet.

Ich trat ein Stück näher an die Gruppe heran und sagte: »Ist der Arm gebrochen?«

Bis eben hatten sie mich kaum beachtet, aber vielleicht war es meine Sprache, die sie auf einmal verstummen ließ. Vier Augenpaare durchbohrten mich mit misstrauischen Blicken, beim fünften überwog der Schmerz. Ich sah ihre schmutzigen, verschwitzten Gesichter und spürte, wie mir selbst der Schweiß mit einem leichten Kribbeln über die Schläfen rann. Es war so still, dass die berühmte fallende Stecknadel wie eine Brechstange geklungen hätte.

Ich wischte mir mit dem Handrücken über die Stirn und versuchte es noch einmal. »Was ist?« Ich wandte mich direkt an den Polier, da ich nicht wusste, ob die anderen mich verstanden. »Wollen Sie nicht mal nachsehen?«

Er sagte etwas, was nicht für mich bestimmt war, aber Bewegung in die Kollegen brachte; sie hörten auf, mich anzustarren. Dann begutachtete er den Arm, der unterdessen stark angeschwollen war.

»Er ist gebrochen«, stellte ich fest.

»Bist du Arzt?«, antwortete er mit, wie ich herauszuhören glaubte, leichter Ironie.

»Nein, aber das sieht doch jeder. Oder hält man das bei euch zu Hause für einen Wespenstich?«

Sein Bärtchen zuckte, ich war mir nicht sicher, ob er grinste. Er rief ein paar tschechische Worte, woraufhin einer der Arbeiter sich mit einer Säge zu schaffen machte.

»Ihr macht ihm eine Schiene«, sagte ich.

Der Vorarbeiter nickte.

»Er muss zum Arzt.«

Er schüttelte kaum wahrnehmbar mit dem Kopf. »Kein Auto«, sagte er.

Ich tippte ihm an seine Brusttasche, aus der sein Mobiltelefon herauslugte. »Dann ruf doch einen Arzt an.«

Abrupt drehte er sich zu mir um und fuhr mich an: »Du lass sein! Das ist unsere Sache! Wer bist du denn?«

»Hans Staiger«, antwortete ich fast mechanisch, als ich das schmerzverzerrte Gesicht des Verletzten sah, dem eben die Schiene angehalten wurde. Mir kam der Gedanke, dass es hier vielleicht ein Versicherungsproblem gab.

Der Vorarbeiter sah sich suchend nach einer Befestigung für die Schiene um. »Klebeband«, sagte ich. »So was wird es doch wohl hier geben.«

Nach einer Weile brachte ihm einer eine Rolle. Er befestigte das Lattenstück an Ellenbogen und Handgelenk. Der Schweiß tropfte ihm vom Kinn und er murmelte beruhigende Worte.

»Und was jetzt?«, fragte ich, als er damit fertig war.

»Jetzt ich rufe Chef an.«

»Du meinst Chefin«, sagte ich.

Er stutzte und sendete mir einen misstrauischen Blick.

»Und was wird Chefin tun?«, fuhr ich fort. »Röntgt sie den Arm mit ihrem stechenden Blick und macht dann höchstpersönlich den Gips drum?«

Seine Miene verschloss sich, aber in seinen Augen stand etwas, das ich als Angst deutete. Er schwieg. Dass ich seine Chefin zu kennen schien, gefiel ihm nicht.

Ich deutete auf den Verletzten und fragte: »Spricht er deutsch?«

Der Polier schüttelte den Kopf.

»Und eine Arbeitserlaubnis hat er auch nicht?«

Einen Moment lang sah es aus, als wolle er mir widersprechen, aber er überlegte es sich anders und sagte nichts.

»Ich fahre ihn ins Krankenhaus«, sagte ich. »Mein Auto steht vor der Tür.«

Er schien immer noch nichts sagen zu wollen, also fügte ich hinzu: »Na los! Das kann sonst böse Infektionen geben! Und die Chefin kannst du hinterher immer noch anrufen.«

Er wandte sich zunächst an seine Kollegen, bevor er mich wieder ansah. »Ich komme mit«, sagte er dann.

»Von mir aus. Aber sag ihm …«, ich deutete auf den Verletzten, »dass er nichts, aber auch gar nichts sagen soll, wenn wir dort sind! Und nehmt die Mützen ab, ihr seht ja aus wie Tschechen.«

Der Vorarbeiter reichte mir seine Mütze. »Nimm du, wird dir gut stehen!« Das Lächeln, das er dabei zeigte, war sehr schwach. Aber immerhin.

Unten verfrachtete er den Patienten auf die Rückbank, zündete für sich und ihn Zigaretten an und setzte sich zu mir nach vorn. Ich warf einen Blick zur Uhr. Kurz vor sieben. Das Neustädter Krankenhaus lag höchstens zwei Kilometer entfernt. Wenn es nicht zu lange dauerte, konnte ich Kühn nachher noch auf seiner Baustelle antreffen. Als ich das Gaspedal durchtrat, fing der kleine Strafzettel hinter dem Scheibenwischer an laut zu flattern. Zum ersten Mal sah ich den Vorarbeiter herzhaft grinsen.

Der Gang vor der Notaufnahme war gähnend leer. Auf mein Klingeln öffnete sich die Tür einen Spalt und das Gesicht eines Mannes erschien, das noch die Reste eines abgestandenen Spätschichtlachens in sich trug. Er war jung, vielleicht Mitte zwanzig, aber er hatte schon den typischen Blick, der aus einem einen Bittsteller macht.

»Jaah?«, sagte er und sein Ausdruck glitt weiter ab. Jetzt sah es aus, als betrachtete er einen überfüllten Mülleimer.

»Drei Pizza Margaritha«, sagte ich.

Er schnappte nach Luft. »Wie bitte?«, kam es empört aus ihm hervor.

»Nun machen Sie schon auf, Mann! Hier hat sich jemand den Arm gebrochen.«

Nach weiteren, im Ernstfall wertvollen Sekunden hielt er die Tür gerade so weit auf, dass wir drei im Gänsemarsch an ihm vorbeikamen. Er schloss die Tür hinter uns, deutete auf eine schlichte Bank an der Wand und gebot uns, hier zu warten. Dann lief er den Gang hinunter, wobei die Enden seiner Sandalen über die Fliesen schlurften wie alte, hart gewordene Scheuerlappen, und verschwand hinter einer Tür.

Knapp eine Minute später erschien eine Schwester, sie winkte und rief: »Kommen Sie!«

Wir kamen.

»Was ist passiert?«, fragte sie, als wir sie erreicht hatten.

»Er ist von der Leiter gefallen und hat sich den Unterarm gebrochen«, antwortete ich.

»Wann war das?«

»Vor etwa zwanzig Minuten.«

»Gut, wir gehen erst mal zum Röntgen. Haben Sie ihre Versicherungskarte dabei?«

»Hat er.«

Jetzt sah sie mich direkt an und schob die Brauen eng zusammen. »Kann er nicht selbst reden?«

»Nein.«

»Was soll das heißen? Wolln Sie mich verschaukeln!«

»Aber nein. Er ist taubstumm.« Ich griff dem Verletzten in die Jacke, zog seine Brieftasche hervor und entnahm ihr meine AOK-Karte, die ich ihm vor Verlassen des Wagens dort hineingesteckt hatte.

Sie griff nach der Karte und las, dann betrachtete sie uns misstrauisch, einen nach dem anderen. Schließlich gab sie sich einen Ruck, fasste den gesunden Arm des Verletzten und sagte an den Polier und mich gewandt: »Sie beide können hier warten.«

Wir liefen zurück zur Bank und setzten uns. Der Polier stützte seine Ellenbogen auf die Knie, faltete die Hände und sah zu Boden. Ich lehnte mich an die kühle Wand und unterdrückte das Verlangen nach einer Zigarette.

»Kennst du einen Frank Kühn?«, sagte ich.

Zwei Türen klappten, als der Jüngling von vorhin den Gang überquerte. Er trug die leere Glaskanne einer Kaffeemaschine. Vielleicht hatte ich mich getäuscht und er hatte doch keine Spät-, sondern Nachtschicht.

»Kühn?«, murmelte der Polier und drehte den Kopf leicht nach meiner Seite, damit ich sehen konnte, dass er nachdachte.

Wieder klappten die beiden Türen; die Glaskanne war jetzt mit Wasser gefüllt. Ich holte das Foto aus meinem Hemd und hielt es dem Polier hin. »Das ist er«, sagte ich.

»Ah! Freund von Chefin.«

»Wie? Freund?«

Er drehte den Kopf noch ein weiteres Stück und grinste mich an. »Na, du weißt schon. Freund eben.«

Ich steckte das Foto weg und fummelte an der Zigarettenschachtel in meiner Hosentasche herum. »Und seit wann sind die beiden Freunde?«

»Vielleicht«, er runzelte die Stirn, »halbes Jahr, oder bisschen mehr.«

»Hat sie viele Freunde, die Chefin?«

Wieder grinste er. »Nicht nur einen.« Er zeigte mit dem Finger in Richtung Decke. »Wie viel genau, weiß nur er. Du bist doch kein Bulle, dass du so viel fragen musst?«

»Warum sollte sich ein Bulle für deine Chefin interessieren?«

Er zuckte mit den Schultern, wandte sich ab und sah wieder den Boden an.

»Oder für Kühn?«, fügte ich hinzu.

Er antwortete nicht. Was erwartete ich eigentlich von ihm? Dass er mir erzählte, dass seine Chefin sehr böse und sehr skrupellos ist? Nein, wenn ich meinen Auftraggeber nicht enttäuschen wollte, musste ich mir etwas anderes einfallen lassen, als Arbeiter über ihre Vorgesetzten aushorchen zu wollen.

Draußen klingelte jemand. Der träge Jüngling kam angewatschelt und vermied es, uns anzusehen. Durch die Tür seines Zimmers, die er offen gelassen hatte, kam das aufgezogene Geplapper von Superradio Sachsenantenne. Manche Leute machen es einem so durch und durch schwer, sie zu mögen.

Zwei Frauen, die herausgeputzt waren, als würden sie dem sächsischen König ihre Aufwartung machen wollen, betraten den Gang. Die eine hatte einen blutigen Verband an der rechten Hand und angetrocknete Wimperntusche auf den Wangen. Beide wirkten gehetzt, fast verzweifelt. Möglicherweise waren sie dabei, die Verabredung ihres Lebens zu verpassen. Der Jüngling bekam einen süßlich mitfühlenden Gesichtsausdruck und seine Stimme erinnerte mich an lauwarme Milch.

Ich zog eine Zigarette aus der Packung, stand auf und ging an dem Grüppchen vorbei nach draußen. Der Polier folgte mir, ebenfalls mit einer Zigarette in der Hand. Rauchen hat etwas sehr Verbindendes.

Eine knappe Stunde danach setzte ich die beiden vor ihrer Baustelle ab. Der Verletzte stieg aus, beugte sich von draußen zu mir hinab und streckte mir meine AOK-Karte durch das offene Seitenfenster entgegen. Sein gebrochener Arm war bis zur Schulter eingegipst und hing in einer Schlinge. Er murmelte etwas, wobei seine

Augen unruhig umhersprangen wie Wassertröpfchen auf einer heißen Herdplatte.

Ich steckte die Karte weg.

»Er hat sich bei dir bedankt«, sagte der Vorarbeiter, der noch im Auto sitzen geblieben war.

»Hat er Angst, weil er jetzt nach Hause fahren muss und eine Weile kein Geld verdient?«, sagte ich.

Der Polier winkte ab. »Ach was, warum Angst? Aber ist schon scheiße, das!« Er schlug sich mit der flachen Hand gegen den Arm. »Musst aufpassen, wenn du solche Arbeit machst!«

»Musst immer aufpassen«, erwiderte ich und bot ihm meine Hand zum Abschied.

Er zögerte einen Sekundenbruchteil, dann griff er danach. »Hans?«, sagte er, und als ich bestätigend nickte fügte er hinzu: »Ich heiße Karel«, dann öffnete er die Tür.

»Warte«, hielt ich ihn zurück. Ich kramte in meinen Taschen und gab ihm eine von den alten Visitenkarten aus meiner Zeit im Baustoffhandel, die ich aus nostalgischen Gründen noch immer bei mir trug. Es standen Name, Adresse und Telefonnummer drauf, die Firmennummer hatte ich durchgestrichen. »Manchmal bin ich Detektiv«, sagte ich. »Vielleicht brauchst du irgendwann mal einen.«

Nach einem erneuten Zögern nahm er die Karte, stieg aus und ging zu seinem Kollegen, der vor dem Eingang auf ihn wartete.

Vorhin, als wir das Haus verließen, hatte ich durch eine offene Wohnungstür einen flüchtigen Blick auf ein paar Liegestätten werfen können, die den Namen Bett nicht verdienten. Das hier war nicht nur Baustelle, sondern auch Unterkunft für sie. Hoch lebe die Branche! Vielleicht sollten wir alle dort schlafen, wo wir arbeiten, uns würden eine Menge nutzloser Gedanken abhanden kommen.

Ich schüttelte den Kopf, zündete eine Zigarette an und schaltete die Zündung ein. Die Sonne war untergegangen, den Himmel überzog ein leichtes Violett, welches weitaus kühler wirkte, als es der Abend tatsächlich war. Ich beugte mich vor und angelte durch das Seitenfenster nach dem Strafzettel, der immer noch hinter dem Scheibenwischer klemmte. Ich packte ihn aus der Zellophanhülle, warf einen Blick darauf und knüllte ihn verärgert zusammen. Die verschuldete Residenzstadt würde mir eine Zahlungsaufforderung schicken, mit Überweisungsschein und freundlichen Grüßen. Als ich wendete, sah ich kaum zwanzig Meter vom Eingang entfernt, hinter einem Schuttcontainer einen schwarzen 3er BMW. Ich war nicht ganz sicher, ob es derselbe war, den ich heute Mittag vor der Kneipe gesehen hatte, aber diesmal notierte ich das Kennzeichen. Langsam rollte ich vorbei. Im Wagen saß niemand.

Zu Hause holte ich mir ein Bier aus dem Kühlschrank, setzte mich neben das Telefon und nahm den Hörer ab, um bei Müller anzurufen. Nachdem ich die Vorwahl eingetippt hatte, unterbrach ich, legte den Hörer wieder auf und blätterte im Telefonbuch. Der Name Kralova war nicht verzeichnet. Steins gab es eine ganze Menge, aber keiner hieß H. oder gar Hana und wohnte in der Goethestraße. Im Branchenbuch fand ich die Firma Stein-Kralova auch nicht, dafür die Adresse des Immobilienmaklers. Er residierte nicht weit von hier in der Mohnstraße. Ich schob das Buch zur Seite, griff wieder zum Hörer und wählte die Nummer meines Auftraggebers. Beim dritten Klingelzeichen hob er ab.

»Hallo?«

»Guten Abend. Staiger hier.«

»Ah, Herr Staiger! Sind Sie weitergekommen?«

»Wenig. Ihr Herr Kühn arbeitet den ganzen Tag und lässt sich kaum ablenken.«

»Wie meinen Sie das?«

»Ich meine, dass ich ihn nun schon seit drei Tagen beobachte und immer noch nicht weiß, was ihn zu der Kündigung veranlasst haben könnte. Abgesehen von seinem Stress.«

»Ist das alles? So was Ähnliches haben Sie mir doch heute Vormittag schon gesagt.« In seiner Stimme schwang eine Mischung aus Verärgerung und Enttäuschung mit.

»Vielleicht ist das alles, vielleicht auch nicht. Heute Nachmittag hat er sich mit jemandem getroffen. Einer Frau mit osteuropäischem, wahrscheinlich tschechischem Akzent, jedenfalls meistens. Sie hat anscheinend eine Firma.«

»Anscheinend? Was für eine Firma?«

»Eine Baufirma. Anscheinend. Nicht alles ist, wie es scheint. Besonders in dem Gewerbe, aber das ist Ihnen wohl bekannt.«

»Und was hat er mit dieser Frau zu tun?«

»Ich weiß es noch nicht. Die beiden haben miteinander geredet und sich dabei kurz und heftig gestritten, aber ich war nicht dicht genug dran, um zu verstehen, worum es ging. Vielleicht ist die Frau so eine Art Schlüssel, nach dem Sie suchen, aber bis jetzt eben nur vielleicht.«

»Ziemlich viele Vielleichts, finden Sie nicht?«

Klar fand ich das. Gleich würde er mir sagen, dass er mich nicht fürs Spekulieren bezahlte. Ich wartete.

»Ich hab Sie engagiert, damit Sie etwas herausfinden«

»Falls es etwas herauszufinden gibt.«

»Es gibt immer was. Jedenfalls nützen mir Mutmaßungen gar nichts.«

»Sind aber inklusive«, warf ich ein und redete schnell weiter, als ich ihn schnaufen hörte. »Außerdem dachte ich, Sie könnten mir helfen und mal in den Unterlagen von MOKA-BAU nachsehen, ob diese Firma dort in irgendeiner Form auftaucht. Vielleicht hat sie schon mal für Sie gearbeitet.«

»Aha«, sagte er, das Schnaufen war verschwunden. »Sagen Sie mir den Namen.«

»Stein, Bindestrich, Kralova. Mit v vor dem zweiten A. Vorname Hana mit einem N. Ein hiesiger Baustoffhandel führt sie unter Hausverwaltungs-GmbH, Goethestraße in Dresden. Schon mal gehört?«

»Nein. Sagt mir im Moment nichts. Aber ich kümmere mich drum. Wenn ich bei uns nichts finde, gibt es in Dresden immer noch ein paar Leute, die mir gern einen Gefallen tun.«

»Ihre Beziehungen sollte man haben. Bei welchen Baustoffhändlern kauft Kühn für Ihre Firma hier in Dresden ein?«

»Wozu wollen Sie das wissen?«

»Keine Ahnung. Ist das ein Problem?«

»Nein. Ich kümmere mich darum. Sonst noch was?«

»Ja. Möglicherweise werde ich, falls sich morgen nichts Aufregendes ergibt, die Taktik ändern. Mit Ihrer Zustimmung natürlich nur. Ich werde mich spätestens am Freitag während der Bauübergabe unter die Leute mischen und ein bisschen rumschnüffeln. Kann ich mich auf Sie berufen, falls ich bei irgendwas erwischt werde?«

»Wobei sollte man Sie denn erwischen?«

»Zum Beispiel dabei, dass ich meine Nase in fremde Unterlagen stecke. Oder dass Kühn mich irgendwann mal fragt, warum ich mich so für ihn interessiere.«

»Ich möchte nicht, dass er denkt …«

»… dass Sie ihm nachspionieren, ich weiß. Gut, war nur ein Versuch. Ihr Name wird nicht fallen. Trotzdem muss ich näher an ihn ran.«

»Wie wolln Sie das machen?«

Ich überlegte, was ich darauf antworten sollte. »Ich weiß noch nicht«, sagte ich schließlich. »Das hängt von der Situation ab. Bleibt es bei Freitag?«, wechselte ich das Thema.

»Natürlich. Ich bin am frühen Nachmittag in Dresden, habe noch einen Termin und treffe Sie dann abends auf dem Schiff.«

»Auf welchem Schiff?«

»Die Einweihungsfeier findet auf einem Schiff statt, sagte ich das nicht bereits?«

»Nein, aber das macht nichts. Ist es einer von den festgezurrten Hotelkähnen am Terrassenufer oder was Mobiles?«

»Eins von den Hotels. Aus Sicherheitsgründen, es werden Politiker erwartet. Aber Sie melden sich doch vorher noch mal? Dann kann ich Ihnen vielleicht schon etwas über diese Firma sagen.«

»Vielleicht?«, stichelte ich vorsichtig.

Er hustete. »Staiger«, röchelte er. »Sie sollen nicht meine Worte auf die Goldwaage legen, sondern endlich was herausfinden!« Und nach einer Pause fügte er in versöhnlichem Ton hinzu: »Übrigens, um noch mal darauf zurückzukommen, schnüffeln Sie meinetwegen, wenn es keinen anderen Weg gibt. Und bevor man Ihnen etwas antut, berufen Sie sich halt auf mich. Aber es wäre mir lieber, wenn es nicht so weit kommt. Auf Wiederhören!«

Bevor ich antworten konnte, legte er auf und überließ mich meiner Fachkompetenz. Ich trat ans Fenster und sah der Straßenlaterne beim Flimmern zu. Sie schaffte es nicht, richtig anzuspringen. Sie hatte es noch nie geschafft, jedenfalls nicht, seit ich hier wohnte. Ich überlegte, was schwimmende, festgemachte Schiffe für Politiker sicherer machte, als schwimmende, nicht festgemachte Schiffe. (Zu der Formulierung »vor Anker liegen« konnte ich mich angesichts der trägen Elbe nicht entschließen.) Es führte zu keinem Ergebnis. Ich prostete der Laterne zu, stürzte den letzten Schluck Bier herunter und ging aus dem Haus.

Ich fuhr ohne Eile in die Neustadt, um nach Kühn zu suchen. Ich vermutete ihn entweder zu Hause oder in einer der Kneipen. Der Honda stand zwar vor Kühns Haus, aber in seiner Wohnung brannte kein Licht. Ich rollte langsam die Louisenstraße entlang, in der fast jedes dritte Haus irgendeine Art von gastronomischer Einrichtung im Erdgeschoss beherbergt. Parkplätze waren hier so rar wie alte Solitäreichen, und so beschränkte ich mich zunächst auf die Kneipen, die man von außen einsehen konnte. Ich fand ihn im Cosa Nostra, einer großen, schlecht beleuchteten Bar. Er stand am Tresen und unterhielt sich mit der rothaarigen Bedienung. Ich wendete an der nächsten Querstraße, stieß zurück und parkte in zweiter Reihe auf der anderen Straßenseite.

Nach einer dreiviertel Stunde fragte ich mich, wo die Bullen blieben, um mir zu sagen, ich könne hier nicht stehen bleiben. Ich stieg aus, lehnte mich an die Motorhaube und rauchte. Gern hätte ich jetzt auch einen zur Brust genommen, stattdessen betrachtete ich meinen Schatten, den eine Straßenlaterne auf das Kopfsteinpflaster warf.

Ein Polizeiwagen kam näher, bremste, ohne stehen zu bleiben, und zwei Paar Wachsamkeit vorgaukelnde Augen musterten mich streng im Vorbeifahren. Nichts an mir interessierte sie so, dass sie sich die Mühe des Anhaltens machen wollten. Sie verschwanden, ohne meine Blockade geahndet zu haben.

Kühn kam aus der Kneipe und brachte einen Schwall Hip-Hop mit auf die Straße. Er wankte nicht, aber man sah ihm an, dass er nicht mehr ganz nüchtern war. Er bog in die Kamenzer Straße – sein Heimweg. Während weitere Leute die Kneipe verließen, stieg ich wieder ins Auto. Ich war dabei, mich damit abzufinden, dass dieser Tag gelaufen war. Zu spät fiel mir auf, was mir sofort hätte auffallen sollen. Zwei der Leute, die eben herausgekommen waren, hatte ich heute Mittag schon einmal gesehen, wenn auch nur flüchtig: Die Insassen des BMW.

Ich stieg aus und lief ebenfalls zur Kamenzer Straße und sah gerade noch, wie Kühn unter ihren Schlägen stürzte.

»Heh!«, brüllte ich und rannte los, gleichzeitig trat ein Pärchen aus einem der Hauseingänge und fing ebenfalls an, sich laut bemerkbar zu machen. Aber die beiden Schläger waren längst schon auf dem Weg zur nächsten Ecke.

Als ich Kühn erreichte, hatte ihm das Pärchen eben auf die Beine geholfen. Er schüttelte den Kopf, als wenn er die Bilder eines absurden Traumes verscheuchen müsste.

»Wie geht's ihm?«, fragte ich.

Der junge Mann wollte etwas sagen, aber Kühn streifte seinen Arm ab und fiel ihm ins Wort. »Nix Schlimmes, kann selbst stehen! Mit denen wäre ich schon noch fertig geworden!«

Offenbar hatte er nicht viel abbekommen. Schnell wandte ich mich ab und rannte zum Auto zurück, stieg ein, fuhr die Kamenzer entlang bis zur nächsten Ecke und sah am Ende des Blocks zwei sich entfernende Rücklichter. Ich gab Gas und kam auf dem Bischhofsweg nahe genug an sie heran, um zu erkennen, dass es tatsächlich ein dunkler BMW war. Ich ließ den Abstand wieder größer werden.

Sie fuhren ins benachbarte Hechtviertel. Nachdem ich ihnen zweimal um dasselbe Karree gefolgt war, hatte ich sie verloren. Entweder waren sie sehr vorsichtig, oder sie hatten mich bemerkt. Oder beides. Ich umrundete die schlecht beleuchteten Häuser ein drittes Mal, ohne sie zu entdecken. Daraufhin hielt ich an, stellte den Motor ab und lauschte. Von der Fritz-Reuter-Straße wehte das pfeifende Geräusch einer Straßenbahn herüber. Irgendwo grölte ein Betrunkener. Sonst nichts.

Nach einer weiteren ereignislosen Minute ließ ich den Motor wieder an und beschloss, mich noch so lange vor Kühns Haus zu postieren, bis er entweder etwas unternahm oder schlafen ging. Ich tippte auf die zweite Variante. Dass die beiden Schläger sich Kühn heute noch einmal vorknöpfen würden, glaubte ich zwar nicht, aber mittlerweile war ich auf Überraschungen gefasst. Sie hatten ihm eine Warnung verpasst, aus welchem Grund auch immer. Und vorhin schien Kühn noch unbeeindruckt, doch wenn er wieder nüchtern war, mochte er darüber anders denken.

Wieder auf dem Bischhofsweg, bemerkte ich den Schatten hinter mir. Sie fuhren ohne Licht, und ich wusste nicht, wie lange sie schon da waren. Ich beschleunigte. Der Schatten blieb im selben Abstand. Die kleinen Seitenstraßen außer Acht lassend, fuhr ich einen Bogen um das Viertel und bog von der Bautzener in die Rothenburger Straße ein, der BMW folgte. Ich überquerte die Louisenstraße und hielt in der Görlitzer vor einer Kneipe an. Der BMW hielt ebenfalls. Direkt hinter mir.

Ich stieg aus, öffnete den Kofferraum und entnahm ihm ein ansehnliches Stemmeisen mit Nagelkralle, einen Kuhfuß. Das Eisen gut sichtbar in der Hand, lehnte ich mich gegen das Heck meines Audi und sah zum BMW, dessen Motor noch lief, hinüber.

Sie brauchten fünfzehn, zwanzig Sekunden, danach schalteten sie die Scheinwerfer ein und blendeten auf, legten einen Kavalierstart erster Güte hin und bremsten gleich darauf scharf, als sie fast auf meiner Höhe waren.

Ich hatte schon ausgeholt, konnte aber kaum etwas erkennen, als es aus der Beifahrertür herausrief: »Halt dich bloß raus, Wichser!« Dann gaben sie Gas und ließen mich in einer Dunstwolke zurück. Ich entschied spontan, ihnen nicht hinterherzufahren.

Zwei Kerlchen im Studentenalter waren aus der Kneipe gekommen. Vielleicht standen sie schon eine Weile da, ich wusste es nicht, jedenfalls schienen sie das letzte Stück der Szene mitbekommen zu haben. Der eine machte ein leutseliges Gesicht und wollte etwas sagen, aber als er meinen Blick auffing, unterließ er es. Sie wandten sich ab und schlenkerten die Straße hinunter.

Erst jetzt wurde mir bewusst, dass mir der Schweiß von der Stirn perlte und ich die Stange immer noch zum Schlag erhoben hielt. Ich ließ sie sinken.

Gerade rechtzeitig. Der Polizeiwagen von vorhin kam angerollt. Diesmal hielten sie. Der Beifahrer kurbelte die Scheibe herunter und schob sein Kinn ein paar Millimeter über das schützende Blech hinaus.

»Was machn Sie'n da?«, sagte er.

»Hab nur meine Reifen abgeklopft. Ist alles in Ordnung«, antwortete ich.

Er glaubte mir nicht. Aber er war zu bequem, um näher darauf einzugehen. »Dann machen Sie gefälligst die Warnblinker an, wenn Sie schon mitten auf der Straße anhalten!«

»Bin schon verschwunden!«

Sie warteten noch, bis ich eingestiegen war und den Motor angelassen hatte, dann rollten sie weiter auf ihrer von lauernden Abenteuern durchzogenen Dienststrecke.

Bei Kühn brannte noch Licht. Von der Zimmerdecke wurde das Flimmern des Fernsehers reflektiert. Ich wartete eine halbe Stunde und vermutete schon, dass er mit seiner Flasche im Arm eingeschlafen war, als die Rothaarige aus dem Cosa Nostra um die Ecke gebogen kam und zügig das Haus ansteuerte. Sie drückte die Klingel neben der Gartenpforte, woraufhin Kühns Silhouette oben am Fenster erschien und ihr zuwinkte. Sie betrat das Grundstück und verschwand hinter dem Haus. Kurz darauf wurde der Fernseher abgeschaltet. Ich rauchte noch eine Zigarette, wünschte den beiden da oben eine angenehme Nacht und freute mich auf das Bier, das in meinem Kühlschrank auf mich wartete. Für heute hatte ich genug von Baustellen, BMWs und Bullen. Eine Brise zischelte durch das junge Laub der Birnbäume, die auf dem Nachbargrundstück standen, und ein zarter Schleier schickte sich an, die Mondsichel zu bedecken.

Ich fuhr nach Hause. Kurz bevor ich ankam, fielen die ersten feinen Tropfen auf meine Windschutzscheibe.

4

Am Donnerstagmorgen rief Müller an. Ich erfuhr, dass Hana Stein-Kralova vor etwa zwölf Jahren einen Düsseldorfer Bauunternehmer geheiratet hatte. Manfred Stein war kein Unbekannter in der Branche, zweifelhaften Ruhm genossen insbesondere seine Spekulationsgeschäfte. Vor drei Jahren trennte sich seine Frau Hana von ihm, ging nach Dresden und leitete seitdem eine eigene Firma. Laut Müller stand sie nicht in den Dateien der Firmen, die für MOKA-BAU arbeiteten. Im Übrigen war er davon überzeugt, noch mehr herauszufinden.

Es schien ihm Spaß zu machen, sich aktiv am Detektivspiel beteiligen zu können, und das hielt ich für einen günstigen Moment, ihn von den Geschehnissen des gestrigen Abends zu unterrichten.

Als ich damit fertig war, schwieg er einen Moment. Dann sagte er: »Sie meinen also, das soll eine Warnung gewesen sein?«

»Haben Sie eine bessere Idee?«

»Eine Warnung wovor?«

»Dass er seinen Mund hält, wahrscheinlich. Aber fragen Sie nicht, worum es geht, ich weiß es nicht.«

»Und wie soll es jetzt weitergehen?«

»Was mich angeht, gibt es zwei Möglichkeiten. Die erste ist, ich mache das, was ich jeden Tag gemacht habe: Ich bleibe an ihm dran, bis er schlafen geht.« Ich wartete einen Augenblick, damit er Zeit hatte, darauf zu antworten.

Sein Elan war gebremst. »Und die zweite?«, sagte er vorsichtig. »Meinen Sie, wir sollten wegen des Vorfalls die Polizei einschalten?«

»Wenn Sie das wollen, jederzeit. Allerdings sollten Sie dann vorher mit Kühn sprechen, damit er nicht das Gegenteil behauptet. Schließlich hat er gestern nicht die Polizei gerufen.«

»Verstehe. Ich lass mir das durch den Kopf gehen. Ich werde versuchen, mit ihm zu sprechen, aber passen Sie bis dahin gut auf ihn auf! Was wäre denn die zweite Möglichkeit?«

»Ich könnte versuchen, herauszukriegen, ob die Schläger tatsächlich für die Kralova arbeiten. Bisher ist es doch kaum mehr als ein Verdacht.«

»Nein, jetzt noch nicht. Ich möchte, dass Sie bei Kühn bleiben.«

»Na gut. Ich tu, was ich kann. Aber ich bin kein Leibwächter.«

»Dann wachsen Sie über sich hinaus. Und wie gesagt, ich werde bezüglich dieser dubiosen Firma noch mal bei anderen Stellen nachhaken. Vielleicht melde ich mich heute Nachmittag bei Ihnen, ansonsten bis morgen.«

»Ja, bis morgen.«

Ich legte auf und griff nach meiner Lederjacke. Das Telefon klingelte.

»Herr Staiger?«

Nochmal Lothar Müller. »Ja.«

»Die Baustoffhändler, bei denen MOKA in Dresden einkauft, Sie wollten doch wissen …«

»Ach ja.«

»Es sind zwei: die Heinze-Lachner AG und eine gewisse Baufink GmbH.«

»Gut. Danke, ich glaube das hilft mir.«

»Also nochmal, bis morgen.«

»Bis morgen.«

Ich trank meinen Kaffee aus und zog die Lederjacke über.

Es regnete bis zum späten Vormittag, und auch danach wollte es nicht richtig hell werden. Dieser Tag war einer von denen, die man getrost aus dem Kalender streichen konnte. Ein Tag, an dem man sich dauernd fragt, was eigentlich für ein Datum ist, und es gleich darauf wieder vergessen hat.

Kühn verbrachte den ganzen Tag auf der Baustelle, wobei er die meiste Zeit damit beschäftigt war, Haus für Haus ausgiebig zu begutachten; immer wieder erschien sein Kopf an irgendeinem Fenster und ich war mir sicher, dass er keinen Winkel auslassen würde. Es ging um seinen Ruf, auch oder gerade weil er gekündigt hatte.

Gegen 18 Uhr, Kühn war in einem der hinteren Häuser unterwegs, stieg ich das hölzerne Podest zu seinem Bürocontainer hinauf und öffnete die Tür. Auf den drei Schreibtischen darin sah es aus, als hätte man die Papierkörbe darüber entleert, und hinter dem einen saß ein Mann, blickte aus dem Fenster und telefonierte. Er ließ sich von mir nicht stören, wendete nicht einmal den Kopf. Ich steckte mir eine Zigarette in den Mund und wartete, bis er auflegte.

»Ich suche Herrn Kühn«, sagte ich dann.

»Ja?«, sagte er. Erst jetzt schien er meiner gewahr zu werden. Er war Anfang dreißig und sah sehr müde aus. In seinem Zustand sollte man nicht mit dem Stuhl kippeln, aber genau das tat er.

»Kühn«, wiederholte ich.

»Ist draußen unterwegs.« Er machte dabei eine träge Handbewegung. »Was gibt's denn?«

»Ich hätte einen Job für ihn, wenn das hier erledigt ist.«

»Aha.« Er rieb sich die Augen. »Und warum erzählen Sie mir das?«

»Weil«, ich breitete die Hände aus, »das hier gute, sehr gute Arbeit ist, und gute Leute sind gefragt. Was machen Sie denn, wenn Sie hier fertig sind?«

»Urlaub.« Er meinte es ernst.
»Klar. Und danach? Bleiben Sie in Kühns Team?«
»Er hat gekündigt.«
»Ich weiß, deswegen bin ich ja hier. Oder bin ich zu spät? Hat er viele neue Angebote?«
Er zuckte die Schultern. »Nicht, dass ich wüsste.«
Das Telefon auf einem anderen Schreibtisch klingelte und noch bevor der erste Ton verklungen war, beugte er sich hinüber und nahm den Hörer ab.
Ich sah ein, dass aus ihm nichts herauszubekommen war. Wahrscheinlich war dieser Kollege hier auch unter denen gewesen, mit denen Müller schon vergeblich gesprochen hatte. Ich ließ ihn allein.
In der Kneipe kaufte ich zwei belegte Brötchen und schlenderte essend zwischen den Neubauten herum, die bei dem trüben Wetter aussahen, als hätten sie schon immer hier gestanden. Für das zur Besichtigung hergerichtete Musterhaus interessierte sich heute niemand, also trat ich ein. Es roch nach frischer Farbe, Fußbodenbelag und Maschinenkaffee. In der Vorhalle lagen Prospekte aus und an einem kleinen Tisch saßen zwei plaudernde Frauen, hübsch zurechtgemacht, die Beine dekorativ übereinandergeschlagen. Gewissermaßen die Animierdamen für den potentiellen Mieter – dass die paar Quadratmeter Gewerbefläche oder die drei, vier Zimmer Wohnraum ihr Geld nicht wert waren, merkte man erst, wenn man eingezogen war und feststellte, dass die beiden Damen tatsächlich nicht zur Einrichtung gehörten.
Die Frauen verstummten, als sie mich kauend im Türrahmen stehen sahen, eine von beiden wollte aufstehen, aber ich winkte ab, wandte mich um und wäre fast mit dem Pizzalieferanten zusammengestoßen, der den Frauen das Abendessen brachte.
Den Rest des Tages saß ich im Auto. Ich blieb auch dort, als Kühn mit zwei Kollegen – der, den ich vorhin kurz gesprochen hatte, war dabei – in die Kneipe gegenüber ging. Sie hockten dort fast bis elf, kamen zusammen heraus und verabschiedeten sich vor der Tür.
Danach fuhr Kühn direkt nach Hause. Um Mitternacht knipste er die Lichter aus. Ein friedliches Ende eines trüben Tages. Keine

Bullen, keine finsteren Typen in einem BMW. Keine Nachricht von Müller auf meinem Anrufbeantworter, dafür hatte Sylvia wieder einmal vergeblich versucht, mich zu erreichen.

Ich legte eine Schallplatte auf, holte Bier aus der Küche und setzte mich in meinen Sessel. Der erste Satz aus Beethovens sechster Sinfonie (»Erwachen heiterer Empfindungen bei der Ankunft auf dem Lande«) war fast so gut wie zwei Tage Urlaub, auch wenn ich den nicht nötig hatte. Im Nachhinein betrachtet war dies der letzte Tag gewesen, an dem ich das Gefühl gehabt hatte, mein Geld mit Nichtstun zu verdienen.

5

Freitag. Der Tag der Übergabe der Wohnresidenz Elbaue an die Investoren.

Am Morgen ließ ich mir Zeit, denn Kühn würde zumindest bis zum Mittag schwer beschäftigt sein und keine Gelegenheit haben, das Gelände zu verlassen. Ich schlief fast bis acht, frühstückte in aller Ruhe, hörte dabei im Radio eine Sendung über Herzklappenoperationen und sah den Sonnenstrahlen dabei zu, wie sie über meinen Fußboden wanderten.

Etwa 10 Uhr traf ich an der Wohnresidenz ein. Der Wirt wischte gerade die Tische und Stühle vor seiner Kneipe ab. Ich kaufte Zigaretten und bestellte einen Kaffee. Er zeigte mir ein sonniges Lächeln, deutete mit dem Kinn zu den Neubauten hinüber und sagte: »Heute ist der große Tag, wie? Lauter hohe Herrschaften. Mal wieder 'n bisschen Aufschwung Ost feiern.«

Ich konnte niemand entdecken, aber in der Nähe des Bürocontainers parkten ein paar unanständig große Limousinen.

»Die Geldgeber«, sagte ich und setzte mich hin.

»Und Geldnehmer«, fügte der Wirt verbissen hinzu und verschwand im Eingang.

Ich rauchte und trank die Art von Kaffee, die man in Kneipen bekommt, deren Kundschaft in der Hauptsache aus Biertrinkern besteht. Nach einer Weile verließ eine Gruppe von fünfzehn, zwanzig Leuten unter der Führung von Kühn eines der Häuser und begab sich zum nächsten. Ich blieb noch eine Minute sitzen, dann bezahlte ich. Ich lief ein bisschen vor meinem Wagen auf und ab, unschlüssig darüber, ob ich hier warten oder mich zu der Gruppe gesellen sollte.

Meine Entscheidung wurde von unerwarteter Seite in eine andere Bahn gelenkt. Kühns Kollege, mit dem ich gestern gesprochen hatte, trat aus dem Container auf das Podest hinaus, blieb dort stehen und hielt Ausschau nach der Gruppe, bevor er sich auf den Weg zur Kneipe machte. Er sah immer noch nicht besonders frisch aus, und sein Gang wirkte, als hätte er die letzten zwölf Stunden in einem Kleinwagen gesessen. Ich überquerte in seinem Rücken die Straße, lief so schnell und unauffällig wie möglich zum Container und nahm die paar Stufen mit zwei großen Schritten. Ich drückte die Türklinke nieder und hatte Glück. Es war offen und ich war allein. Ohne zu zögern zog ich die Schubladen von Kühns Schreibtisch heraus und nahm den Inhalt unter die Lupe; welcher der Schreibtische der richtige war, hatte ich oft genug von außen durch dasselbe Fenster gesehen, durch das ich nun nebenbei den Eingang der Kneipe im Auge behielt. Neben dem üblichen Bürokram – Aktenmappen, Lieferantenverzeichnisse, Locher und Klammergerät, und, nicht zu vergessen, die handliche Ausgabe der Verdingungsordnung für Bauleistungen –, gab es auch einige persönliche Dinge: ein Adressbuch, zwei Postkarten, ein Taschenbuchkrimi – Glausers »Matto regiert« – und vier Schachteln Zigaretten von Kühns Stammsorte. Ich klappte das Adressbuch auf und blätterte darin. Als ich auf den Namen Kralova stieß, schrieb ich mir die Telefonnummer ab. Ein Blick durch das Fenster zeigte mir, dass keine Zeit mehr blieb, um weiterzusuchen – der Kollege kam zurück. Kurzerhand stopfte ich die Postkarten und den Zettel mit der Telefonnummer in meine Jacke, schob alle Schubladen zu und verließ das Büro. Ich sprang über die Rückseite des Geländers und verdrückte mich im Schutz des Containers in die entgegengesetzte Richtung.

Im Auto sah ich mir die Postkarten an. Beide waren an Kühn adressiert. Die eine zeigte einen Sonnenuntergang am Meer, »Grüße aus Lanzarote« und war unterschrieben mit Susi. Auf der anderen Karte stand nur das Wort »Danke« in Großbuchstaben. Keine Anrede, keine Unterschrift. Vorn war das Bild einer jungen Frau, die einen Säugling im Arm hielt; eine typische Atelieraufnahme, weich ausgeleuchtet und mit fließenden Übergängen im Hintergrund. Es war ein echtes Foto, kein Druck. Beide Karten waren vom jeweiligen Absender nicht datiert worden, die erste hatte einen neun, die zweite einen knapp vier Monate alten Poststempel.

Ich steckte sie weg und dachte einen winzigen Augenblick darüber nach, ob die juristische Formulierung »Diebstahl geringwertiger Güter« genau das bezeichnete, was ich eben getan hatte. Aber wirklich nur einen winzigen Augenblick, denn gelohnt hatte es sich wohl kaum. Heute Abend würde ich Müller die Karten zeigen, vielleicht konnte er was damit anfangen. Ich schob mir einen Kaugummi in den Mund, stieg aus und ging auf die Suche nach der Übergabedelegation.

Die Gärtner und Landschaftsgestalter hatten in den letzten Tagen ganze Arbeit geleistet. Nicht, dass plötzlich überall Bäume herumstanden, aber die Gruppe um Kühn hätte ich fast übersehen, weil sie von einem kleinen Wall mit einer hüfthohen Hecke, der einen Spielplatz abschirmte, verdeckt wurde. Ich ging auf sie zu und es schien, als hätten sie ihren Rundgang so gut wie beendet. Ein lächelnder, rundlicher Mann im Maßanzug hielt eine Rede, bei der er den anderen dezent Honig ums Maul schmierte. Er hielt inne, als er mich näher kommen sah.

Alle Augen ruhten auf mir. »Nachzügler«, sagte ich mit entschuldigender Miene. »FAZ Dresden, 'tschuldigung. Die Redaktion hat mich sehr spät informiert.«

Ich erntete ein, zwei Blicke, die auch einem frischen Ölfleck in einem nagelneuen Parkhaus gegolten haben könnten. Kühns Bürokollege zeigte mir ein spöttisches Lächeln, sparte sich aber eine Bemerkung.

Der Redner lachte. »Zu spät!«, sagte er, dann nahm er seinen Faden wieder auf und spulte ihn zu Ende. Er schloss damit, dass der Herr Kühn die nächsten Tage noch zur Verfügung stünde und man sich im Übrigen heute Abend auf dem Schiff (er nannte es »Dampfer«) sowieso sehen werde.

Die Gruppe setzte sich in gelockerter Formation in Bewegung. Ich lief nebenher, musterte die Umgebung und versuchte dabei, nicht allzu desinteressiert zu wirken. Vor dem Bürocontainer verabschiedeten sie sich voneinander und steuerten ihre Autos an, nur der Redner von eben blieb noch etwas länger und redete mit Kühn. Ich überlegte noch, ob ich mich ebenfalls entfernen oder Kühn ansprechen sollte, aber er selbst setzte meiner Überlegung ein Ende.

»He, warte mal!«, rief er und kam auf mich zu, nachdem er sich per Händedruck von dem anderen verabschiedet hatte. Ich wartete.

Als er mir gegenüberstand, sah ich seine Augen zum ersten Mal aus der Nähe. Sie waren nahezu königsblau und strahlten jene professionelle Härte aus, ohne die man keine Baustelle leiten kann. Er sah mich direkt an und wirkte dabei aufrichtig, allerdings konnte er eine latente Müdigkeit nicht verbergen.

»F-A-Z?«, sagte er, und ich spürte, dass er mir nicht glaubte, wusste aber nicht, worauf er hinauswollte.

»Mmh«, brummte ich und blickte weiter zu ihm auf, denn er war gut einsfünfundneunzig, also lockere zehn Zentimeter größer als ich.

»Die Presse ist für heute Abend eingeladen.«

»Wir kommen auch, wenn wir nicht eingeladen sind, sogar gerne gerade dann.«

»Du lungerst doch schon ein paar Tage hier rum.«

Mir wurde unbehaglich. »Meiner Redaktion schien es das wert zu sein.«

Er lächelte. »Ich wusste gar nicht, dass Lothar Reporter mag!«

Das war es also. Müller hatte ihn angerufen. »Also gut«, sagte ich und holte Zigaretten aus der Tasche. »Du hast also mit Müller gesprochen.«

»Ja, heute Morgen.« Er gab mir Feuer und zündete sich ebenfalls eine Zigarette an. »Du kannst aufhören, auf mich aufzupassen«, sagte er und seine Mundwinkel zuckten erheitert.

»Normalerweise höre ich erst auf, wenn mir das mein Auftraggeber persönlich sagt«, erwiderte ich.

Er zuckte die Schultern und sah zur Uhr. »Er sagt es. Aber tu, was du nicht lassen kannst. In einer halben Stunde fahre ich nach Hause und leg mich 'n bisschen hin, bevor die große Party steigt – nur für den Fall, dass du meine Spur verlierst.« Er ließ mich stehen und stieg die Stufen zu seinem Büro hinauf.

Ich glaubte nicht, dass er mich beleidigen wollte. Es war ihm einfach egal, was ich tat. Und mir konnte es wiederum egal sein, was er und Müller zu regeln hatten, es ging mich nichts an. Kühn hatte recht, es gab hier für mich nichts mehr zu tun. Ich warf die aufgerauchte Zigarette in eine Pfütze und lief zum Auto.

Unterwegs ließ ich mir am Neustädter Bahnhof zwei Hamburger einpacken und fuhr nach Hause. Wie ich erwartet hatte, war auf dem Anrufbeantworter eine Nachricht von Müller.

Sie lautete: »Herr Staiger, schade, dass ich Sie nicht erreiche! Es ist viertel vor zehn, ich bin am Flughafen, gleich geht meine Maschine nach Dresden. Also Folgendes – ich habe mit Frank Kühn gesprochen. Zuerst verhielt er sich reserviert, wie gehabt. Aber als ich rundheraus behauptete, dass ich wüsste, dass er in Schwierigkeiten steckt und dabei den Namen Kralova erwähnte, willigte er ein, sich mit mir zu unterhalten. Allerdings würde das, behauptete er, keinen Einfluss auf seine Kündigung haben. Gut, was das betrifft, bin ich mir da nicht sicher, aber ich bin entschlossen, zu erfahren, wo er da hineingeraten ist. Jedenfalls, ich denke, es muss nicht sein, dass Sie ihn weiter beobachten. Sie haben gute Arbeit geleistet und mir das Stichwort geliefert, mit dem ich sein Schweigen brechen konnte; alles Weitere muss nun von ihm kommen. Wegen heute Abend – ich werde zwischen 19 und 22 Uhr auf dem Schiff sein. Es heißt übrigens Elbflorenz. Nennen Sie dem Einlasser Ihren Namen und sagen Sie einfach, dass Sie zu mir wollen. Gut, das wär's zunächst, ich sehe Sie also dann heute Abend.«

Ende der Nachricht. Der Job war gelaufen und ich musste nur noch kassieren – heute Abend auf dem Schiff.

Ich legte Schostakowitschs Opus 144 auf und setzte mich mit der Post in meinen Sessel. Während ich Hamburger aß, schlitzte ich mit dem kleinen Finger die Umschläge auf.

Der erste Brief enthielt einen Scheck und ein paar Zeilen des Dankes, unterschrieben von einem gewissen Heribert F. Reichenbach, einem alten, drahtigen Sachsen, der vor 89 Weinhändler in Südhessen gewesen war. Er stammte aus Radebeul und war nach dem Krieg vor den Kommunisten geflüchtet, wie seine Frau sich auszudrücken pflegte. Den Familiensitz, eine Jugendstilvilla nebst ein paar Hektar Land unterhalb der Weinberge, hatte er innerhalb von drei Jahren, in denen alles seinen bürokratischen Gang gelaufen war, zurückbekommen, saniert und beschlossen, sich hier zur Ruhe zu setzen. Der Alte hatte Witz und mauschelte immer noch im Weingeschäft herum. Ich hatte mich für zwei Wochen bei ihm verdingt und aus dem Dschungel um die Villa herum wieder einen Park gemacht, und mit Hilfe eines befreundeten Schlossers hatte ich sogar den kleinen Springbrunnen wieder hingekriegt. Am vorletzten Samstag hatte ich als krönenden Abschluss meiner Arbeit den zusammengetragenen Holzhaufen angezündet und mich mit einer Flasche Bier daneben gehockt. Nach und nach waren die Bewohner der Villa eingetrudelt – es wohnten außer den Reichenbachs noch zwei Familien zur Miete dort. Der Alte hatte ein paar edle Jahrgänge mitgebracht, und sogar seine Frau, die sich immer etwas hochgeschraubt ausdrückte, war an diesem Abend aufgetaut. Ein Hallenser Chemiker, der für das Arzneimittelwerk arbeitete und auf den Saale-Unstrut-Wein schwor, brachte sie in Rage, als er den hiesigen Wein als Landwein bezeichnete. Sie verteidigte den Meißner-Radebeuler derart leidenschaftlich, dass sie sich sogar ihrem südhessischen Dialekt hingab, den sie ansonsten energisch zu unterdrücken suchte. Der Alte hatte sich eins gegrinst.

Die anderen Briefe enthielten Rechnungen oder persönliche Glücksnummern. Das hat man davon, wenn man polizeilich gemeldet ist. Ich legte alles neben mich auf den Boden, lehnte mich im Sessel zurück, streckte die Beine aus und schloss die Augen. Zarte und schwere Töne formulierten das winzige, prägnante Hauptmotiv im ersten Satz des Streichquartettes in es-Moll, und die alte Aufnahme knisterte sanft wie ein Kaminfeuer.

×××

Das Telefon weckte mich am späten Nachmittag. Als ich es endlich geschafft hatte, die Augen aufzubekommen, sprang der Anrufbeantworter an. Ich blieb im Sessel sitzen und versuchte, sporadisch mit der Zunge irgendetwas gegen den schlechten Geschmack in meinem Mund zu unternehmen. Wie aus weiter Ferne hörte ich Sylvias Stimme:

»... verdammt noch mal! Staiger! Ich würde nur zu gern wissen, wo du dich immer rumtreibst! Da kriegt man ja eher den Oberbürgermeister an die Strippe, als dich. Ruf doch endlich mal zurück, du hast doch meine Nummer? Ich weiß, dass du sie hast ... Scheiße ... Jetzt ist ja Wochenende. Mann. Ach, Mann, vergiss es. Besorg dir endlich ein Handy, wenn du schon andauernd unterwegs bist. Ich melde mich.« Sie legte auf.

Sylvias »Nummer« gehörte ihren Eltern. Sie war einer der immer seltener werdenden Menschen über zwölf, die weder einen eigenen Telefonanschluss, noch ein Mobiltelefon besaßen. Das allein machte sie sympathisch. Meine Exfreundin. Ich quälte mich aus dem Sessel und schleppte mich in die Küche.

Eine halbe Stunde später, ich hatte geduscht und zwei Tassen Kaffee getrunken, war ich wieder frisch. Im Adria, einem Restaurant um die Ecke, verspeiste ich eine Pizza zum Abendbrot, bevor ich mich auf den Weg zum Schiff machte. Bei all den Steuern, um die ich mich drückte, hatte ich kein Recht, mich an einem Buffet satt zu essen, dass vermutlich subventioniert war.

Kurz nach neun, nachdem ich eine Weile gesucht hatte, fand ich endlich einen freien Parkplatz, der nicht allzu weit vom Terrassenufer entfernt war. Kleine violette Wolken zogen langsam über den Himmel, die Elbe floss schwerfällig dahin und zu ihren Ufern fläzte die Stadt, als sei sie es, die allein den Beinamen »die ewige Stadt« verdiente. An Tagen wie diesen wirkt Dresden derart behäbig, dass man meint, es könne ein paar anständige Affären und eine kalte Dusche vertragen. Elbflorenz – Wohnresidenz – Elbresidenz und ähnlicher Unsinn ging mir durch den Kopf, während ich das Schiff suchte.

Die Elbflorenz lag ziemlich genau in der Mitte einer langen Reihe von Hotelkähnen, die wie Blutegel am Terrassenufer klebten. Sämtliche Decks waren hell erleuchtet und vom Freisitz wehte ein Durcheinander aus Sprachfetzen und Gelächter herüber. Noch bevor ich den zwei Meter breiten, mit Kunstrasen belegten Steg erreichte, löste sich ein mittelgroßer, dunkel gekleideter Sicherheitsbeamter von der Motorhaube seines Wagens, kam auf mich zu und fragte, wo ich hinwolle. Ich reichte ihm meinen Ausweis und nannte ihm den Namen Lothar Müller, er gab mir den Ausweis zurück und nickte einem Kollegen zu, der auf der Schiffsseite den Steg bewachte.

Auf dem Schiff war mehr Platz, als es von außen den Anschein hatte. Ich ging zunächst dahin, wo ich das vordere Deck vermutete. Wie ich gehofft hatte, schien der offizielle Teil der Veranstaltung schon über die Bühne gegangen zu sein, die Gäste standen locker in kleinen Grüppchen herum, tranken Getränke und lächelten sich gegenseitig an, und – wenn sie sich unbeobachtet wähnten – schoss auch der ein oder andere, nicht für die Öffentlichkeit bestimmte Blick durch die Luft. Weder Kühn noch Müller standen hier, und so setzte ich meinen Rundgang fort.

Auf der anderen Seite bot sich fast dasselbe Bild. Jede Menge gut gekleideter, gut gelaunter Bürger und Bürgerinnen, aber niemand, den ich kannte. Ich stieg zum oberen Deck hinauf und entdeckte eine der Frauen, die sich um die Musterwohnungen der Wohnresidenz gekümmert hatten. Sie stand mit einem großen Endfünfziger an der Reling und trug ein knappes schwarzblaues Abendkleid, das zusammengeknüllt in einen Fingerhut gepasst hätte. Vielleicht wollte sie die Gelegenheit nutzen und hier noch ein paar Single-Apartments an den Mann bringen, als Nebenwohnung selbstverständlich.

Als ich mich eben nach unten wenden wollte, hörte ich ein grelles Lachen, dessen Tonfall mir bekannt vorkam. Es erklang aus der Mitte einer Gruppe von fünf, sechs Männern in schwarzen Anzügen. Ich sah genauer hin. Hana Stein-Kralova stand im Zentrum der Gruppe. Sie hatte ihr rotes Haar hochgesteckt und um ihre blanken Schultern kuschelte sich ein heller Pelz. Sie sah aus wie eine Perle in einem Schüsselchen Lakritzbonbons. Auch wenn es mir egal sein konnte, fragte ich mich auf dem Weg nach unten, was sie hier tat, wenn sie – wie Müller sagte – nicht für MOKA-BAU gearbeitet hatte.

Im Inneren des Schiffes gab es einen Raum, dessen Grundfläche zwar recht groß war, aber um ihn Saal zu nennen, war die Decke nicht hoch genug. Trotzdem hatte man mehrere kleine Kronleuchter angebracht, deren Lichtkapazität für ein Fußballstadion gereicht hätte. Das kalte Buffet, schon zu drei Vierteln verspeist, das an einer Längsseite aufgebaut war, wirkte darunter wie ein postmodernes Stillleben, an dem ein Chaosforscher seine helle Freude gehabt hätte. Müller saß mit dem Rücken zu mir an einem Herrentisch, und nach Mimik und Gestik seiner Tischgenossen zu urteilen, ging es bei ihrer Unterhaltung nicht um Privates.

Ich wollte mich nicht aufdrängen und stoppte eine der herumlaufenden Kellnerinnen, nahm mir ein Glas Wasser vom Tablett und ging damit zur Bar. Am Tresen stand Kühn im nachtblauen Jackett und unterhielt sich mit einer jungen dunkelhäutigen Frau. Er nahm keine Notiz von mir, obwohl ich mich direkt neben ihn stellte. Ich zündete mir eine Zigarette an, nippte an meinem Glas und hörte einem Cellisten zu, der auf einer Bühne gegenüber der Bar ein Solo spielte – ein wenig Bach und viel Interpretation. Das Wasser war etwas kühler als ein Fußbad, und als ich dem Barkeeper zurief, dass ich ein frisches Selters haben wolle, schaute Kühn über die Schulter und entdeckte mich. Einen kleinen Moment schien er verwirrt zu sein, dann nahmen seine Augen einen abgeklärten Ausdruck an.

»Was willst du denn hier?«, sagte er.

»Meinen Auftrag offiziell abschließen«, antwortete ich.

»Und was heißt das?«

»Das heißt, dass ich mein Geld abhole und verschwinde.«

»Na hoffentlich.«

Er beschäftigte sich nicht weiter mit mir, wandte sich der Frau zu und beugte sich zu ihrem Ohr hinunter, um ihr etwas zuzuflüstern. Dann stieß er sich lässig vom Tresen ab und ließ eine Lücke zwischen ihr und mir zurück.

Sie musterte mich kühl, da ich offensichtlich ihren Gesprächspartner verscheucht hatte. Unter ihrem schwarzen, gelockten Haar schimmerten riesige goldene Kreolen, ihr purpurn nachgezeichneter Mund verzog sich abschätzend und ihr Blick gab mir zu verstehen, dass ich nicht hierher gehörte, und im Grunde hatte sie recht. Ich schielte nach einer Halbliterflasche Moskovskaya, die in Reichweite stand. Die Frau verkniff sich eine Bemerkung, griff nach ihrem Glas und steuerte mit eingeübtem Hüftschwung das Buffet an.

In den letzten Minuten war es hier drinnen etwas voller geworden, vielleicht war es auf den Decks mittlerweile zu kühl für schulterfreie Damen, doch trotz der Menge von Gästen konnte ich feststellen, dass Kühn und Müller sich nicht mehr im Raum befanden. Ich bestellte einen einfachen Wodka zu meinem Wasser, bezahlte und hoffte, Müller würde mich nicht allzu lange hier warten lassen.

Drüben wurde der Cellist von einem Pianisten abgelöst, der sein Programm mit einem munteren Ragtime-Standard eröffnete. Ich betrachtete die Gäste. Viele der Anwesenden waren zumindest in der einheimischen Öffentlichkeit bekannt und vor der Bühne entdeckte ich drei unserer überregionalen Vorzeige-Ossis: Einen großen, beleibten, ständig um Jovialität bemühten Entertainer, dessen onkelhaftes Vollbartlächeln jene Biersorte, für die er warb, unmöglich machte; den farblosen sächsischen Innenminister, der sich gerade an einem Witzchen versuchte, der den Umstehenden ein gezwungenes Lachen entlockte, und dessen Ex-Kollegen aus dem Justizressort, den Bundespräsidenten in spe a. D., der wie immer ein wenig blass und mickrig, ein wenig säuerlich und zurückhaltend, und vermutlich auch ein wenig unterschätzt herumstand, und bei dem ich mir nicht sicher war, ob die Frau an seiner Seite ihn oder er sie stützte.

Die dunkelhäutige Frau kehrte mit einer Portion Krabbensalat an die Bar zurück. Sie bestellte sich einen Sekt, schob sich eine Gabel voll Salat in den Mund und grinste mich an. »Sie sind ja immer noch da«, begann sie kauend. »Sagten Sie nicht vorhin, dass Sie gleich gehen wollen?«

Während sie sprach, sah ich Krabbenstückchen mit Sauce auf ihrer Zunge kleben. Ich hielt diesen Abend mit Abstand für das Anstrengendste, was Müller mir bisher abverlangt hatte. »Sie sollten richtig hinhören«, antwortete ich grob. »Ich sagte vorhin nur, dass ich verschwinde.«

»Oho!«, rief sie und verschluckte sich dabei fast, aber zum Glück hatte sie Sekt zum Nachspülen. Bin ich dem Herrn etwa zu nahe getreten?«, fügte sie mit einigermaßen freiem Rachen hinzu.

»Schon gut. Bin wohl nicht recht disponiert heute. Fischvergiftung, glaub ich.«

Ihre Gabel hielt abrupt auf halbem Wege an.

»Nein, essen Sie ruhig weiter«, sagte ich beschwichtigend. »Ich glaube, es war der Lachs.«

Die Gabel senkte sich.

»Vielleicht auch der Heilbutt?« Jetzt konnte ich mir ein Schmunzeln nicht verkneifen.

Einen Moment lang war ihr Gesicht leer wie ein weißes Blatt Papier. Dann fing sie an zu kichern und stotterte: »Si-hie kö-hönnen einem aber au-hauch den Appetit verde-herben!«

Si-hie a-haber au-hauch, hätte ich antworten sollen, aber das wäre, zugegebenermaßen, frech gewesen. Se-her fre-hech. Ich beschränkte mich darauf, weiterzuschmunzeln.

Als sie sich beruhigt hatte, legte sie die Gabel beiseite, zündete sich eine Zigarette an und lächelte spitz. »Sie sind weder prominent, noch sehen Sie wie einer von den Geschäftsleuten aus. Zu meinen Kollegen gehören Sie auch nicht. Sind sie vielleicht dienstlich hier?«

Langsam befürchtete ich, dass sie ohne Begleitung hierher gekommen war und mich nun dazu auserkoren hatte, ihrem Scharfsinn Gesellschaft zu leisten.

»Sie haben es erraten. Ich bin der Vorarbeiter der Putzkolonne und soll mich hier schon mal umsehen, was die Damen und Herren uns hinterlassen werden.«

»Für einen Arbeiter haben Sie unendlich viel Witz«, entgegnete sie nicht ohne Ironie.

»Sie fordern mich heraus«, antwortete ich, und auf diesem Niveau wäre es wohl weitergegangen, wenn man uns nicht unterbrochen hätte.

»Entschuldigen Sie«, sagte jemand von der Seite. »Darf ich Ihnen den Herrn mal entführen?«

Es war Müller, den ich nicht hatte kommen sehen. Er stand neben mir und sah die Dunkelhäutige höflich an.

Ihr Blick wechselte zwischen ihm und mir hin und her. Sie sagte: »Nehmen Sie ihn mit, wohin Sie wollen«, und wandte sich trotzig ab.

Müller verbeugte sich leicht und griff nach meinem Ellenbogen. »Kommen Sie. Gehen wir in ruhigere Gefilde.«

Wir liefen zum anderen Ende des Raumes, verließen ihn durch eine zweiflügelige Schwingtür, stiegen eine enge Treppe hinab und landeten in einem Kajütengang, von dem rechts und links Türen mit Nummern abzweigten.

»Sie haben sich doch hoffentlich nicht gelangweilt, während ich Sie warten ließ?«, fragte Müller unterwegs.

»Um ehrlich zu sein, ich war nahe dran.«

Wir betraten ein Zimmer, das groß genug war, um ein, vielleicht zwei Fahrräder darin abzustellen. Das Inventar bestand aus einem Tisch und zwei Stühlen, einem Bett, einem Wandschrank und einem eingebauten Kasten, an dessen Klappe BAD und WC stand. Müller zwängte sich auf einen der Stühle und wies auf den anderen.

»Nehmen Sie Platz. Es ist nicht sehr geräumig hier, aber ich habe alles, was ich brauche. Außerdem wird es eine kurze Nacht werden.«

Entweder hatte er eine Meise oder er gab mir ein Beispiel für schwäbische Bescheidenheit. »Danke«, sagte ich und ließ mich vorsichtig nieder.

Er öffnete den Wandschrank, stellte zwei Gläser auf den Tisch, zauberte eine Flasche Kognak hervor und schenkte ein. Dann holte er einen Briefumschlag aus seinem Jackett und schob ihn neben mein Glas.

»Hier ist Ihr Honorar. Bitte zählen Sie nach. Und rauchen Sie ruhig, es stört mich nicht.«

Obwohl mir nicht danach war, zündete ich mir eine Zigarette an. Dann öffnete ich den Umschlag und blätterte die Geldscheine durch.

Müller betrachtete mich dabei nachdenklich. »Mit dem Vertrauen ist das so eine Sache«, startete er einen kleinen Monolog. »Ein einziges Mal in meinem Leben habe ich nicht nachgezählt.« Sein Blick senkte sich sinnierend auf sein Glas. »Und dies war das erste und einzige Mal, dass man mich betrogen hat.«

»Was ist mit Kühn? Dem scheinen Sie doch so eine Art Vertrauen entgegenzubringen?«

Er hob den Kopf und eine raubvogelartige Schärfe trat in seine Augen. »Hätte ich Sie engagiert, wenn ich allein auf die Kraft des Vertrauens gesetzt hätte?«

Ich steckte den Umschlag ein und sagte nichts. Ich hatte für sein Geld eine Menge Stunden abgesessen, aber was für ihn dabei herausgesprungen war, wollte mir nicht recht klar werden.

Müller hob sein Glas. »Jedenfalls danke ich Ihnen.«

Ich hob mein Glas ebenfalls. Wir stießen an und tranken. Der Kognak breitete sich wohlig in mir aus. Ich stellte das Glas ab und lehnte mich, so gut es die Enge zuließ, zurück.

»Wofür danken Sie mir?«, sagte ich. »Hat Kühn seine Kündigung widerrufen?«

»Nein.« Müller schüttelte langsam den Kopf. »Nein, das nicht. Aber er hat mir versprochen, reinen Tisch zu machen. Und meiner

Ansicht nach, hat dies allein die Erwähnung des Namens Kralova bewirkt, den Sie mir geliefert haben. Ich sagte es bereits am Telefon. Ich vermute, dass er erpresst oder auf irgendeine Weise unter Druck gesetzt wird, er machte so eine Andeutung. Wir werden uns morgen Mittag zusammensetzen, heute hätte es keinen Sinn mehr. Wenn sich meine Vermutung bestätigen sollte, werde ich einen Weg finden, ihm zu helfen.« Bei den letzten Worten spannte sich sein Körper, die Kieferknochen traten unter der Haut hervor und seine Rechte ballte sich zur Faust. Dass er vor nicht sehr langer Zeit einen Herzinfarkt gehabt hatte, sah man ihm keineswegs an. Er wirkte jetzt eher wie ein alter, nicht totzukriegender Querulant.

»Ganz bestimmt wird er unter Druck gesetzt. Aber wer oder was dahinter steckt«, ich breitete die Hände aus, »konnte ich nicht herausfinden. Dazu hätte ich mich an die beiden Schläger halten müssen, aber Sie wollten, dass ich bei Kühn bleibe. Sind Sie sicher, dass Kühn der anständige Kerl ist, für den Sie ihn halten?«

»Absolut.« Er runzelte die Stirn. »Sie haben mir doch nichts verschwiegen?«

»Nein.« Ich drückte meine Kippe aus. »Nein, ich habe Ihnen nichts verschwiegen. Aber es interessiert mich, wieso Sie sich mehr Sorgen um Kühn machen, als er es offenbar selbst tut. Sind Sie ihm – es geht mich ja nichts an, aber ich frage trotzdem – sind Sie ihm was schuldig?«

Er legte die Hände auf der Tischplatte übereinander und sagte mit gedämpfter Stimme: »Sie haben es erraten. Ich verdanke ihm, dass ich noch lebe. Herzinfarkt, Sie erinnern sich? Er hat damals erste Hilfe geleistet.« Er sah mir direkt in die Augen. »Außerdem erwähnte ich schon, dass er wie ein Sohn für mich ist.« Er trommelte mit den Fingerspitzen auf die Tischplatte.

Ich sagte: »Sie leiten eine der größeren Baufirmen in diesem Land. Sie dürften, wie es so schön heißt, mit allen Wassern gewaschen sein. Vielleicht haben Sie einen Ehrencodex, besitzen Fairness, Sportsgeist, was auch immer. Aber ganz sicher sind Sie kein Samariter. Was verbindet Sie wirklich mit Kühn?«

Er versuchte, mich mit seinem Blick an die Kajütenwand zu nageln. Ich nagelte reglos zurück. Nach einer Weile verzog er einen Mundwinkel. »Sie lassen wohl nie locker?«

Ich antwortete nicht.

»Manchmal«, fuhr er fort, »versucht man, an einem Menschen etwas gutzumachen, was man einem anderen Menschen angetan hat.«

Das war schon mehr, als er mir gegenüber hatte zugeben wollen, denn gleich darauf wischte er mit der Handfläche über die Tischplatte und sagte: »Aber wir sollten jetzt Schluss machen. Falls ich in der Sache noch einmal Hilfe benötigen sollte, werde ich mich gern an Sie wenden. Falls das möglich ist.«

Ich nickte abwesend, kramte in meinen Jackentaschen nach den beiden Postkarten, die ich aus Kühns Schreibtisch entwendet hatte. Sie waren mir eben wieder eingefallen und eigentlich hatte ich sie heute Müller zeigen wollen. Aber sie steckten noch zu Hause in meiner Lederjacke.

»Suchen Sie etwas?«, fragte Müller.

»Nein.« Ich ließ die Postkarten unerwähnt. Ich stand auf.

»Tja, ich sollte mich mal wieder oben blicken lassen.« Er stand ebenfalls auf und reichte mir die Hand. »Auf Wiedersehen, Herr Staiger. Und wenn Sie wollen, bleiben Sie ruhig noch ein wenig auf dem Schiff.«

»Vielleicht. Wiedersehn.« Ich öffnete die Tür und wandte mich noch mal um. »Warum ist eigentlich Hana Stein-Kralova hier auf dem Schiff? Sie sagten doch, dass sie nie für Sie gearbeitet hat?«

»Das war ein Irrtum.«

Einen Moment hielt ich inne und wartete, ob er noch etwas hinzufügen würde. Aber nichts dergleichen geschah, für ihn war das Gespräch beendet. Ich nickte ihm zu und verließ das Kämmerchen.

Oben war immer noch der Pianist am Werk. Er klimperte ein Rock-Pop-Medley und einige Gäste waren mutig oder betrunken genug, um dazu zu tanzen. Der Alkohol begann die Gesellschaft in seine trügerisch herzlichen Arme zu nehmen. Für das Buffet interessierten sich nur noch ein paar Hartgesottene, die die Kaviarreste von den Tellerrändern schabten.

Die Dunkelhäutige stand noch dort, wo ich sie verlassen hatte. Sie hatte ihre Jacke ausgezogen und leger um die Hüften gebunden. Ihre hübschen Schultern glänzten weich und sie lächelte, als ich auf sie zukam. Ich stellte mich neben sie, zündete mir eine Zigarette an und spähte nach der Flasche Moskovskaya. Sie war am selben Fleck, vom Barkeeper sträflich unbeachtet. Kurzerhand langte ich über den Tresen, griff danach und klemmte sie unter meine Jacke.

»Sie wollen schon gehen?«, sagte die Dunkelhäutige, und ihre Stimme erschien mir um einige Nuancen tiefer als vorhin.

»Ja«, sagte ich.

»Nehmen Sie mich mit?«

»Ich muss in die andere Richtung.«

Sie hob herausfordernd das Kinn. »Sind Sie sich da so sicher?«

Ich pustete ein Rauchwölkchen an ihr vorbei, sah sie an und fand etwas Sympathisches in ihrem Blick. Und ein sehr hübsches Grübchen, links neben ihrem Lächeln.

»Nein«, sagte ich. »Ganz und gar nicht.«

Sie schob ihr Glas weg und wischte ihre winzige Handtasche mit einer flotten Bewegung von der Bar. »Ich heiße Mona«, sagte sie nebenher.

»Hans.« Ich verstaute die Wodkaflasche in meiner Innentasche.

»Komm, Hans«, flötete sie fröhlich und hängte sich bei mir ein.

Draußen an der frischen Luft fragte ich sie nach Kühn.

Sie sah mich fragend an. »Wer ist das?«

»Der, mit dem Sie am Tresen standen, als ...«

»Ach, der.« Sie winkte ab. »Ich glaube, der ist gegangen.«

»Ich dachte, Sie kennen ihn?«

»Nein. Ich hab ihn genauso angebaggert, wie ich das bei Ihnen«, sie lachte albern, »bei dir gemacht habe. Und wenn du ihn nicht verscheucht hättest ...« Sie ließ den Satz unvollendet.

»Wäre ich jetzt allein gegangen«, beendete ich ihn.

Wir erreichten den Audi. Ich stieg ein. Ihr herbes Parfüm hatte das Wageninnere im Sturm erobert. Mona. Ich ließ den Motor an.

»Wohin?«, fragte ich.

Zweieinhalb Stunden später kannte ich den ersten Teil von Monas Lebensgeschichte. Ihr Vater gehörte in den Siebzigern zum Schlepptau eines korrupten nigerianischen Diplomaten und ihre Mutter war eine Düsseldorfer Gelegenheitsprostituierte.

Aus den ersten beiden Kneipen, die wir ausprobierten, hatte man uns jeweils nach einem Drink hinauskomplimentiert. Es gibt nicht viel Schlimmeres, als sogenannte Szenekneipen, in denen lustlose, übermüdete Studenten hinter dem Tresen stehen. Schließlich waren wir im Shakes'n' Beer gelandet, wo man uns sitzen ließ. Der Wirt hier trank sich auch selbst gern mal einen an, und das dauerte meistens bis in die nicht mehr ganz frühen Morgenstunden.

Mona war betrunken. Ihre Anwesenheit auf dem Schiff war einfach erklärt: Sie war Beamte des sächsischen Kultusministeriums und die Arbeitsstelle ihrer Abteilung befand sich in Zukunft in einem der neuen Häuser der Wohnresidenz. Was sie sonst noch erzählt hatte, war, kurz gefasst, dass sie ihren Freund vor drei Tagen an die Luft gesetzt hatte. Ein Arschloch, sagte sie. Ein Arschloch von Architekt, sagte sie. Ich sprach nicht über meinen Abschluss in Architektur, was allerdings auch nicht schwer war, denn sie hatte sich in Rage geredet und ließ mich sowieso kaum zu Wort kommen.

Gegen 2 Uhr, meine Begleiterin lehnte an meiner Schulter, knabberte an meinem Ohr und drohte dabei einzuschlafen, bestellte ich uns ein Taxi. Mona protestierte, gab aber unter der Bedingung nach, dass sie mein Bier bezahlen dürfe. Als das Taxi kam, schob ich sie auf die Rückbank und setzte mich daneben. Ich hatte genug getrunken, auch wenn mein Zustand nicht ganz so verheerend war. Mit schwerer Zunge nannte sie dem Fahrer ihre Adresse, und selbst in dem wenigen Licht glaubte ich zu erkennen, wie diesem das Blut ins Gesicht schoss – die Adresse war kaum 500 Meter von hier entfernt. Bevor er sich aufregen konnte, drückte ich ihm einen Zwanziger in die Hand.

Vor dem Haus angekommen, sagte ich ihm, er solle warten. Ich schaffte Mona nach oben, legte sie aufs Bett, befreite mich aus ihrer Umarmung und deckte sie zu. Ihre Haut schimmerte im Licht der Nachttischlampe wie von Claudels magischen Händen bearbeitete Bronze. Sie schlief, noch bevor ich aus dem Zimmer war.

Der Taxifahrer grinste breit, als ich aus dem Haus kam. »Bisschen fertig die kleine Kaffeebohne?«, rief er mir durch das offene Wagenfenster zu.

Ich setzte mich zu ihm nach vorn, gab ihm die Richtung vor und sagte, er möge bitte ab jetzt schweigend seiner Beförderungspflicht nachkommen.

Als ich in Pieschen ausstieg, kam ich gerade recht, um einer Straßenlaterne beim Sterben zuzusehen. Sie flimmerte unregelmäßig und warf ein paar letzte Lichtfetzen über die Straße, bevor der Infarkt sie endgültig niederstreckte. Ein leichtes Windchen streunte vorbei und brachte das Fliederlaub zum Tuscheln.

Oben schenkte ich mir eine gehörige Portion Wodka ein und ging damit zum Fenster. Ich rauchte eine Zigarette und verschwendete ein paar Gedanken an Kühn, Müller und deren merkwürdiges Verhältnis zueinander. Und an Mona. Ich trank das Glas aus und ging ins Bett. Mit dem Bild des schlafenden, dunkelhäutigen Mädchens vor Augen schlief ich ein.

6

Als ich am Samstagnachmittag erwachte, ahnte ich noch nicht, dass mich Kühn in den nächsten Tagen weiterhin beschäftigen würde. Nach dem Aufstehen blieb mir etwa eine Stunde, in der ich ein Aspirin schluckte, duschte und zwei Tassen Kaffee trank, bis das Telefon klingelte und ich die inzwischen vertraute Stimme von Müller vernahm.

»Müller am Apparat«, sagte er knapp.

»Das ging aber schnell«, entfuhr es mir. Meine Zunge fühlte sich an wie eine tote Maus.

»Was? Wie meinen Sie das?«

»Sie sagten, Sie würden sich an mich wenden, wenn Sie nochmal Hilfe benötigen. Das ist keine vierundzwanzig Stunden her, und ich dachte …«

»Ich weiß, ich weiß«, unterbrach er, dann kam er zur Sache. »Kühn ist weg.« Der Satz hing eine Weile in der Leitung. »Das heißt, ich weiß nicht, wo er ist.«

»Ich dachte, er wollte Ihnen heute sein Herz ausschütten?«

»Er ist nicht gekommen.«

»Vielleicht ist er verkatert.«

»Er wäre trotzdem gekommen.« Müllers Stimme war so trocken wie ein Heuboden. »Er geht nicht ans Telefon, weder zu Hause noch an sein Handy. Ich bin zu seiner Wohnung gefahren, aber niemand reagierte auf mein Klingeln.«

»Vielleicht war niemand da, der reagieren konnte. Stand sein Wagen vor dem Haus?«

Er schwieg einen Moment betreten. »Darauf hab ich nicht geachtet«, gestand er.

»Er wird irgendwo sitzen und frühstücken. Oder sich einen hinter die Binde gießen. Oder er ist aus purer Gewohnheit zur Wohnresidenz gefahren.«

»Dort war ich auch schon. Nichts.« Er klang resigniert, straffte sich aber gleich darauf und fuhr energischer fort. »Ich habe meine Möglichkeiten ausgeschöpft. Das ist nicht meine Stadt, und Sie haben Kühn in den letzten Tagen beobachtet. Deshalb wende ich mich an Sie. Ich möchte, dass Sie ihn suchen.«

»Ist das nicht ein bisschen überstürzt?«

»Keineswegs. Ich will sichergehen, dass ihm nichts zugestoßen ist. Es ist nicht seine Art, eine Verabredung zu ignorieren.«

Als ich nicht gleich antwortete, sagte er: »Ich zahle Ihnen 300 Euro für jeden Tag, einschließlich heute, wenn Sie sofort anfangen. Bitte.«

Ich überlegte. Vielleicht drückte Kühn sich einfach vor den Schwierigkeiten, die er zweifellos hatte. Wenn er irgendwo bei sich in der Neustadt versackt war, würde ich ihn ziemlich schnell finden. Wenn nicht, tauchte er eben spätestens morgen von allein wieder auf. Und 300 Euro sind nun mal 300 Euro. Drei Monatsmieten, über den Daumen.

»Ich wüsste gern ein bisschen mehr«, sagte ich. »Hat Kühn schon irgendwelche Andeutungen gemacht, worüber er genau mit Ihnen sprechen wollte?« Wenn er es denn wirklich wollte, ergänzte ich im Stillen. »Ich meine Andeutungen, die über das hinausgehen, was Sie mir gestern erzählt haben.«

»Nein. Nicht im Geringsten. Heißt das, Sie machen es?«

»Ich versuche es. Heute, maximal morgen noch. Zwei Tage, ich nehme 250 Euro pro Tag und verspreche gar nichts. Wenn ich ihn bis morgen Abend nicht gefunden habe, sollten Sie sich an die wenden, die Sie sowieso bezahlen.«

»Sie meinen die Polizei?«

»Genau die. Wo sind Sie jetzt?«

»Ich habe mir ein Zimmer in einer Pension genommen. Ursprünglich wollte ich heute Abend abreisen, aber ich bleibe, bis ich mit ihm gesprochen habe. Sie können mich unter meiner Funknummer erreichen. Jederzeit.«

Er gab mir die Nummer seines Mobiltelefons, dann beendeten wir das Gespräch. Ich zog mich an, stürzte die letzte Tasse lauwarmen Kaffees hinunter und verließ die Wohnung. Erst unten auf der Straße fiel mir ein, dass ich heute Nacht mit dem Taxi heimgekommen war. Ich lief zur Haltestelle, wartete eine halbe Zigarettenlänge auf eine Straßenbahn und fuhr bis zur Görlitzer Straße.

An einem sonnigen Samstagnachmittag wie diesem waren die Straßen der äußeren Neustadt reichlich von Menschen bevölkert. Die meisten Läden waren gerade dabei zu schließen, in den Cafés und an den Tischen davor brunchten ortsansässige Zeitgenossen, Touristen, Singles, Paare und Kleinfamilien. In den Bars fegten sie den Kehricht der letzten Nacht zusammen und in den Döner- und Pizzabuden liefen die Grille, Öfen und Fernseher auf Hochtouren. Das Viertel konnte man als Dresdens schmuddelkultivierte Alternative zum anderen Elbufer bezeichnen, hier war die Kneipendichte überdurchschnittlich hoch, es gab Restaurants und Imbisse vieler Facetten, in den Klamotten- oder Plattenläden fläzte das tätowierte, nasenberingte Personal besonders lässig an den Verkaufstresen und es gab die für solche Gegenden üblichen Tee- und Duftkerzenläden, Bio- und Asiashops und auch den ein oder anderen Mineralienhändler oder Verkäufer von selbst getöpferten Kacheln. Man konnte hier gut essen und mehr oder minder gut einkaufen, die Mieten waren auf durchschnittlichen Innenstadtwerten angekommen und aus der Subkultur der frühen Neunziger war ein bunter Mittelstand erwachsen, unterstützt von zugezogenen Beamten, Rechtsanwälten, Steuerberatern, die sich ihren Traum vom Hinterhofidyll mit angrenzender Kneipe oder Boutique verwirklicht hatten. Und man konnte hier gut wohnen und den Traum vom Schmelztiegelchen träumen, in dem Menschen vieler Nationen friedlich zusammenlebten, wenn man die nötige Ignoranz für die angrenzenden Gebiete aufbrachte, in denen nicht jede Haltestelle zum Aussteigen einlädt.

Auf dem Weg zu meinem Audi warf ich einen Blick in jede Kneipe, die um diese Zeit schon geöffnet hatte. Kühn befand sich in keiner von ihnen. Das Shakes 'n' Beer, in dem ich heute Nacht mit Mona gewesen war, sah so verrammelt aus, als würde es überhaupt nie wieder aufmachen. Mein Audi stand nur ein paar Meter weiter und schien inzwischen von niemandem benutzt worden zu sein, was in einer Stadt wie Dresden durchaus erwähnenswert ist.

Ich fuhr zu Kühns Haus. Es lag fast am Rand des Viertels, man konnte zu Fuß in fünf Minuten den Wald erreichen. Das Haus war mir mittlerweile vertraut. Ein alter Gründerzeitbau, zweigeschossig und mit schwarzem Schiefer gedeckt. Der Erker hatte ein spitzes Giebelchen und im ersten Stock gab es einen winzigen Balkon mit schmiedeeisernem Geländer, an welches eine Satellitenempfangsschüssel montiert war. Lange, rotbraun gestrichene, zweiflügelige Fenster ließen auf hohe Zimmer schließen. Im leer stehenden Erdgeschoss waren sämtliche Rollläden heruntergelassen. Die Fassade konnte einen frischen Putz vertragen und für den Vorgarten hätte ein engagierter Gärtner gut ein halbes Jahr benötigt.

Ein einfacher Lattenzaun trennte das Grundstück vom Fußweg, es gab eine kleine Pforte, aber keine Einfahrt. Kühns Honda Civic war kaum zehn Meter entfernt auf der anderen Straßenseite geparkt. Das hieß zwar nicht, dass er zu Hause war, aber es gefiel mir trotzdem nicht.

Die Nachbarhäuser standen in respektvollem Abstand und das nächstliegende wurde zusätzlich durch einen kleinen Zweckbau abgeschirmt. Das gegenüberliegende Haus war einem vernachlässigten Schlösschen nicht unähnlich, und ich hätte wetten können, dass mich hinter irgendeinem der zahlreichen Fenster jemand beobachtete.

Ich stieg aus dem Auto und steuerte die Pforte an. Ich klingelte nicht, sondern stieß sie auf, durchquerte den Vorgarten und ging um das Haus herum. Der hintere Gartenteil hatte eine üppige Wiese mit Wäscheleinenhaltern und einer alten, rostigen Hollywoodschaukel ohne Polsterung, es gab wüste Himbeersträucher, und weiter hinten standen neben einem massiven Schuppen zwei schöne alte Birnbäume in frischem Grün.

Der Eingang hatte einen breiten Überbau aus mit Jugendstilschnitzereien verzierten Holzbalken, der gut zwei Drittel der Hausbreite einnahm; obenauf thronte ein Wintergarten, von dem man die Fensterflügel entfernt hatte. Die Haustür war nicht verschlossen.

Die zwei Wohnungstüren im Erdgeschoss sahen aus, als seien sie seit Ulbrichts Amtszeit nicht benutzt worden. Ich stieg eine lange gerade Treppe in den ersten Stock hinauf. Hier gab es nur eine Wohnungstür, eine zweite Öffnung war irgendwann einmal zugemauert und schlampig verputzt worden. Eine schmale Holzstiege führte zum Dachboden hinauf.

Nachdem ich das dritte Mal geklingelt hatte, rüttelte ich an der Tür und versuchte, durch den Briefschlitz zu sehen. Die Tür hatte ein altes, aber solides Sicherheitsschloss und hinter dem Schlitz war es stockdunkel. Ich ging wieder hinunter und drückte der Vollständigkeit halber auf die unbeschrifteten Klingeln im Erdgeschoss. Natürlich regte sich nichts.

Im Garten fand ich nur die Reste einer Wäscheleine, und den Schuppen schmückte ein dickes verrostetes Vorhängeschloss, dessen Schlüsselanfertigung vor langer Zeit einmal zu den gröberen Tätigkeiten eines Hufschmiedes gehört haben musste.

Aus meinem Audi holte ich einen acht Meter langen Verzurrgurt. Ich warf das Ende mit der schweren Schnalle nach einem der Eckpfosten des Wintergartens; der zweite Versuch saß und das Ende kam auf der anderen Seite heruntergefallen. Ich steckte den Gurt durch die Schnalle, zog ihn fest und probierte, ob der Rahmen meinem Gewicht standhielt. Dann kletterte ich hinauf.

Das Erste, was ich sah, waren die Spinnweben an den ausgehängten und akkurat gegen die Hauswand gelehnten Fensterflügeln. Daneben standen eine einfache Holzbank und ein zusammenklappbarer Tisch mit einem Aschenbecher und einer Tasse darauf. Ab Mittag war das hier sicher ein wunderbares Plätzchen, um mit ausgestreckten Beinen die Sonne bei ihrem Müßiggang über die Dächer zu betrachten.

Eine breite verglaste Doppeltür führte in das Zimmer dahinter. Ich trat an die Scheibe heran, hielt eine Hand neben die Schläfe und spähte hindurch. Es war ein halbes Arbeitszimmer mit hübschen Einbauregalen voller Bücher, einem Eichenholzschreibtisch mit einem schlichten Stuhl davor und einem dicken Läufer auf den Dielen, der vom Wintergarten schräg durch das Zimmer führte und vor einer hohen, zweiflügligen Jugendstiltür endete. Die Sonne fiel durch das Fenster im Giebel und warf ein gelbes Viereck über ein riesiges Doppelbett, das zusammen mit einem Kleiderschrank fast die gesamte andere Raumhälfte beanspruchte. Eine Bettdecke war benutzt worden und hing zurückgeschlagen über dem Fußende. Von dem Zimmer ging eine Ruhe aus, wie man sie in einem seit Jahren abgestellten Güterbahnwaggon vermuten würde.

Ich probierte erfolglos die Tür zu öffnen, klopfte danach ein paarmal mit der Faust gegen die Scheibe und versuchte ein Weilchen, unschlüssig das gelbe Viereck beim Wandern über das Bett zu ertappen. Je länger ich hinsah, desto klarer wurde mir, dass es diese Ruhe war, die ebenso fehl am Platz war wie der Honda unten auf der Straße. Ich unterließ es, diese beiden Umstände in Gedanken so hin und her zu biegen, dass eine harmlose Geschichte dabei herauskam. Stattdessen schlug ich mit dem Ellenbogen die Scheibe neben der Klinke ein, drehte von innen den Schlüssel, öffnete die Tür und betrat mit gespitzten Ohren und einem beklemmenden Gefühl den Raum.

Es war so warm, dass mir augenblicklich der Schweiß aus den Poren trat. Ich spürte ein Kribbeln im Nacken und wischte mir mit dem Jackenärmel über die Stirn. Dann ging ich zu der Jugendstiltür hinüber und stellte fest, dass sie nur angelehnt war. Mit der Fußspitze stupste ich sie auf. Der Raum dahinter war nicht ganz so groß, er hatte zwei Fenster im Erker zur Straße hinaus und eins am Giebel, durch das ebenfalls ein gelbes Viereck fiel, das sich an der Rundung einer Tischplatte brach und nur zum Teil auf der karminroten Auslegware landete. Sie leuchtete an dieser Stelle rotgolden. Der schwarze Lederschuh, der mitten in dieses leuchtende Fleckchen hineinragte, glänzte kalt und glatt und wirkte schwerer als ein Amboss.

Mein Puls raste und es war so still, dass ich mein Blut rauschen hörte. Langsam ging ich durch die Tür hindurch, zwei, drei Schritte, so weit nur, bis ich das Gesicht des Toten erkannte. Man sieht es einfach, man weiß es zumindest instinktiv, wenn jemandem nicht mehr zu helfen ist. Und wenn es so etwas wie Seelenwanderung gibt, dann war diese Seele hier längst über alle Berge. Trotzdem beugte ich mich zu ihm hinunter und suchte nach der Halsschlagader. Mich schauderte, als meine Finger das leblose Fleisch berührten. Kühn war tot.

Er lag auf der rechten Seite, der linke Unterschenkel zeigte in einem unnatürlichen Winkel nach vorn. Seine Augen waren geschlossen, sein Gesicht hatte mehrere zerschundene Stellen und sein Mund zeigte tatsächlich die Spur eines stummen Lächelns. Unter der rechten Schulter war Blut über sein Hemd in die Auslegware gesickert. Die vermutlich tödliche Verletzung befand sich unter den Schulterblättern, ein Stück links neben der Wirbelsäule. Ich hatte bisher weder Schuss- noch Stichwunden aus nächster Nähe gesehen, aber ich tippte auf Letzteres. Ich sah weg und machte ein paar tiefe Atemzüge, wobei mir blödsinnigerweise in den Sinn kam, dass ich heute noch nichts gegessen hatte.

Etwa einen halben Meter neben ihm lag ein umgekippter Stuhl, und ich fragte mich, was hier stattgefunden hatte. Kühn war mehrmals geschlagen worden, sein linker Unterarm war oberhalb des Handgelenks dunkelviolett verfärbt, möglicherweise sogar gebrochen.

Das Telefon stand zwischen Fernseher und Stereoanlage auf einem breiten, hüfthohen Schrank aus dunkel furnierten Spanbrettern. Ich stieg über die Beine des Toten, zupfte mir einen Hemdsärmel unter der Jacke hervor und benutzte ihn als Abdeckung für meine Finger, bevor ich den Hörer abnahm. Mit meinem Kugelschreiber drückte ich auf die Wahlwiederholungstaste. Es piepste siebenmal, dann erschien eine Nummer auf dem Display und das Rufzeichen ertönte. Einmal. Zweimal ... Nach dem zwölften Mal legte ich auf und notierte die Nummer.

Fehlanzeige. Ich sah mich weiter um.

Auf dem runden Tisch standen zwei benutzte Sektgläser auf einem kleinen Deckchen. Vor dem Tisch standen noch zwei Stühle und dahinter klemmte eine fette Eckcouch mit schwarzem Lederüberzug, auf der ein paar Zeitschriften verstreut waren, darüber hing ein Miró-Druck. Die Sitzecke war weniger geschmackvoll als ein Regionalzugabteil zweiter Klasse, und die Fenster hatte schon seit Ewigkeiten niemand mehr geputzt. Kühns Mobiltelefon lag auf dem Fensterbrett. Gern hätte ich die zuletzt gewählten Nummern abgerufen, aber es war nicht eingeschaltet, und ohne seinen PIN war es weniger wert als ein Ziegelstein. Ich rührte es nicht an.

Das einzige schöne Möbelstück war eine hohe, antike Schrankvitrine. Zwischen ihr und einer fast mannshohen Topfpalme mit vergilbten Blattspitzen gab es eine zweite Tür. Sie führte in einen fensterlosen Flur mit einem Garderobenschränkchen und drei weiteren Türen, eine davon war die Wohnungstür, der Schlüssel steckte von innen, aber sie war nicht abgeschlossen.

Ich warf einen Blick in das Klo – das Auffälligste war hier eine Messinggießkanne neben einem verdorrten Alpenveilchen auf dem Fensterbrett – und ging dann durch die dritte Tür in eine große, helle Küche, über die man ein ebenso großes, nicht ganz so helles Bad erreichen konnte, dessen einziges Fenster auf der Gartenseite lag.

Eine leere Sektflasche stand auf dem Kühlschrank, daneben ein noch versiegelter Whiskey. Ich stöberte ein wenig im Abfall herum, ohne zu wissen, was ich eigentlich finden wollte. Auf dem Rückweg zum Wintergarten betrachtete ich die Bücherregale. Die meisten

Bücher waren DDR-Ausgaben oder Antiquitäten, manche sogar beides. Nichts deutete daraufhin, dass eines der Bücher in den letzten Wochen bewegt worden war oder der Besitzer an einer Hausstauballergie litt. Zwei Bände Hölderlin standen schon ebenso lange reglos zwischen Lenin und Marx, wie Bredel und Fontane Honeckers Lebenslauf stützten. Ein einziges Fach zeigte Nachwendeausgaben mit Abnutzungserscheinungen, neben einer Reihe Beck'scher Texte zu betriebswirtschaftsrechtlichen Themen gab es ein paar illustrierte Ausgaben zur Architektur des zwanzigsten Jahrhunderts.

Der Schreibtisch war aus massiver, dunkel gebeizter Eiche, er hatte geschnitzte Löwenfüße und eine achteckige Platte mit hell abgesetzten Intarsien. Obenauf ein nicht mehr ganz neuer Computerbildschirm und die dazugehörige Tastatur, eine ganz alte Olympia-Schreibmaschine, eine vollgestopfte Papierablage und eine leere Saftflasche nebst Glas. Im Inneren des Schreibtisches fand ich ein Album mit jener Sorte von Familienfotos, bei denen jeder einmal die Kamera halten darf. Vorsichtig blätterte ich darin. Es waren handschriftlich datierte Schwarz-Weiß-Bilder aus Kühns Kindheit und Jugend.

In der obersten Schublade lagen Farbaufnahmen jüngeren Datums – Bilder, die mir nichts sagten, bis auf eine Fotoserie, unter der sich jenes Bild befand, das Müller mir gegeben hatte. Auf der Rückseite des Schreibtischs gab es ein Geheimfach, das sich von vorn über eine einfache, mäßig versteckte Druckmechanik öffnen ließ. Es enthielt sieben glatte Hundert-Euro-Scheine, nichts weiter. Ich drückte das Fach mit dem Ellenbogen zu und wollte mich gerade abwenden, als mir ein kleines Schräubchen auffiel, das am Boden zwischen den Dielen steckte. Das dazu passende Loch fand ich am Computer, der neben der Wand in Reichweite des Stuhles stand. Ich stellte fest, dass die anderen Schrauben nur locker saßen. Mit Hilfe eines Taschentuchs drehte ich sie heraus und nahm den seitlichen Gehäusedeckel ab. Man musste nicht allzu viel davon verstehen, um zu sehen, dass jemand einen Teil des Innenlebens entfernt hatte. Sämtliche Speichereinheiten waren verschwunden. Und noch etwas fehlte. Ich sah noch einmal genauer nach, aber ich fand nirgends im Zimmer Disketten, CD-Roms oder USB-Sticks. Jeder, der einen Computer hat, besitzt irgendetwas davon.

Nachdem ich den Deckel wieder befestigt hatte, richtete ich mich auf und sah zur Uhr. Zwanzig Minuten waren vergangen, seit ich hier eingestiegen war. Ich entfernte den Gurt von der Balustrade des Wintergartens, rollte ihn zusammen und steckte ihn ein. Ich musste gähnen. Ich hatte Hunger und ich war in einem Haus mit einem Toten. Ich musste die Polizei holen.

Das Telefon in der Wohnung wollte ich nicht benutzen. Ohne noch einen Blick auf das blutige Desaster zu werfen, verließ ich die Wohnung, die Tür ließ ich dabei nur angelehnt.

Im Garten des vielfensterigen Palastes von gegenüber war eine rundliche Rentnerin mit einer Harke beschäftigt. Als sie mich aus der Pforte kommen sah, hielt sie inne, stützte sich auf den Stiel ihres Gerätes und sah unverblümt feindselig zu mir herüber. Ich wandte mich dezent ab und ging zu Fuß an meinem Audi vorbei die Straße hinunter. Erst als ich um die nächste Ecke bog, spürte ich ihren kalten Blick von meinem Rücken sacken wie einen halben Zentner Pappschnee.

Ich ging zu einer der Telefonzellen am Alaunplatz und wählte zuerst Müllers Nummer. Er hatte ein Recht darauf, als Erster informiert zu werden.

Er war am Apparat, bevor der Rufton endete. »Müller.«

»Staiger. Ich hab ihn gefunden.«

»Aah. Und?«

»Und was?«

»Na, sagen Sie schon. Wo ist er?«

Es hatte keinen Zweck, lange drum herum zu reden. »Er liegt in seiner Wohnung. Tot.«

»Hörn Sie auf mit dem Quatsch!«

Ich ließ ihm Zeit zum Durchatmen.

»Staiger! Das ist nicht Ihr Ernst!«

»Doch, leider. Man hat ihn vermutlich geschlagen und erstochen.«

»Was heißt vermutlich? Wie?«

»Keine Ahnung, ich hab kein Tatwerkzeug finden können. Hören Sie, ich hab jetzt keine Zeit für lange Erklärungen ...«

»Warten Sie! Sind Sie noch dort?«

»Ja. Und falls Sie mit dem Gedanken spielen sollten herzukommen – vergessen Sie's. In kurzer Zeit wird es hier vor Bullen nur so wimmeln. Warten Sie ab, bis ich denen alles erzählt habe, schätze mal Sie sind dann sowieso einer der Ersten, mit dem sie reden wollen. Also, ich melde mich später.«

»Moment mal!«, hörte ich noch, dann drückte ich einfach die Taste hinunter und wählte die Notrufnummer der Polizei. Ich hatte schon genug getrödelt.

Die Rentnerin harkte noch an derselben Stelle, als ich zurückkam. Sie guckte so unverschämt böse, dass ich auf sie zuging.

»Guten Tag«, sagte ich, so höflich ich konnte.

»Was wolln Sie?«, krähte sie mit einer Stimme, die so spitz war, wie die Enden des eisernen Zaunes, der uns trennte.

Ich zündete mir eine Zigarette an, blies ein Wölkchen am Zaun entlang, blinzelte in die Sonne und sagte nichts. Sie starrte mich mit schlitzigen, schwarzbraunen Augen an, ihr Gesicht war gelb von dem Misstrauen, dass von innen an ihr zu knabbern schien. Vielleicht hatte sie ja allen Grund dazu. Vielleicht hatte sie auch sonst nichts.

»Was ham Sie da drüm zu suchen?«

Sie stieß bei diesen Worten mit der kleinen Faust, die den Harkenstiel hielt, in Richtung des Hauses auf der anderen Seite.

»Sie sind aber neugierig. Ist das Ihr Haus da drüben? Oder gehört Ihnen die ganze Straße?«

Ein silberner Passat kam die Straße entlang und das Gesicht der Alten erhellte sich so weit, bis ein hämisches Grinsen darauf erschien.

Der Passat bremste scharf neben mir und ein kleiner, stiernackiger Mittvierziger stieg aus, sah die Alte an und zeigte mit einem wurstgroßen Finger auf mich. Er maß mich noch im Gehen mit einem schnellen Blick, schien mich für nicht allzu schwer zu befinden und rief der Alten zu: »Isser das?«

Die Alte nickte heftig mit dem Kopf und schüttelte den Harkenstiel mit beiden Händen. Ich sah die schlaffe Haut unter ihrem Kinn wackeln, passte aus dem Augenwinkel auf, dass Stiernacken nicht zu nahe an mich herankam und fragte mich, wo denn die Polizei blieb.

Er kam eineinhalb Meter vor mir zum Stehen, stemmte die Fäuste in breite Hüften und sagte langsam: »Jetzt sagense mir ma janz schnell, was Sie in meim Haus zu suchen hahm!«

Ich ließ die Zigarettenkippe fallen, verschränkte die Arme vor der Brust und sah auf ihn herab.

»Soso«, sagte ich noch langsamer und legte eine unterschwellige Drohung in den Tonfall. »Ihnen gehört also die Ruine da drüben. Sie kommen ja wie gerufen.«

Das machte ihn stutzig. Er bewegte seinen Kopf so, als sei ihm sein Hemdkragen plötzlich zu eng geworden, dann drehte er sich ruckartig zu seinem Haus um. Dann sah er mich wieder an und seine Augen wurden klein und vorsichtig.

»Was soll das heißen?« Er steckte die Hände in die weiten Taschen seiner hellgrauen Hose und klemmte die Oberlippe zwischen die Zähne. Die Alte war starr vor Neugier.

»Der Mieter im 1. Stock«

»Ja?«

»Er liegt da oben. Ermordet.«

Die Alte zuckte leicht zusammen und Stiernacken machte einen Schritt zurück, ließ mich aber nicht aus den Augen.

»Wie war das?«, fragte er.

»Sie brauchen einen Glaser und einen neuen Mieter. Zuerst den Glaser, aber es eilt nicht.«

»Sie nehm mich wohl aufn Arm?« Er machte noch einen Schritt zurück. »Da sollt ich wohl mal nach'm Rechten sehn!«

»Die Polizei muss gleich hier sein, lassen Sie die das mal lieber machen.« Ich ging an ihm vorbei über die Straße und lehnte mich neben der Pforte an den Zaun.

Er blieb eine Weile unschlüssig neben seinem Wagen stehen und kam dann langsam zu mir herübergelaufen. Schweiß glänzte auf seiner Stirn und dünnes Haar klebte an seinem massigen Schädel. Vorne an der Ecke bog zaghaft ein Streifenwagen ein.

Er sah mich ungläubig an. »Tot? In meim Haus?«

Ich nickte. Der Streifenwagen rollte langsam aus.

»Das kann doch wohl ni wahr sein!«, brummte er ärgerlich, als hätte ich ihm von einem Rohrbruch erzählt.

Zwei Polizisten in Uniform stiegen aus dem Streifenwagen. »Haben Sie uns angerufen?«, fragte mich der Größere von beiden mit einem freudlosen Samstagsdienstgrinsen.

Ich deutete mit dem Daumen über meine Schulter. »Da oben im ersten Stock liegt ein Toter« sagte ich. »Mord. Die Tür ist offen. Alles andere erkläre ich dann der Kripo.«

Der Große schob seine Mütze nach hinten und musterte mich skeptisch, bevor sein Blick auf den schwitzenden Hausbesitzer überschweifte. Der Kleine ging an mir vorbei durch die Pforte. »Ich seh mal nach«, sagte er.

»Pass bloß off, dass du nichts anfasst!«, rief ihm sein Kollege hinterher, ohne den Hausbesitzer aus den Augen zu lassen. »Und was machen Sie hier?«, fragte er ihn.

»Das ist mein Haus!« Er wischte sich mit dem Unterarm über den Kopf, unter seiner Achsel erschien ein faustgroßer Schweißfleck, der mich an das Blut erinnerte, das unter der Leiche hervorgesickert war. Mir war zum Kotzen zumute, aber es gab nichts in meinem Magen, das herauswollte.

»Die Frau von gegenüber hat mich gerufen«, sie drehten sich beide in die Richtung, in die sein dicker Finger zeigte und wo immer noch wie angewurzelt die Alte mit der Harke stand, »weil sie ihn hier«, sein Finger und ihre Köpfe schwenkten zu mir, »aus dem Haus hat kommen sehn!«

»Aus *Ihrem* Haus«, sagte ich.

Sein Kinn schob sich kampflustig nach vorn. »Fragen Sie ihn mal, was er überhaupt hier zu suchen hat!«

»In *seinem* Haus«, sagte ich.

Er holte tief Luft.

»Na, na«, sagte der Polizist und hob eine Hand in seine Richtung. »Immer schön ruhig, ja? Bloß kein Stress, das klärt sich alles.«

Der Kleine kam zurück, nahm vor der Pforte die Mütze ab und wischte sich stöhnend über die Stirn. Er sah seinen Kollegen bedeutungsschwanger an, bis der endlich die nötige Spannung im Gesicht hatte. Auch die kleinen Augen des Hausbesitzers klebten an seinen Lippen.

»Frag bloß ni«, sagte er endlich. »Da oben sieht's aus, wie in Schigago!«

Der Große wiegte seinen Kopf und murmelte: »Schigago is ooch ni mehr das, was es mal war.«

Der Kleine lief zum Streifenwagen, um einen Funkspruch durchzugeben. Vom Himmel wehte das Geräusch eines Flugzeuges herab und die tief stehende Sonne starrte durch eine milchig trübe Schicht auf die Straße hinunter. Die Luft war drückend und schwül. Die Alte von gegenüber hatte sich bis zum Eisenzaun herangearbeitet, sie ließ uns nicht aus den Augen und kratzte dabei halbherzig mit der Harke auf der Stelle. Der große Streifenpolizist wedelte sich mit der Mütze Luft zu, der Hausbesitzer atmete schnaufend durch den Mund. Ich hockte mich am Zaun nieder und massierte meine Schläfen.

Zwei Zigarettenlängen später stand ich mit dem Hausbesitzer, den beiden Streifenpolizisten und zwei Kriminalbeamten vor dem Hauseingang im Garten.

Hauptkommissar Cosel war ein mittelgroßer Bulle Anfang sechzig mit breiten Schultern und einem großen Kopf, dem man ansah, dass er ihn zum Nachdenken benutzte. Er hatte kurz geschnittenes, graues Haar, kleine, fast niedliche Ohren und einen tiefen Blick aus hellbraunen Augen, deren Lider nach den Seiten leicht herabhingen. Es war der Blick eines Veteranen.

Er stellte seine Kollegin als Oberkommissarin Wettin vor und überließ ihr das Reden. Sie warf einen Blick in meinen Ausweis und reichte ihn an die beiden Uniformierten weiter, dann hielt sie dem Hausbesitzer fordernd ihre leere Hand vor die Nase. Der zückte ärgerlich eine dicke Brieftasche; er war anscheinend der Meinung, allein seine massige Präsenz müsste jeglichen Zweifel an seiner Identität wegwischen.

Die Kommissarin war Ende zwanzig, schlank und strahlte mehr Sonne aus, als der letzte Sommer. Sie hatte ein offenes, kaum geschminktes Gesicht mit einem frechen Kinn und einem spöttischen Zug um die adriablauen Augen, die in starkem Kontrast zur Bräune ihrer Haut standen. Ihr blondes Haar war hinten zu einem kurzen Schwänzchen gebunden und über der Stirn klemmte eine schwarze Sonnenbrille. Sie trug feste halbhohe Schnürschuhe, enge Jeans und ein ebenfalls adriablaues Jackett, welches aus der Ausbuchtung unter ihrer linken Schulter kein Geheimnis machte.

Während der Hauptkommissar im Haus verschwand, brachte sie den lamentierenden Hausbesitzer mit einem langen Blick und einer höhnisch nach oben gezogenen Augenbraue zum Schweigen.

Nach dreißig Sekunden war Cosel wieder unten. Er legte den Kopf schief, zog die Schultern an und vergrub die Hände noch tiefer in den Hosentaschen, dann sah er uns der Reihe nach an, bis er bei mir hängen blieb. Er verzog den Mund so, dass es für einen positiv eingestellten Menschen durchaus wie ein Lächeln aussehen konnte.

Einen Moment war es still. Eine Wespe senkte sich zwischen uns, beschrieb einen Kreis und surrte dann nervös vor dem Kinn des großen Streifenpolizisten herum.

»Sie haben doch gesagt, die Wohnungstür ist offen?«, sagte Cosel, den Blick immer noch auf mich gerichtet.

Ich sah den kleinen Streifenpolizisten an, dessen Augen langsam größer wurden.

»Ooh, Scheiße!«, kam es erschrocken aus dessen Mund. »Die hab ich vorhin zugemacht!«

Cosel nickte und bedachte ihn mit einem giftigen Seitenblick, dann drehte er sich kopfschüttelnd weg und betrachtete sich die Konstruktion des Wintergartens.

Die Kommissarin verdrehte die Augen und stöhnte. »Sie haben doch sicher einen Schlüssel für die Wohnung?«, wandte sie sich an den Hausbesitzer.

»Freilich!«, antwortete der beflissen.

»Der wird Ihnen nichts nutzen«, mischte ich mich ein. »Der Schlüssel steckt von innen im Schloss. Und es ist keins von diesen, bei denen man trotzdem von außen aufschließen kann.«

»Woher wissen Sie das so genau?« Eine misstrauische Falte erschien schräg über einem adriablauen Auge.

»Ich hab mal als Schlosser gearbeitet.« Das stimmte nicht und erklärte auch nicht viel, aber ihr genügte es. Und ich wusste, dass ich recht hatte.

Sie verdrehte wieder die Augen. »Also holen wir einen Spezialisten?«, fragte sie und sah dabei Cosel an.

»Warte«, sagte Cosel.

»Wo und wie genau sind Sie eigentlich hochgestiegen?«, wollte er von mir wissen.

Ich zog den eingerollten Gurt aus der Jackentasche und behielt ihn auf der flachen Hand. »Hiermit«, sagte ich. »Soll ich?«

Er nickte schwerfällig mit dem Kopf. »Machen Sie mal.«

Ich wiederholte die Wurfnummer und außer Cosel sahen mir dabei alle mit offenen Mündern zu. Ich prüfte die Haltbarkeit und wartete, mit dem gestrafften Gurtende in der Hand.

Cosel gab seiner Kollegin einen Wink mit dem Kopf. »Na los, Nina!«, sagte er.

Sie ließ sich nicht lange bitten und nahm mir lächelnd das Ende aus der Hand.

»Na dann wolln wir mal«, sagte sie übermütig.

Cosel brummte unwillig. »Steig hoch und mach nur einfach schnell die Wohnungstür auf!«

Sie seufzte zustimmend, holte tief Luft und kletterte hinauf. Sie war dabei viel flinker als ich, aber auch weniger vorsichtig; als sie sich über die Balustrade schwang, blieb sie an einer der Angeln für die Fensterflügel hängen und riss sich fast eine Seitentasche ihres Jacketts ab. Sie fluchte herzhaft und verschwand aus dem Blickfeld.

»Sie warten hier!«, befahl Cosel uns anderen und unterstrich seine Worte, indem er eine Hand aus der Tasche zog und mit dem Zeigefinger auf den Boden deutete.

»Alles klar, Herr Hauptkommissar!«, sagte der kleine Streifenpolizist eifrig und sein Kollege nickte bestätigend. Die beiden schienen entschlossen, sich keinen Millimeter von der Stelle zu rühren.

»Aber mich brauchen Sie doch im Moment ni mehr, oder?«, fragte der Hausbesitzer mit einer Mischung aus schlecht gespieltem Selbstbewusstsein und leiser Hoffnung. Beides schrumpfte unter Cosels Blick auf Rosinengröße.

»Meine Kollegin wird sich gleich mit Ihnen unterhalten, danach können Sie gehen.« Mit diesen Worten ließ er uns stehen und ging ins Haus.

Ich zündete mir eine Zigarette an und setzte mich etwas abseits auf das, was von der Hollywoodschaukel noch übrig war. Der Hausbesitzer und die beiden Uniformierten begannen ein Gespräch über diese schlechten, harten Zeiten, die einem im Nacken sitzen.

Ich hörte nur halb hin und starrte die Grashalme an, ich fühlte mich wie ein vertrocknetes Flussbett.

Die Kommissarin kam wenig später zurück in den Hof und widmete sich dem Hausbesitzer, sie machte jetzt zwar ein ernstes Gesicht, hatte aber nichts von ihrer sonnigen Frische eingebüßt.

Weitere Leute, allesamt Männer trafen ein und betraten das Haus; Spezialisten und Experten, darunter ein schwer bepackter, hektischer Fotograf, ein junger hohlwangiger Arzt, dessen beschwingter Gang so gar nicht zu einem passte, der Totenscheine ausfüllt, und ein paar farblose Gestalten mit Taschen und Köfferchen, deren Inhalt, nach den wichtigen Mienen ihrer Träger zu urteilen, außerordentlich einzigartig sein musste.

Nach meiner dritten Zigarette kam ein Typ zu mir herübergeschlendert. Er hatte die Hände in den Taschen seiner Windjacke vergraben und machte ein tieftrauriges Gesicht.

»Sie waren also als Erster hier?«, sagte er, nur halb als Frage formuliert.

»Wer sagt das?«

»Die Alte von gegenüber.« Er hielt mir einen Presseausweis unter die Nase.

»Das Blatt lese ich nicht«, sagte ich.

»Das gibt keiner gerne zu«, antwortete er mit breitem Grinsen, die aufgesetzte Traurigkeit war wie weggewischt. Sein Kopf machte eine Bewegung in Richtung des Hauses. »Was'n dort passiert?«

Ich hob die Schultern. »Fragen Sie die Bullen«, sagte ich.

»Ach komm Sie«, er beugte sich leutselig ein Stück zu mir herab. »Die filtern doch das Beste raus und beschönigen den Rest. Die Bevölkerung hat ein Recht auf Informationen aus erster Hand.«

Ich senkte den Blick wieder auf die Wiese. »Lassen Sie mich in Ruhe.«

»Da oben ist wohl jemand was passiert, dem Sie sehr nahe standen?«, bohrte er.

»Sie stehn mir im Moment näher und wenn Sie nicht gleich woanders arbeiten gehen, tut's weh!«

Ich fummelte die nächste Zigarette aus meiner Schachtel, während er noch überlegte.

»Hallo, Sittich«, hörte ich die ruhige Stimme von Cosel. Sein runder, fast gemütlicher Bariton hatte jene trügerische Beiläufigkeit, an der mehr Leim klebt, als auf einem Papierfliegenfänger. Wie angewachsen stand er hinter dem Journalisten, die Hände tief in den Taschen der blaugrauen Hose, deren Bügelfalten entfernt an ein Schafott erinnerten. Er trug ein weißes Hemd, dessen obersten Knopf er geöffnet hatte, der winzige Knoten seiner dunkelgrauen Krawatte war um gut eine Handbreit verrutscht. Seinen beleibten Oberkörper umhüllte ein schlabberiges blaugrau meliertes Jackett. Seine Schuhe waren staubige schwarze Leisetreter mit flachen Sohlen und ohne Schnürsenkel. Er kam mir in diesem Moment fast vor wie ein guter alter Bekannter.

»Kleines Interview außer der Reihe abfassen, wie?«, sagte er.

»Immer, Herr Kommissar, immer!«

»Sie wissen doch, wie das bei uns läuft.«

»Klar weiß ich's. Hat mir noch nie gefallen, wie's bei euch läuft!«

»Mir auch nicht. Wenn ich den erwische, der Sie hier reingelassen hat ...«

»Was dann, Herr Kommissar?« Der Journalist wurde hitzig. »Schicken Sie den dann nach Bautzen? So wie früher?«

Cosel lächelte, seine kleinen Ohren erröteten. Er schüttelte den Kopf.

»Ach Sittich«, sagte er. »Sie wissen überhaupt nichts. Sein Sie froh, dass es dieses Blatt gibt, bei dem Sie arbeiten, 'ne richtige Zeitung dürften Sie nicht mal austragen. Und jetzt verschwinden Sie, ich muss mich mit dem jungen Mann unterhalten ...«

»Das wollt ich auch gerade.«

»Hauen Sie ab, sonst lass ich Sie festnehmen!«

»Hausfriedensbruch, oder was?«

»Spionageverdacht!«, sagte Cosel mit gespielter Bosheit. »Landesverrat, Republikflucht! Was wolln Sie noch?«

»Is ja gut, ich geh ja schon.« Der Journalist winkte ab und schlenderte betont langsam davon. Wir sahen ihm nach, bis er um die Ecke des Hauses verschwunden war.

»Der ist doch nicht wirklich echt?«, fragte ich in die entstandene Pause hinein.

Langsam drehte Cosel sich um. Er deutete mit einer Hand auf die Hollywoodschaukel und ließ sich dann neben mir nieder.

»Der ist genauso wahrhaftig wie seine Zeitung, die uns jeden Tag mit bunten Neuigkeiten unterhält. Auch wenn er vielleicht überflüssig ist, echt ist er auch.«

Er beugte sich nach vorn, legte die Ellenbogen auf die Knie und faltete die Hände.

Die Sonne versank hinter dem Nachbarhaus. Der Hof lag im Schatten, aber die Luft war so drückend, dass sogar der Rauch meiner Zigarette nur widerwillig aufstieg.

Ich betrachtete die Grashalme zu meinen Füßen.

»Sie kannten den Verstorbenen?«, sagte Cosel.

Verstorben, dachte ich und schnipste die Kippe auf ein überwuchertes Erdbeerbeet.

»Nur flüchtig.«

»Na dann erzählen Sie mal!«

»Viel gibt's da nicht. Wo soll ich anfangen?«

»Fangen Sie hier an.« Er wies mit dem Daumen zum Haus.

»Erzählen Sie, was Sie hier zu suchen hatten und gehn Sie dann zum Anfang. Wann, wo, wie Sie Kühn kennengelernt haben und so weiter. Ich melde mich schon, wenn ich zwischendurch was wissen will, aber lassen Sie sich nicht allzu viel Zeit.«

Er ließ mich reden, ohne zu unterbrechen. Ich erzählte zuerst, wie ich Kühns Leiche gefunden hatte. Danach fing ich mit dem Tag an, an dem Lothar Müller mich beauftragt hatte und endete mit dessen besorgtem Anruf von heute Nachmittag. Ich fügte nichts hinzu und ließ fast nichts aus, bis auf die kleine Episode mit den tschechischen Arbeitern und die Tatsache, dass ich vorhin oben in Kühns Wohnung etwas herumgestöbert hatte.

Cosel machte sich zwischendurch Notizen. Die Angaben zu dem BMW und den beiden Schlägern schrieb er auf ein Blatt, das er aus seinem Block riss. Er rief einen adrett gekleideten jungen Mann, der zwischen Haus und Straße herumstand, zu sich und reichte ihm das Blatt.

»Sie hätten sich das Kennzeichen merken sollen«, sagte er.

Ich kramte den Zettel hervor, auf dem ich das Kennzeichen notiert hatte und hielt ihm diesen hin.

»Alle Achtung«, sagte er und gab den Zettel an den jungen Mann weiter, der sich daraufhin entfernte.

Ich machte eine vage Geste mit beiden Händen und stand langsam auf. Ich konnte nicht mehr sitzen.

Er erhob sich ebenfalls, steckte die Hände in die Hosentaschen und legte den Kopf schief. »Sie waren ganz schön lange in der Wohnung. Haben Sie was Bestimmtes gesucht?«

»Nein. Was hätte ich denn suchen sollen?«

Er hob die Schultern. »Keine Ahnung. Aber Sie müssen doch zugeben, dass Ihre Geschichte ein bisschen dürftig ist? Zumal sie mit einem Mord aufhört.«

»Alles, was ich weiß, habe ich Ihnen gesagt. Die Lücken müssen Sie schon selbst füllen.«

»Das werden wir.« Er verstaute seinen Block unter der Jacke. »Den Schriftkram können wir später machen. Gehn Sie erst mal nach Hause und bleiben Sie erreichbar. Halten Sie sich aus der Sache raus, bis Sie von uns hören, klar?«

»Klar.« Ich deutete zum Haus. »Wann ist denn das da oben passiert?«

Cosel zog eine Hand aus der Tasche und verscheuchte eine Fliege. Dann wischte er mit dem Handrücken über seine Stirn und sagte: »Irgendwann heute Nacht, beziehungsweise in den frühen Morgenstunden. Als Sie vermutlich schon zu Hause waren. Vorausgesetzt, es stimmt, was Sie mir erzählt haben.«

»Es stimmt. Sagen Sie, sah das nur so aus oder ist sein linker Arm tatsächlich gebrochen?«

»Es sah nicht nur so aus. Der Doktor meint, er ist regelrecht zertrümmert worden.«

»Aber gestorben ist er an der Stichwunde im Rücken?«

»Sieht ganz so aus. Aber kommen Sie jetzt, Sie haben schon genug Fragen gestellt.«

Als ich an ihm vorbeilaufen wollte, hob er die Hand und berührte mich leicht am Oberarm.

»Hatten Sie im Laufe Ihrer Beobachtungen irgendwann mal das Gefühl, in ein Wespennest zu stechen?« Er sah mich forschend an.

Ich überlegte. »Nein. Jedenfalls nicht bewusst«, antwortete ich. »Möglicherweise gab es da ein paar dunkle Stellen in Kühns Leben, aber darüber weiß ich nichts. Vielleicht stochern Sie jetzt mal etwas tiefer. Was machen Sie als Nächstes?«

»Ich versuche, überall gleichzeitig zu sein«, sagte er unbestimmt und gab mir ein Zeichen, mitzukommen.

Er lieferte mich bei dem adretten jungen Mann ab, dessen Namen ich nicht verstand. In einem Kleinbus nahmen sie meine Fingerabdrücke, danach warfen sie noch einen Blick in meinen Audi, bevor sie mich fahren ließen.

Zwei Zivile machten sich an Kühns Honda zu schaffen. Die Alte mit der Harke hatte inzwischen Gesellschaft aus der Nachbarschaft bekommen, sie zeigte mit dem Finger auf mich und staunte dann darüber, dass ich ganz allein in meinen Wagen einsteigen durfte.

Ich hatte Hunger, Durst und fühlte mich wie ein alter Filzstiefel. Ich winkte, als ich an der Alten vorüberfuhr.

Ich fuhr zum Shakes'n'Beer. Mona saß am Tresen, vor sich eine Tasse Kaffee, einen leeren Teller und eine Zeitung. Sie senkte die Zeitung und lächelte, als ich »Hallo« sagte und mich neben sie hockte.

»Auch Frühstück?«, fragte der Wirt grinsend und schielte zur Uhr. Es war schon nach sechs.

Ich bestellte ein Bier und sagte, er solle mir irgendetwas bringen, was schnell ginge. Sein Grinsen wurde breiter und er verschwand in der Küche.

»Ich hatte gehofft, dass du hierher kommst«, sagte Mona.

»Und ich habe gehofft, dich hier zu finden«, gestand ich.

Sie zündete sich eine Zigarette an. »Schon auf den Beinen?« Sie sah ein wenig zerzaust aus, so wie ein kühler, stiller Herbstabend, wenn den ganzen Tag über ein steifer Wind geweht hat. Zum ersten Mal fiel mir auf, dass auch dunkle Haut von einer Art Bleiche befallen werden konnte.

»Unfreiwillig«, antwortete ich.

»Du hast mich gestern Nacht nach oben gebracht«, sagte sie.

Ich nickte.

»Und ins Bett gelegt.«

»Ja.«

»Warum bist du nicht geblieben?«

»Wenn ich betrunken bin, liege ich gern allein in meinem eigenen Bett.«

Sie lachte. »Du hättest mir trotzdem die Hose ausziehen können! Heute Morgen kam ich mir vor wie ein stinkender Turnschuh.«

Ich versuchte ebenfalls zu lachen. »Das nächste Mal.«

»Versprochen?«

»Versprochen.«

Ich bekam mein Bier und drei Spiegeleier auf Brot mit Tomaten und Schnittlauch. Ich benötigte keine zwei Minuten um den Teller leer zu bekommen.

»Hunger?«, fragte Mona überflüssigerweise. »Hast wohl schwer geschuftet heute? Bist du deswegen unfreiwillig hier?«

»Stimmt. Aber ich bin froh, dass ich hier bin.«

Sie erwiderte mein Lächeln mit einem Blick, mit dem man eine Kanne schwarzen Tee hätte süßen können. »Du hast mir noch nichts von deinem Job erzählt. Männer tun das doch immer. Oder soll ich raten?«

»Lieber nicht.« Ich wischte mir mit der Serviette über den Mund und zündete mir anschließend eine Zigarette an.

»Du erinnerst dich doch an den großen Blonden, mit dem du gestern an der Bar gestanden hast?«

»Auf dem Schiff?«

Ich nickte. Sie stützte den Kopf auf, legte die Stirn in Falten und verzog den Mund. Links neben dem Mundwinkel erschien das zauberhafte Grübchen, das mich schon gestern fasziniert hatte. Fast hätte ich Kühn vergessen.

»Ja. Er war witzig, sogar charmant. Aber vielleicht ein bisschen zu direkt.«

»Mmh. Hast du an ihm sonst noch was bemerkt? War er nervös? Hat er mit jemandem geredet, den du kennst oder der dir irgendwie aufgefallen ist?«

»Nein.« Sie überlegte. »Nicht, dass ich wüsste. Aber warum willst du das wissen?«

»Ich habe ihn heute Nachmittag tot in seiner Wohnung gefunden.«

Sie zuckte kaum merklich zurück und betrachtete mich wie durch eine Glasscheibe. Einen Augenblick schien sie zu glauben, ich ticke nicht richtig, dann suchte sie in meinem Gesicht nach irgendeinem Anzeichen dafür, dass ich einen makabren Scherz gemacht hatte.

»Ist kein Witz«, fügte ich hinzu.

Sie fand ihre Sprache wieder. »Tot? Bist du bei der Polizei? Oder was …?«

»Nein, ich bin nicht bei der Polizei.« Ich bestellte ein neues Bier und erzählte zum zweiten Mal an diesem Tag meine Geschichte. Diesmal ging es schneller, ich nannte keine Namen und war weniger detailgetreu. Mona hörte gebannt zu und ihre Zigarette brannte auf dem Rand des Aschenbechers bis zum Filter ab.

»Warum?«, sagte sie nur, als ich geendet hatte.

»Ich hab keine Ahnung«, antwortete ich. »Das ist Sache der Polizei.«

Mona starrte auf ihr Glas und drehte es zwischen Daumen und Zeigefinger. Sie sagte: »Man sollte mal wegfahren«, hob den Kopf und lächelte. »Weit weg.«

Ich sah sie ein wenig wehmütig an. Ein wohltemperiertes Jazzpianogeklimper mit einem kräftigen Schuss Bourbon schlich auf Katzenpfoten über das Regal hinter dem Tresen, wobei es elegant zwischen den Flaschen mit den harten Sachen hindurchstrich, es war genau die Art von Musik, bei der man mit halboffenen Augen vor einem halbvollen Glas an einer ruhigen Bar stehen möchte, irgendwo zwischen Tag und Nacht.

In meinem Hirn spukten noch die Bilder von Kühns leblosem Körper herum, wenn auch viel verschwommener als noch vor ein paar Minuten. Der Wirt kam näher und fragte, ob wir noch etwas wollten, wir verneinten beide und bezahlten.

»Ich fahre jetzt nach Hause«, sagte ich.

»Ich komme mit.« Mona legte einen schlanken braunen Finger auf meinen Unterarm. »Das heißt, wenn du …« Sie beendete den Satz nicht und ihre Augen ruhten erwartungsvoll auf meinen Lippen.

Ihre Brust hob und senkte sich unter tiefen Atemzügen und mein Arm lag wie festgenagelt auf der Platte. Langsam strich ich mit der anderen Hand über ihren Finger. »Das heißt?«, fragte ich mit belegter Stimme.

Sie lachte und hakelte nach meinem Finger. »Das heißt, diesmal bring ich dich ins Bett.«

Während wir von den Barhockern glitten, berührte meine Hand wie zufällig ihre Hüfte und ein Kribbeln jagte über meinen Handrücken. Sie gab der Berührung nach und schmiegte sich für einen winzigen Moment an mich. Ein schwacher Duft von Lavendel umspielte ihre Schultern und verschwand, als sie lachend ihre Jacke überwarf. Aus den Augenwinkeln sah ich, dass der Wirt uns hinterhergrinste wie ein Zuckerwatteverkäufer.

7

Die beiden Nächte zwischen Samstag und Montag schlief ich schlecht, was nicht daran lag, dass Mona und ich sie zusammen verbrachten. Im Gegenteil, wenn sie nicht gewesen wäre, hätten meine Kämpfe mit dem Betttuch wohl verheerende Ausmaße angenommen. Am Sonntag rief mich die Kommissarin an und fragte, ob ich mir mit meinen Angaben zu dem BMW ganz sicher wäre. Ich bejahte dies und sie antwortete, dass das Kennzeichen zurzeit nicht vergeben war, weder an einen 3er BMW, noch an ein anderes Fahrzeug.

Am Montagvormittag begab ich mich in Kommissar Cosels Büro, um meine Aussage verschriftlichen zu lassen. Cosel verriet mir, dass der Staatsanwalt gerade dabei war, eine Sonderkommission zusammenzustellen. Auf meine Frage, ob sie denn in diesem Fall nicht mit einer schnellen Aufklärung rechneten, erhielt ich die lapidare Antwort, dass man auch noch anderes zu tun hätte. Bisher hatten sie – laut Cosel – weder die beiden Schlägertypen aufgestöbert noch irgendwelche anderen Mordverdächtigen in der Mangel. Trotzdem wollte er meine Hilfe nicht, wie er sich ausdrückte, als ich ihn verwegen darum bat, aus dem vorläufigen Obduktionsbefund zu zitieren.

Lothar Müllers Anruf kam am Dienstag. Er überraschte mich nicht, irgendwie hatte ich damit gerechnet, dass er sich noch einmal melden würde. Was mich allerdings überraschte, war sein Anliegen. Nach einer knappen Begrüßung kam er ohne Umschweife zur Sache.

»Ich will, dass Sie weitermachen!«, tönte es fest entschlossen aus der Leitung. Dann gab er mir Gelegenheit zu einer Erwiderung, aber ich kam über ein lautloses Schlucken nicht hinaus, bevor er fortfuhr: »Ich werde bis zur Beisetzung in Dresden bleiben und ich möchte diese Zeit nicht untätig verstreichen lassen. Ich will wissen, was diese Hana Kralova mit der Sache zu tun hat, und ob, und wenn ja, inwieweit jemand aus meiner Firma darin verwickelt ist. Ich will …«

Hier hielt ich es für das Beste, ihn zu unterbrechen. »Haben Sie schon mit der Polizei gesprochen?«, fragte ich, obwohl die Antwort darauf relativ klar war.

Müller räusperte sich. »Aber natürlich. Am Sonntag. Ein Kommissar namens Cosel und seine Assistentin. Ich habe ihn gebeten, mich auf dem Laufenden zu halten, aber es schien mir nicht, dass er die Absicht hätte, dies zu tun.«

»Die sind schon stur, die hiesigen Bullen.«

Ich hätte schwören können, dass Müller am anderen Ende das Gesicht verzog. »Ich habe leider keine Verbindungen zur Dresdner Staatsanwaltschaft«, sagte er trocken.

Mir fiel ein, dass ich derartige Verbindungen hatte, wenigstens theoretisch. Vor geraumer Zeit traf ich in einer Kneipe einen ehemaligen Klassenkameraden, der mir damals erzählte, dass er seit etwa zwei Jahren bei der Staatsanwaltschaft Dresden arbeitete. Allerdings war er dort keine große Nummer, außerdem hatten wir uns schon früher nicht besonders nahe gestanden.

»Warum nicht?«, fragte ich. »Wo hier doch fast alle Beamten, die was zu melden haben, aus Schwaben kommen?«

»Und aus Bayern.« Müller lachte kurz und freudlos.

»Aber die meisten sind zu jung, als dass sie zu meinem Bekanntenkreis gehören könnten. Die aus der alten Garde sogenannter Aufbauhelfer sind doch längst wieder zu Hause und genießen ihre Pension. Nun, sei's drum – wären Sie bereit, weiterzumachen?«

»Was denken Sie, wozu die Polizei da ist? Und was glauben Sie, werden die tun, wenn ihnen jemand ins Handwerk pfuscht?«

»Sie sollen denen nicht ins Handwerk pfuschen.«

»Aber darauf läuft es doch hinaus. Ich habe keine Lust, meine Nase in eine Sache zu stecken, bei der es einen Mord gegeben hat.«

Ich hörte ihn schnauben wie einen alten Gaul, der keinen Schritt mehr vor oder zurück gehen will. »Wollen Sie mehr Geld?«

»Quatsch!« Jetzt schnaubte ich.

»Sie haben Angst?«

»Vielleicht hätte ich welche, wenn ich wüsste wovor oder vor wem. Sagen Sie es mir. Mit dem kurzen Fadenende, das Sie mir bis jetzt gegeben haben, kann ich nicht mal ein Schleifchen binden. Sagen Sie mir, wovor ich Angst haben soll.«

»Es tut mir leid. Ich weiß wirklich nicht mehr als Sie. Was ich will, sind Informationen, das kann mir die Polizei nicht verbieten. Ich verlange von Ihnen nicht, dass Sie die Legalität verlassen, allenfalls etwas Flexibilität in der Art der Informationsbeschaffung.« Er holte kurz Luft. »Was ist? Machen Sie es?«

Das mit der Legalität hatte er so ähnlich schon bei unserem ersten Treffen gesagt, neu war hingegen der flexible Aspekt. Er tat mir fast leid, da er sich auf das rhetorische Niveau eines Kommunalpolitikers herabgelassen hatte. Ich beschloss, ihm zu helfen, wenn er noch ein einziges Mal »Ich will« sagen würde.

»Was genau wollen Sie wissen?«

»Durchleuchten Sie die privaten und geschäftlichen Verhältnisse dieser Frau.«

»Sie sagten am Freitag, Sie hätten sich geirrt, als Sie meinten, die Firma der Kralova hätte nicht für MOKA gearbeitet.«

»Stimmt. Frank – Herr Kühn – hat die Firma zum ersten Mal für uns eingesetzt, aber seine Daten waren in der Zentrale noch nicht eingespeichert worden. Eine Schlamperei, nebenbei bemerkt, aber egal – ich will, dass Sie herausfinden, ob es etwas gab, womit Sie Kühn unter Druck gesetzt haben könnte. Schwarzarbeit, illegale Absprachen – irgendwo muss doch der Hase im Pfeffer liegen!«

»Das haben Sie schön gesagt«, warf ich ein.

»Danke«, erwiderte er grimmig. »Ich kann es Ihnen nicht verdenken, dass Sie sein ... Kühns Tod nicht in derselben Weise berührt, wie das bei mir der Fall ist. Aber ...«

Hier setzte er zu einer Pause an, ich wartete einen Moment, dann sagte ich: »Glauben Sie mir, die Sache geht mir auch nahe. Schließlich war ich es, der ihn gefunden hat. Trotzdem – ich werde nicht umhinkommen, durch die Gegend zu laufen und einen Haufen Fragen über Kühn zu stellen. Wenn sich dadurch einige Leute auf den Schlips getreten fühlen, kann ich es auch nicht ändern. Die Baustelle, ich meine die Wohnresidenz, ist doch noch von Ihren Leuten besetzt?«

»Noch ein paar Tage, eine, maximal zwei Wochen.«

»Wer ist dort jetzt verantwortlich?«

»Ein Herr Kraus. Er kennt die Situation vor Ort und wird den Rest abwickeln.«

»Gut. Lassen Sie sich die Bautagebücher geben und gehen Sie sie durch. Falls die Polizei sie nicht schon sichergestellt hat ...«

»Die haben sich gestern an seinem Schreibtisch zu schaffen gemacht.«

»Logisch, aber hier geht es um mehrere Monate. Alle Bücher werden ja wohl nicht im Schreibtisch gewesen sein. Vielleicht finden Sie irgendeinen Hinweis, etwas Ungewöhnliches, was weiß ich.«

»Das sind in einem Dreivierteljahr ...«, er überlegte, »gut drei- bis fünfhundert Seiten, vielleicht mehr!«

»Tja, ein bisschen Zeit sollten Sie sich schon nehmen. Übrigens, aus Kühns Wohnung sind sämtliche Computerdaten verschwunden. Fällt Ihnen dazu etwas ein?«

»Das hat mich die Polizei auch schon gefragt. Falls er Angelegenheiten, welche die Firma betreffen, auf seinem Computer notiert hat, so war das rein seine Privatsache. Mehr kann ich dazu nicht sagen.«

»Sie meinen also, Sie haben keine Ahnung, was Kühn mit seinem Computer gemacht hat?«

»Ganz recht.«

»Schade. Wann ist die Beerdigung?«

»Voraussichtlich am kommenden Wochenende, wenn der, äh, der Tote freigegeben ist.«

»Wer organisiert das alles? Kommt seine Verwandtschaft?«

»Wir – das heißt, meine Frau trifft heute Nachmittag hier ein – übernehmen die Formalitäten. Seine Mutter lebt in einem Pflegeheim irgendwo am Dresdner Stadtrand. Mehr Verwandte hat er meines Wissens nicht.«

»Vielleicht muss ich mit ihr sprechen.«

»Wozu? Ihr Auftrag ist doch klar umrissen.«

»Ich sagte vielleicht, warten wir's ab. Glauben Sie, dass Hana Kralova etwas mit Kühns Tod zu tun hat?«

»Nach allem, was Sie bisher berichtet haben, sieht es doch wohl so aus, oder?«

»Ja, so sieht's wohl aus. Und was sagt die Polizei?«

»Die sagt dazu nichts, wie immer. Und Sie? Zweifeln Sie daran?«

»Ich weiß nicht. Es gibt doch da immer die Theorie vom Mord innerhalb der Familie …«

»Ach was!«, stieß er ärgerlich dazwischen. »Wir, das heißt, meine Frau, ich, das ist, das war seine Familie.«

»Jaaah«, antwortete ich gedehnt, und danach herrschte einen Moment lang eisige Stille am anderen Ende, sogar die Elektronen in der Leitung kamen ins Stocken.

Dann ertönte ein mürbes Lachen, das sehr erzwungen klang. »Das war ein sehr makabrer Scherz, Herr Staiger! Ein sehr makabrer.«

»Denken Sie nicht weiter daran. Ich fange jetzt an und melde mich, sobald ich was für Sie habe. Sie wohnen noch in der Pension?«

»Ja.« Er pflanzte das kleine Wörtchen wie einen Betonpfeiler zwischen uns.

»Gut, dann bis später.«

Wir beendeten das Gespräch und ich hatte das Gefühl, dass er genauso froh wie ich darüber war, dass wir uns dabei nicht Auge in

Auge gegenübergesessen hatten. Beim Thema Familie schien er mir etwas überspannt zu sein.

Ich stellte den Telefonapparat wieder an seinen Platz, legte die Wilhelm-Tell-Ouvertüre von Rossini auf den Plattenspieler und überlegte, wo ich anfangen würde. Ich entschied mich für die Wohnresidenz und hoffte, dort nicht gleich der Polizei in die Arme zu laufen. Eine Sonderkommission bedeutete immerhin, dass sie einiges an Personal aufbieten würden.

Während ich mir die Schuhe band, fiel mein Blick auf die zwei Weinflaschen, die ich vorgestern mit Mona geleert hatte, und in meiner Brust breitete sich ein Stück Wärme aus. Ich nahm die Flaschen, steckte meine Zigaretten ein und wollte gerade die Wohnung verlassen, als das Telefon klingelte. Ich hielt inne und wartete, bis der Anrufbeantworter ansprang. Danach meldete sich Sylvia. Sie fluchte ein paarmal, dann sagte sie, irgendein gemeinsamer Bekannter hätte mich letztens mit einer Frau in einer Kneipe gesehen, was sie zwar nichts anginge, aber da ich nun definitiv noch am Leben sei, könne ich mich doch verdammt nochmal endlich melden. Ich nahm mir vor, dies irgendwann zu tun, verließ das Haus, warf die Flaschen in den Container und ging zu meinem Audi.

×××

Sämtliche Bauzäune waren weg. Der Gebäudekomplex stand makellos zwischen den alten Straßen, er würde den Mietspiegel anheben und den Häusern an seinen Rändern die künftige Richtung vorgeben. Wohnresidenz – die erste Silbe des Namens schien tatsächlich Wirklichkeit zu werden, denn hinter einigen Fenstern zeigten sich bereits Gardinen und vor einem Eingang lud gerade eine Umzugsfirma Möbel aus.

Die Bürocontainer nahmen sich vor den blanken Fassaden aus wie ein Kehrichthaufen vor einem Schweizer Konsulat. Ich stieg die kleine Treppe hinauf, klopfte und öffnete die Tür, ohne auf ein Zeichen von drinnen zu warten, und trat ein.

Seit meinem Besuch letzte Woche hatte sich nichts verändert, nur auf Kühns Schreibtisch lag nicht einmal mehr eine Büroklammer, und der braune eingetrocknete Kaffeerand einer Tasse unterstrich jenes schäbige Aussehen, das dieser Art von Möbeln vom ersten bis zum letzten Tag anhaftet. Ich wäre jede Wette eingegangen, dass er leer geräumt war.

Ein stiernackiger Mann saß mit dem Rücken zur Tür und drehte sich ächzend nach mir um. Ich hatte ihn hier noch nicht gesehen.

»Herr Kraus? Mein Name ist Staiger.«

Er stützte sich mit dem Ellenbogen auf der Tischplatte ab und schob seinen Stuhl zurecht, um mich besser ansehen zu können. »Polizei? Schon wieder?«, sagte er, ohne dass sich sein Walrossbart großartig bewegte.

»Nein, noch besser.« Ich war nicht zu einer Amtsanmaßung aufgelegt. »Betriebsinterne Ermittlungen«, sagte ich, was nicht ganz falsch, also so gut wie richtig war. »Sind Sie Herr Kraus?«

Er senkte und hob langsam seine Lider, die dabei keine große Strecke zurückzulegen hatten, da seine Augen ohnehin nur Schlitze waren.

»Sie wollen zu mir? Betriebsintern? Wer schickt Sie denn?«

»Müller.«

Er rückte seinen Stuhl noch ein Stück herum und musterte mich von oben bis unten. Dann grinste er. »Müller. Oder Lehmann? Schulz? He?«

»Sie kennen keinen Müller, wie?«

»Im Gegenteil, ich kenne 'ne Menge Müllers, manche heißen sogar tatsächlich so. Aber …«

»Lothar Müller. The big boss. Ihr Brötchengeber schickt mich. M wie Müller wie MOKA-BAU.«

Er schürzte die Lippen und senkte die Augenbrauen. Er dachte nach und ich half ihm: »Ich weiß nicht, wer Sie eingestellt hat, aber ich weiß, wer Sie rausschmeißt, wenn Sie so weitermachen.«

Noch gab er nicht auf. »Da kann ja jeder kommen und behaupten, die Firmenleitung schickt ihn.«

Das gefiel mir. Ich lächelte ihn an. »Riskieren Sie's mit mir. Nur ein paar Fragen.«

Er lehnte seine massige Seite gegen die Tischkante und faltete die Hände vor der Brust. Sein Gesicht drückte leichtes Interesse aus. »Sie kommen wegen Frank Kühn«, stellte er fest.

»Ja. Kannten Sie ihn?«

»Hab ihn nie zu Gesicht bekommen. Normalerweise arbeite ich im Büro unserer Chemnitzer Niederlassung, aber man hat mich geschickt« – er breitete seine Hände aus – »um das hier zu beenden.«

Ich deutete auf Kühns Schreibtisch. »Hat die Polizei Sie nach Kühn gefragt?«

»'türlich.«

»Und? Was haben Sie denen gesagt?«

»Dasselbe. Dass ich ihm nie begegnet bin.«

»Aber Sie haben von ihm gehört?«

Er zuckte die Schultern. »Klar. Sein Name war nicht unbekannt. Er hatte einen guten Ruf in der Firma.«

Ich zündete mir eine Zigarette an. »Sonst noch was? Klatsch und Tratsch vielleicht?«

»Da müssen Sie schon die Leute vor Ort fragen.«

Ich nickte und zeigte auf den dritten Schreibtisch. »Wo ist denn der Kollege, der letztens noch dort am Fenster gesessen hat?«

»Drüben in der Kneipe, Kaffee trinken. Muss gleich wiederkommen.« Er grinste sarkastisch und machte eine einladende Geste. »Wolln Sie *hier* warten?«

»Nein, danke.« Ich griff nach der Türklinke. »Ich geh auch Kaffee trinken. Dort drüben ist es *noch* gemütlicher. Wiedersehen.«

Noch während ich die Tür zuzog, sah ich, wie er sich wieder seinem Schreibtisch zuwandte.

Vor der Kneipe lief mir die Friseuse über den Weg, die ich neulich an derselben Stelle fast umgerannt hatte. Sie erkannte mich und ihr Lächeln war ehrlich, aber so unverschämt wie eine Zahnarztrechnung. Ich zwinkerte freundlich zurück und verharrte einen Moment in ihrer Duftwolke, bevor ich die Tür aufstieß.

Der Wirt teilte sich den Tresen mit zwei Gästen. Alle drei Köpfe drehten sich gleichzeitig mir und ebenso gleichzeitig wieder dem eingeschalteten Fernseher zu. Irgendein Boxkampf. Bei Sportübertragungen langweilt es sich immer noch am besten.

Kühns Kollege saß in einer entlegenen Ecke zwischen einem schmierigen Fenster und zwei Spielautomaten. Er hob den Kopf erst, als ich schon fast vor ihm stand. Seine Tasse war leer. Ich rief dem Wirt zu, er möge uns zwei Kaffee bringen und setzte mich zu ihm.

»Was sind wir denn heute?«, begrüßte er mich. »Immer noch FAZ-Reporter? Oder inzwischen Bulle?« Er sah noch immer so müde aus wie bei unserem ersten kurzen Gespräch.

»Weder noch. Mein Name ist Staiger, Lothar Müller schickt mich.«

Das ließ ihn aufhorchen. »Der Alte?« Er lehnte sich zurück und seine Augen wurden eine Spur munterer. »Unterwegs im Auftrag des Herrn?« Seine Hände nestelten an der Zigarettenschachtel.

Ich nickte.

»Und was willst du?«

»Zunächst mal wissen, wie du heißt.«

Er stieß Luft durch die Nase. »Wild«, sagte er. »Oskar Wild«, und als ich vorsichtig lächelte, »Tatsache. Grins nur. Mein Alter war beim Zirkus, er hatte 'ne Meise. Hätte er's gekonnt, er hätte mir das E auch noch drangehängt.«

Ich verkniff mir ein Lachen. »Es gibt schlechtere Namen.«

»Klar.« Er seufzte. »Adolf Hitler zum Beispiel. Was willst du?«, wiederholte er seine Frage.

»Hast du schon lange mit Kühn gearbeitet?«

»Knapp ein Jahr.«

»Wart ihr befreundet?«

Sein Blick wurde unstet und wanderte zwischen mir und seinen Zigaretten hin und her. »Warum willst du das wissen?«

Ich hatte keine Ahnung. »Dazu komme ich noch. Also?«

Der Wirt brachte die beiden Tassen seiner abgestandenen, hoch erhitzten Spezialität. Oskar Wild benutzte die Gelegenheit, sich endlich eine Zigarette aus der Schachtel zu angeln und sie anzuzünden.

»Damals«, begann er, als der Wirt weg war, »bin ich gerade in die Wohngemeinschaft eingezogen, in der auch Frank wohnte. Freunde waren wir nicht, nein. Das wäre zu viel gesagt. Aber wir kamen gut miteinander aus.«

»Eine Wohngemeinschaft?«

»Ja. Er selbst zog dort allerdings schon einen Monat später aus. Aber er hat mir den Job hier verschafft.«

»Pauschal«, vermutete ich laut.

»Na klar. Ich brauchte Geld und hab mein Studium unterbrochen. Bauwesen natürlich«, beantwortete er meinen interessierten Blick.

»Und was für ein Job war, oder ist das? Ich meine, was hast du gemacht?«

»Laufbursche, Telefondienst, alles Mögliche mehr oder weniger. Am Anfang jedenfalls. Später hab ich dann mehr und mehr Büroarbeit für Frank gemacht, Bestellungen, Terminkoordinationen und so weiter, Telefonate entgegengenommen und, wenn's ganz dringend war, direkt an sein Handy weitergeleitet.«

»Gab es viel Dringendes?«

»'ne Menge.«

»Auch Privatgespräche?«

»Kaum. Nicht über den Büroanschluss.«

»Und mit dir? Ich meine, hattet ihr privaten Kontakt? So von Kollege zu Kollege erzählt man sich doch einiges?«

»Wenig. Wir waren ein paarmal nach Feierabend ein Bier trinken.« Er hob den Kopf und sah mich mit echtem Erstaunen an. »Ist schon ziemlich mager, wie wenig man voneinander weiß, oder? Obwohl man gut ein Jahr lang fast täglich miteinander zu tun hatte.« Sein Blick sank wieder auf die Tischplatte.

»Hat er nichts über seine Pläne angedeutet? Oder mal erwähnt, warum er gekündigt hat?«

»Nein. Nichts Konkretes.«

»Und etwas weniger Konkretes?«

Oskar Wild machte eine vage Handbewegung. »Einmal hat er was davon erzählt, sich selbständig zu machen, ein anderes Mal davon, ins Ausland zu gehen. Was man eben so daherredet.«

Einer der Spielautomaten neben ihm fing an zu dudeln und zu blinken. Wahrscheinlich waren hier die Betriebskosten höher als das Einspielergebnis.

»Hana Stein-Kralova. Der Name sagt dir was?«

»Sicher.«

»Was denn?«

»Ihre Firma hat hier gearbeitet. Tschechen. Sie haben die Hälfte der Dachstühle gemacht. Ursprünglich hatten wir jemand anderen dafür, aber als die in Verzug kamen, hat Frank im Handumdrehen diese Kralova angeschleppt und die Mehrkosten der anderen Firma aufgedrückt. Da war er knallhart. Terminprobleme waren für ihn immer die Probleme der anderen.« In seinen Augen flackerte so etwas wie Bewunderung auf.

Die von ihm geschilderte Verfahrensweise war nicht unüblich. Ein Generalunternehmer wie MOKA-BAU nutzt alle sich bietenden Möglichkeiten, auch die legalen, um Kosten auf seine kurzatmigen Subunternehmer abzuwälzen.

»Angeschissen«, sagte ich.

»Wie bitte?«

Ich winkte ab. »Konnten die Tschechen den Termin halten?«

»Nicht ganz, das war allerdings nicht ihre Schuld. Trotzdem«, er zeigte mit dem Daumen aus dem Fenster, »siehst ja, ist alles pünktlich fertig geworden.«

»Ja, ganz hübsch.« Wir sahen beide einen Moment hinaus auf das klobige Ensemble.

»*Was* war nicht Schuld der Tschechen?«, fragte ich, nachdem ich mich satt gesehen hatte.

Oskar Wild wandte nur widerwillig den Blick ab. Mit seinen Gedanken schien er weit weg zu sein. »Was sagtest du?«

»*Was* war nicht Schuld der Tschechen?«, wiederholte ich.

»Ach, das.« Er zündete sich eine Zigarette an, hustete und rieb sich die Augen, weil er Qualm hineinbekommen hatte. »Gleich an dem Tag, an dem sie anfingen, gab es einen Zwischenfall. Sie stellten die Sparren auf, ziemlich fix, die Truppe, sie schafften einen ganzen Dachstuhl pro Woche. Aber am ersten Abend ist die Hälfte der

Sparren zusammengekracht. Wie sich herausstellte, war der Beton des Ringankers noch zu frisch und die Bolzen hielten der Belastung nicht stand.«

»Gab es Verletzte?«

»Meines Wissens nicht. Wie gesagt, das Ganze passierte abends, ich war nicht mehr auf der Baustelle.«

»Aber Kühn war da?«

»Klar. Er war immer der Letzte, der ging.«

»Und gab es sonst irgendwelche ernsthaften Scherereien mit den Tschechen?«

»Nicht dass ich wüsste.«

»Wann war der Zwischenfall?«

»Vor vier, fünf Monaten.« Er überlegte. »Eher fünf, ich glaube es war noch vor Weihnachten.«

»Wer hat denn den Schwarzen Peter gekriegt?«

»Was?«

»Wen hat man dafür verantwortlich gemacht? Kühn muss doch gewusst haben, dass der Beton noch frisch war.«

»Ja, sicher, aber …« Er breitete die Hände aus und hob die Schultern. »Wie ich schon sagte, es gab Terminprobleme.«

»Schon gut, ich weiß. Die Probleme der anderen. Eine Baustelle ist kein Vergnügungspark.«

»Na hör mal«, sagte er mit mühsam unterdrücktem Zorn. »Kann ja sein, dass ich mich irre, wenn ich da bei dir so 'ne Art Vorwurf heraushöre. Aber ich hab die Branche nicht gemacht, und du kannst mir glauben, dass ich es auch gern ein bisschen gemütlicher hätte. Sieh mich an, ich hab jetzt ein Jahr hier gearbeitet und fühle mich ausgequetscht wie eine Zitrone. Wie lange kann einer so einen Job machen? Na, was meinst du?«

Ich nippte an meiner Tasse und wartete ab.

»Und ich bin nur ein kleines Rad im großen Getriebe«, setzte er seine Rede fort. »Frank hatte das hier alles im Griff, und du kannst mir glauben, er hatte es *wirklich* im Griff.«

Mit offenem Mund hielt er inne, weil wieder einer der Spielautomaten loslegte. Er warf dem Gerät einen verärgerten Blick zu, schloss den Mund und sah mich an wie ein Hund, dem man den Knochen vor der Nase weggeschnappt hatte. Ich musste lächeln.

»Man sollte die Dinger einbetonieren«, knurrte er. Dann nahm er seine Zigarettenschachtel vom Tisch und steckte sie ein. »Ich müsste mich mal wieder drüben blicken lassen. Hast du noch Fragen?«

»Nur noch ein, zwei Sachen.«

»Ja?«

»Weißt du, woher Kühn die Kralova kannte?«

»Nein. Aber jemand wie er dürfte doch mindestens die Hälfte aller Baufirmen kennen, die hier in der Gegend tätig sind.«

»Wahrscheinlich.«

»Was noch?«

»Hatte er Verwandte, mit denen er sich hin und wieder traf?«

»Ich wüsste nicht. Bis auf seine Mutter. Die hat er besucht.«

»Besucht? Klingt nach Krankenhaus?«

»Im Altenheim.«

»Wo ist dieses Altenheim?«

»Irgendwo draußen, noch hinter Pappritz. Nette Lage, mit Elbblick. Ich hab ihm damals beim Möbeltransport geholfen.«

»Hast du die Adresse?«

»Nein, aber ich kann's dir aufzeichnen.«

Ich reichte ihm meinen Stift und schob ihm einen halbwegs sauberen Bieruntersetzer hin. Er drehte ihn um und begann zu kritzeln.

»Hat Kühn sie oft besucht?«, fragte ich.

»Jeden Sonntag, selten auch mal zwischendurch.« Er machte ein Kreuz auf seiner Skizze. »Hier ungefähr ist es ...«, der Stift fuhr einen Strich nach, »von hier kommst du, wenn du über die Bautzener hinfährst, und hier ...«, der Stift malte einen Kreis, »ist der Fernsehturm.«

Er schob das Werk zu mir herüber.

»Danke«, sagte ich und steckte Skizze und Stift weg.

»War's das?«

»Vielleicht. Gibt's noch etwas, wonach die Bullen gefragt haben? Irgendeine Frage, die ich auch hätte stellen sollen?«

»Mein Gott, die Bullen«, stöhnte er. »Ich hab jetzt noch Löcher im Bauch von der Fragerei, die die veranstaltet haben.« Er legte den Kopf schief und sah zur Decke.

Ich wartete.

»Die haben nach Franks Verhältnis zu Lothar Müller gefragt.«

»Gute Frage. Und?«

»Weiß nicht, ich hab den Alten nie gesehen, er war wohl auch länger krank. Vor drei, vier Wochen hat er mal angerufen und wollte von mir wissen, was Frank zu der Kündigung bewogen hat. Frank hatte wohl mal was mit seiner Tochter, aber das ist auch schon 'ne Weile her. Irgendwann war sie mal hier in Dresden, da hab ich sie gesehen, sie sieht aus wie ein Traum aus Wachs, wenn du weißt, was ich meine.«

Ich schüttelte mit dem Kopf. Ich hegte den Verdacht, er hatte das Thema Müller nur angerissen, um mir von seinem Traum aus Wachs vorzuschwärmen.

»Sie war …« Er suchte nach einem passenden Wort. »Unwirklich. Du siehst sie an, und kannst nicht glauben, was du siehst. Stell dir vor, du steigst im vierten Stock in einen Fahrstuhl ein, im dritten steigt Pamela Anderson zu, im zweiten steigt sie wieder aus, und wenn du unten angekommen bis, denkst du, du hattest eine Halluzination.«

»Solche Träume hatte ich auch schon«, sagte ich. »Damals, bei der Armee. Allerdings war der Fahrstuhl bei mir ein Haus, Pamela Anderson hieß Claudia Cardinale, ich war Charles Bronson und wie der Film hieß, hab ich vergessen.«

Er grinste. »Okay, okay, ich hör ja schon auf.« Er rutschte auf seinem Stuhl herum, erhob sich aber noch nicht. Vielmehr legte er einen Unterarm auf die Tischplatte, beugte sich nach vorn und raunte: »Was ich sagen will, ist: Die Frauen standen auf Frank. Vielleicht hatte er auch mal was mit dieser Kralova? Hin und wieder schnappt man mal was auf, aber nichts Genaues weiß man nicht.«

»Eifersüchtig?«, warf ich ein.

Sein Gesicht zog sich zu einem Knoten zusammen. Jetzt stand er auf. »Das Interview ist zu Ende.«

»War nicht böse gemeint«, erwiderte ich und zeigte auf die Kaffeetassen. »Ich mach das hier schon.«

Er nickte stumm und ging. Ich wartete und sah ihm durch das Fenster nach, bis er aus meinem Blickfeld verschwand. Einerseits schien er ein Bewunderer von Kühn zu sein, andererseits hatte ihn meine letzte Bemerkung derartig angestoßen, dass ich damit wahrscheinlich ins Schwarze getroffen hatte. Vielleicht war er auch einfach übermüdet und in seinem Inneren plagten ihn Zweifel, ob er das richtige Studium studierte. Jedenfalls war mein Wissensstand über die Kralova immer noch recht dürftig.

Ich betrachtete die leere Streichholzschachtel, die Oskar Wild neben dem Aschenbecher liegen gelassen hatte. Sie war aus dem Shakes 'n' Beer. Die Welt ist klein, besonders hier in Dresden.

×××

Von einer Telefonzelle aus rief ich Müller an, berichtete ihm kurz von dem Gespräch mit Oskar Wild und bat ihn, in den Bautagebüchern von November oder Dezember letzten Jahres nach einem Bericht über den Zwischenfall suchen zu lassen. Er selbst wusste darüber nichts, Kühn hatte ihm nie etwas davon erzählt. Vielleicht gab es hier ja so etwas Ähnliches wie einen Ansatzpunkt.

Ich überlegte. Wenn damals derselbe tschechische Bautrupp gearbeitet hatte, fiel mir nur eine Person ein, die mir vielleicht etwas erzählen würde: mein, wie ich hoffte, neuer Freund Karel. Ich sagte Müller, dass ich der Sache nachgehen würde, legte auf und machte mich auf den Weg.

Das Haus in Trachenberge wirkte verlassen, obwohl erst früher Nachmittag war. Die Haustür war verschlossen. Am Dach fehlten nur noch ein paar wenige Schiefer, eine Ecke des Schutznetzes hatte sich gelöst und hing schlaff herab, und auch sonst deutete einiges darauf hin, dass die Sanierung längst nicht abgeschlossen war. Ich kletterte zum ersten Stock hinauf und fand kein einziges offenes Fenster. In den Zimmern lagen die üblichen Materialstapel und Bauabfälle. Hier und da ein paar leere Flaschen. Im zweiten und dritten

Stock dasselbe. Ich hielt mein Ohr an eine der staubigen Scheiben. Nichts. Kein Geräusch kam aus dem Inneren, das Haus war so leblos wie eine Gartenlaube im Winter. Der Bautrupp war abgezogen worden.

Je länger ich darüber nachdachte, umso weniger wunderte ich mich. Die Polizei hatte wegen Kühns Tod sicher schon bei der Kralova vorgesprochen und die Gefahr, dass dabei ihre Betriebsführung durchleuchtet wurde, lag auf der Hand. Das Ordnungsamt interessiert sich speziell für ausländische Arbeitskräfte, außerdem galt Kralovas Sorge meiner Ansicht und meiner bescheidenen Erfahrung nach vor allem dem Finanzamt, das, einmal angeschubst, besser funktionierte als ein Perpetuum mobile. Als gelegentlicher Steuerhinterzieher hätte ich mich fast solidarisch verbunden mit ihr gefühlt, allerdings war ihre Form des Betrugs eine andere – sie beschiss schließlich nicht nur den Staat und somit uns alle, sondern vor allem ihre Mitarbeiter. Und das bestimmt nicht zu knapp.

Ich stieg in meinen Audi und kramte den Zettel mit Hana Stein-Kralovas Geschäftsadresse hervor, die ich mir vor einigen Tagen beim Baufinken erschlichen hatte. Goethestraße 18 a. Ich blätterte im Stadtplan und fuhr los.

Ich hatte Glück. Erstens stand ihr Cabrio offen in der Einfahrt und zweitens musste ich nicht einmal auf sie warten – sie kam aus dem Haus gelaufen, noch bevor ich meinen Motor abgeschaltet hatte, stieg ein und fuhr zum Stenz, einer Kneipe in der Bergmannstraße. Sie parkte direkt davor, schnappte sich ihr Handtäschchen, schob ihren wogenden Hintern zwischen den draußen stehenden, gut besetzten Tischen hindurch und platzierte ihn im kühlen Inneren auf einem Barhocker. Ich setzte mich auf einen der letzten freien Plätze unter einen Sonnenschirm, dessen Schatten allerdings nur für ein pikiert dreinschauendes Yuppiepärchen ausreichte; ungerührt entschuldigte ich mich bei den beiden für meine Anwesenheit, zündete mir eine Zigarette an und beobachtete durch die offene Seitenfront die Kralova. Sie nippte an einem Piccologläschen und rauchte eine lange dünne Zigarette. Ihre Beine hatte sie übereinandergeschlagen und seitwärts gedreht, so dass man ihre braun gebrannten Knie bewundern konnte. Eine viertel Stunde lang sonnte sie sich in den verstohlenen Blicken einiger Herren, die allesamt in weiblicher Begleitung waren. Dann kam er, ihr Prinz. Ein adretter Endzwanziger näherte sich ihr von hinten und flüsterte ihr etwas ins Ohr. Offenbar hatte sie ihn erwartet; sie warf lachend den Kopf zurück, ließ sich auf beide Wangen küssen und tätschelte ihm den Unterarm. Nach ein paar Minuten zahlte er den Piccolo und sie gingen zu ihrem Cabrio.

Sie fuhren in Richtung Innenstadt. Ich bezweifelte, dass mich die Kralova heute noch dorthin führen würde, wo sie ihre tschechischen Arbeitskräfte untergebracht hatte. Während ich mich von Ampel zu Ampel weiter zurückfallen ließ, schob ich mir einen Kaugummi in den Mund und überlegte, ob ich heute überhaupt noch etwas erreichen konnte. Im Stau vor der Marienbrücke hatte ich das Cabrio aus den Augen verloren. Ich kramte noch mal nach dem Zettel mit der Adresse und drehte ihn um. Auf der anderen Seite hatte ich die Telefonnummer des Maklerbüros notiert. Residenz-Immobilien, richtig. Solch ein markanter Firmenname konnte selbst meinen grauen Zellen kaum entkommen.

Es dauerte noch zwanzig Minuten, bis ich mich über die Elbe gequält hatte und zu Hause ankam. Das Treppenhaus bewahrte seine feuchte Kühle den ganzen Sommer hindurch, meine Wohnung hingegen hatte sich schon an die Außentemperatur angepasst. Ich trat ans Fenster, spuckte den Kaugummi über den welkenden Flieder hinweg auf das Pflaster und griff zum Telefon. Es war kurz vor sechs. Jemand, der in dieser Stadt Wohnungen verkaufen wollte, hatte um diese Uhrzeit sicher noch einen Mitarbeiter am Schreibtisch sitzen.

Es klingelte eineinhalb Mal, dann wurde abgenommen.

»Residenz-Immobilien, Richter, guten Tag.« Eine sachliche, männliche Stimme, frei von hiesigem Akzent. Ein wenig gedehnt, mit einem klitzekleinen Hang zur Selbstgefälligkeit.

Ich bedeckte den Hörer mit der Hand und räusperte mich. Auch wenn ich mir schon zurechtgelegt hatte, was ich sagen wollte – denn ich glaubte nicht, dass man mir einfach so Auskunft über eines der für Residenz-Immobilien arbeitenden Bauunternehmen geben würde –, war es doch jedes Mal aufs Neue peinlich, den Märchenerzähler zu spielen.

»Staiger«, sagte ich mit fester Stimme. Und akzentfrei. »Ich bin erst seit vorgestern in der Stadt und Ihr Objekt in der Döbelner Straße ist mir angenehm aufgefallen, aber ich will ganz offen sein, für unsere Zwecke benötigen wir mindestens zwei Häuser derselben Größenordnung ...« Ich machte eine Pause, in der ich tief Luft holte. »Aber spreche ich überhaupt mit der richtigen Person? Herr Richter, Sie verstehen, es wäre sicher im Interesse unserer Auftraggeber, wenn ich gleich mit einem Hauptverantwortlichen reden könnte.«

»Sie sprechen mit dem Richtigen«, versicherte er. »Ich bin der Hauptverantwortliche für den Bereich Dresden, Sie können also weiterhin ganz offen sein.« Dies brachte er nicht ohne leicht sarkastischen Unterton heraus. »Wenn Sie allerdings erst seit zwei Tagen hier sind, ist es kein Wunder, dass Ihnen einige unserer Objekte entgangen sind. Und wenn ich Sie richtig verstehe, wollen Sie doch ganze Objekte kaufen?«

»Ganz recht«, sagte ich großspurig. »Meine Firma, eine deutsche Tochter von Intel Corporation, sucht ab August etwa 25 Wohnungen für leitende Mitarbeiter unterhalb des Managements.«

»Das ist kein Problem«, kam es ebenso großspurig zurück, »allerdings sollten wir das in Ruhe besprechen.«

»Ich hatte gehofft, dass Sie das sagen würden. Allerdings muss ich morgen früh nach, äh, Magdeburg.«

»Wie wäre es, wenn wir uns jetzt gleich treffen?«

»Jetzt gleich?«

»Wenn es Ihnen recht ist.«

»Doch, sicher.«

»Wo sind Sie im Moment?«

»Nun, eben bin ich auf meiner Fahrt durch die Stadt an einem sehr einladend wirkenden Biergarten vorbeigekommen. Ein gelber Ziegelbau mit interessanter Architektur, ziemlich nahe am Fluss, irgendetwas stand in großen Lettern an der Wand, warten Sie ...«

»Ballhaus Watzke? War es das?«

»Genau, ich glaube ja. Vorne führt eine Straßenbahnlinie vorbei.«

»Das ist es. Ich könnte in einer halben Stunde dort sein.«

»Sehr gut. Ich schaffe es schneller.«

»Wie erkenne ich Sie?«

»Ich werde mich draußen hinsetzen und meine Zigarettenschachtel senkrecht auf den Tisch stellen«, sagte ich. »Bis dann.«

Ich legte auf. In der Küche schmierte ich mir ein Marmeladenbrot und überlegte, was ich Residenz-Richter alles fragen wollte. Ich hoffte, er würde mir etwas über Hana Stein-Kralova erzählen können – und wollen – er könnte es natürlich ebenso gut sein lassen. Dann würde es eben einfach nur ein schöner Abend an der Elbe werden. Mit lauer Luft und kühlem Bier. Vielleicht fände ich dann Zeit darüber nachdenken, was Lothar Müller eigentlich von mir erwartete.

Der Biergarten gehörte zu einem Ballhaus, das etwa Mitte der Neunziger nach längerer Sanierung wiedereröffnet hatte. Es war eine der raren Sternstunden in der jüngeren Dresdner Kulturgeschichte gewesen. Da das Haus zu Fuß nur ein paar Minuten von meiner Wohnung entfernt war, kam ich ab und zu zum Essen hierher. Und natürlich zum Trinken, sie brauten hier ein ausgezeichnetes Bier.

Das Gebäude war ein imposantes, um die Jahrhundertwende erbautes, zweigeschossiges Haus aus gelbem Backstein mit einem undurchsichtigen, vieleckigen Grundriss. Es hatte eine geknickte Frontseite zur Straße hin mit einem mächtigen Giebel zwischen den Flanken. Die riesigen Bogenfenster hatten die für Dresden typischen Sandsteinumrahmungen, die verschiedenen Dachebenen waren mit schwarzgrauem Schiefer gedeckt und auf einem der Seitenflügel thronte ein gedrungener Turm, der einer mittleren Kirche zur Ehre gereicht hätte.

Der große Ballsaal im 1. Stock hatte, neben einer Menge Kronleuchter und anderer Lampen, eine bemalte, reich verzierte Stuckdecke, die sich schwer über dem Raum wölbte, wie ein mit purem Gold bestickter Brokatvorhang über einem Himmelbett. Das Erdgeschoss bestand aus mehreren miteinander verbundenen Räumen, in denen schwere dunkle Holztische standen, hier schwollen Stimmen und Gelächter lärmartig an und das Geklirr zentimeterdicker Biergläser schepperte wie aneinanderschlagende Waschbecken. Es gab eine Küche mit Essenausgabe und die Frauen, die dort arbeiteten, waren nicht hübsch, aber sie sahen so aus, als könnten sie kochen. Und wenn man sie freundlich anlächelte, lächelten sie ebenso freundlich zurück und rührten dabei die Suppe von unten kräftig durch, bevor sie einem den Teller füllten.

Ich betrat den Biergarten, der um diese Zeit immer gut besucht war, entsprechendes Wetter vorausgesetzt. Keine einzige Bank war mehr frei, und so setzte ich mich irgendwo dazu, zündete mir eine Zigarette an, stellte die Schachtel vor mich hin und genoss den Abend. Über mir Schatten spendende Baumkronen, neben mir die Elbwiesen und vor mir ein paar Mücken, die, anscheinend noch unentschlossen, mein Gesicht umkreisten. Um diese Jahreszeit sind sie noch nicht so zielstrebig. Eine Kellnerin fragte nach meinen Wünschen und ich bestellte einen halben Liter Hausbräu.

Das junge Pärchen am anderen Ende des Tisches schien die ersten Annäherungsversuche hinter sich zu haben, der Wein in ihren Gläsern war kurz davor zu gerinnen, und überhaupt schien sie der Trubel um sie herum nicht mehr zu kümmern als eine Herde dösender Schafe. Behutsam und ohne seinen Blick aus der sehnsüchtigen Tiefe ihrer Augen zu lösen nahm der Junge die schmale, helle Hand des Mädchens in seine, fast ebenso schmalen Hände. Von flussaufwärts näherte sich ein Ausflugsdampfer, das Vorderdeck war voller Menschen.

Ich weiß nicht, woher er gekommen war, aber er stand plötzlich vor mir. Grauer Anzug mit offener Jacke, weißes Hemd, keine Krawatte, Kragen gelockert. Er schien auf ein unverbindliches Treffen bestens vorbereitet. Er deutete auf meine Zigaretten und sagte: »Herr Staiger?«

Ich glaubte, leichte Zweifel herauszuhören. Ich stand auf und reichte ihm die Hand. »Herr Richter, nehme ich an. Bitte setzen Sie sich.«

Er tat es. Aber sehr langsam und ohne mich aus den Augen zu lassen. Er hatte strohblondes Haar, leicht gerötete Haut, ein kleines

Wohlstandskinn und sein Blick war lauernd, als er in unschwer erkennbarem Bayrisch sagte: »Verzeihns meine Dreistigkeit, aber Sie sind sicher, dass man bei Intel Corporation einen Herrn Staiger kennt?« Die R rollten nur so. Dass er meinen kleinen Schwindel so schnell aufdeckte, gab mir zu denken.

Ich sah zum Fluss hinunter. Der Dampfer war jetzt auf unserer Höhe und fuhr in etwa achtzig Metern Entfernung vorbei. Dixielandmusik stampfte und ein paar Leute auf Deck winkten, ein paar Spaziergänger am Ufer blieben stehen und winkten zurück. Ich weiß auch nicht, wieso mir in diesem Moment das Gedicht über den Steuermann des brennenden Schiffes einfiel – »Und noch zehn Minuten bis Buffalo« –, noch eine Stunde bis Meißen, dort ein bisschen bummeln, Kaffee trinken und dann mit dem letzten Dampfer zurück.

Richter schien langsam ungeduldig zu werden. Ich hatte zwar nicht vorgehabt, das Theater hier weiterzuspielen, aber dass er mich so schnell durchschaut hatte, brachte mich ein wenig aus dem Konzept.

»Vergessen wir Intel«, sagte ich. »Aber mein Name ist echt. Ich ermittle privat in einer Sache, bei der Sie mir vielleicht weiterhelfen können.«

Im ersten Moment dachte ich, er würde aufstehen und verschwinden, aber dann grinste er über beide Ohren.

»Ein Privatdetektiv? Können Sie sich ausweisen?«

Die Kellnerin brachte mein Bier und nahm seine Bestellung auf. Ich legte meinen Personalausweis vor ihn auf den Tisch.

»Was soll das?«, fragte er. »So einen Ausweis hat ja wohl jeder.«

»Und jeder kann sich Detektiv nennen. Und sich Visitenkarten drucken, auf denen das auch draufsteht. Ich bin nicht Mitglied in irgendeinem Verband, aber ich arbeite gelegentlich für eine Detektei mit besserer Reputation.«

Ich trank einen Schluck Bier und zündete mir eine Zigarette an.

»Wieso sollte ich mit Ihnen reden?«

»Wieso nicht. Ich will mich über jemanden unterhalten, den Sie wahrscheinlich kennen und das Einzige, was Sie dabei verlieren, ist ein bisschen Zeit. Aber an einem Ort wie diesem ist das an sich eher ein Gewinn.«

Sein Bier kam genau zum richtigen Zeitpunkt. Ich bezahlte, während er schwitzend auf das außen beschlagene Glas starrte. Er mochte Bier und er mochte Biergärten. Schließlich hob er sein Glas, nahm einen Zug, wischte sich mit dem Handrücken über die Lippen und sagte: »Sie erwähnten vorhin am Telefon das Haus in der Döbelner Straße, war das auch nur ein Gag, oder …?«

»Nein. Dort hängt groß und breit Ihre Telefonnummer dran. Und ich hatte schon ein Auge auf das Haus geworfen, bevor mich interessierte, welches Maklerbüro es veräußert.«

»Und wer soll derjenige sein, den ich wahrscheinlich kenne?«

»Eine Frau. Hana Stein-Kralova.«

»Oje«, stöhnte er spontan und verbarg kurz die Augen hinter der Hand. Für mich sah das aus, als erinnerte er sich an etwas Unangenehmes, das er schon vergessen glaubte. Ich sagte ihm das.

»So ähnlich«, antwortete er. »Schaun Sie, wir bieten zurzeit ungefähr dreißig, fünfunddreißig Häuser in Dresden an. Von insgesamt sechs Eigentümern. Und ausgerechnet das von der Kralova bringen Sie ins Gespräch.«

Das Haus interessierte mich weniger. »Heißt das, Sie verkaufen ein Haus, das ihr gehört?«

»Ja. Es ist das letzte von, lassen Sie mich nachdenken, sechs, meines Wissens.«

»Das letzte?«

»Das allerletzte.« Er trank sein Glas leer und stellte es mit Nachdruck auf den Tisch.

»Ich entnehme daraus, dass Ihre Geschäftsbeziehungen zu Hana Kralova bald beendet sind.«

»So ist es.« Er winkte der Kellnerin und gab ihr per Handzeichen zu verstehen, dass wir noch zwei nehmen würden. Dann versuchte er sich zurückzulehnen, besann sich aber im letzten Moment, da es an den einfachen Bänken keine Rückenstützen gab. Er zog seine Jacke aus und legte sie neben sich, krempelte die Hemdsärmel hoch, stützte die Ellenbogen auf den Tisch und sagte: »Na los, fragen Sie schon! Was wollen Sie wissen?«

»Was haben Sie gegen die Frau?«

Die Frage schien ihn zu verblüffen. »Ich dachte, Sie kennen sie?«
»Nur flüchtig.«
»Normalerweise beauftragt man einen Makler, um eine Immobilie möglichst stressfrei zu verkaufen.«
»Ist das bei ihr anders?«
»Im Grunde nicht. Aber Sie sollten mal mit ihr beim Notar sitzen.«
Ich konnte mir denken, was er meinte. »Und diese sechs Häuser, von denen Sie sprachen, haben alle ihr gehört?«
»Sie waren alle auf den Namen ihrer Firma eingetragen.«
»Und beim Kauf dieser Objekte waren Sie ihr auch behilflich?«
Er schüttelte den Kopf. »Nein.«
»Woher hat sie die Häuser?«
»Aus Privatbesitz. Schlicht und einfach. Alte Frauen ohne Erben oder potentielle Erben, die kein Geld in ein marodes Haus stecken wollten, in dem ihre Verwandtschaft dahinvegetiert.«
»Makaber«, sagte ich.
»Nichts ist makaberer als die Wirklichkeit«, meinte er. »Aber dass unsere Branche von einem schäbigen Dunst umgeben ist, muss ich Ihnen ja nicht erzählen.«
»Man munkelt von schwarzen Schafen.«
»Es gibt Herden davon. Zumindest hier im Osten.«
Ich sparte mir die Frage, ob er sich dazuzählte. »Und wer kauft?«
»Alle und jeder. Nur die Einheimischen nicht. Manche haben entweder schon was oder sie bauen selber. Ansonsten vorwiegend größere Baugesellschaften, Steuerberater, Anwälte, Versicherungen. Mein größter Kunde ist derzeit eine Versicherung aus Wiesbaden, mein kleinster ein Unternehmensberater aus Fürth, der hier eine kleine Niederlassung zur Miete hält und gleichzeitig zwei Bürovillen besitzt, die allerdings leer stehen.«
»Sie plaudern ja richtig aus dem Nähkästchen«, sagte ich.
»Das sind keine Geheimnisse. Der halbe Immobilienmarkt hier im Osten ist abgeschrieben, und denken Sie an die Betrugs- und Pleitewelle vor ein paar Jahren. Aber es gibt ja noch die andere Hälfte.« Er grinste wieder und breitete die Hände aus, so als wolle er sagen, dass er für nichts etwas könne.

»Wahrscheinlich ist die Branche deswegen so anrüchig. Alles wird an jeden verkauft. Das Ganze stellt sich genauso entmoralisiert dar wie der Waffenhandel, und im Gegensatz dazu ist das meiste auch noch legal.«

»Ich glaube, jetzt werden Sie schwer moralisch«, sagte er. »Niemand kann diese Entwicklung aufhalten, aber irgendwann stoppt sie von selbst.«

»Irgendwann?«

Er legte den Kopf schief. »Sie sind von hier, stimmt's? Zuerst dachte ich, Sie wären aus dem Norden oder so, aber …«

»Weimar. Jenseits der Weißwurschtlinie. Oder diesseits, von hier betrachtet.«

Sein Grinsen wurde zu einem wissenden Lächeln. »Schöne Stadt«, sagte er. Und eine Goldgrube, dachte er wahrscheinlich. »Und ein Riesenmarkt, in dem leider andere ihre Finger drin haben.«

Ich lachte. Er wurde mir fast schon sympathisch, dieser Immobilienmakler. Er machte seinen Job und vielleicht machte er ihn gut, was wollte ich mir darüber anmaßen?

»Warum ist die Geschäftsbeziehung zu Kralova nach diesem letzten Objekt beendet? Das kann doch nicht nur an ihrem affektierten Sozialverhalten liegen?«

»Gute Frage. Fast hätte ich die Dame vergessen.«

»Hat sie Sie mal angebaggert?«

Zum ersten Mal in unserem Gespräch schlug er den Blick nieder. »Doch«, sagte er, »hat sie. Aber ohne Erfolg.« Er schien stolz darauf zu sein. Ich gönnte ihm das und fragte diesbezüglich nicht weiter nach.

Die Kellnerin brachte das dritte Bier. Mittlerweile wusste ich, dass die Kralova mehrere Häuser besessen hatte, eines noch besaß. Mehr nicht. Nichts Aufregendes. Wäre schön, dachte ich gerade, wenn mein Gegenüber noch ein paar weitere Informationen hätte, als er sich räusperte, einen Schluck Bier nahm und begann:

»Passen Sie auf«, sagte er, »die Häuser, die wir für sie verkauft haben, waren vor der Sanierung bewohnt. Wir besichtigen die Objekte, die wir übernehmen sollen und wir melden berechtigte Zweifel an, wenn noch Mieter darin wohnen, vor allem, was die Termine für die Sanierung betrifft. Aber die Kralova sagte jedes Mal, die Mieter seien kein Problem. Und es gab tatsächlich nie eines. Es gab einfach – nach nicht allzu langer Zeit – keine Mieter mehr. Da wurde natürlich so einiges gemunkelt, hinter vorgehaltener Hand, versteht sich.«

»Was denn?«

Er wiegte den Kopf. »Zum Beispiel, dass sie nebenbei Trupps beschäftigt, die sich der Mieter nachdrücklich annehmen.«

»Das wäre ein schwerer Vorwurf.« Ich dachte an die BMW-Typen.

»Wäre es. Aber ich erhebe ihn nicht. Ich sage nur, was man so sagt. Oder sagte.«

»Ist das der Grund, weshalb Ihre Firma auf Distanz zu Kralova geht? Oder gibt's noch mehr?«

»Ich habe sie mehr als einmal in Begleitung zwielichtiger Typen gesehen.«

»Also doch nicht nur das, was man so sagt?«

Er winkte ab. »Damit wollen wir nichts zu tun haben.«

Ich beließ es dabei. »Sie setzt tschechische Arbeitskräfte ein. Wissen Sie was darüber?«

Er zuckte die Schultern. »Dem Käufer ist es egal, woher die Arbeiter kommen.«

»Kann ich mir denken. Aber ich würde gern wissen, ob Sie auf einer der Baustellen irgendwas beobachtet haben, was Ihnen nicht ganz koscher vorkam.«

»Wir kündigen uns an, wenn wir auf eine Baustelle kommen. Wir lieben keine Überraschungen. Vor allem nicht, wenn potentielle Käufer dabei sind. Und, ich will's mal so sagen: Schwarzarbeit ist an der Tagesordnung, aber wenn wir kommen, sollte alles sauber sein.«

Auch das hätte ich mir denken können. »Sagt Ihnen der Name Frank Kühn irgendwas?«

Er überlegte. Und er tat nicht nur so. »Kühn«, sagte er, »ist ja nicht eben ein seltener Name. Ich kenne trotzdem keinen, der so heißt.«

»Schade ...«

»Aber warten Sie, hat das vielleicht mit dem ermordeten Frank K. zu tun, von dem vor ein paar Tagen was in der Zeitung stand?«

Ich nickte. Er war hellwach.

»Und die Kralova?«

»Sie kannte ihn. Geschäftlich und privat.«

Etwas geisterte in meinem Hinterkopf herum, aber ich kam nicht gleich darauf. Ich versuchte, den Gedanken mit einem Schluck Bier nach vorne zu schwemmen, während ein paar Spatzen sich lärmend im Kies zwischen den Bänken tummelten.

»Eines verstehe ich nicht«, sagte ich. »Helfen Sie mir mal. Wieso hat die Kralova Ihre Dienste nur für den Verkauf der Häuser benötigt? Hatte sie für den Kauf einen anderen Makler?«

»Meines Wissens nicht. Wie gesagt, sie hatte die Häuser aus privater Hand.«

»Aber um ein paar Häuser zu kaufen, benötigt man doch irgendeine Art von Vermittlung ...«

»Nicht unbedingt.«

»Von welchem Zeitraum reden wir denn? Sie sagten sechs Häuser ...«

»Ich verstehe«, unterbrach er mich wieder. »Die Objekte wurden von unserem Büro innerhalb recht kurzer Zeit übernommen. Ich müsste nachsehen, aber ich glaube, innerhalb von maximal zwei Monaten.«

»Und wann war das?«

»Im letzten Herbst. September, Oktober etwa.«

»Können Sie sich noch daran erinnern, wann die Häuser in Kralovas Besitz übergingen?«

»Das kann ich Ihnen jetzt hier beim besten Willen nicht sagen.«

»Na gut. Gehen wir mal davon aus, der Zeitraum der Beschaffung wäre relativ kurz gewesen, lassen wir's ein halbes Jahr gewesen sein. Was würden Sie tun, wenn Sie ein paar Häuser kaufen wollen, deren Besitzer nicht selbst sanieren wollen oder können?«

»Zunächst würde ich herumfahren und bei Objekten, die mir auffallen, würde ich, wenn vor Ort möglich, Kontakt mit dem Besitzer aufnehmen. Oder ich könnte auch gleich die Grundbücher studieren, mir zwanzig oder mehr Objekte rauspicken, die ich anschließend besichtige …«

Ich wurde ungeduldig. Ein Verdacht hatte sich bei mir festgesetzt. »Wie lange würden Sie brauchen, um sechs Häuser zu kaufen?«

»Schwer zu sagen. In den Grundbüchern steht ja nichts über eventuelle Verkaufsabsichten.«

»Ein ziemlich anstrengendes Unterfangen also?«

»Schon. Aber nicht unmöglich.«

»Für einen Profi wie Sie.« – Er lachte. – »Wenn Sie mir jetzt noch eines bestätigen, spendiere ich noch ein Bier.«

»Das ist dann aber mein letztes«, sagte er immer noch lachend, »sonst komme ich morgen nicht zum Makeln.«

»Und ich nicht zum Investigieren«, antwortete ich, nicht ohne Stolz, das letzte Wort sauber herausgebracht zu haben. Wie ich meinte. Das Bier war gehaltvoll.

»Was wollns noch wissn?« Er schien sprachlich auch schon ins Rutschen zu kommen.

»Ich hoffe, ich habe recht«, sagte ich. »Jedenfalls wäre dann wohl einiges ganz einfach.«

»Sie machen's aber spannend.«

»Sind besagte sechs Objekte alle hier in der Gegend? Ich meine, hier im Ortsamtsbereich?«

Erst starrte er mich verständnislos an, dann schlug er sich gegen die schweißnasse Stirn. Es klatschte wie eine Reitpeitsche und ich sah ein paar Tropfen durch die Gegend spritzen wie aufgescheuchte Mücken.

»Klar!«, rief er, so dass das verliebte Pärchen missbilligend zu uns herüberschielte. »Aber was sagt uns das eigentlich?«

»Es kann bedeutungslos sein, aber ich habe die Kralova mal zusammen mit dem hiesigen Ortsamtschef gesehen. Wirkte recht konspirativ.«

Ich winkte der Kellnerin und sie verstand sofort. Mein Benehmen war auf Biergartenniveau angelangt. Nachher beim Aufstehen würde ich mich zusammenreißen müssen.

Richters Sensationsgier war erwacht. Ein natürlicher Trieb, besonders nach ein paar Gläsern Bier. »Hat die Dame nun was mit dem Tod von diesem Kühn zu tun?«, wollte er wissen.

»Wenn ich das mit Sicherheit bejahen könnte, dann …« Ich unterbrach mich selbst und dachte: Tja, was dann? »Wenn ich das wüsste«, fing ich nochmal an, »dann wüsste es wohl auch die Polizei. Dann wäre die Kralova längst in Untersuchungshaft.«

Unser letztes Bier wurde gebracht. Ich bezahlte, zündete mir eine Zigarette an und versuchte, alle Gedanken an Kralova, Kühn, Müller und Co. abzuschütteln. Ich blickte über die Elbe auf die Wiesen des Ostrageheges, den alten Schlachthof, der sich größtenteils hinter Bäumen verschanzt hatte, und sah einem Rudervierer zu, der sich mühsam stromaufwärts quälte. Ohne Steuermann.

»Übrigens«, Richter hatte wieder sein Grinsen im Gesicht, »wenn Sie wieder mal einen Makler verarschen wollen, dann tragen Sie nicht so dick auf. Von wegen Intel Corporation kauft Wohnungen für Manager. Solche Firmen kaufen Grundstücke auf der grünen Wiese, wenn man angesichts der Fördermittel überhaupt von kaufen sprechen kann. Man bettelt ja allerorten um deren Präsenz und manchmal fällt tatsächlich etwas für den umliegenden Mittelstand ab. Aber sichere Kandidaten werden sie nie sein. Sie investieren nicht mehr als unbedingt nötig und sie können sich jederzeit wieder verdrücken, wenn die Fristen für die paar lächerlichen Auflagen abgelaufen sind. Und, bleiben wir mal bei Intel, in zehn, spätestens fünfzehn Jahren ist so ein Hightech-Betrieb doch veraltet, das heißt, er muss komplett überholt werden. Dann werden die Karten neu gemischt, gehen erneute Verhandlungen über den Standort einher mit Abwanderungsdrohungen.« Er hob sein Glas an und stieß es gegen meines. »Zum Wohl!«

»Warum sind Sie überhaupt gekommen?«, fragte ich. »Wenn Sie doch wussten, dass ich Ihnen was vorgemacht habe.«

»Na ja, zuerst war ich tatsächlich begeistert. Feuer und Flamme, sozusagen. Aber als ich drüber nachdachte, wurde mir klar, dass es so nicht sein konnte. Es blieb nur mein Interesse, wer mir so ein dreistes Angebot unterbreiten wollte. Und zu guter Letzt ist dieser Biergarten wirklich einen Besuch wert.«

»Stimmt«, sagte ich. »Das dachte ich auch. Entweder Sie würden mir was erzählen oder ich hätte eben nur einen schönen lauen Abend hier verbracht.«

»Den hatten wir nun beide. Im Übrigen habe ich hier schon so einige Geschäfte abgeschlossen.«

Schommer fiel mir ein. Mit ihm war ich das letzte Mal hier gewesen. »Ich treffe mich hier manchmal mit einem Bekannten, wenn er einen Job für mich hat«, sagte ich. Ich dachte an Mona. Mit ihr war ich noch nicht hier gewesen. Morgen würde ich sie anrufen.

Während wir austranken, döste ich ein wenig vor mich hin und ich glaubte, Richter ging es genauso. Als die Gläser leer waren, bat er die Kellnerin, ein Taxi zu rufen.

»Wohin müssen Sie?«, fragte ich.

»Ich habe mir draußen in Radebeul ein Haus gemietet.«

»Ein ganzes Haus?«, staunte ich. »Sie leben hier mit Ihrer Familie?«

»Nein. Meine Frau und mein Sohn leben in München und ich fahre fast jeden Freitag nach Hause. Aber der Besitzer des Hauses in Radebeul, ein geschiedener Ingenieur, arbeitet die Woche über in Hannover.«

»Sehr praktisch. So was kriegt nur ein Makler hin.«

Er lachte. Als das Taxi kam, bestand er darauf, mich mitzunehmen, obwohl ich ihm versicherte, dass ich die dreihundert Meter auch zu Fuß schaffen würde. Im Auto bot er mir das Du an und nahm mir das Versprechen ab, solch einen bierseligen Abend mal zu wiederholen. Er kenne hier kaum jemanden privat und vielleicht könne man ja mal ins Hot Pants gehen, eine Art Aufreißerbude nur ein paar Schritte vom Watzke entfernt. Er schien mir vom Alkohol ganz schön angeschlagen und ich war mir nicht sicher, ob er sich morgen noch an seine letzten Ausführungen erinnerte. Ich verabschiedete mich und stieg aus, schlug die Wagentür zu und blieb vor meinem Haus stehen, bis das Motorengeräusch sich im leisen Rauschen des Verkehrs vorne in der Leipziger Straße verlor.

Der Himmel im Westen hatte eine tiefpurpurne Farbe angenommen. Unser Flieder kräuselte seine Blütenblätter und begann sie abzuwerfen. Behäbig wandte ich mich der Haustür zu und kramte in der Hosentasche nach meinen Schlüsseln. In meiner Bude angekommen, holte ich mir eine Dose Cola aus dem Kühlschrank und ließ mich damit in meinen Sessel fallen. Auf einen Zettel kritzelte ich: Ortsamtsleiter? Kralova, Baustoffhandel, Kühn? Mona, Watzke.

Irgendwann nickte ich ein und irgendwann wachte ich davon auf, dass mir die nicht ganz leere Dose aus der Hand rutschte. Ich schreckte hoch und hörte noch, wie sie auf den Dielen aufschlug. Ächtzend beugte ich mich vor und versuchte, sie zu lokalisieren, da klingelte das Telefon. Erst jetzt bemerkte ich, dass es fast völlig dunkel im Zimmer war. Ich stürzte zum Lichtschalter und nahm gleichzeitig den Hörer ab.

»Staiger.«

»Du klingst so rau.« Es war Mona.

Ich räusperte mich und fraß ein virtuelles Stück Kreide, in der Hoffnung, weicher zu klingen. »Hallo, Süße, wie geht's dir?«

»Ganz gut, und dir? Ich hätte dich heute gerne getroffen, aber du warst nicht da.«

Ich warf einen Blick auf den Anrufbeantworter. Fünf Anrufe. »Nein. Ich musste jemanden abhorchen.«

»Hat sich's wenigstens gelohnt?«

»Möglicherweise. Jedenfalls hat es mir Arbeit eingebrockt. Hast du morgen Abend Lust, mit mir ins Watzke zu gehen?«

»Klar«, sagte sie wie selbstverständlich, aber ich hatte das Gefühl, ein leichtes Zögern herausgehört zu haben. »Holst du mich ab?«

»Mach ich. Wann und wo?«

»Ich sitze ab fünf in der Villa Pancho und warte auf dich.«

»Gut, ich versuche, dich nicht warten zu lassen. Bis morgen.«

»Bis morgen, Großer.«

Klang sie irgendwie traurig oder bildete ich mir das ein? Ich schob den Gedanken beiseite und legte den Hörer auf. Anschließend hob ich die Dose auf und wischte die Pfütze weg. Ich stellte meinen Wecker auf 9 Uhr, legte mir Keith Richards erstes Soloalbum auf, warf mich aufs Bett und schlief bei »Make No Mistake« ein.

8

Amtsanmaßung, dachte ich, als ich morgens mit meinem Rasierzeug vor dem Spiegel stand. Für das, was ich vorhatte, bräuchte ich eine zumindest echt wirkende Legitimation. Sylvia hätte so etwas sicher leicht herstellen können. Sie kannte sich mit Computern aus und manchmal, besonders wenn sie feststellte, dass sie mehr Geld benötigte, als ihr ihre Eltern fürs Studium zugestanden, stellte sie individuelle Programme für Büros zusammen. Sie hatte sich zu Hause ein grafisches High-End-Equipment zusammengestellt, da sie sich eigentlich als Designerin fühlte. Kommunikationsdesign nannte sie es, glaube ich. Genaueres wusste ich über diese Jobs nicht und das hatte sie mir, nicht ganz zu Unrecht, vor einiger Zeit vorgeworfen.

Ich hatte schon den Telefonhörer in der Hand, überlegte es mir aber anders. Zum einen wollte ich Sylvia nicht in zwielichtige Tätigkeiten mit hineinziehen, zum anderen erinnerte ich mich an einen Typen, den ich auf einer von Sylvias ausschweifenden Partys kennengelernt hatte, die sie jährlich zur Urlaubszeit im Elternhaus veranstaltete. Soweit ich mich erinnerte, hieß er Paul und war freiberuflicher Journalist, er hielt mir damals, mit einem Joint und einem Glas Wodka in der Hand, einen ziemlich langen Vortrag, bei dem ich am Ende nur eins kapierte: Für ihn waren Computer vertrauter und vor allem verlässlicher als Mitmenschen. Außerdem hatte ich was gut bei ihm, denn kurz nach der Party, vor knapp zwei Jahren, war er umgezogen und ich hatte ihm beim Schleppen geholfen. Ab und zu traf ich ihn in irgendeiner Kneipe, wir grüßten uns dann und wechselten ein paar Worte. Er arbeitete zu Hause, einer, dem es egal war, ob es draußen regnete, sonnig oder dunkel war, wenn nur der Bildschirm flimmerte und genug Getränke im Kühlschrank lagen. Und er gehörte zu der Sorte von Schreibern, die den Dingen gern auf den Grund gingen und sich selbst auch eine Weile dort unten aufhielten.

Unterwegs hielt ich an einer Kaufhalle und erstand einen halben Liter Wodka.

Paul wohnte in einer Neustädter Dachwohnung in einem billig sanierten Hinterhaus am Bischhofsweg, bei dem der größte Teil des Geldes auf die denkmalgeschützten Fenstersimse verwendet worden war – sobald man das Haus betrat, fühlte man sich wie in einem Schuhkarton mit Messingbeschlägen. Ohne Fahrstuhl, aber wenigstens musste ich diesmal nichts von seinem Krempel mit nach oben tragen.

Ich erwischte ihn beim Frühstück. Er öffnete die Tür, brummte einen Gruß, als hätte er mich gestern das letzte Mal gesehen, und gab mir ein Zeichen, ihm zu folgen. Barfuß und in Boxershorts tapste er vor mir her, setzte sich an den Tisch, wies mir den zweiten Stuhl zu und löffelte weiter in seinem weich gekochten Ei.

»Da ist Kaffee«, sagte er und deutete auf eine Zwei-Liter-Kanne. »Such dir irgend 'ne Tasse.«

Ich fand eine, die erst vor Kurzem benutzt worden war, und schenkte ein.

Die Wohnung war klein, hell und sah auf den ersten Blick fast gemütlich aus. Er hatte es geschafft, das Flair aus seiner alten Abrissbude mit herüberzunehmen. Am Boden lagen mehr Zeitschriften als in ganz Dresden in einer Woche gelesen werden, dazwischen verstreut der Fundus einer mittleren Buchhandlung und das benutzte Geschirr eines Monats und auf einem tresenartigen Brett an einer Wand stand die geballte Ladung Technik – drei Monitore, verschiedene Drucker und Computer, Tastaturen und ein Haufen anderer Kram, den ich nicht identifizieren konnte.

»Was führt dich her?«, sagte er kauend.

Ich stellte den Wodka neben die Kaffeekanne und fragte mich, was es an einem weichen Ei zu kauen gab. »Ich brauche was mit meinem Namen drauf, das aussieht, als sei ich bei der Steuerfahndung.«

Er warf einen anerkennenden Blick auf die Flasche und wischte sich mit dem Handrücken über den Mund. »Deinem *real name*?«, sagte er zweifelnd.

Ich verstand in etwa, was er meinte, nickte und fragte nicht weiter nach, denn er gehörte zu denen, die solche Fragen so ernst nahmen, dass man sich auf einen halbstündigen Vortrag gefasst machen musste.

Er ging zu einem der Bildschirme, drückte einen Schalter, setzte sich davor und ließ die Fingerknöchel knacken. »Du möchtest es gleich mitnehmen, vermute ich.«

»Wäre schön.«

»Mit e-i?«

»Was?«

»Staiger. Mit e-i, oder wie?«

»Mit a-i.«

»Haste 'n Bild von dir?«

Ich betastete meine Brusttasche. »Reicht das vom Führerschein?«

»Wenn du's nicht mehr brauchst.«

Er war trocken wie ein alter Zwieback. Und er wendete seinen Blick nicht vom Bildschirm ab, auf dem er mittlerweile mehrere Programmfensterchen geöffnet hatte.

»Geht's auch ohne Bild?«, ulkte ich.

»Hmm«, brummte sein Hinterkopf. »Gib mir zehn Minuten.«

»Klar.« Ich betrachtete noch einen Moment sein schwarzes zotteliges Haar, das seine schmalen Schultern fast ganz bedeckte. Dann zündete ich mir eine Zigarette an, lehnte mich zurück und sah aus dem Fenster. Ein paar alte Fernsehantennen ragten in den klaren Himmel, einige Schwalben huschten vorbei. Eine Taube landete auf einer Antenne, zwei weitere gesellten sich dazu. Ich schloss die Augen und lauschte dem Klappern der Tastatur und dem Klicken der Maus. Im Nebenzimmer liefen die 10-Uhr-Nachrichten des Deutschlandfunks. Ich öffnete die Augen wieder, beugte mich vor, um einen Schluck Kaffee zu trinken und stupste die Zigarettenasche ab.

»Ist das okay so?«

Ich stand auf und ging zum Bildschirm. »Steuerfahndung« stand fett unter dem sächsischen Wappen. Darunter Name, Dienstgrad, Dienststelle. Ich wäre darauf reingefallen. »Ausgezeichnet«, sagte ich. »Oberfinanzinspektor, gibt es so was überhaupt?«

»Keine Ahnung, klingt aber einschüchternd.« Er öffnete den Druckdialog, änderte ein paar Voreinstellungen und drückte die Entertaste. Dann erhob er sich, schob ein weißes Blatt in einen Drucker und schaltete ihn an. Er verließ das Zimmer und kehrte mit einer Fotoschere und einer nicht mehr ganz neuen Klarsichthülle im Brieftaschenformat zurück. Er schnitt, rubbelte auf dem Papier herum, wobei er was von Patina murmelte, steckte es in die Hülle und drückte mir das Werk grinsend in die Hand. Es war überhaupt das erste Mal, dass ich bei ihm eine Art freudigen Ausdruck entdeckte.

»Zu treuen Händen«, sagte er. »Mach keine Dummheiten damit.«

In den Ecken der Hülle klebten vereinzelte Tabakkrümel. Perfekt.

»Eigentlich hatte ich genau das vor«, sagte ich.

Er wurde wieder ernst. »Schon klar, dass du das Ding nicht für'n Fasching brauchst. Aber von mir hastes nicht.«

»Ich kenn dich nicht mal.«

»Na gut«, sagte er und setzte sich wieder an seinen Frühstückstisch. Er schob mir seinen Teller hin und zeigte auf meine Kippe. Ich drückte sie in der Eierschale aus.

»Danke«, sagte ich.

»Keine Ursache. Bis morgen.« Er sagte immer »Bis morgen« wenn er »Tschüs« meinte.

Ich ließ den Ausweis in meiner Brusttasche verschwinden, winkte ihm zu und verließ die Wohnung.

×××

Wie spielt man nun Finanzbeamter? Man setzt ein von (drei Stellen hinter dem Komma umfassende) Fachkompetenz beherrschtes Gesicht auf, marschiert in den Olymp und setzt Zeus den Finger auf die Brust: »Hören Sie mal, mein Lieber, entweder ich habe in zehn Minuten alle Unterlagen auf dem Tisch, oder Sie finden sich im Steuer-Hades wieder, Götterstatus hin oder her! Und, bevor Sie auf falsche Ideen kommen, Deckname Jupiter ist aufgeflogen. Gleiches gilt für Ihre Mitarbeiter.«

Ich war überrascht, wie leicht man es mir beim Baufinken machte. Zuerst fragte ich am Verkaufstisch dieselbe Frau, die mir vor ein paar Tagen den Lieferschein der Kralova gezeigt hatte, ob sie sich an mich erinnerte.

»Vom Gesicht her schon«, antwortete sie zögernd.

»Es ging um eine Ihrer Kundinnen«, half ich. »Stein-Kralova war der Name. Ich bin Hans Staiger, Steuerfahndung. Wenn Frau Kralova jetzt zufällig kommen sollte, möchte ich, dass Sie sie behandeln wie immer, ohne meine Anwesenheit zu erwähnen. Kriegen Sie das hin?« Ich lächelte.

Sie lächelte zurück. »Aber sicher«, sagte sie. »Ich mache die ganze Zeit nichts anderes als heucheln.«

»Das ist aber schade um dieses Lächeln«, sagte ich. »Und jetzt muss ich den Geschäftsführer sprechen.«

»Kommen Sie mit.«

Ich folgte ihr in einen schmalen Gang aus Gipskartonwänden und sah ihr zu, wie sie an die letzte Tür auf der rechten Seite klopfte, den Kopf hineinsteckte und irgendetwas sagte. Dann zwinkerte sie mir keck zu, huschte an mir vorbei und trat den Rückweg an. Dem

Schwung ihrer Hüften nach zu urteilen, wusste sie, dass ich ihr hinterherschaute. Das Heucheln schien ihr Vergnügen zu bereiten.

Die offene Tür füllte sich mit einer Gestalt, die mich um gut fünf Zentimeter überragte, sowohl in Länge als auch Breite, und mir eine Pranke entgegenstreckte, die unmöglich in eine Hosentasche passen konnte.

»Ansgar Fink. Ich bin der Geschäftsführer.« Seine Stimme klang sanft und war für seine Größe vielleicht ein wenig zu hoch. »Was kann ich für Sie tun?« Er versuchte, einen gewissen Nachdruck in seine Worte zu legen, aber auf mich wirkte es, als hätte ihn vor nicht allzu langer Zeit ein noch größerer, breiterer Mann vors Schienbein getreten. Ich hielt ihm meinen falschen Ausweis hin und griff nach der Pranke. Sein Händedruck war enttäuschend lasch und je genauer ich hinsah, umso enttäuschender wurde sein ganze Erscheinung. Sein Blick flackerte unstet zwischen dem Ausweis, meiner Hand und meinem lächelnden Gesicht hin und her, seine im Nacken leicht gekrümmte Haltung glich der eines Philatelisten, dessen bestes Stück eben einen Fettfleck bekommen hatte, und sein Haupt wurde von einem Wirrwarr dunkler Locken geziert, das zu bändigen man seit mindestens zwei Monaten versäumt hatte. Zum Glück trug er keinen Anzug, sonst hätte er ausgesehen wie ein Lackaffe ohne Lack; er begnügte sich mit schwarzen Jeans und weinrotem Strickpulli.

»Staiger«, sagte ich, nachdem ich seine Hand losgelassen hatte und er sie fallen ließ wie einen ungültigen Fahrschein. »Ich arbeite für die Steuerfahndung und möchte Sie um Ihre Mithilfe bitten. Es gibt kein Gesetz, das Ihnen verbietet, mir jetzt die Tür zu weisen, allerdings wären dann meine Kollegen in einer Stunde mit einem offiziellen Durchsuchungsbeschluss hier und der ganze Betrieb käme zum Erliegen. Aber es ist nicht unsere Art, die Leute zu schädigen, die mit unseren Ermittlungen nur indirekt in Berührung kommen und sich ansonsten nichts zu Schulden haben kommen lassen.« Ich steckte den Ausweis weg. »Zumal die Sache für Ihre Firma eine Lappalie darstellen dürfte und obendrein niemanden etwas angeht.«

Er nickte, spähte über meine Schulter in den Gang und hielt mir die Tür auf. »Kommen Sie erst mal rein und sagen Sie mir, worum es überhaupt geht.«

Ich setzte mich auf einen der beiden billigen, mit grauem Velours bezogenen Besuchersessel gegenüber seinem Schreibtisch und sah mich um. Das Büro war so schäbig wie die ganze Branche; trotz reger Bautätigkeit kämpften nicht nur die einheimischen Unternehmen um Bauaufträge und das Ergebnis war immer eine Preisfrage, die nicht selten über günstige Konditionen beim Baustoffhändler entschieden wurde. Was wiederum für die Händler nicht ohne Konsequenzen blieb, denn es gab eine Menge von ihnen, und um im Geschäft zu bleiben, mussten sie ihren Kunden neben fast ruinösen Lieferbedingungen auch noch Spitzenrabatte einräumen. Und solche Firmen wie MOKA-BAU waren dafür verantwortlich, dass diese Gepflogenheiten des westdeutschen Marktes hier im Osten schneller eingeführt worden waren, als eine Sardine in die Dose gepresst wird. Rettungsanker für den Händler waren die vielen kleinen und mittleren Handwerksfirmen, die weit weniger Rabatt abfassten. Und der große Mann, der sich jetzt mir gegenüber auf seinen Drehstuhl setzte, kannte all das aus erster Hand.

»Es geht um eine Firma, die einer gewissen Hana Stein-Kralova gehört. Ich brauche sämtliche Rechnungen und Lieferscheine aus den, sagen wir, letzten zwei Jahren.«

Er schob die Augenbrauen zusammen, aber es war eher eine mechanische als eine besorgte Geste. »Sie ermitteln gegen Frau Kralova?«, fragte er vorsichtig.

»Ja. Ihr Rechnungswesen läuft über einen Computer, nehme ich an.«

Er nickte.

»Und Sie sind in der Lage, Ausdrucke beziehungsweise Kopien anzufertigen?«

Er nickte nochmal.

»Dann würde ich darum bitten. Auf diese Weise müssen wir nichts beschlagnahmen. Das käme Ihnen doch entgegen?«

»Natürlich.« Er erhob sich und verließ den Raum, dabei blieb die Tür offen, so dass ich sah, wie er den gegenüberliegenden Raum betrat. Ich hörte die Stimme einer Frau, die sich darüber beschwerte, jetzt an die Daten des Zentralcomputers heranzumüssen. Er antwortete etwas, was ich nicht verstand, sich aber recht ungehalten anhörte.

Ich betrachtete seinen Schreibtisch. Eine Schreibunterlage in Form eines Kalenders, ein Stapel Prospekte, zwei Reklamekugelschreiber und ein Zollstock in einem Schälchen, ein Bilderrahmen. Ich drehte letzteren so, dass ich das Bild darin sah. Ein Familienfoto, das noch nicht sehr alt sein konnte, denn Ansgar Fink wirkte darauf keineswegs jünger und sein Lächeln fiel recht verhalten aus, so als traue er dem Fotografen nicht über den Weg. Ganz anders die Frau neben ihm. Sie zeigte ein breites Kameralächeln in einem kantigen, aber nicht unattraktivem Gesicht, das von einer blondlockigen Haarpracht gerahmt wurde, die durchaus die Bezeichnung Mähne verdiente. Beide neigten ihre Köpfe leicht zur Bildmitte, die ganz einem jungen Mädchen gehörte. Vermutlich die Tochter. Ein strahlender Teenager, irgendwo zwischen fünfzehn und neunzehn, mit der Art von hübschem, sommersprossigem Gesicht, die einem deshalb so bekannt vorkommt, weil man schon etliche davon gesehen hat. Keine Spur der markanten Züge ihrer Mutter oder der sachlich nachdenklichen ihres Vaters, aber das könnte ja noch kommen.

Bevor ich mich weiter in Bildinterpretationen versteigen konnte, betrat Fink wieder das Zimmer. Er legte einen dünnen Stapel Ausdrucke vor meine Nase, vielleicht dreißig, vierzig Blätter. »Das ist aus den letzten drei Monaten. Der Rest wird noch etwas dauern, da diese Daten erst vom Zentralcomputer in Nürnberg übermittelt werden.« Ich nickte ernst und wartete, aber er machte keine Anstalten, den Stehplatz neben meinem Stuhl zu verlassen.

»Ihre Familie?«, sagte ich und tippte auf das gerahmte Foto.

»Ja. Frau und Tochter«, sagte er nicht ohne Stolz. »Unser Sohn war an diesem Tag nicht da. Er studiert in Göttingen und ist nicht oft zu Hause.« Sein Blick kehrte sich nach innen, schien fast ein bisschen wehmütig.

»Und Ihre Tochter, was macht sie?«

Nun trat er einen ersten kleinen Schritt von mir weg und drehte das Bild wieder in seine Originalposition. Millimetergenau. »Sie studiert hier an der Hochschule für bildende Künste, kann sein, dass sie Malerin werden will.« Man konnte ihm deutlich anmerken, was er davon hielt. Niemand hat gern Künstler in der Familie, jedenfalls keine unbekannten.

»Wollen Sie sich nicht setzen?«, ermunterte ich ihn. »Das mit den Kopien wird eine Weile dauern, das mit der Kunst sowieso.«

Er reagierte mit einem Lächeln. Jetzt erst bemerkte ich den sauberen Aschenbecher neben einem der Papierhäufchen.

»Rauchen Sie ruhig«, sagte er, meinen Blick deutend. »Ich hab's vor fünf Jahren aufgegeben, aber in diesem Gewerbe ist man damit in der Minderheit.«

»Bei uns im Amt rauchen fast alle«, sagte ich. Ich zündete mir eine Zigarette an und er setzte sich endlich hin. Flüchtig blätterte ich die oberen Kopien durch. Sie enthielten alle relevanten Daten, Rechnungs- sowie Lieferanschriften, Mengen, Kosten. Besonders letztere erschienen mir auf den ersten Blick recht niedrig im Verhältnis zu den Abnahmemengen. Ich hatte noch zehn Jahre alte Einkaufspreise im Kopf und meine Erfahrung sagte mir, dass diese seitdem auf keinen Fall gesunken waren.

»Wie sind Ihre Katalogpreise für 125er Gipskarton und Dachlatten 30 mal 50?«, fragte ich.

»Netto oder brutto?«

»Ohne Mehrwertsteuer.«

»2,80 Euro und 70 Cent.« Er musste nirgends nachsehen, solche Standards hatte er im Kopf. Sie unterschieden sich um einiges von meinen damaligen Preisen, und nicht nur, weil inzwischen die D-Mark ersetzt worden war. Die Kralova zahlte allerdings weniger. Viel weniger.

»Die Dame hat sehr gute Konditionen bei Ihnen«, sagte ich.

Er hob die weichen Pranken. »Das ist nicht illegal«, antwortete er. Es klang wie: Das ist zwar traurig, aber normal.

»Nach den Mengen zu urteilen, ist die Firma nicht gerade ein Großabnehmer.«

»Sie arbeitet für andere Kunden, und diese sind Großabnehmer.«

»Wie zum Beispiel MOKA-BAU.« Ich tippte auf eine der Lieferanschriften. Dort stand: Baustelle Wohnresidenz Elbaue.

Er nickte. »Frau Stein-Kralova war einmal zusammen mit dem Bauleiter der Wohnresidenz hier. Er bat mich, ihr dieselben Konditionen einzuräumen. Da konnte ich doch schlecht nein sagen.«

»Ich mache Ihnen keinen Vorwurf. Ich kenne die Gepflogenheiten. Ich weiß auch, dass zwanzig Prozent all Ihrer Kunden Zahlungsschwierigkeiten haben oder noch bekommen werden, wenn der Generalunternehmer sie im Regen stehen lässt. Aber das liegt nicht an Ihren Konditionen. Wann waren die beiden hier?«

Er lehnte sich zurück und begann ernsthaft zu überlegen. Plötzlich näherten sich energisch knallende Schritte draußen auf dem Gang, kurz darauf wurde ohne Vorwarnung die Tür aufgerissen.

»Also das geht so nicht Ansgar!«, platzte es herein. »Der Wegmann läuft rum wie ein Assi, obwohl ich ihm schon hundertmal gesagt habe, er soll sich was Ordentliches anziehen. Jetzt ...« Jetzt bemerkte sie mich und verstummte abrupt. Sie war Ansgar Finks Frau, die Frau auf dem Foto. Ich hatte sie schon einmal gesehen – auf dem Schiff, auf dem die Wohnresidenz geweiht worden war, hatte sie im Abendkleid irgendwo zwischen Hugo Boss und Giorgio Armani herumgestanden. Sie verzog ihr Gesicht urplötzlich zu einem maskenhaften Lächeln, aber ich glaubte nicht, dass sie mich erkannte, es war einfach der Umstand, dass jemand im Büro ihres Mannes war.

Ich hatte mich getäuscht – das Familienfoto musste doch schon ein paar Jahre alt sein. Die Zeit hatte Spuren auf ihr hinterlassen und die ständige Sorge, dass der große Reibach an ihr vorbeigehen würde, malte Zeichen der Angst auf ihr Gesicht. Nur Dauerwelle und Haarfarbe waren taufrisch.

»Das ist Herr Staiger von der Steuerfahndung«, sagte Fink. »Meine Frau Brigitte«, fügte er hinzu.

Ich stand auf, drückte die Hand, die sie mir mechanisch entgegenhielt, und saß wieder auf dem Besuchersessel, bevor sie den Mund geschlossen hatte.

»Steuerfahndung? Hier bei uns?« Sie spielte die fassungslose Bürgerin, die zum Dank dafür, dass sie anderen Gutes tat, vom Staat drangsaliert wurde.

»Reine Routine«, sagte ich die zwei Worte, die ich schon immer mal hatte sagen wollen.

»Es geht um die Firma Stein-Kralova«, sagte Ansgar Fink.

Einen Wimpernschlag lang glaubte ich ein Fünkchen Argwohn in ihren Augen aufblitzen zu sehen. »Was? Ist sie vielleicht *pleite*?« Brigitte Fink spuckte das letzte Wort aus, als wäre es eine ätzende Flüssigkeit.

»Die Hälfte unserer Kunden zahlt pünktlich, die andere Hälfte ist wie Lotto spielen.«

»Was ich bisher gesehen habe«, ich klopfte mit der flachen Hand auf die Papiere, »deutet darauf hin, dass Kralova zur ersten Hälfte gehört.«

Sie maß mich mit einem abschätzenden Blick. »Und warum interessieren Sie sich dann für sie?«

»Wie ich schon sagte, Routine. Nur, weil jemand seine Rechnungen bezahlt, heißt noch lange nicht, dass er auch seine Steuern abführt. Übrigens gilt für Sie Schweigepflicht. Wenn Frau Kralova erfährt, dass ihre Firma überprüft wurde, dann erfährt sie es von uns. Zu Ihrer Beruhigung, es geht nicht um die Liquidierung der Firma. Es handelt sich um eine stichprobenartige Überprüfung, und glauben Sie mir, laut meinen Unterlagen hat diese Firma schon einige dieser Überprüfungen überstanden. Schadlos.«

»Da steckt doch mehr dahinter«, mutmaßte sie, »aber Sie sagen uns ja doch nicht alles.« Das maskenhafte Lächeln machte sich wieder auf ihrem Gesicht breit.

»Gitti …«, sagte Ansgar Fink zaghaft, wurde aber sogleich von seiner Frau unterbrochen. »Schon gut, Ansgar. Ich wollte dir vorhin nur sagen, dass wir endlich Ersatz für Wegmann brauchen. Lieber hole ich mir einen vom Arbeitsamt, als …«

Die Tür des gegenüberliegenden Zimmers wurde geöffnet und Finks Frau verstummte. Der junge Mann, der aus dem Zimmer trat, blickte überrascht auf, dann grüßte er mich mit einem artigen Nicken und blieb auf der Schwelle stehen. In den Händen hielt er einen etwa drei Zentimeter dicken Stapel Papiere.

»Legen Sie's dorthin«, sagte Fink in einer gebieterischen Tonlage, die ich ihm nicht zugetraut hätte. Seine Pranke zeigte auf die mir nächstgelegene Schreibtischecke. Der junge Mann tat, wie ihm geheißen und entfernte sich anschließend, bemüht, nicht überhastet zu wirken. Als er die Tür des gegenüberliegenden Zimmers schloss, spürte man förmlich sein Aufatmen. Die Eheleute schienen davon nicht sonderlich berührt, beide sahen mich erwartungsvoll an.

Ich tat ihnen den Gefallen, beugte mich interessiert vor und blätterte pro forma den Stapel durch, legte ihn dann zu den anderen Blättern, hob den Kopf und sagte: »Tja.«

»Sie haben, was Sie wollten?«, fragte Ansgar Fink. Die Anwesenheit seiner Frau schien ihm das Rückgrad zu stärken. Oder ihn zu nötigen, wenigstens so zu tun.

Ich nickte, stand auf und nahm die Papiere in den Arm.

»Hast du nicht einen Karton, Ansgar?« Ohne seine Antwort abzuwarten, ging sie zum einzigen Schrank, einem Sprelacart-Modell aus VEB-Zeiten, der keinen weiteren Umzug überstehen würde. »Warten Sie«, sagte sie, öffnete einen Karton, packte die darin enthaltenen Prospekte auf den Tisch und hielt mir den leeren Karton hin. »Das Finanzamt könnte Ihnen ja mal eine Tasche spendieren.« Es folgte ein nahezu mädchenhaftes Lachen.

»Das Finanzamt spendiert niemandem etwas«, antwortete ich. »Aber ich besitze eine Tasche, allerdings liegt die in meinem Wagen. Der übrigens auch nicht dem Amt gehört.«

Ich packte die Papiere in den Karton, hob ihn auf und ließ ihr den Spaß, den Deckel zu holen und ihn darüberzustülpen. Ansgar Fink stand jetzt ebenfalls auf.

»Danke«, sagte ich. »Und auf Wiedersehen. Auch wenn die meisten Leute uns lieber nicht wiedersehen wollen.«

»Es muss ja nicht dienstlich sein«, sagte sie breit lächelnd.

»Besser nicht«, sagte ihr Mann, der sich sein Lächeln sichtlich abrang. Er postierte sich neben seiner Frau. »Auf Wiedersehen.«

Es fehlte nur noch die Tochter und man hätte fast das gleiche Foto nochmal machen können. Ich nickte den beiden zu und wollte das Zimmer verlassen, als mir noch etwas einfiel. »Sie haben vorhin meine Frage nicht beantwortet«, sagte ich zu Ansgar Fink, und auf seinen erstaunten Blick hin ergänzte ich: »Wann war Frau Kralova mit dem Bauleiter hier?«

Die beiden wechselten einen schnellen Blick, so schnell, dass ich ihn nicht zu deuten vermochte.

Sie antwortete. »Das war, als die beiden noch zusammen waren.«

»Zusammen?«, fragte ich.

»Die beiden hatten ein Verhältnis.«

»Woher wissen Sie das?«

Sie winkte verächtlich ab. »Jeder wusste das. Bei den Eröffnungsfeierlichkeiten der Südbank-Niederlassung konnte man sehen, wie sich diese …«, sie machte eine bewusst gedehnte Pause, bevor sie das nächste Wort förmlich hinwarf, »*Dame* an ihn ranmachte.« Wieder warf sie ihrem Mann einen Seitenblick zu, bei dem ihr ohnehin starres Lächeln einzufrieren schien.

Nur um sicher zu gehen, fragte ich nach. »Wir sprechen hier doch von Frank Kühn?«

»Ja«, sagte er.

»Wann waren sie hier?«, bohrte ich. »Geht's etwas genauer?«

»Im Frühling.« Wieder er. »April, Mai. Sie können es anhand der Papiere verfolgen. Danach änderten sich, wie gesagt, die Konditionen.«

»Gut.« Nochmals nickte ich dem Ehepaar zu und verließ den Raum durch die offen stehende Tür. Als ich den schmalen Gang zur Hälfte durchschritten hatte, hörte ich, wie sie geschlossen wurde.

Am Verkaufstisch hielt ich an und wartete, bis die nette Heuchlerin einen Kunden, der nervös mit seinem Schlüsselbund spielte, abgefertigt hatte.

»Na?«, sagte sie, als der Mann mit seinem Lieferschein von dannen gezogen war. Sie warf einen Blick in den Gang, dann zeigte sie auf den Karton. »Hat sich's gelohnt?«

Ich zuckte die Schultern. »Wird man sehen.« Ich beugte mich nach vorn und raunte: »Sagen Sie mal, wem gehört eigentlich diese Firma hier?«

»Ich denke, Sie sind vom Finanzamt?«, grinste sie.
»Abteilung Steuerfahndung. Uns sagt man auch nicht alles.« Ich grinste zurück.
»Sie haben Brigitte Fink kennengelernt, stimmt's?«
»Hmm.«
»Vierundsiebzig Prozent gehören Europa-Baustoffe. Haben Sie sicher schon mal gehört.«
Ich nickte.
»Der Rest gehört Brigitte Fink. Das hier ist ein alter Familienbetrieb. Zu DDR-Zeiten haben wir Fenster, Türen und Holz für die Genossenschaft verkauft.«
Ich dachte an den alten Sprelacart-Schrank, den ich vorhin in Finks Büro gesehen hatte – der hatte sicher damals schon Papiere beherbergt. Allerdings nannte man das Material, aus dem er bestand, heute Resopal. »Sie waren damals schon dabei?«
»Ja«, sie lachte. »Ich bin eine Altlast, wie übrigens knapp die Hälfte der Belegschaft.« Sie zeigte durch die Glasfront hinüber in Richtung Lagerplatz. »Vor ein paar Jahren stand dort drüben noch eine Baracke, in der wir alle saßen.«
»Wenn jeder, der sogenannte Altlasten hat, solche Mitarbeiter wie Sie dazuzählen könnte, müsste das Wort Altlast neu definiert werden.«
Sie errötete. Verstohlen blickte sie zur Seite, plötzlich wurde ihr Gesichtsausdruck höchst distanziert.
»Die Finks stehen am Ende des Ganges und beobachten uns?«, vermutete ich.
Ihr Kinn hob und senkte sich ein paar Millimeter. »Herr Fink«, sagte sie.
»Falls Sie gefragt werden, sagen Sie einfach, ich hätte Sie um Verschwiegenheit bezüglich der Kralova gebeten.«
»Machen Sie sich mal keine Sorgen um mich.«
»Gut.« Ich stieß mich vom Tresen ab. »Dann heucheln Sie mal schön.«
»Verlassen Sie sich drauf.«
»Mach ich.«

Ich verließ den Verkaufsraum. Auf dem Weg zum Auto fühlte ich mich beobachtet. Ich verfluchte mich dafür, meine Karre auf dem Kundenparkplatz abgestellt zu haben. Eine Sekunde später war es mir egal. Ich hatte in meiner Rolle als Steuerfahnder nicht eben geglänzt, aber ich hatte, was ich hatte haben wollen. Jetzt würde ich nach Hause fahren, einen Kaffee kochen, im Hof einen Liegestuhl aufstellen und in Ruhe die Papiere durchsehen. Wozu auch immer dies gut sein sollte – Lothar Müller wollte, dass ich mich damit beschäftigte. Ich warf den Karton auf den Beifahrersitz und ließ den Motor an. Mir fiel ein, dass ich noch einkaufen musste. Rostbrätl, zum Beispiel. Das heißt, Schweinenackensteaks, wie man sie in Dresden nennt. Zwiebeln. Senf und Gewürze hatte ich noch zu Hause. Bier fehlte, sowohl zum Einlegen des Fleisches, als auch zum Trinken. Wein für Mona. Ein wohliger Schauer durchströmte mich, ich stellte mir vor, wie Mona ein Stück Rostbrätl in den Mund schob und mich dabei genüsslich und mit fettglänzenden Lippen anlächelte. Dann drängte sich der Anblick von Frank Kühns Leiche vor mein inneres Auge, ich versuchte, mir einen lebendigen Frank Kühn vorzustellen, der lachend ein Rostbrätl aß. Es gelang mir nicht. Schließlich konzentrierte ich mich auf mein Lenkrad, legte den Gang ein und rollte vom Parkplatz. Als ich einen abschließenden Blick in den Rückspiegel warf, glaubte ich, Brigitte Fink im Gebäude verschwinden zu sehen. Ich spürte Ärger auf mich zukommen.

×××

Etwa drei Stunden später rief Müller an. Ich lag unten im Hof im Liegestuhl, wälzte die Papiere und hatte meinen Anrufbeantworter oben am offenen Fenster platziert. Ich hechtete hoch und nahm ab, als Müller eben beginnen wollte, das Band zu besprechen.

»Ah, Sie sind da«, sagte er.

»Ich bin da«, bestätigte ich, »und ich bin schwer mit Unterlagen beschäftigt, die eine besondere Beziehung zwischen Kühn und Kralova zu bestätigen scheinen.«

»Was sind das für Unterlagen?«

Ich sagte ihm, was ich hatte, nicht woher. Aber das wollte er gleich anschließend wissen. »Woher haben Sie diese Papiere?«

»Wollen Sie's wirklich wissen?«

»Natürlich.«

»Amtsanmaßung«, sagte ich.

Er antwortete nicht.

»Ich habe Steuerfahnder gespielt.«

»Verstehe. Ich möchte die Papiere sehen.«

»Soll ich Sie Ihnen zuschicken?«

»Nein.« Er machte eine Pause. »Übermorgen ist die Beerdigung.«

Ich nahm an, das hieß, ich sollte ihn dort treffen.

»Sie kommen doch?«

»Wann und wo?«

»Um 10 Uhr morgens auf dem Waldfriedhof.«

»Gut. Dann bringe ich die Papiere mit.«

»Tun Sie das, tun Sie das ...«, murmelte er zerstreut und beendete das Gespräch mit einem kurzen Gruß.

Anschließend wählte ich die Nummer des Pieschener Ortsamtes und fragte nach einem Termin beim Ortsamtsleiter an. Der Herr Braun sei für vierzehn Tage im Urlaub, teilte mit eine weibliche Stimme mit. Als ich wissen wollte, wo ich ihn erreichen könne, sagte die Stimme, er sei in Tunesien und man könne ihn nicht erreichen und worum es denn ginge, vielleicht könne sie mir ja weiterhelfen.

Ich bedankte mich und legte auf. Tunesien. Mein Gespräch mit Braun musste ich wohl verschieben.

Es war zehn nach vier. Um fünf war ich mit Mona verabredet. Ich räumte meine Sachen im Hof zusammen, duschte, schmierte mir ein Salamibrot und setzte mich damit ins Auto.

Die Villa Pancho hatte vor ein paar Jahren noch nachmittags geöffnet und einen guten Barkeeper gab es obendrein. Die Öffnungszeiten waren geblieben, aber der Barkeeper hatte sich nach London verzogen. Ich fand einen Parkplatz direkt vor dem Eingang, steckte mir einen Kaugummi in den Mund, schloss das Auto ab und schob mich durch eine Gruppe Cidre trinkender Abiturientinnen. Das Kunstlicht im Inneren überraschte mich mal wieder – die Fenster waren mit dicken Bohlen verrammelt, seit Anfang der Neunziger ein paar Glatzen die umliegenden Kneipen mit Steinwürfen attackiert und zum Teil gestürmt hatten. An drei Tischen hockte jeweils ein Milchkaffeetrinker, ein Pärchen an einem anderen Tisch war sich nicht zu schade, um diese Zeit schon Cocktails zu probieren. Mona saß allein an der Bar, rauchte und starrte auf die üppige Kollektion von Alkoholika. Der Junge hinterm Tresen – ihn Barkeeper zu nennen wäre dem Ruf seines Vorgängers nicht gerecht geworden – raunte ihr etwas zu und grinste mich dabei an, woraufhin sie sich zu mir umdrehte. Sie trug Jeans, ein schlichtes weißes T-Shirt und ihr krauses Haar war zu einem buschigen Pferdeschwanz zusammengerafft. Ihr Grübchen war entzückend wie immer, aber ihren Mund zierte nicht das Lächeln, an das ich mich schon fast gewöhnt hatte.

»Tag, Süße«, sagte ich vorsichtig.

»Hallo, Großer«, antwortete sie mit ungewöhnlich kleiner Stimme.

Ich wollte sie auf die Wange küssen, aber sie zog ihren Kopf so weit zwischen die Schultern, dass ich nur ihre Schläfe erwischte.

»Was ist?«, sagte ich. Ich erinnerte mich vage, dass sie gestern am Telefon schon merkwürdig geklungen hatte.

»Möchtest du was trinken?« Sie lächelte schwach und schnippte mit dem Fingernagel gegen ihr halbvolles Glas Campari-Orange.

»Ein Selters«, sagte ich und der Junge machte sich an die Arbeit. Ich bekam das Gefühl, dass ich nicht allzu lange bleiben würde. Aus den Boxen kam gedämpfter Frühstücksjazz, ich klopfte den Takt mit dem Fuß mit und versuchte vergeblich, Monas Blick im Spiegel aufzufangen. Das Selters entpuppte sich als ein Perrier mit Zitrone. »Was hast du?«, fragte ich schließlich.

Sie wartete, bis der Junge sich am anderen Ende der Bar zu schaffen machte, zündete sich eine neue Zigarette an, nahm einen flüchtigen Zug, räusperte sich und sah mich plötzlich direkt an. Sie sagte: »Ich wollte dir Adieu sagen.«

»Du wolltest *was*?«

»Mich verabschieden.«

Ich kapierte. Sie wollte nicht sich, sondern mich verabschieden. Etwas verkrampfte sich in mir. »Dann mach.«

Sie sagte nichts, sah mich nur an wie ein waidwundes Tier, dem man noch den Gnadenschuss geben muss.

»Na los, sag schon *Adieu.*«

Ein Lächeln. Eins, das ich noch nicht kannte – traurig, müde, schlapp. »Ich habe Greg wiedergetroffen. Es war, es ist …«

»Jaja, ich weiß. Du hast eure Beziehung mit einem Seitensprung aufgefrischt. Und er hat vielleicht dasselbe getan und jetzt habt ihr euch in die Augen gekuckt und das alte Kribbeln war endlich wieder da.«

Sie schwieg.

»Lieg ich richtig? Oder …«

»Ach Mensch, Staiger. Hör doch auf!«

Der Junge beugte sich geschäftig über die Spüle und schielte unter seinem Pony zu uns herüber. Okay, dachte ich, ich hör ja schon auf. Sie hatte mich eben zum ersten Mal Staiger genannt, genau wie Sylvia es tat, seit sie nicht mehr mit mir zusammen war. Immer mit diesem kumpelhaften, verständnisvollen Unterton: »Mensch, Staiger, du Dummchen, du Blödmann, du Arsch.«

»Du hast recht«, sagte sie. »Es war so, wie du gesagt hast.«

Klar. Es war genau so.

»Gregor, Greg … er ist nicht … so wie du … aber ich kann ihn einfach nicht vergessen, er … er …«

Ich ließ sie weiter stottern und fragte mich, ob ich mich für gleichaltrige Frauen als Sprungbrett ins geordnete Leben eignete. Als letzte Dummheit vor der Vernunft, gewissermaßen. Jedenfalls war ich wohl nicht der Typ, der ihren Vorstellungen von Stabilität entsprach. Anlehnung ja (Mensch, Staiger), Sicherheit nein (Mensch! Staiger!). Meine Lebenseinstellung schien mir auch nicht besser oder schlechter als die der anderen. Aber wenn man mich fragte, wo und was ich in zehn Jahren zu sein gedachte, fiel mir dazu nur ein, dass ich einigermaßen hoffnungsvoll war, noch oberhalb der Erdoberfläche zu weilen. Egal, ob mit Frau und Kind, Haus und Jahresurlaub, oder ohne. Mit Sicherheit würde ich nicht auf dem Land wohnen, dem Rest der Möglichkeiten, ein Leben zu führen, stand ich aufgeschlossen gegenüber. Auch wer nicht sucht, findet.

»… wir wollen uns nächste Woche was anschauen, einen Altbau draußen in Freital. Wäre schön, wenn du mitkommen könntest, du hast doch Ahnung von so was?«

Sie sah mich so aufrichtig an wie ein Pfandleiher. Wieder einmal staunte ich über weibliche Unverfrorenheit.

»Wenn du willst, fahren wir ohne Greg hin.«

Ich winkte schroff ab und schüttelte den Kopf. Ich hatte schon eine gute Freundin, mein Bedarf war gedeckt. »Vergiss es.«

»Schade. Bist du jetzt sauer?«

»Du meinst, weil du lange um den heißen Brei rumgeeiert bist?«

Eine Zornesfalte zeigte sich auf ihrer Stirn. Oder hatte, frei nach Heinz Erhard, die Stirn, sich auf ihr zu zeigen. Ich lächelte boshaft.

»Weil ich *was?*«

»War nicht gerade subtil, mich zu etwas überreden zu wollen, nachdem du mich in den Hintern getreten hast.«

Sie wurde aufbrausend. »Staiger, du Arschloch!«

»Weiter so, Süße. So kenn ich dich noch gar nicht.«

»Du kennst doch bloß meinen kaffeebraunen Arsch. So hast du ihn doch genannt: *kaffeebraunen* Arsch.«

Der Junge konnte sich ein Grinsen nicht verkneifen. Obwohl er sich redlich mühte.

»*Schwarzen* Arsch, hab ich gesagt.«

»Meinetwegen schwarzer Arsch. Du wolltest doch nur mit einer wie mir vögeln, für was anderes, geschweige denn so etwas Abartiges wie die Zukunft, interessierst du dich doch nicht.«

»Falsch, ich habe nur keine Lust, sie mir in allen Details auszumalen. Heute ist Fakt, gestern war Fakt, morgen ist Fiktion und …«, ich fing an Blödsinn zu quatschen, aber es machte Spaß, »wird übermorgen Fakt gewesen sein.«

»Du superschlauer Superdetektiv.«

»Bist du sicher, dass dein Interesse an der Zukunft nicht allein auf deinen eigenen Werdegang bezogen ist? Und dafür, dass dein Arsch schwarz ist, können wir beide nichts. Ich gebe zu, am Anfang hatte es was sehr Exotisches, aber wenn ich dich berührt habe, war es nicht der Farbkontrast, der mich angemacht hat …«

»Mensch, Staiger.« Sie fühlte sich geschmeichelt, ihre Züge hatten etwas gespielt Aufgebrachtes.

Ich ertrug sie nicht mehr. »Mach's gut, Mona«, sagte ich, stieß mich vom Tresen ab und ging. Wie in Trance steuerte ich den Ausgang an. Als die Tür hinter mir zufiel, atmete ich tief ein. Was ich roch, wollte ich haben – ich kaufte mir nebenan einen Döner Kebab. Mit dem Ding in der Hand schlenderte ich an meinem Audi vorbei, trat gegen den Kotflügel und lief weiter. Die Abiturientinnen sahen mich erstaunt an, sagten aber nichts. Nach ein paar Metern warf ich den angeknabberten Döner über irgendeinen Zaun, tupfte mir die Soßenflecken von der Jacke und klapperte die nächsten Kneipen ab. Überall sah ich Pärchen und nirgends fühlte ich mich gut aufgehoben, es war also nicht sehr schwer, der Lust nach einem Besäufnis zu widerstehen. Wenigstens jetzt.

Schließlich landete ich wieder bei meinem Audi. Ich warf einen Blick in die mittlerweile gut gefüllte Villa Pancho, sah Mona an der Bar in Begleitung eines Kerls, der durchaus Greg heißen konnte, und verdrückte mich wieder. Ich fuhr nach Hause, parkte vor der Tür, stieg aus und blieb einen Moment unschlüssig stehen. Dann schlug ich zunächst die Richtung zum Musikcafé ein, verwarf aber schließlich den Gedanken, den Abend in einer Kneipe beschließen zu wollen. Es war noch zu früh, um den Tag aufzugeben, außerdem hatte ich jetzt die nötige Wut im Bauch, um mich etwas eindringlicher mit der Kralova zu beschäftigen. Ich stieg wieder ins Auto und fuhr nach Trachenberge.

Die Dacheindeckung war inzwischen komplett, also musste jemand hier gewesen sein. Aber es war kein Mensch zu sehen, die Haustür verschlossen. Ich kletterte auf das Gerüst und suchte nochmal nach den Zimmern, die ich bei meinem ersten Besuch für Unterkünfte gehalten hatte. Ich presste mein Gesicht an verschmutzte Scheiben und spähte in schummrige Räume. Fenster für Fenster. Nichts, außer dem üblichen Baustellenkram. Karel und seine Mannen waren definitiv abgezogen worden. Also Rückzug.

Ich fuhr zu meiner Wohnung, kochte mir einen Kaffee und überlegte. Ich musste noch mit Karel sprechen. Ich setzte mich vor den

Stapel Papiere aus dem Baustoffhandel. Nach einer Weile fand ich, was ich suchte – außer dem Haus in Trachenberge wurde derzeit noch eine weitere Baustelle in der Moritzburger Straße beliefert, nicht weit von hier und, nebenbei bemerkt, im selben Ortsamtsbereich. Ich trat ans Fenster, rauchte eine Zigarette und sah zur Uhr. Es war halb sieben und die Sonne stand noch zu hoch für eine erneute Baustellenbesichtigung, bei der ich hoffte, Karel zu finden und unbemerkt an ihn heranzukommen. Es würde noch dauern, bis es endlich dunkel war. Zeit genug, um irgendwo etwas zu essen.

×××

Mein Audi rollte im Schritttempo einen Block von fünf oder sechs Viergeschossern mit schmucklosen Satteldächern und für diesen, meinen Stadtteil relativ hohen Fenstern entlang. Die Sandsteinsimse waren rußgeschwärzt und zerfressen, von den Fassaden bröckelte der Putz. Das Haus, dem mein Interesse galt, lag etwa in der Mitte des Blocks und hob sich deutlich von seinen Nachbarn ab, da kein einziges Licht hinter irgendeinem der Fenster brannte. Allein über einer höchstens zweieinhalb Meter breiten Einfahrt gab es eine Funzel, gerade hell genug, um nicht mit einem Glühwürmchen verwechselt zu werden – und somit perfekt der Straßenbeleuchtung angepasst.

Ich hielt an und wartete eine Zigarettenlänge im Auto. In den Nachbarhäusern gingen ein paar Lichter an, ein paar Lichter gingen aus. Ein PKW, ein Radfahrer und zwei Passanten kamen vorbei. Eine Frau öffnete ein Fenster im 2. Stock, verschwand, kehrte kurz darauf zurück, rotzte geräuschvoll in hohem Bogen heraus, lauschte ins Dunkel, bis der Fladen auf das Kopfsteinpflaster platschte, und schloss das Fenster. Ich stieg aus, überquerte die Straße und betrat die Einfahrt, die sich als Durchfahrt entpuppte. In der Mitte führten Stufen zur Haustür hinauf, die verschlossen war. Ich fluchte leise vor mich hin und landete ein paar Schritte weiter in einem Innenhof, der von gut drei Meter hohen Ziegelmauern umgeben war. Hier gab es zwei Stapel notdürftig abgedeckter Spanplatten, mehrere Mülltonnen, einen halbvollen Schrottcontainer, einen verknöcherten Walnussbaum und einen VW-Bus mit Pritsche. Und ein ebenso winziges Lichtchen wie an der Vorderseite. Und es gab einen Hoffnungsschimmer. Im 2. Stock waren einige Fenster mit Decken verhangen, dahinter glaubte ich einen Lichtschein zu erkennen. Ich schob mir einen Kaugummi in den Mund und starrte hinauf.

Während ich noch überlegte, wie ich ohne größeres Aufsehen zu erregen ins Haus gelangen konnte, flammte plötzlich die Treppenhausbeleuchtung auf. Ich sprang aus der Reichweite des Lichtstrahles und presste mich neben der Durchfahrt an die Hauswand. Eine halbe Minute später hörte ich jemanden husten, gefolgt von dem unverkennbaren Klimpern leerer Bierflaschen. Dann schlurfte eine Gestalt in Arbeitskluft an mir vorbei und steuerte die Mülltonnen an. Es war einer der Leute, die ich schon in Trachenberge gesehen hatte. Er öffnete mit einem Schlüssel den VW, stellte die Tüte mit den leeren Flaschen hinein, holte zwei Sechserpakete Bier heraus und stellte sie auf das Wagendach. Wenn er jetzt den Kopf gehoben hätte, hätte er mich sehen müssen. Aber er tat es nicht. Stattdessen knallte er die Tür zu, ging zur Mauer und brachte sich in Pinkelpositur. Ich nutzte die Gelegenheit und schlich mich zur Haustür, die der Mann offen gelassen hatte, stahl mich hinein und verbarg mich in der Nische, die zum Keller hinunterführen musste. Einen Moment später knallte die Haustür ins Schloss und der Mann erklomm erleichtert summend die Stufen. Dann hörte ich, wie man ihn oben willkommen hieß – ich verstand zwar kein Wort, aber das Gejohle, wenn ein mit Bier beladener Mann auf eine Männerrunde stößt, ist unverkennbar. Als oben die Tür klappte, wurde es still im Treppenhaus. Wie auf Bestellung erlosch auch das Licht. Es roch nach toten Haustieren und frischer Farbe. Eines war klar, das war Kralovas Baustelle und hier hausierten ihre Truppen. Die Frage blieb nur, ob Karel dabei war.

Die Wohnungstür war geschlossen, doch gab es außen eine abgegriffene Messingklinke. Gedämpfte Stimmen drangen zu mir nach draußen. Eine davon kam vermutlich aus dem Fernseher. Vorsichtig betrat ich den Flur, zog die Tür sanft hinter mir zu und sah mich um:

am Ende des Flures eine offene Zimmertür. Ich schlich mich an, was nicht schwierig war, da die Biertrinker recht laut waren. Ich riskierte einen Blick und sah sechs Leute in einem großen Raum an einem Tisch beim Kartenspiel. Einer von ihnen war Karel. Mit Decken verhängte Fenster, ein tragbarer Fernseher, auf dem ein tschechischer Sender lief, Schränke, Doppelstockbetten. Ich zog mich in den Flur zurück und überlegte.

Ich öffnete eine andere Tür, das Zimmer dahinter war nicht halb so breit, vielleicht eine ehemalige Küche. Es hatte nur ein verhängtes Fenster, ein Bett, einen Blechspind und etwas, das man in großzügigen Momenten als Schreibtisch durchgehen lassen konnte. Ein Stuhl und ein tragbarer Fernseher. Ein gerahmtes Foto: Karel im schwarzen Anzug mit einer gleichaltrigen Frau im Arm, beide fröhlich in die Kamera eines Studiofotografen lächelnd. Ich zog leise die Tür zu, setzte mich auf den Stuhl und wartete. Es war stockdunkel, die Ziffern des Weckers neben dem Bett zeigten 22.11 Uhr. Ich war nicht müde, musste aber trotzdem gegen den Schlaf ankämpfen. 22.43 Uhr hörte ich draußen Geräusche, die einen kollektiven Aufbruch zur Nachtruhe ankündigten, zwei Minuten später ging die Tür auf, wieder zu, Karel knipste das Licht an und gähnte, während er meiner gewahr wurde. Ich kniff die Augen zu ob der plötzlichen Helligkeit, legte den Zeigefinger senkrecht an die Lippen und hoffte, dass er mich erkannte.

Er verschluckte sich an seinem Gähnen, hustete, breitete dann die Hände aus, atmete tief ein und sagte: »*Du*? Hans?«

»Karel«, sagte ich. »War gar nicht so leicht, dich zu finden.«

»Wie kommst du herein?«

Er sprach sehr leise und ich passte mich dem an. »Dein Kollege, der das Bier aus dem Auto geholt hat, vergaß, die Haustür zu schließen.«

Er sah mich an, als ob er nicht ganz verstanden hätte, dann hob er die Augenbrauen.

»Ein Bier?«, fragte er und wartete die Antwort nicht ab, er verschwand und kam kurz darauf mit einer Flasche Pilsener Urquell zurück. Dass er keinen seiner Kollegen mitgebracht hatte, nahm ich als gutes Zeichen. Er lächelte, drückte mir die Flasche in die Hand und sagte: »Warum hast du mich gesucht?«

»Der *Freund* der Chefin.«

»Was ist mit Freund?«

»Er ist tot.«

Karel versuchte, meinem Blick standzuhalten, vermochte es aber nicht. Er sah zu Boden. »Scheiße«, murmelte er.

»Wie geht's deinem Kollegen mit dem gebrochenen Arm?«, fragte ich.

Karel hob den Kopf. »Ist zu Hause. Geht ihm gut.«

»Wie lange arbeitest du schon für Hana Stein-Kralova?«

»Lange. Drei Jahre.«

Ich nahm einen Schluck Bier und zündete mir eine Zigarette an. »Erzähl mir von dem Zwischenfall, sagte ich.

»Was für Zwischenfall?« Er setzte sich auf seine Matratze und versuchte, erstaunt zu wirken.

»Bei dem der Dachstuhl zusammengekracht ist. Draußen in der Wohnresidenz. Was ist damals passiert?«

Er schlug die Hände vors Gesicht. »Warum fragst du, wenn du schon weißt?«

»Ich *weiß* nicht«, sagte ich eindringlich. »Aber ich würde gern wissen, was damals passiert ist. Bitte.«

Plötzlich stand er auf und lief aus dem Zimmer, die Tür ließ er offen und ich hörte, wie eine andere Türklinke betätigt wurde. Ein paar Worte wurden gewechselt und ich wollte mich gerade darauf einstellen, einer Horde angetrunkener Bauarbeiter gegenüberzutreten, als Karel schon wieder hereinschlüpfte und sich auf seine Matratze setzte. Er hatte eine Flasche Becherovka und zwei Gläser mitgebracht.

»Ich brauche Schnaps jetzt«, sagte er. Er trug ein weißes feingeripptes Unterhemd, das seine schmalen, käsigen Schultern betonte, eine graue Arbeitshose mit breiten Hosenträgern und Badelatschen aus blauem Kunststoff. Seine dunklen Locken glänzten frisch gewaschen. Er schenkte die Gläser randvoll und reichte mir eins. Der Geruch von frischer Seife und noch frischerem Angstschweiß streifte mich, während er sich zu mir herüberbeugte. Er stieß mit seinem Glas gegen meins und kippte sich die ganze Ladung in den Rachen. Ich schnupperte nur an meiner Portion, fühlte mich in meiner Aversion gegen Aquavite und Liköre bestätigt und stellte das Glas auf dem Tisch ab.

»Der Dachstuhl«, erinnerte ich ihn.

»Der Dachstuhl«, wiederholte er. Ich hatte den Eindruck, dass sein Akzent heute stärker war als bei unserem letzten Gespräch. Er füllte erneut sein Glas, wartete aber mit dem Trinken. »Hat Kollege schwer verletzt.«

»Was ist passiert?«

»Beton war noch nicht hart und ist gebrochen auf einer Seite. Halber Dachstuhl fast ist zusammengestürzt, ein Balken hat Kollege getroffen ...« Karel sah mich mit düsterem Ausdruck an und fasste mit der freien Hand an seine rechte Schulter. »Hier.«

»Auf die Schulter«, sagte ich, und allein bei dem Gedanken daran wurde ich auf meinem Stuhl ein paar Zentimeter kleiner. »Aus welcher Höhe?«

»Drei oder vier Meter.«

»Und sonst ist niemandem was passiert?«

»Er war der Letzte oben, wir hatten Schluss gemacht eine Minute zuvor. Er musste noch aufräumen.«

Aha, dachte ich, der Lehrling. Oder einfach der Unterste in der Hierarchiekette, korrigierte ich mich, denn heutzutage dürfte kaum die Hälfte aller Bauarbeiter legal ausgebildet sein. »Wie alt ist der Mann?«

»Neunzehn.«

»Und wie ging es weiter? Wer hat den Unfall entdeckt und einen Krankenwagen gerufen?«

Karel sah mich an, kippte den Schnaps und sagte: »Kein Krankenwagen.«

»Kein Krankenwagen?« Ich konnte nicht glauben, dass der junge Kollege schadlos davongekommen war. »War der Junge nicht verletzt?«

»Doch«, Karel nickte als würde sein Kopf zentnerschwer auf ihm lasten. »Aber kein Krankenwagen. Chefin war zusammen mit einem

Mann auf Baustelle. Sie hat schwarze Truppe gerufen, sollen ihn zum Arzt schaffen.«

»Schwarze Truppe?«

»Männer mit Sonnenbrille auch bei Nebel.« Eine nahezu indianische Beschreibung für Arschlöcher.

»Die Typen mit dem BMW?«

Er nickte und ich fragte mich, ob die Polizei endlich bei den Typen vorgesprochen hatte. Und ob sie noch frei herumliefen.

»Deine Chefin war in der Nähe, als der Unfall passierte?«, fragte ich nach.

»Ja.«

»Zusammen mit einem Mann, sagtest du. Ein Freund von ihr?«

»Kann sein, die Chefin hat viele Freunde.« Karel verzog angewidert den Mund. »Aber ich weiß nicht, wer es war, habe ihn nie vorher gesehen.«

»Und was hat der Mann gemacht?«

»Hat nur dagestanden und geschaut.«

»Wie alt war er, wie sah er aus?«

Er überlegte angestrengt, trank einen Schluck Bier. »Ich weiß nicht, er war weit weg und ich habe kaum geachtet auf ihn. War ungefähr so alt wie Chefin, bisschen älter vielleicht, und hatte so einen langen Mantel aus leichtem Stoff. Blau, glaube ich. Und einen blauen Hut.«

Ich ließ ihm Zeit, aber mehr kam nicht. »War er Deutscher?«, versuchte ich es.

Karel breitete bedauernd die Hände aus. »Hab nicht gehört, was er geredet hat.«

»Eher ein Typ vom Bau oder einer, der sich die Hände nicht gern schmutzig macht?«

Karel nickte. »Keine schmutzigen Hände, glaube ich.«

»Würdest du ihn wenigstens erkennen, wenn er dir auf der Straße begegnet?«

Er nickte nochmal, aber zögernd. »Vielleicht«, sagte er.

Ich hakte das ab und kam noch einmal auf die Arschlöcher zurück. »Hast du die schwarze Truppe in letzter Zeit mal gesehen?«

»Es sind andere Männer jetzt als damals. Aber sehen genauso aus.«

Ich dachte an neulich Abend, als sie neben mir gehalten hatten. Jeder, der einigermaßen männlich war, könnte sich so kleiden, dass er ihnen zum Verwechseln ähnlich sah. Mir fiel ein, was der Makler zum Thema Kralova gesagt hatte.

»Ich habe schon üble Geschichten von denen gehört. Sind das Deutsche?«

»Ja. Aber die anderen damals, waren aus Holland, glaube ich.«

Er starrte auf sein leeres Glas, warf es dann achtlos auf die Matratze und schraubte die Flasche zu. Er wusste, dass ich ihm die Frage nach dem Gesundheitszustand des Jungen nicht ersparen würde. Und es war mir genauso unangenehm wie ihm.

»Wie geht es dem Jungen?«

»Nicht so gut. Ist geschädigt – sagt man so?«

»Behindert? Meinst du das?«

Karel schwitzte, als hätte er eben noch kubikmeterweise Erde geschaufelt. Er hob die schmächtigen Schultern und breitete die Hände aus. »Chefin sagt, sie haben ihm Geld gegeben. Viel Geld, für Behandlung und so.«

»Glaubst du das wirklich?«

Er lächelte traurig. Er wollte es so gern glauben, aber er tat es nicht. Er hatte es nie geglaubt.

»Vielleicht hat sie ja tatsächlich ein paar Euro verteilt«, sagte ich. »Aber vor allem hat sie klarstellen lassen, dass niemand den Mund aufmacht. Und jemand wie deine Chefin macht so was nicht mit Geld, selbst wenn sie wollte, könnte sie sich's gar nicht leisten. Da werden eben ein paar Drohungen ausgesprochen.«

Er atmete einmal tief ein und wieder aus, sagte aber nichts.

»Das wird dich sicher deinen Job kosten, dass du mir das jetzt erzählt hast.«

»Ich weiß.«

»Irgendwann muss das die Polizei erfahren.«

Er nickte.

»Wer weiß noch, dass es damals einen Verletzten gegeben hat? Ich meine, außer deiner Chefin, ihrem Begleiter und den BMW-Stinkern?«

»Bauleiter«, sagte er.

»Frank Kühn?«

»Kühn, ja.« Er schraubte die Flasche wieder auf.

»Hat er nichts unternommen?«

»Chefin ist mit ihm weggegangen und kam zurück ohne ihn.«

Kühn hatte unter Zeitdruck gestanden und so musste es für die Kralova leicht gewesen sein, ihn zu überzeugen, ihr die Angelegenheit zu überlassen. Der Anfang vom Ende.

»Und die anderen Kollegen? Die müssen doch auch was mitgekriegt haben?«

»Niemand hat was gesehen«, sagte er und warf mir einen vielsagenden Blick zu.

»Ist klar«, brummte ich und deutete auf die Flasche. »Es bringt keinem was, wenn du dich jetzt vollaufen lässt.«

Er schraubte die Flasche wieder zu, stellte sie auf den Fußboden und wischte sich mit dem Handrücken über die Stirn.

»Ist hier im Haus noch ein Kollege, der damals dabei war?«

»Nein. Alles andere Leute.«

»Aber du weißt, wer damals dabei war?«

»Ich habe eine Buchführung«, er zeigte auf seinen Spind, »wenn du willst, ich kann dir Liste machen.«

Das war keine schlechte Idee. Sicher würde man Zeugen benötigen. »Hast du meine Visitenkarte noch?«

»Ja.«

»Dann ruf mich an, wenn du die Liste fertig hast.«

»Was wirst du tun jetzt?«, fragte er besorgt.

»Keine Ahnung«, gab ich zu. »Ich sollte wohl mal mit deiner Chefin sprechen. Aber ich möchte nicht, dass du Schwierigkeiten kriegst.«

»Ich rufe sie an«, sagte er bissig.

»Was?« Ich vermutete, dass seine Mischung aus Blut und Alkohol aus dem Gleichgewicht geraten war.

»Ich rufe sie an, wenn du weg bist. Ich sage ihr, dass du alles über Unfall weißt, woher du es weißt, hast du nicht gesagt. Ich gebe ihr deine Telefonnummer.«

Ich sah ihm in die Augen. Keine Spur mehr von Angst oder Zweifel. Außerdem wirkte er nüchtern. Je länger ich darüber nachdachte, umso besser gefiel mir sein Vorschlag. »Seid ihr Tschechen eigentlich alle so pfiffig wie eure Schriftsteller?«, fragte ich.

»Nicht alle«, antwortete er. Sein Schnauzbart verzog sich über einem leisen Lächeln, nur sein Blick blieb traurig. »Aber die meisten«, fügte er hinzu.

»Gut«, sagte ich, »gib mir fünf Minuten Vorsprung, bevor du anrufst. Nur für den Fall, dass sie sich umgehend bei mir meldet.«

»Sie wird das tun«, sagte er. »Sie ist sehr ... wie sagt man? Enthusiastisch?«

»Impulsiv?«, schlug ich vor.

Er dachte einen Moment darüber nach. »Impulsiv, genau.«

Nichts anderes hatte ich von der Dame erwartet. Dazu noch kühle Berechnung bei der Ausnutzung ihrer Mitmenschen. Wie Karel an sie geraten war, würde ich ihn ein anderes Mal fragen, jetzt wollte ich nach Hause. »Ich brauche noch den Namen und die Adresse des verletzten Jungen.«

Er kramte einen alten Kassenbon aus seiner Hosentasche und ich gab ihm meinen Stift.

»Wo ist der Junge?«, fragte ich, während er schrieb. »In Tschechien?«

»Ja, in der Nähe von Prag.«

»Du hast seine Adresse im Kopf?«

»Noch alles habe ich im Kopf. Ich werde es nie können vergessen.« Er reichte mir den Zettel. »Du musst jetzt gehen, morgen ich stehe früh auf.«

Wir reichten uns die Hände. »Wir sehn uns noch«, sagte ich.

»Bestimmt. Warte ...« Er öffnete die Zimmertür und horchte in den Flur hinaus. Dann gab er mir einen Wink und ich folgte ihm bis in den dunklen Hausflur.

»Fünf Minuten«, flüsterte er und gab mir einen Klaps auf den Rücken. Ich hörte die Tür leise zuklappen, während ich am Treppengeländer Halt suchte und mich vorsichtig nach unten tastete.

Als ich den Audi zwei Minuten später vor meiner Haustür abschloss, begegnete mir Carmen, die Musikstudentin aus der oberen Etage. Sie hüpfte die Vortreppe hinunter und brachte es fertig, gleichzeitig zu lächeln und eine Arie zu singen.

»'n Abend, Carmen«, sagte ich.

Sie unterbrach die Arie. »Hi, Hans.« Sie blieb stehen. Ihr Körper war schlank und muskulös wie bei einer Mehrkämpferin, allerdings maß sie höchstens einssechzig. Ihre langen lockigen Haare glänzten pechschwarz und mit ihrem olivfarbenen Teint hätte man sie für eine Südländerin halten können. Sie trug ein rotes, knielanges Sommerkleid, ein beiges Strickjäckchen darüber und weiße Sandalen. Im Licht der Straßenlaterne wirkte sie wie eine Fee, die abends loszieht, um gute Taten zu vollbringen. Sie schob mit dem Zeigefinger ihre randlose Brille zurecht und fokussierte den Blick ihrer braunen Augen auf mein Gesicht.

»Gut siehst du aus«, sagte ich.

»Danke, gleichfalls.« Sie lächelte dieses Teenagerlächeln, das ich schon öfter bei ihr gesehen hatte.

»Wo soll's denn hingehen?« Ich deutete auf ihre Sandalen. »Bestimmt nicht wieder zum Wandern?«

»*Klettern*«, verbesserte sie mich. Als ich sie das letzte Mal getroffen hatte, war sie unterwegs in die Sächsische Schweiz gewesen, sie gehörte einer der vielen Gruppen von Kletterern an, deren Mitglieder man an einem sonnigen Tag zwischen den Sandsteinfelsen der Bastei hängen sehen konnte.

»Okay, klettern«, lenkte ich ein.

»Ich gehe zu einer Schubert-Nacht in die Musikschule«, sagte sie und eine ernsthafte Falte erschien zwischen ihren Brauen.

»Hast du einen Auftritt?«

»Nein, heute darf ich ganz entspannt zuschauen, was die anderen machen.«

»Na dann wünsche ich viel Spaß.«

»Danke.«

Sie winkte mir zu, drehte sich um und ging in Richtung Straßenbahnhaltestelle. Ich sah ihr noch eine Weile nach, bis das Rot ihres Kleides von der nächsten intakten Laterne zum Leuchten gebracht wurde, hörte, wie sie wieder zu singen begann, und rief mir ins Bewusstsein, dass ich eventuell einen Anruf entgegenzunehmen hatte.

Das Telefon klingelte, noch während ich die Wohnungstür öffnete. Ich wartete bis der Anrufbeantworter ansprang und meinen kurzen Spruch wiedergegeben hatte, dann hörte ich ein unverkennbar akzentuiertes, langgezogenes »Äääh«, woraufhin ich den Hörer abnahm und mich meldete.

»Staiger.«

»Aah, Staigäähr, ääh ...«

Ich wurde wütend. »He, Kralova«, sagte ich, »sparen Sie sich das Gestammel, ich weiß, dass sie ganz passabel deutsch sprechen.«

Einen Moment Schweigen, dann ein Räuspern. Dann: »Wieso belästigen Sie meine Leute?« Völlig Akzentfrei.

»Das sollten Sie doch am besten wissen.«

»Ich möchte mit Ihnen sprechen.« Ihre Stimme war plötzlich weich und zart wie das Papier, in das ein Konditor seine selbst kreierten Pralinen bettet.

»Sie sprechen gerade mit mir«, erinnerte ich sie.

»Nicht am Telefon. Lieber in einem ruhigen Etablissement, von Frau zu Mann.«

»Ganz nach meinem Geschmack. Machen Sie mal einen Vorschlag.«

»Sie kennen das Stenz?«

»Kenn ich.«

»Vielleicht in einer halben Stunde?«

»In einer halben Stunde im Stenz«, bestätigte ich und legte auf. Ich sah zur Uhr. Halb elf. Allein wollte ich nicht in Kralovas Nähe auftauchen, ich wollte eine Absicherung. Ich machte einen Anruf.

»Ja?«, meldete sich mein Freund Hubert, der Schlosser.

»Schön, dass du noch wach bist.«

»Hans, du bist das. Gibt's was zu tun?«

»Ja. Allerdings musst du dich gleich auf die Socken machen.«

»Kein Problem. Das klingt aber nicht nach einem normalen Job. Was isses denn?«

»Ich treffe mich in einer halben Stunde im Stenz mit einer Frau ...«

»Oha.«

»... die es faustdick, na du weißt schon. Womöglich hat sie ein paar Schatten bei sich, die mich in die Mangel nehmen sollen.«

»Okay. Ich werde da sein.«

»Das hatte ich gehofft.«

»Bis dann.«

»Bis dann.«

×××

Für die etwa sechs Kilometer ans andere Ufer nach Striesen benötigt man tagsüber mindestens eine halbe Stunde, aber um diese Zeit waren die Straßen relativ frei und ich schaffte es in zwölf Minuten bis zum Stenz und kurvte noch weitere drei Minuten durch die Gegend, um einen Parkplatz in Sichtweite zu finden. Es herrschte viel Betrieb an den vor der Kneipe aufgestellten Tischen und Stühlen. Und es gab viel Licht, das viel Make-up, viel gebräunte Haut und viel Haargel beleuchtete. Insgesamt zu viel für die eher schummrige Gegend. Das Gemisch aus sich gegenseitig übertönenden Stimmen und spitzen Lachsalven unterlegt mit gedämpfter Musik schwappte zu mir herüber und ich war mir sicher, dass es schon Beschwerden von Anwohnern gegeben hatte. Wie hatte die Kralova vorhin am Telefon gesagt? Ruhiges Etablissement?

Ich zündete mir eine Zigarette an und betrachtete die parkenden Autos. Es war zu dunkel, um einzelne Wagentypen auseinanderzuhalten, geschweige denn zu erkennen, ob jemand darin saß. Ich stieg aus. Ein weißer Pick-up rollte im Leerlauf vorbei – Hubert war eingetroffen. Beruhigend. Ich überquerte die Straße, zwängte mich zwischen den Tischen hindurch und betrat das Innere der Kneipe durch einen der vielen geöffneten bodenlangen Glasflügel an der Frontseite. Es war erstaunlich ruhig und längst nicht so voll wie es von draußen den Anschein gehabt hatte. Die Einrichtung bestand aus schlichten Holzmöbeln und obwohl alle Tische mit keinesfalls schweigenden Gästen besetzt waren und auch um den langen, über Eck angeordneten Tresen einige Leute herumstanden, konnte man die Musik deutlich hören. Derjenige, der die Beschallung organisiert hatte, war ein Meister darin gewesen. Gerade spielten sie ein Stück von den Stones. »Time Is On My Side« – was ich sehr hoffte.

Hana Stein-Kralova konnte ich nirgends entdecken und so suchte ich mir eine größere Lücke am Tresen, von denen es einige gab. Keine halbe Minute später stand ein Barmann vor mir.

»Was darf's sein?«, sagte er. Er trug ein weißes T-Shirt, weiße Schürze und machte einen flinken Eindruck. Sein Blick ruhte auf mir, schien aber jederzeit bereit, in eine andere Richtung zu wechseln, falls von dort eine konkrete Bestellung kommen sollte.

»Eine Cola«, sagte ich und er wandte sich abrupt ab.

Noch bevor ich sie sehen konnte, roch ich sie. Eben hatte ich meine Hand ausgestreckt, um nach dem herumliegenden Blatt einer Tageszeitung zu greifen, als mich ein schwerer süßer Duft erreichte, den ich weder örtlich noch geschmacklich zuordnen konnte. Ich hob den Kopf, um mich umzusehen, da spürte ich, wie sie sich neben mich schob, meinen Arm streifte, ihr Gesicht langsam und so dicht an meinem vorbeiführte, dass kaum noch Platz für ein bisschen Atemluft dazwischen blieb, sich auf einem Barhocker platzierte und sagte: »Ah, ich erkenne Sie wieder.«

Die Frisur war neu und sie war für ihre Verhältnisse so dezent geschminkt, dass ich sie kaum erkannte. Klar hatte sie ordentlich aufgetragen, aber farblich perfekt. Ihr in blassem Rosarot geschminkter Mund lächelte mich rendezvousfreudig an. Süße Fältchen in den Winkeln. Die mit einem Hauch von Rouge versehenen Wangen glänzten matt und die Umrisse ihrer graugrünen Augen waren mit feinen mittelbraunen Strichen nachgezeichnet und wurden von einer Spur ebenfalls graugrünem Lidschatten betont.

»Ich wusste gar nicht, dass Sie auch leise sprechen können«, sagte ich, benebelt von ihrem Duft – ich war mir ziemlich sicher, dass es Aprikose war – und vermutlich auch von ihrer Erscheinung.

»Sie wissen nicht viel von mir«, raunte sie vertraulich.

Rotblondes Haar – knapp schulterlang geschnitten und zur Seite gescheitelt, wobei ihr wie zufällig ein paar spitze Strähnen gegen Stirn und Wange stupsten – umrahmte das perfekt inszenierte Gesicht einer geheimnisvollen Frau. Mein Verstand sagte mir, ich sollte ihr eine runterhauen. Stattdessen lächelte ich zurück, allerdings wie ein gemeiner, unsensibler Mann. »Aber vielleicht weiß ich *genug*?«

Meine Cola kam. Und ein Piccolo für sie. Der Barmann musterte mich kurz und hart, fragte dann: »Alles klar, Hana?«

»Aber ja, Darling.« Sie tätschelte seine Hand, die er mit einem zerknüllten Geschirrtuch darin auf dem Tresen liegen hatte. »Ein guter Freund zu Besuch«, fügte sie hinzu und schenkte ihm einen Blick, den er ihr getrost von der Rechnung abziehen konnte. Nach einem kaum merklichen Nicken trollte er sich.

»Warum sind Sie nicht Schauspielerin geworden?«, fragte ich.

Sie missverstand mich. »Eine schöne Frau kann mehr erreichen, als nur für ihre Schönheit bewundert zu werden.«

»Ich meinte eigentlich mehr Ihr Talent.«

Sie verengte die Augen um eine Spur, ohne dabei ihre insgesamt verführerische Ausstrahlung aufzugeben, nippte an ihrem Sekt und sagte: »Misstraust du mir?«

Ich fixierte ihr rechtes Auge und zählte die Krähenfüßchen. Ich gebe zu, ich finde Krähenfüßchen ausgesprochen attraktiv. Bei sechs wackelte sie und ich hätte neu anfangen müssen. Sie rückte ein wenig von mir ab – dachte ich zunächst – sie schob ihr Gesäß zurück, schlug die Beine übereinander und ich sah mich plötzlich mit einem nackten Knie konfrontiert, kaum eine Handbreit unter meinem Solarplexus. Instinktiv richtete ich mich auf und trank einen Schluck Cola.

»Du tust mir weh, wenn du nicht antwortest«, sagte sie und tauschte das Lächeln gegen ein theatralisches Schmollen ein. Sie warf den Kopf zurück, fuhr sich durchs Haar und reckte ihre Brüste, so dass mein Kinn fast in ihrem Dekolleté versank. »Findest du nicht, ich bin schöne Frau?«

»Da ist er ja wieder, der Akzent«, sagte ich.

»Okay.« Sie lächelte katzenhaft, so als hätte ich sie beim Naschen erwischt. »Findest du nicht, dass ich eine schöne Frau bin?«, verbesserte sie sich.

Ihr Gesicht war weder von Tragik noch vom Glück gezeichnet – sie war hübsch zurechtgemacht, anziehend, erotisch, aber nicht schön. Ihr beiges, zweiteiliges Kostüm bestand aus nicht ganz knielangem Rock und offener Jacke, darunter trug sie ein enges, schwarzes, die Brust hebendes Oberteil, das ich einen Moment lang anstarrte. Sie sah blendend aus und sie wusste das, und wenn sie nicht ignorant war, wusste sie auch, dass dieses Kapital irgendwann verfallen würde wie ein Reichsgroschen. Trotzdem – sie war gegenwärtig und attraktiv, und sie war begehrenswert. Sie entsprach genau dem Traum, für den mancher Familienvater Kopf und Kragen riskiert hätte. Ich dachte an Kühn – er hatte auch Kopf und Kragen riskiert, ohne Familienvater zu sein. Aber wofür?

Kralovas Blick klebte an meinen Lippen. Nein, sie war nicht schön. Sie strahlte Sex aus. Puren Sex.

»Du siehst verdammt sexy aus«, sagte ich und ließ mich damit auf das Du ein.

Geschmeidig schlug sie die Beine andersherum übereinander, leerte mit einer graziösen Bewegung das Sektglas und leckte sich die feuchten Lippen. Kein Zweifel – für ihr Verständnis hatte ich ihre Frage mit Ja beantwortet. Sie erhaschte einen Blick auf den Barmann und winkte ihm mit dem leeren Glas zu.

»Sei vorsichtig, wenn du heute noch Auto fahren willst«, sagte ich, »sind zur Zeit jede Menge Bullen unterwegs.«

»Ich muss nicht fahren«, antwortete sie. »Ich hoffe, du bist ein Kavalier und bringst mich nach Hause.«

Das wurde ja immer schöner. Sie hatte mich augenscheinlich in ihr Nachtleben eingeplant und sie schien überhaupt kein Interesse daran zu haben, über die Dinge zu reden, die uns zusammengeführt hatten.

»Du wolltest dich mit mir treffen«, erinnerte ich sie, auch wenn das nur die halbe Wahrheit war. »Warum?«

»Zuerst wollte ich wissen, wer dieser Hans Staiger ist. Dann, als ich dich gesehen hatte, wollte ich nur noch eins …«

Sie beugte sich nach vorn und ihre Haare schienen an meinen Wangen kleben zu bleiben. Dann spürte ich ihre Hand zwischen meinen Beinen. »Ich hoffe, du weißt, was ich meine.«

Mein Schwanz begann sich zu versteifen, ohne dass ich etwas dagegen tun wollte. »Na?«, flüsterte sie. »Spürst du das?«

Bevor ich etwas antworten konnte, drückte sie ihren Mund auf meinen und ich erwiderte den Kuss leidenschaftlicher, als ich mir hinterher eingestand. Während mein Schwanz unter ihrer Berührung wuchs, hauchte sie mir ins Ohr, dass wir Dinge machen würden, von denen ich nicht zu träumen gewagt hätte.

Sie trug dick auf und das brachte mich zur Besinnung. Schließlich war ich nicht mehr zwanzig. Ich versuchte es mit Ironie. »Du meinst, ich darf dich fesseln?«, flüsterte ich zurück.

»Aber ja«, stöhnte sie in einem heißen Atemzug in mein Ohr.

»Und dich so richtig hart rannehmen?«

»Sicher.«

Sie war völlig resistent. Wahrscheinlich bemerkte sie nichts, weil sie sich so subtil an mich herantastete. Mein zweifelnder Blick ließ sie jedenfalls nicht von ihrer Linie abkommen, sie packte mich mit der freien Hand am Hemdkragen und unsere Nasenspitzen berührten sich, als sie sagte: »Du wirst nie wieder eine andere Frau anfassen wollen«, dann presste sie ihre nassen Lippen auf mich und schob ihre Zunge hinterher. Sie küsste gut und als Teenie hätte mich das schwer beeindruckt. Ich hatte einen Ständer, und es hat sich wohl auch schon herumgesprochen, dass einem das Denken dann zumindest schwerer fällt. Aber der winzige Teil meines Hirns, der noch unabhängig funktionierte, musste nicht allzu viel tun: Sie wollte nach ihrem Bekunden mit mir von hier verschwinden und das war ganz in meinem Sinne.

»Lass uns hier abhauen«, sagte ich, nachdem sie ein wenig lockergelassen hatte. Aus dem Augenwinkel sah ich, wie der Barmann zu uns herüberstarrte. Ich hob eine Hand. »Zahlen«, rief ich.

Mit versteinertem Blick präsentierte er die Rechnung und beobachtete, wie ich mühsam mein Geld aus der Hosentasche fischte, während mir die Kralova träumerisch lächelnd am Arm hing. Ich bezahlte ihre zwei lächerlich teuren Piccolos mit und der Barmann strich die Scheine und Münzen betont langsam vom Tresen. »Keine Angst, Darling«, sagte ich zu ihm, »ich komm nicht wieder.«

»Klar«, sagte er, ohne sich aus der Ruhe bringen zu lassen. Er nickte ihr zu und verschwand.

»Was hat er gegen mich?«, fragte ich.

Sie strahlte mich an. »Er ist ein harter Mann, genau wie du.« Ihre Lippen verzogen sich zu einem anzüglichen Grinsen und die Hand, die immer noch zwischen meinen Beinen steckte, machte dazu passende Bewegungen.

Ich deutete auf ihren Sekt. Sie trank ihn aus. Sie leckte sich die Lippen, stellte das Glas ab, zog ihre Hand ganz langsam zwischen meinen Beinen hervor und griff nach meinem Handgelenk. Sie schob meine Hand unter ihren Rock und ihre Augen funkelten dabei. »Spürst du das?«

Ich spürte, dass sie irgendwas spüren musste. Ich nickte, ohne weiter darüber nachzudenken. Sie holte meine Hand hoch, drückte einen spitzen Kuss auf meine Fingerspitzen und gab sie schließlich frei. Sie hatte mich längst, aber sie ließ nicht locker. Sie schien tatsächlich zum Äußersten gehen zu wollen. So hatte sie Kühn erwischt und vermutlich auch diesen Ortsamtsleiter und sicher noch einige andere. Und nun erwog ich allen Ernstes die Möglichkeit, mich von ihr verführen zu lassen. Was konnte mir schon passieren? Ich hatte ihre Schläger erwartet – die schwarze Truppe, wie Karel sie nannte –, aber hätte sie sich dann so ins Zeug gelegt? Bestimmt hatte es Kühn bereut, sich mit ihr eingelassen zu haben. Irgendwann, als es vielleicht zu spät gewesen war. Aber weshalb sollte ich es bereuen?

Sie unterbrach die kurze Anwesenheit ernsthafter Gedanken. »Wenn wir nicht sofort gehen, zerfließe ich vor Verlangen«, sagte sie. Sie holte ein Päckchen Zigaretten aus ihrer Jackentasche. Lächelnd spendierte sie mir eine und gab mir Feuer. »Vorsicht, heiß«, flüsterte sie dabei.

Nach den ersten Rauchwolken erhoben wir uns. Ich ließ ihr den Vortritt. Elegant schritt sie voran und elegant schlängelte sie sich draußen zwischen den Tischen hindurch. Ich ließ mich ein wenig zurückfallen und beobachtete ihre Wirkung auf die dort sitzenden, ausnahmslos jungen Männer – es gab keinen, der nicht seinen Blicken gefolgt wäre, hätte sie ihm ein entsprechendes Zeichen gegeben. Ihr Gang erinnerte überhaupt nicht an das affektierte Getue, dass ich bei den bisherigen Gelegenheiten bei ihr beobachtet hatte. Nicht, dass sie etwa züchtig gewirkt hätte, aber ihr Hüftschwung war dezent und das Klappern ihrer kaum zehn Zentimeter hohen Absätze war nicht übertrieben laut. Mitten auf der Straße blieb sie stehen.

»Wo steht dein Wagen?«, sagte sie. Sie schlang einen Arm um meine Hüfte und lehnte ihren Kopf an meine Seite.

»Wir werden ihn schon finden.« Ich umfasste ihre Schulter und wir schlenderten wie ein Liebespaar auf meinen Audi zu. Wir bogen um die Ecke und auf der anderen Straßenseite sah ich Huberts Pick-up stehen, konnte aber niemanden darin erkennen. Ein paar Schritte weiter hatten wir es geschafft.

»Wir sind da«, sagte ich. Wir standen vor der düster glänzenden Motorhaube. Meine Hose saß wieder lockerer um die Hüften. Ich war ganz ruhig und in Vollbesitz meiner geistigen Kräfte.

Die Kralova ließ von mir ab und bewegte sich auf die Beifahrertür zu. Ich ging zur Fahrerseite und entriegelte die Tür mit dem Schlüssel, nicht mit dem Sender – so verhinderte ich, dass die Zentralverriegelung alle Türen öffnete. Dann legte ich die Unterarme aufs Wagendach, paffte ein Rauchwölkchen in den Nachthimmel und sah sie an.

Sie lächelte, warf ihre Zigarette weg und wollte gerade etwas sagen, als sie meinen finsteren Gesichtsausdruck bemerkte. Sie hob besorgt die Augenbrauen. »Was ist?«, fragte sie. »Machst du mir die Tür auf?«

»Ich hab's mir anders überlegt«, sagte ich. »Du kommst nicht mit.«

Sie wurde unruhig, versuchte aber, sich nichts anmerken zu lassen. Sie brachte ihr Gesicht dem meinen so nahe, wie es das Wagendach zuließ. »Aber warum nicht?«

»Vielleicht würde es mir ja gefallen? So wie Kühn und all den anderen?«

»Du bist eifersüchtig!« Sie versuchte gar nicht erst, den triumphierenden Zug um ihren Mund zu verbergen.

Ich lachte matt. »Nein. Aber ich hätte Skrupel gegenüber dem Jungen, den du in Tschechien verrotten lässt, du erinnerst dich an ihn? Ganz zu schweigen von den Leuten, die du aus ihren Wohnungen vertrieben hast, nachdem du die Häuser übernommen hattest.«

»Lächerlich!«, zischte sie. Sie wandte den Blick zur Seite und ich konnte hören, wie sie mit dem Fuß aufstampfte. Dann seufzte sie und machte einen letzten Versuch im Guten. »Lass uns einsteigen und ich erkläre dir alles.«

»Was gibt's da zu erklären?«, sagte ich und meine Lautstärke war nach wie vor der Tageszeit angepasst, aber mein Tonfall wurde schärfer. »Dass deine Arschlöcher Kühn besucht und ihn totgeschlagen haben? Wo sind sie übrigens? Hast du sie im Böhmerwald gebunkert?«

»Totgeschlagen haben sie ihn nicht!«, stieß sie hervor und schlug sich sofort selbst die Hand vor den Mund. Es bereitete ihr sichtlich Mühe, nicht zu schreien, und dass sie mit dem letzten Satz indirekt zugegeben hatte, dass sich ihre Schläger Kühn vorgeknöpft hatten, schien sie verschreckt zu haben. Anders konnte ich mir den folgenden Satz nicht erklären: »Er war eine goldene Kuh.«

»Du meinst *Kalb*, goldenes Kalb. Aber dein goldenes Kalb wollte aussteigen, sein Herz ausschütten, er wollte singen.«

Sie fluchte deftig, aber ich verstand kein Wort. Sie kam um den Wagen herumgelaufen, ihre Schuhe malträtierten den Asphalt und ich richtete mich neben meiner Wagentür in Erwartung eines tätlichen Angriffes auf. Aber sie blieb mit wutverzerrten Gesicht vor mir stehen, hielt mir einen Zeigefinger unter die Nase und sagte: »Merke es dir, verdammt, mit dem Mord habe ich nichts zu tun!«

»Gut, ich merk's mir«, sagte ich. Ich stieg in den Wagen, wobei sie vor der sich öffnenden Tür zurückweichen musste, mich dabei verdutzt ansah und leicht ins Stolpern geriet. Als ich die Tür zuzog, knallte ihre Faust auf das Wagendach. Ich kurbelte die Scheibe herunter. »Geh nach Hause, Kralova«, sagte ich. »Deine Zeit ist abgelaufen, dein Stil ist aus der Mode. Ich weiß nicht, wie viele zwielichtige Gestalten du deine Freunde nennst, aber sie werden entweder

der Reihe nach auffliegen oder sie lassen dich fallen und streichen dich aus ihrem Bekanntenkreis.«

Hätte sie etwas in der Hand gehabt, sie hätte es mir ins Gesicht geschleudert. Sie krallte sich an der offenen Scheibe fest und streckte mir ihre Visage entgegen. »Und was willst du jetzt tun?« Sie war längst nicht mehr so süß wie noch vor zehn Minuten. Keine Spur mehr von intimer Nähe, nur der Aprikosenduft erinnerte noch an die geplante Verführung.

Ich zuckte die Schultern. »Heimfahren«, sagte ich, steckte den Zündschlüssel ein und ließ den Motor an.

»Ach, fick dich doch selbst!« Hasserfüllt sprang sie zurück und knallte nochmal die Faust aufs Dach. Ich warf ihr die Kippe vor die Füße, legte den Gang ein und rollte los. Sie gab mir noch einen satten Fluch mit auf den Weg, der nach mehr als nur Hals und Beinbruch klang, während ich im Rückspiegel ihre Silhouette im Gegenlicht einer Laterne stehen sah – stocksteif und völlig unerotisch. Gut, Letzteres redete ich mir ein.

Die Heimfahrt verlief ruhig, ich kam auf den fast leeren Straßen zügig voran. Mutterseelenallein bog ich in meine kleine Straße ein, parkte, stieg aus und lehnte mich neben dem welkenden Fliederbusch an den Zaun. Es dauerte etwas mehr als eine Zigarettenlänge, bis der weiße Pick-up mit offenen Fenstern und röhrender Musik aus den Lautsprechern um die Ecke kam. Ich hörte ihn, bevor ich ihn sehen konnte: AC/DC, »If You Won't Blood« – der Mann war schließlich Schlosser.

Ich trat aus dem Schatten und der Wagen hielt neben mir. Hubert schaltete Motor und Radio ab und lehnte sich aus dem Fenster.

»Alles in Butter?«, sagte er und griente mich an. Er hatte einen relativ kleinen runden Kopf mit abstehenden Ohren, an dem sein strohiges blondes Haar klebte, als hätte ein Kind aus einem Ball, zwei Pappstückchen und einem Bund Hanf eine Puppe gebastelt. Das Grienen reichte nicht ganz von einem Ohr zum anderen.

»Ja, Mann. Was grinst du denn so?«

»Ich dachte schon, die Dame legt dich da drinnen übers Knie. Vor all den Leuten.«

»War es so offensichtlich?«

»Für mich schon.«

Ich nickte anerkennend, da ich ihn nicht bemerkt hatte, obwohl er etwa so unauffällig war wie eine Flasche Kakao im Milchregal.

»Hatten wir Beobachter?«

Er schüttelte den Kopf. »Nur Gaffer. Besonders der Typ hinter der Bar.«

»Warum besonders?«

»Er hatte von dem Zeitpunkt an einen Knoten im Gesicht, als ihr euch ... ähm ... nähergekommen seid.«

Ich winkte ab. »Und sonst niemand?«

»Nein.«

»Was hat sie gemacht, als ich weg war?«

»Sie hat versucht, die Straße zu zertreten, und als das nicht klappte, hat sie sich ans Handy gehängt – kurz danach kam ein Taxi. Ich bin ihr nachgefahren, sie ist in der Goethestraße 18 a ausgestiegen und im Haus verschwunden.«

»Ist ihre Firmenadresse. Dort wohnt sie wohl auch.«

»Ich hab noch eine Weile gewartet, als sich nichts tat, bin ich abgehauen.«

»Gut«, sagte ich. »Wahrscheinlich sind die Jungs, von denen ich dir erzählt habe, untergetaucht. Tut mir leid, dass ich dich umsonst bemüht habe.«

»Umsonst? Dafür war die Vorstellung ganz in Ordnung. Besonders die Küsse haben ziemlich echt gewirkt.« Er griente wieder. »Besonders bei dir«, fügte er hinzu.

»Was tut man nicht alles«, gab ich zurück und wechselte das Thema. »Ich schmeiß morgen Abend den Grill an. Das ist eine Einladung, falls du Zeit und Lust hast.«

»Oh, ich habe beides. Steffi fährt morgen Nachmittag mit den Kindern übers Wochenende zu ihren Eltern.«

»Ich fange so gegen sechs an.«

»Dann bis morgen.«

»Bis morgen. Und, danke.«

9

Am Freitagmorgen gegen 9 Uhr kochte ich mir einen Kaffee und setzte mich mit dem Telefonbuch auf den Knien in meinen Sessel. Nach dem zweiten Anruf wusste ich, dank der Skizze von Oskar Wild, in welchem Altenheim Kühns Mutter untergebracht war. Ich trank meinen Kaffee, spülte die Tasse aus, suchte aus meiner recht umfangreichen Kartensammlung eine Umgebungskarte von Dresden heraus und machte mich auf den Weg. Ich durchquerte die Neustadt, fuhr die Bautzener Straße stadtauswärts, passierte den Weißen Hirsch und hielt mich an der Endhaltestelle der Straßenbahn in Bühlau rechts in Richtung Schönefelder Hochland.

Felder, Wiesen, Baumgruppen und Ortschaften wechselten einander ab. Ich hielt an fast jedem Ortsausgang vor beschilderten Kreuzungen, um auf der Karte nachzuschauen. Letztendlich fuhr ich eine schmale, mit alten verknöcherten Apfelbäumen besäumte Landstraße entlang und landete in einer Siedlung aus ringförmig angeordneten Einfamilienhäusern, die aus den dreißiger Jahren stammen mochten. Die Grundstückseinfassungen bestanden aus Holzzäunen, die von dichten Hainbuchen- und Forsythienhecken durchwuchert waren, die Garageneinfahrten waren recht eng für Mittelklassewagen heutiger Ausmaße und die meisten Dächer und Fassaden mussten schleunigst überarbeitet werden. Irgendjemand wohnte bestimmt noch hier, aber unter der sengenden Sonne wirkte die Siedlung so verlassen wie in »Zwölf Uhr Mittags«, kurz nachdem Frank Miller, der Bandit, am Bahnhof angekommen war – nur der Bahnhof fehlte.

Das Heim war nicht zu übersehen. Ein ungefähr fünfzig Meter langer Zweigeschosser mit blütenweißer Rauputzfassade, neuen hellrot leuchtenden Betonziegeln auf dem flachen Satteldach und jeder Menge Fenster. Es sah aus wie ein saniertes Ferienheim des DDR-Gewerkschaftsbundes.

Ein mit Terrazzoplatten belegter Weg führte zu einem ebenerdigen, rollstuhlfahrergerechten Eingang, der aus einer breiten, sich automatisch öffnenden Tür mit eingelassenem Glasfenster bestand und durch eine gebogene Acrylglashaube vor Regen geschützt wurde. Als ich das Schild neben der Tür las, musste ich schmunzeln: Altenresidenz »Schöne Aussicht«. Ich sah mich nochmal in der Ortschaft um. Häuser, Zäune, Hecken, Obstbäume. Nichts Umwerfendes, keine kleine barocke Kapelle, nicht mal eine alte Eiche. Die »Schöne Aussicht« lauerte wohl auf der Rückseite.

Der Empfang war nicht besetzt. Es gab einen weißen Tresen mit zwei samtrot gepolsterten Drehstühlen, einer Telefonanlage, einem angeschalteten Computerbildschirm und allerlei kleineren Büroutensilien dahinter; es gab eine mit Zetteln gespickte Pinnwand, einen schmucklosen weißen dreieckigen Tisch, um den drei ebenfalls samtrot bezogene Stühle gruppiert waren, einen Ständer mit Illustrierten und einen Regenschirmbehälter. Der Fußboden bestand aus graumeliertem PVC, die Wände waren pastellbeige gestrichen und über dem Tresen hing eine Serie gerahmter Landschaftsaquarelle, die wahrscheinlich während der ersten Sitzungen eines Malkurses entstanden waren.

Ich suchte gerade nach einer Klingel, um mich bemerkbar zu machen, als sich eine Seitentür automatisch öffnete und eine gertenschlanke Frau auf leisen Turnschuhsohlen aus dem dahinterliegenden Gang geschwebt kam. Als sie mich sah, bremste sie leicht ab und hob ihre Mundwinkel zu einem professionellen Lächeln. Bis sie hinter dem Tresen angekommen war, hatte sie das Lächeln zu einem Strahlen aufpoliert. Sie duftete nach Sandelholz.

»Einen schönen guten Tag«, sagte sie mit einem beruhigenden Ton in der Stimme, um den zu hören man außerhalb der Geschäftszeiten sicher ein Rezept benötigte. Sie war etwa Anfang vierzig, trug einen weißen Schwesternkittel, der Ausdruck in ihrem hageren, aber durchaus hübschem Gesicht zeigte Verständnis für alle Lebenslagen. Ihr langes schwarzes Haar hatte sie hinten hochgesteckt.

»Hans Staiger«, sagte ich. »Ich besuche Frau Kühn, ich habe vorhin angerufen.«

»Frau Kühn von Nummer 103«, sagte sie, nickte und ließ den Blick auf der Schreibplatte hinter dem Tresen herumwandern, so als suche sie etwas. Cornelia Hartmann stand auf dem Schildchen, das über ihrer schmächtigen Brust angebracht war.

»Frau Kühn, sagten Sie?«

Ich sagte ja, das sagte ich.

»Gehen Sie dort entlang« – sie zeigte auf die Tür, durch die sie gekommen war – »und dann durch den Speisesaal nach hinten hinaus in den Park. Es ist jemand bei ihr.«

»Danke«, sagte ich und steuerte die Tür an. Bevor ich im Gang verschwand, drehte ich mich nach ihr um und erwischte sie dabei, wie sie meinen Hintern anstarrte. Flink wandte sie sich ab und beschäftigte sich wieder mit der Schreibtischplatte.

Im Gang schlug mir eine Geruchsmischung aus Blumenkohl und Kampfer entgegen. Es erinnerte mich an meine Schulzeit – damals roch es in der Nähe der Küche immer, egal was gerade auf dem Speiseplan stand, nach Graupensuppe und den öligen Spänen, mit denen das Parkett von Zeit zu Zeit gepflegt wurde.

Der Speisesaal war durch eine gläserne, kiefernholzgerahmte Front vom Gang getrennt. Ein paar Plakate und Zettel waren mit

Klebstreifen auf den Scheiben befestigt, darunter auch ein Speiseplan. Heute gab es Putenschnitzel mit Rotkraut und Salzkartoffeln oder Kartoffelpuffer mit Apfelmus. Keinen Blumenkohl, so kann man sich täuschen.

Ich trat hinaus in den Park. Auf dem sanft vom Gebäude abfallenden Hang gab es jede Menge gepflegten Rasen, angelegte Kieswege, die sich um mittelhohe Fichten und niedere, dichte Eibensträucher wanden. Hinter der Anlage, die nicht durch einen Zaun abgegrenzt war, erstreckte sich eine üppige Sommerwiese, aus der ein paar schiefe, lose miteinander verdrahtete Holzmasten herausragten, die noch aus der Pionierzeit der Telegraphie stammen mussten. In dreihundert Metern Entfernung stürzte ein Wald in die Tiefe und man konnte den Fluss zwar nicht sehen, doch die durch den Dunst leicht bläulich verfärbten Hügel der anderen Seite ließen erahnen, dass irgendwo dort unten die Elbe lag. Eine wahrhaft schöne Aussicht.

Ich schlenderte ein Stück über die Wege, landete an einem aus Natursteinen angelegten Rondell mit mannshohen Sträuchern darauf, umrundete es zu zwei Dritteln und traf auf Frau Kühn und einen Pfleger. Jedenfalls vermutete ich das, da sie weit und breit die einzigen Personen waren.

Die Frau saß in einem Rollstuhl und blickte ins Tal. Falls sie mich bemerkte, ließ sie es sich nicht anmerken. Der Pfleger, vielleicht Mitte zwanzig, schwarzes mittellanges Haar und mit Koteletten wie Elvis in seiner Spätphase, saß mit übereinandergeschlagenen Beinen auf einer Parkbank, rauchte eine Zigarette und sah mir neugierig entgegen.

»Frau Kühn?«, sagte ich. Laut genug, wie ich meinte. Sie reagierte nicht. Reglos lagen ihre Hände auf den Seitenlehnen. Ein leichtes Tuch bedeckte ihre Beine, auf dem Trittbrett des Rollstuhles lugten die Spitzen grauer Hausschuhe darunter hervor.

»Sie hört Sie im Moment nicht«, sagte der Pfleger.

»Im Moment?«

»Vorübergehende Abwesenheit.« Er zerdrückte seine Kippe auf dem Rand des Abfallbehälters neben der Bank. »Alzheimer.«

Frau Kühn war vielleicht fünfundsechzig. Sie wirkte weder vergreist noch dement. Eher versonnen. Ihr rundes Gesicht zeigte nicht übermäßig viele Falten, ihr Haar war hellbraun gelockt und schulterlang geschnitten. Ihr Mund wirkte freundlich entspannt und ihre Augen waren von derselben Farbe wie ihr Haar, der Blick schien irgendwo in die Ferne gerichtet.

»Es kann in fünf Minuten vorbei sein«, sagte der Pfleger. »Oder in fünf Tagen.«

»Was kann vorbei sein?« Es war mir unangenehm, über sie zu sprechen, als wäre sie nicht da. Auch wenn der Pfleger behauptete, sie sei abwesend.

»Na, es könnte sein«, sagte er und fing dabei an zu gestikulieren, »dass sie, sozusagen, aus ihrer Höhle herauskommt und Sie einfach fragt, was Sie hier wollen.«

»Fünf Tage«, sagte ich. »Oder fünf Minuten?«

Er zuckte die Schultern. »Oder was weiß ich wie lange? Der Doc sagt, er weiß es nicht, und wenn so einer das schon mal zugibt, dann weiß er's wirklich nicht.«

»Weiß sie«, ich sah zu ihr hin und senkte automatisch die Stimme, »was mit ihrem Sohn passiert ist?«

Der Pfleger nickte. »Als der Bulle hier war, hatte sie gerade 'ne helle Phase.«

Ich fragte mich, ob seine Schnoddrigkeit eine Reaktion auf die Tragödien war, die er in seinem Job mitbekam. Er wirkte durchaus nicht abgestumpft. Noch nicht.

»Vielleicht hätte man's ihr nicht sagen sollen. Bevor das mit ihrem Sohn passierte, war sie 'ne ganz lustige Frau. Jetzt ist sie nur noch traurig und spricht kaum ein Wort. Ich meine, wenn sie da ist.« Er zündete sich eine neue Zigarette an. »Wenn's das Wetter zulässt, fahr ich sie jeden Tag hier raus. Egal, wie sie drauf ist, ich weiß, dass sie das mag.«

»Hat sie Schmerzen?«, wollte ich wissen.

Er schüttelte den Kopf. »Nicht, wenn man aufpasst, dass sie keinen Mist baut. Sie könnte jetzt jederzeit aufstehen und gegen einen Baum rennen oder versuchen draufzuklettern.«

»Sie kann laufen?«, fragte ich einigermaßen überrascht.

»Sie kann alles. Aber wenn sie umnachtet ist und nicht so wie jetzt einfach nur dasitzt, dann macht sie manchmal Sachen, die Sie sich nicht mal vorstellen können.«

»Morgen wird ihr Sohn beerdigt«, sagte ich. »Wird sie kommen?«

Er sagte: »Ja, wird sie.«

»Mit Ihnen?«, fragte ich, obwohl ich mir die Antwort denken konnte.

Er nickte. Ich nickte auch.

»Dann bis morgen«, sagte ich.

Ich warf noch einen Blick auf die Frau, die sich nicht regen wollte, nickte dem Pfleger zu und wandte mich zum Haus. Während der Kies unter meinen Sohlen knirschelte, ging mir durch den Kopf, wie unbefriedigend mein Besuch bis jetzt verlaufen war.

Im Speiseraum saßen mittlerweile zehn, zwölf essende Rentner. Niemand nahm von mir Notiz, bis auf einen hageren Mann, den man im Rollstuhl an den Tisch geschoben hatte. Er blickte von seinem Teller auf und blinzelte mir freundlich zu. Ich lächelte zurück und verschwand im Gang. Kein Mensch zu sehen, keine entfernten Schritte, nur das leise Geklapper von Besteck und Keramik, das ich gerade hinter mir gelassen hatte. 103, das war die Zimmernummer, die die Dame vom Empfang vorhin erwähnt hatte. Ich zögerte nicht lange, fand die entsprechende Tür nach ein paar Sekunden und probierte, ob sie verschlossen war. Sie war es nicht, und nachdem ich mich vergewissert hatte, dass mir niemand zusah, schlüpfte ich hinein.

Zuerst fiel mir das Bett ins Auge – ein relativ hohes, weiß lackiertes Krankenbett mit verschiedenen Stellhebeln, Kurbeln und Gurten, weiß bespannter Matratze, weißer Decke und weißem Kissen. Es stand direkt unter dem Fenster, so dass man sich nur leicht aufrichten musste, um die weißen Gardinen zur Seite zu ziehen. Die Möbel – ein Nachtschränkchen, ein Bücherregal, ein Kleiderschrank, ein kleiner runder Tisch mit zwei Stühlen – waren ausnahmslos dunkelbraun. Auf dem PVC-Boden lag ein winziger Perser in verblassten Rottönen. Keine Bilder an den Wänden, nur ein Landschaftskalender mit dem Schriftzug einer Apotheke und eine alte, braun gebeizte Kastenuhr mit Glastürchen vor dem Zifferblatt. Auf dem Nachtschränkchen ein gerahmtes Foto von Frank Kühn, blond und kraftstrotzend vor irgendeiner Baustelle. Im Regal an die fünfzig Bücher, ein paar Alben und ein Stapel mit Illustrierten.

Ich überflog die Buchtitel und stellte fest, dass die alte Dame eine Vorliebe für Krimis und Liebesromane hatte. Ich fischte eines der Alben heraus, es enthielt Briefmarken. Ich stellte es zurück, ließ zwei Alben selber Machart außer Acht und nahm mir eins von den beiden kleineren. Fotos. Eltern mit Baby in Schwarz-Weiß. Ein paar Seiten später ein zweites Baby neben dem ersten Kind. Beschriftet mit weißer Tusche auf samtschwarzem Papier. Ein Familienfoto – zwei Mädchen und die Eltern, Bildunterschrift: Papa hat Urlaub, Weihnachten 1943. Der Genannte trug Wehrmachtsuniform. Das letzte Foto stammte aus dem Jahr 1957, Papa fehlte darauf ebenso wie auf allen anderen Bildern seit dem Urlaub '43. Bei einem der beiden mittlerweile jugendlichen Mädchen musste es sich wohl um Frau Kühn handeln.

Das zweite Album begann 1963. Die Schrift unter den Bildern war eine andere. Das erste Foto zeigte ein junges Paar. Es stand vor einer Gartenhütte und lächelte in die Kamera. Sie mit blütenweißer Bluse und dunklem, wadenlangem Rock, er mit weißem Hemd, die Ärmel aufgekrempelt, und dunkler Hose. Sein rechter Arm lag um ihre Schultern, die Köpfe einander zugeneigt, wobei er sie um gut fünfzehn Zentimeter überragte. Glückliche junge Leute – Untertitel: Im Garten, Dresden 1963.

Ich betrachtete die Gesichter. Die Frau war zweifellos Kühns Mutter, auch wenn ihre Gesichtszüge im Laufe der Jahre etwas weicher geworden waren. Der Mann groß gewachsen, gut aussehend, asketisch. Sein herausfordernder Blick, mit dem er das Auge der Kamera fixierte, war wie ein Markenzeichen. Ich kannte diesen Blick. Hinter mir öffnete jemand die Zimmertür und im selben Moment spürte ich einen Luftzug und ich sah, wie sich die Gardinenzipfel bewegten, dann ertönte eine scharfe Stimme: »Was machen Sie hier?«

Behutsam klappte ich das Album zu, stellte es zurück und drehte mich um. Cornelia Hartmann starrte mich an.

Ich breitete die Hände aus und versuchte es mit einem Lächeln der unschuldigsten Sorte. »Ja«, sagte ich, »was mache ich hier eigentlich?«

Sie verzog keine Miene.

»Vielleicht wollte ich von Ihnen erwischt werden«, fuhr ich fort. »Damit ich mich angemessen verabschieden kann.«

Sie lächelte nicht, aber etwas von der Strenge wich aus ihrem Gesicht. »Was halten Sie denn für angemessen? Einen Zungenkuss?«

»Wie wär's vorerst mit einem Handkuss?«

Sie legte den Kopf schief und verzog skeptisch den Mund.

»Natürlich würde ich dabei niederknien.«

Endlich die Spur eines Lächelns. Sie sagte: »Haun Sie ab«, und hielt mir die Tür auf. Sie senkte den Blick und starrte auf meine Schuhe, so als wolle sie sehen, wie sie sich in Bewegung setzten.

»Sandelholz«, sagte ich, während ich an ihr vorbeiging. »Im Grunde unwiderstehlich.«

Sie ließ mir ein paar Schritte Vorsprung, dann hörte ich sie fragen: »Was sollte das eben heißen – *im Grunde*?«

Ich erreichte den Ausgang, blieb stehen und wartete auf sie. Sie begab sich in den schützenden Bereich hinter dem Tresen.

»Sie duften nach Sandelholz, strahlen aber ansonsten die Wärme einer Mauer aus.«

»Einer Mauer?«, hauchte sie erstaunlich zart. Sie schien bestürzt.

Ich räusperte mich. »Das war jetzt nicht böse gemeint, entschuldigen Sie.« Ich stand unschlüssig im Türrahmen.

Sie ließ sich in einen der Bürostühle sinken und betrachtete abwesend einen der Bildschirme. Ihre Züge waren weich, verletzlich. Sanfte Augen.

»Also«, sagte ich und machte einen Schritt auf den Tresen zu, »ich wollte Ihnen nicht zu nahe treten. Ich entschuldige mich.«

»Sicher.« Sie wischte mit der Hand eine imaginäre Fliege vor ihrem Gesicht weg. »Glauben Sie wirklich, dass ich kalt wie Stein bin?«

Ich schüttelte erstaunt den Kopf. »Ganz und gar nicht.« Es liegt an ihrer Frisur, dachte ich. Eine neue Frisur und die Kerle lägen ihr zu Füßen.

»Aber?« Misstrauisch hob sie eine Augenbraue.

»Aber was?«

»Sie haben eben in Gedanken ihren Satz vollendet, man konnte es deutlich sehen.«

»Ach was!«, wehrte ich ab.

»Also?«, beharrte sie. »Sagen Sie's schon. Ich bin hart im Nehmen!«

Ich atmete tief ein und pustete die Luft geräuschvoll aus. »Vielleicht«, begann ich zögernd und kratzte mich dabei am Dreitagebart. »Vielleicht brauchen Sie eine neue Frisur ...«

»Was?«

»Na ja, Sie wollten's doch wissen. Mit einer anderen Frisur können Sie sich wahrscheinlich vor Angeboten nicht mehr retten ...«

Sie sprang hoch und im ersten Moment meinte ich, sie würde sich über den Tresen schwingen wollen. Ihr Hals begann sich von unten her dunkelrot zu verfärben. »Verschwinden Sie!«, zischte sie mit mühsam unterdrückter Stimme.

»Sie wollten doch ...«

»Raus jetzt!« Sie hob den Arm und deutete unmissverständlich zur Ausgangstür.

»Wiedersehen«, murmelte ich. Automatisch schlossen sich die Türen hinter mir. Endlich frei.

Während meines kurzen Gespräches mit Frau Hartmann war es draußen noch ein oder zwei Grad heißer geworden. Im Schein der im Zenit stehenden Sonne fragte ich mich, ob man vielleicht ein wenig eigentümlich wurde, wenn man hier draußen lebte oder auch nur arbeitete. Auf dem Weg zum Auto zündete ich mir eine Zigarette an und versuchte, die leichte Beklommenheit, die mich überkommen hatte, mit dem Rauch auszuatmen. Als Psychologe würde ich ernstlich darüber nachdenken, mich hier draußen niederzulassen. Aber ich war kein Psychologe – ich war nur jemand, der Besuche macht, bei denen nichts herauskommt. Oder jedenfalls fast nichts.

Es war halb eins und im Wageninneren herrschte eine Temperatur, bei der man Hartholzstämme miteinander verdrillen konnte. Ich kurbelte die Fensterscheiben herunter. Ich brauchte eine Idee, einen Gedankensprung, eine Eingebung, irgendwas. Ich brauchte Fahrtwind.

×××

Eine dreiviertel Stunde später, ich hatte gerade geparkt und lief mit einem eingewickelten Döner auf meine Haustür zu, bekam ich Besuch. Ein gemischtes Team, beide etwa in meinem Alter, näherte sich mit langen Schritten. Sie waren gut gekleidet, modisch, jedoch nicht so, dass man es schon elegant hätte nennen können. Dafür trugen sie zu viele Turnschuhe.

»Herr Staiger?«, fragte die Frau, als sie mich erreicht hatten.

»Polizei?«, sagte ich und hielt den beiden die Haustür auf.

»Landeskriminalamt.« Sie hielt mir für den Bruchteil einer Sekunde einen Dienstausweis unter die Nase. »Wir haben einige Fragen an Sie.«

Ich bat sie, mir zu folgen, dirigierte sie in mein Wohnzimmer und holte mir aus der Küche einen Teller. Unter strengen Blicken wickelte ich meinen Döner aus, setzte mich in den Sessel und bot ihnen meine beiden Stühle an. Wie sie da so saßen, sahen sie zwar nicht wie ein echtes Pärchen aus, aber sie hätten zusammen in ein Standesamt gehen können und wären damit durchgekommen.

»Sie erlauben doch, dass ich esse«, sagte ich.

»Wir wollen nicht störend in Ihren Tagesablauf eingreifen.«

Hörte ich da Ironie? Mochte ich das hören? Die Frau war der Boss. Sie trug schwarze Designerjeans und ein dunkelgraues Sportjackett über einem roten T-Shirt. Sie sah sich demonstrativ befremdet in meinem kleinen Reich um und fragte – »der Form halber« – nach meinen Personalien. Ich gab ihr meinen Ausweis, den sie nahezu achtlos an ihren Kollegen weiterreichte. Der Kollege – blaue Jeans und blassgelbes Hemd mit riesigen dunklen Schweißflecken unter den Achseln – zückte Notizbuch und Stift und blätterte bis zu einem

Lesezeichen, es war ein Foto mit dem Portrait einer Frau darauf. Er drehte es verstohlen um und legte meinen Ausweis darüber.

»Sie wissen, worum es geht?«, sagte die Frau.

»Sagen Sie's mir.« Ich rückte mich in meinen Sessel zurecht und biss genussvoll in meinen Döner.

»Geboren in Weimar«, sagte der Mann. Er sprach zu seiner Kollegin, als sei ich nicht da. Er hatte blondes kurzes Haar, einen brutalen Zug um den Mund und der Eifer trieb ihm die Röte auf die Wangen. »Schiller, Goethe«, fuhr er fort, »da muss er es ja gewohnt sein, zu reden wie ein Wasserfall.« Sein breites Grinsen hätte in keine Garage gepasst, jedenfalls in keine, die draußen im Schönefelder Hochland stand.

Ich schlug die Beine übereinander, biss ab und rutschte im Sessel etwas tiefer.

»Sie haben die Weimarer Republik vergessen«, sagte ich kauend. »Und Buchenwald, das KZ, erwarten Sie also nicht zu viel Kultur von mir.«

»Wir können die Unterhaltung auch woanders fortsetzen!«, sagte die Frau mit einer Schärfe, wie ich sie mir auf meinem Döner gewünscht hätte. Sie war zweifellos nicht aus Dresden – sie hatte so etwas Direktes.

Ich deutete mit dem Kinn auf ihren Kollegen. »Er hat angefangen«, sagte ich. Es war mir egal, wo wir das fortsetzten, was sie eine Unterhaltung nannte, die beiden hatten es sowieso schon hinbekommen, dass ich mich in meiner Wohnung fühlte, als säße ich in einem ihrer Büros. Ich legte mein Mittagessen beiseite und zündete mir eine Zigarette an.

Das Grinsen des Mannes verhärtete sich. Er holte tief Luft und sagte: »Vielleicht solltest du dein Maul nich ganz so weit aufreißen!« In seinen Augen stand stupide Streitsucht, so, wie man sie vorfindet, wenn man in der Sächsischen Schweiz an der falschen Bushaltestelle aussteigt. Von der Weimarer Klassik war er im Moment weit entfernt.

Die Frau warf ihm einen kurzen Blick zu, mit dem man Glas hätte schneiden können.

»Würde es Ihnen etwas ausmachen, ein Fenster zu öffnen?«, sagte sie zu mir und meiner Zigarette. »Und dann sollten wir zur Sache kommen!«

»Aber gern«, antwortete ich. »Wenn Sie Ihren Assistenten im Zaum halten.« Ich öffnete ein Fenster und setzte mich wieder.

Der Mann schwieg, aber hinter seinem Ausdruck konnte man vermuten, dass er sich ein paar Tötungsarten für mich einfallen ließ. Dass man ihn Assistent nannte, machte ihm schwer zu schaffen, das Schlimmste daran war wahrscheinlich, dass es stimmte.

Die Frau lehnte sich zurück und schlug die Beine übereinander, sie gab sich große Mühe, ihre Genugtuung darüber zu verbergen, dass sie von mir als Kopf des Teams erkannt worden war, ohne dass sie es selbst an die große Glocke gehängt hatte. Teile und herrsche, so einfach war das.

»Hana Stein-Kralova«, sagte sie.

»Ja?«, sagte ich.

»Sie kennen Sie?«

»Flüchtig. Sie mauschelt in der Baubranche rum, manchmal vielleicht sogar legal.«

Die Frau nickte ernst und tauschte einen Blick mit ihrem Assistenten, der im Moment eher in sich gekehrt wirkte.

»Das LKA ermittelt gegen die Kralova?«, fragte ich.

Sie schüttelte mit dem Kopf. »Wir stellen die Fragen«, sagte sie.

Ich zuckte mit den Schultern und drückte die Zigarette aus. »Ich nehme an, sie wissen von der örtlichen Kripo, dass es da diese Geschichte mit dem ermordeten Herrn Kühn gibt«, sagte ich. »Das war übrigens keine Frage«, fügte ich hinzu.

»Das wissen wir, aber deshalb sind wir nicht hier. Da gibt es noch die andere Geschichte mit dem Finanzbeamten, der gar kein Finanzbeamter war, sich aber als solchen ausgegeben hat, um an gewisse Unterlagen zu kommen.«

Scheiße, dachte ich, das war aber schnell gegangen. »Tut mir leid«, sagte ich, »aber um es Ihnen leicht zu machen, habe ich dort meinen richtigen Namen angegeben.« Meinen *real name*. Ich zündete mir eine neue Zigarette an.

»Wissen Sie, was Sie diese Aktion kosten kann?«
»Sie meinen bei einem schlecht gelaunten Richter?«
»Das sollte kein Witz sein.«
»So habe ich es auch nicht aufgefasst. Im Ernst, mehr als ein paar Tagessätze kämen nicht auf mich zu. Ich bin unbescholten.«
»Geben Sie uns die Unterlagen, die sie sich erschlichen haben, und die Sache ist vergessen.«
Ich vermied es, nach dem Stapel von Ausdrucken zu sehen, der unter einer Tageszeitung zwischen den beiden LKA-Beamten auf dem Tisch lag. Im Notfall würde ich sie rausrücken, aber dies schien mir noch kein solcher zu sein.
»Ich hab sie weggeworfen«, sagte ich.
»Wie bitte?«, sagte der Assistent.
»Die Papiere waren uninteressant für mich.«
»Warum haben Sie dann erst diese Nummer abgezogen?«, fragte die Frau.
»Weil ich da noch nicht wusste, dass die Papiere uninteressant sein würden. Das liegt doch auf der Hand, oder?« Ich hätte auch sagen können, dass ich mein Ehrenwort gegeben hätte, nichts über die Papiere verlauten zu lassen, aber seit Helmut Kohl war das kalter Kaffee.
»Was auf der Hand liegt, ist, dass Sie sich in Sachen einmischen, die Sie nichts angehen.«
»Wenn Sie mir sagen, was das ist, dass mich nichts angeht, kann ich mich in Zukunft auch da raushalten.«
»Halten Sie sich einfach aus allem raus.«
Ich drückte die Zigarette aus und pustete die letzte Rauchwolke demonstrativ in ihre Richtung.
»Kann ich wissen, dass ich dem LKA in die Quere komme? Kann ich wissen, dass Sie sich für die Kralova interessieren, aber nicht für den Mord?«
»Können Sie nicht.« Die Antwort der Frau war so trocken wie gefönter Sandkuchen.
»Möchten Sie was trinken?«, sagte ich.
Wieder sah sie sich in meinem Reich um. Ihr Ausdruck gab mir zu verstehen, dass sie lieber vertrocknete, als hier etwas zu sich zu

nehmen. Trotz des offenen Fensters roch es wie in einer Dönerbude. Ich entzündete eine neue Zigarette, vielleicht konnte ich sie ja auf die Art schneller loswerden.

»Ihre Truppe kümmert sich nicht um solche Kleinigkeiten wie Mord, was?«, sagte ich beiläufig.

»Das geht Sie nichts an«, sagte sie.

»Ich hab die Kralova gestern ein bisschen angestachelt. Hoffentlich kommt Ihnen das nicht auch ungelegen.«

»Angestachelt? Was meinen Sie damit?«

Ich zuckte die Schultern. »Es ging nur um den Mord«, sagte ich. »Nichts, womit Sie sich beschäftigen.«

»Organisierte Kriminalität, Mann!«, schrie sich der Assistent seinen aufgestauten Zorn von der Seele. »Was glauben Sie denn, womit wir uns beschäftigen?«

»Soll ich darauf wirklich antworten?«

»Versuchen Sie's mal!«

Ich beachtete ihn nicht weiter, lehnte mich zurück und sah die Frau an. Sie stellte den Assistenten mit einem ihrer harten Blicke ruhig, biss die Zähne zusammen und starrte danach mich an, sagte aber nichts. Ich vermutete, dass ihr Mitarbeiter sich auf einiges gefasst machen konnte. Ich sagte zu ihm: »Schön, dass wenigstens Sie mir ansatzweise mitgeteilt haben, was Sie so treiben.«

»Sie sollten den Mund nicht zu voll nehmen«, sprang sie für ihn ein.

»Verzeihung«, sagte ich, »aber dass Sie gegen die Kralova ermitteln, wundert mich nicht. Ich kenne sie erst ein paar Tage und sie erscheint mir weniger seriös als ein windiges Gerücht.«

»Sie machen sich zu viele Gedanken um Dinge, die Sie nichts angehen«, antwortete die Frau. Sie stand auf, strich sich ihr Jackett glatt und wischte mit den Fingern ein paar nicht vorhandene Fusseln weg. Ich stand ebenfalls auf.

»Ich glaube, ich werde Sie vorladen lassen«, sagte sie.

Ein Achselzucken, mehr konnte ich darauf nicht erwidern.

Der Assistent nahm meinen Personalausweis aus seinem Notizbuch heraus und ließ ihn achtlos auf die Tischplatte fallen. Er landete auf den Ausdrucken, wegen denen sie gekommen waren. Dann klappte er das Notizbuch geräuschvoll zu und steckte es in die Brusttasche. Als er zur Tür ging, hielt er einen Moment inne, grinste mich an und sagte: »Lassen Sie's uns wissen, wenn Sie vorhaben zu verreisen!«

»Ich habe vor zu verreisen«, sagte ich.

»Na, na«, sagte er und zwinkerte mir dabei zu wie ein alter Hase, der nicht mehr darauf hereinfällt, wenn man ihm sagt, dass sein Hosenstall offen ist. Er schien möglicherweise nicht zu ahnen, dass er gleich Ärger bekommen würde.

Die Frau ging wortlos an mir vorbei, bedachte mich allerdings dabei mit einem Blick, der mich umgeworfen hätte, wenn mein Magen leer gewesen wäre.

Ich legte hinter den beiden den Riegel vor, holte mir den Rest des mittlerweile kalten Döners und hockte mich damit auf das Fensterbrett. Unten auf dem Platz bolzten ein paar Kinder und daneben am Gemüseladen standen die ersten Trinker. Einer von ihnen warf der Frau vom LKA einen Blick zu, in dem so viel Sympathie lag wie in einer Morddrohung. Die Frau und ihr Assistent stiegen in ihre Dienstlimousine ein, ein nagelneuer, dunkelblau lackierter Mittelklassewagen von einem der großen deutschen Unternehmen, bei denen man sich wundert, dass sie vor lauter Jammern über die Lohnnebenkosten überhaupt noch Autos bauen. Der eine Trinker zeigte mit der Bierflasche auf den wegfahrenden Wagen und sagte irgendetwas, dass seine Gefährten lustig fanden.

Organisiertes Verbrechen, lächerlich. Normalerweise dachte man dabei an Korruption, Betrug in großem Stil oder an mafiöse Strukturen. Oder an alles zusammen, weil es sich nicht gegenseitig ausschloss. Dabei brauchte man bloß eine kriminelle Idee und zwei Leute, die mitmachten, um auf dem Schreibtisch eines für OK-Verfahren zuständigen Staatsanwaltes zu landen. Das LKA war also an der Kralova dran, meiner Meinung nach konnte sie einpacken. Ich hielt sie nicht für clever genug, um alle Schnurenden ihrer Machenschaften so aufzudröseln, dass die Ermittler den roten Faden nicht finden würden. Obwohl sie schon eine ganze Weile damit durchzukommen schien. Und was wusste Hauptkommissar Cosel darüber?

Ich wischte mir mit einem Taschentuch die Soßenreste ab und starrte in den makellos blauen Himmel. Die letzten Tage zogen nochmal an mir vorbei. Das Bild der Leiche brachte sich immer wieder in den Vordergrund. Wie ein erschlagener Hund. Wer macht so was?

Als unten ein Golf-Cabriolet vorbeifuhr, in dem ein pomadierter Gockel saß und lässig telefonierte, fiel mir mein Anrufbeantworter ein. Ich ging hin und drückte die Wiedergabetaste. Der erste aufgezeichnete Anruf war von Sylvia. Sie fand es schade, dass ich nicht da war, sagte bis später und legte auf. Neue, moderate Töne. Der zweite enthielt keine Nachricht. Ich schloss das Fenster, schaltete das Radio ein und machte es mir auf meinem Liegestuhl bequem. Während einer Sendung, die die Bedeutung von Röntgenreihenuntersuchungen bezüglich des Brustkrebses untersuchte, döste ich ein.

×××

Gegen fünf erhob ich mich, spülte mir mit einem Glas Wasser den Mund aus, hörte nebenbei einer Sendung über den Stern Atair im Sternbild des Adlers zu. Danach ging ich zum Antiquariat und bestellte ein Buch, das sie heute Mittag im Radio besprochen hatten. Anschließend kaufte ich ein paar eingelegte Steaks, Kartoffelsalat und zwei Sechserpakete Helles. Wieder zu Hause, deponierte ich das Bier im Frostfach und legte die gefrorenen, aus Thüringen importierten Bratwürste zum Auftauen aufs Fensterbrett. Ich lud Frau Beinhard, meine Nachbarin, zum Grillen ein und versuchte dasselbe vergeblich bei Goldkehlchen – entweder schlief sie noch oder sie war nicht da. Danach rauchte ich im Liegestuhl und hörte mir dabei die erste Seite von Keith Richards zweiter Solo-LP an. Nicht so spektakulär wie die erste, aber immerhin solides Handwerk. Ich stand auf, schaffte meine Einkäufe, mein altes Kofferradio und eine Tüte Holzkohle in den Hof, rückte den Tisch zurecht, stellte die Klappstühle auf und setzte den Grill in Gang.

Mit einem Bier und einer Zigarette ließ ich mich auf einem der Gartenstühle nieder. Ich blinzelte durch die Zweige des verknöcherten Pflaumenbaumes, der wahrlich kein Prachtexemplar war, in den tiefblauen Himmel und lauschte. Autos, die kaum zehn Meter hinter unserer schützenden Hofmauer entfernt vorbeifuhren. Die Straßenbahn vorn an der Leipziger. Ich stellte mir die alte Dame in ihrem Rollstuhl vor, wie sie ausdruckslos über das Elbtal blickte, wie Krankheit und Kummer in ihren lichten Momenten an ihrem Inneren nagten, bis irgendwann nur noch eine ausgelaugte Hülle von dem übrigblieb, was einmal eine Person gewesen war.

»Hast du was, Hans?« Frau Beinhard stand im Rahmen der Hoftür und blickte besorgt in meine Richtung. »Sieht aus, als hätteste Zahnschmerzen.«

»Nein, ich war in Gedanken.« Ich deutete auf die Stühle. »Treten Sie doch näher.«

Sie stellte eine Schüssel Salat auf den Tisch, holte eine Schere aus ihrer mit Sommerblumen bedruckten Kittelschürze und sagte: »Ich hab ein bisschen Grünzeug mitgebracht, damit ihr jungen Leute mal ein paar Gramm Vitamine zu euch nehmt.«

Sie ging zu ihrem Kräuterbeet, bückte sich ächzend und kam eine halbe Minute später mit Schnittlauch und Petersilie zurück. Sie setzte sich, pustete imaginären Staub von den Kräutern und begann diese über der Schüssel zu zerschnippeln. Ihre Hände arbeiteten erstaunlich flink.

»Da staunste, was?«, sagte sie, als sie meinen verwunderten Blick bemerkte.

Ich nickte. »Ein Fernsehkoch ist auch nicht schneller.«

Sie schüttelte den Kopf. »Bei Weitem nicht.« Sie sah hinauf zu der Sattelitenempfangsschüssel vor ihrem Küchenfenster, die ich ihr letzten Herbst zusammen mit Hubert installiert hatte. »Und mittlerweile kenn ich sie alle.«

Ich stand auf und rüttelte den Grill, damit sich die Holzkohle besser verteilte. Frau Beinhard nahm sich ein Bier und lehnte dankend ab, als ich anbot, ihr ein Glas zu holen. Sie trank lieber aus der Flasche. Ich besorgte aus meiner Küche Teller und Besteck und setzte mich wieder zu ihr. Sie mengte die frischen Kräuter unter den Salat. Während das Feuer knisterte und der Geruch brennender

Holzkohle in die Luft aufstieg, erzählte sie, wie sie nach dem Krieg eines Nachts als junges Mädchen mit zwei schäbigen gestohlenen Kohlköpfen auf abenteuerlichen Wegen vom Feld – dort, wo heute ein Einkaufszentrum stand – bis nach Hause geschlichen war. Wie sie dabei am Straßenbahndepot in Mickten einem Nachtwächter in die Arme gelaufen war, der sie erst ziehen ließ, nachdem sie ihm den größeren der beiden Kohlköpfe übergeben hatte. Demütig schielte ich zu meinen Fleischwaren hinüber, deren Nährwert nach damaligen Maßstäben einer vierköpfigen Familie durchaus über eine karge Woche hinweggeholfen hätte. Am Ende ihrer Geschichte zeigte Frau Beinhard wieder ihr mädchenhaftes Lächeln, auf das jede Frau hätte stolz sein können. Dabei stieg ihr langsam die Röte in die Wangen und sie befeuchtete ihre Lippen mit einem Schluck aus der Flasche.

»Mein Vater hat mir damals eine gelangt, als ich ihm gestand, dass ich die Hälfte meiner Beute abgeben musste.«

Ich prostete ihr zu, stand auf und zündete mir am Grillfeuer eine Zigarette an. »Ist es nicht schön hier«, sagte ich. »Die Sonne scheint, das Feuer lodert und es ist Frieden.«

»Das kannste laut sagen, Hans«, sagte Frau Beinhard.

»Das mit dem Frieden würde ich nicht so wörtlich nehmen, Hans«, sagte eine andere Stimme hinter mir. Eine, die ich schon mal irgendwo gehört hatte. Noch während ich mich umdrehte, wusste ich, wem sie gehörte. Die schwarze Truppe war zu Besuch, und es war dasselbe Duo, das ich schon zweimal gesehen hatte – einmal vor Kühns Container an der Wohnresidenz und ein anderes Mal nachts in der Stadt, als sie erst Kühn und dann mich bedroht hatten.

»Mist«, sagte ich.

Der, der gesprochen hatte, stand breitbeinig im Hof, sein Begleiter zog gerade sorgfältig die Hoftür zu. Beide grinsten mich triumphierend an.

Frau Beinhard stand auf und strich sich aufgeregt die nicht vorhandenen Falten aus ihrer Nylonschürze. »Was habt'n ihr hier zu suchen?«, entfuhr es ihr.

Ohne den Blick von mir abzuwenden, deutete der vordere Typ auf die Gartenmöbel und sagte: »Setz dich, Oma, sonst muss ich dir 'nen Schubser geben!«

Soweit ich es beurteilen konnte, sprach er akzentfrei. Nicht gerade nett, aber akzentfrei.

Frau Beinhard schnappte nach Luft und griff sich theatralisch an die Brust, setzte sich aber gehorsam auf den am weitesten entfernten Stuhl.

»Ihr seid nicht eingeladen«, sagte ich, nur um überhaupt etwas zu sagen.

Sie verzogen keine Miene. Das Grinsen schien eine Art Geburtsfehler zu sein. Der Wortführer war nicht groß, vielleicht einsfünfundsiebzig, schien aber deswegen keine Komplexe zu haben. Er trug schwarze Jeans, die seine kräftigen Oberschenkel umspannten, ein über der Hose hängendes Muskelshirt in Grau mit schwarz abgesetzten Rändern, das seine Gewichtheberschultern und die silberne Halskette ohne Anhänger gut zur Geltung brachte. Schwarze Schnürschuhe mit Stahlkappen, nicht eben das Leichteste bei den Temperaturen. Seine Haut war so tiefbraun, dass ich vermutete, er würde im selben Sonnenstudio braten wie die Kralova. Vielleicht hatte sie ihn dort aufgegabelt. Die Sonnenbrille hatte er lässig auf die Stirn geschoben, kurze, dunkelblonde Locken zierten ein ganz ansehnliches Gesicht mit blauen Augen, gerader Nase, wohlgeformtem Kinn und vollen Lippen. Er hatte seine Hände locker vor dem Körper übereinandergelegt und ich konnte nicht erkennen, ob er dahinter irgendeine Art von Waffe verbarg. Allerdings zeichnete sich unter dem Shirt ein kantig-klobiger Gegenstand ab, der im Hosenbund steckte und von dem ich hoffte, dass er entsichert war und auf seine Eier zielte.

Der andere war so groß wie ich, viel schlaksiger als sein Partner, er trug dieselbe Art Schuhe, dieselbe Sorte Jeans, die allerdings bei ihm nichts umspannte. Er war strohblond und seine Haut hatte jenen hellen lichtscheuen Ton, der jeden intensiven Sonnenstrahl sofort mit einer Rötung quittiert. Der Rücken seiner gekrümmten Nase schien schon stark betroffen, trotzdem hatte er die Sonnenbrille ebenfalls auf der Stirn sitzen. Seine Augen hatten sich zu Schlitzen verengt und unter seiner schwarzen Lederjacke verbarg er etwas. Aus irgendeinem Grund hielt ich ihn für gefährlicher als seinen Kumpel. Zwischen den beiden und mir lagen höchstens drei Meter. Ich schätzte ein, wie lange ich brauchen würde, um loszurennen, hinten aus dem Schuppen irgendeine Latte zu fassen zu kriegen, bevor sie mich erwischten. Aussichtslos, zumal ich bestimmt ein halbes Jahr nicht mehr im Schuppen gewesen war. Wahrscheinlich klemmte sowieso die Tür, und der alte Küchenschrank war einfach zu sperrig, um ihn den beiden in der Kürze der Zeit um die Ohren zu hauen. Mehr als Zeit schinden blieb mir vorerst nicht.

»Wir haben dich gewarnt«, kam es vom Wortführer, noch bevor ich mir was zurechtgelegt hatte. Sie kamen einen halben Schritt näher. Ich hörte Frau Beinhard schlucken.

»Was soll das denn hier werden?«, sagte sie.

»Still, Oma!«, sagte der Vordermann und sah sie dabei streng an, so dass sie im Stuhl zusammenzuckte.

»Das wollte ich auch gerade fragen«, sagte ich und griff nach dem Stuhl, der kaum eine Armlänge von mir entfernt stand, stellte ihn vor mir ab und behielt die Lehne fest im Griff. Besser als nichts, vor drei Minuten hatte Frau Beinhard noch friedlich auf ihm gesessen.

Der Hintermann hörte auf zu grinsen. Er zog einen Baseballschläger unter der Jacke hervor. Gekürzter Griff, schweres Hickoryholz, schon ein wenig abgenutzt. Vordermann lockerte die Hände, knackte mit den Fingergelenken, fixierte mich stirnrunzelnd und schlug sich zur Lockerung mit der rechten Faust in die linke Handfläche. Aha, ein Rechtshänder, das machte es leicht.

»Wer hat Anstoß?«, sagte ich. Der Stuhl zwischen uns gab mir ein wenig Sicherheit.

»Ein Schwätzer«, sagte Vordermann über die Schulter, und Hintermann nickte bestätigend.

»Ihr glaubt doch nicht im Ernst, dass ihr mir jetzt und hier eine Abreibung verpasst?«, sagte ich, die Finger krampfhaft um die Stuhllehne geklammert. »Ihr seid nur zu zweit.«

»Du kriegst, was du verdienst«, sagte Hintermann und drängte sich mit seinem Baseballschläger nach vorn. Auch er klang nicht nett, aber akzentfrei. Während ich mich auf einen Angriff vorbereitete, sah ich aus den Augenwinkeln, wie die Klinke der Hoftür ganz langsam niedergedrückt wurde. Na endlich.

»Bis vor zehn Sekunden hättet ihr noch die Fliege machen können«, rief ich laut, damit sich Hubert von den beiden unbemerkt in den Hof schieben konnte. »Jetzt isses dafür zu spät.«

Der Wortführer kapierte zuerst, vielleicht hatte er es auch aus meinem Blick lesen können. Er drehte sich um. Hubert lehnte am Türrahmen und zwinkerte ihm zu. Er lächelte zufrieden, als hätte er endlich die Party gefunden, zu der man ihm eine miserable Wegbeschreibung gegeben hatte. Seine schmiedeeiserne Rechte hielt eine Brechstange von gut einsvierzig, und ich wusste, dass er damit so flink umgehen konnte, als sei es ein Rohrstöckchen.

Der schlaksige Blonde sah nur kurz über die Schulter, dann verlor er die Geduld und stürmte auf mich los. Er zeigte dabei eine Reihe vollzähliger zusammengebissener Zähne und seine Augenschlitze öffneten sich plötzlich, so dass ich seine hellgrauen Augen sah, während ich den Stuhl hochriss und den mit voller Wucht niederkommenden Baseballschläger ablenkte. Von der Wucht seines Schlages ins Taumeln geraten, erwischte ich ihn mit einem harten Tritt am Knie – das tut auch ohne Stahlkappen weh – und er sackte zur Seite und landete unsanft bäuchlings auf dem Stück Holz, dass er mir eben noch sonst wo hatte hindreschen wollen. Mit einem wütenden Schnaufen wollte er sich erheben, aber ich stülpte den Stuhl über seinen Allerwertesten und stemmte mein ganzes Gewicht darauf, so dass er zwischen den Stuhlbeinen eingeklemmt war, er versuchte noch, sich herumzurollen, aber ich packte ihn bei den Haaren und drückte seinen Kopf auf die Steinplatten. Keuchend langte er nach seiner Sonnenbrille, die außerhalb seiner jetzigen Reichweite auf den Boden gefallen war.

»Lass gut sein«, sagte ich. »Wenn du still hältst, kriegste deine Brille wieder.«

»Oh, Mann«, hörte ich Frau Beinhard stöhnen. Ich sah nach ihr. Sie war aufgestanden und nähergekommen, mit zwei Fingern hielt sie eine Pistole vor ihrem Gesicht. Eine von diesen chromblanken Dingern, wie sie sie in den letzten Jahren in Hollywood für den ästhetisch einwandfreien Todesschuss entdeckt hatten. Frau Beinhard betrachtete das glänzende Metall gleichzeitig fasziniert und angewidert.

Der Wortführer stand immer noch dort, wo ich ihn zuletzt gesehen hatte. Allerdings wirkte er gut fünf Zentimeter kleiner, machte jetzt ein missmutiges Gesicht, aus dem urplötzlich die Sonnenbräune entwichen war und seine linke Handfläche hatte er stützend unter seinen rechten Unterarm geschoben. Hubert lehnte hinter ihm am Türrahmen, als hätte er sich nie dort wegbewegt.

Er sagte: »Der Arm ist hin, er hat's drauf angelegt.«

Der Typ unter mir versuchte wieder, sich zur Seite zu drehen. Ich trat ihm auf die Schulter und sagte zu seinem Boss: »Sag deinem Kumpel, dass es vorbei ist.«

Gebrochener Arm sah zu seinem Kumpel herunter, der auf Grund seiner Lage keinen Sichtkontakt herstellen konnte. »Er hat's gehört«, kam es leicht gequält über seine Lippen.

Ich nahm den Gartenstuhl weg. Er wollte aufstehen, griff dabei stöhnend nach seinem Knie.

»Bleib unten«, warnte ich ihn und tastete ihn nach Waffen ab, fand aber nichts. Ich hob den Baseballschläger auf und legte ihn auf den Tisch, dann nahm ich Frau Beinhard die Pistole aus der Hand, stellte fest, dass es eine Schreckschusspistole war, und legte sie neben den Schläger.

»Telefon?«, fragte ich Hubert.

Er reichte mir sein Mobiltelefon. Ich rief 110 und brauchte eine Weile, um die Notrufzentrale davon zu überzeugen, mich mit der Abteilung von Kriminalhauptkommissar Cosel zu verbinden. Schließlich hatte ich ihn am Apparat und als ich ihm sagte, was ich hatte, sicherte er sofortiges Kommen zu, inklusive Krankenwagen.

Ich gab Hubert das Telefon zurück und baute mich vor Gebrochener Arm auf. Er starrte mich an und bemühte sich angestrengt, seinen Hass und seinen Schmerz zu unterdrücken. Keine Ahnung, was ihm mehr zu schaffen machte.

»Tut's weh?«, fragte ich.

Er sagte nichts, versuchte stattdessen zu grinsen, was ihm leidlich gelang.

»Wir haben noch etwa eine viertel Stunde«, sagte ich.

Er sagte immer noch nichts.

»Woher habt ihr meine Adresse?«

Sein Grinsen wurde höhnisch.

Ich stupste ihn ganz leicht an den verletzten Arm und er krümmte sich kurz. Das Grinsen war wie weggeblasen. »Woher?«

»Ich weiß es nicht« presste er mühsam hervor. »Hana hat uns hierher geschickt.«

»Das *weiß* ich«, sagte ich. Ich will wissen, woher *sie* meine Adresse hat.«

Er schüttelte den Kopf und verkrampfte instinktiv die Hand, die seinen Arm stützte. Vermutlich glaubte er, ich hätte dieselbe Vernehmungstechnik wie er. Hubert zündete sich eine Zigarette an und Frau Beinhard ging zu ihm und ließ sich auch eine geben. Es war das erste Mal, dass ich sie rauchen sah.

»Hana hat euch auch zu Kühn geschickt«, fuhr ich fort. »An dem Abend, der sein letzter werden sollte.«

Er tat, als ob er überlegen müsste. Ich wackelte mit den Fingern und erwähnte, dass wir nicht viel Zeit hätten, und schon nickte er. Ich hatte wohl tatsächlich dieselbe Vernehmungstechnik.

»Und ihr seid etwas zu weit gegangen?«

»Wieso ...?«

»Habt ihn umgebracht, vielleicht aus Versehen?«

»Nein«, sagte er. »Wir haben ihm ein paar verpasst, wie i...« Wie immer, hatte er sagen wollen, bremste sich aber noch rechtzeitig. »Wir haben ihm ein bisschen zugesetzt.«

»War das euer Auftrag? Ihm ein bisschen zuzusetzen? Immerhin war er hinterher tot.«

»Nein, nein!« Er schüttelte so heftig den Kopf, dass der Schmerz in seinem Unterarm zunahm. »Wir haben ihn nicht umgebracht.«

»Ihr habt ihm den Schädel eingeschlagen!«

»Nein!«, brüllte er und versuchte den Schmerz zu unterdrücken. Eine Träne perlte über seine Wange und blieb an seinem glattrasierten Kinn hängen.

Er wollte seinen Arm verarzten lassen und er wollte hier weg. Er hätte alles dafür getan, aber würde er auch einen Mord zugeben? Ich tippte nochmal auf den verletzten Arm und nun brach er endgültig zusammen. Er sackte auf die Knie. Ich sagte: »Ihr schafft doch auch hin und wieder die Arbeitsunfälle für die Kralova beiseite, stimmt's?«

»Ja, verdammt!«, brüllte er.

Jetzt hätte er alles gestanden. Ich probierte es: »Ihr habt Kühn in seinem Haus erschlagen!«, sagte ich.

Und er schüttelte wieder heftig mit dem Kopf. Es führte zu nichts. Ich warf einen Blick auf seinen Kameraden, der immer noch am Boden lag und sich nicht rührte. Er sah mich an wie eine Maus, die in der Falle saß und auf den Tod wartete – ein bisschen Angst, dass es vorbei sein könnte, und ein bisschen Hoffnung, dass es wenigstens möglichst schnell gehen sollte.

Die Holzkohle im Grill war noch nicht ganz durchgeglüht. Frau Beinhard hielt sich an ihrem Bier fest und paffte Rauchwölkchen in den Abendhimmel. Sie starrte gebannt auf die beiden Pechvögel. Im Altenheim kriegt man so eine Vorstellung nicht.

Gebrochener Arm wollte sich erheben.

»Bleib unten«, sagte ich.

Stöhnend sank er wieder auf die Knie.

»Leg dich hin, wenn dir die Knie weh tun«, sagte ich. »Der Boden ist warm, genieß es.«

Er legte sich hin, verzog dabei mehrmals das Gesicht, bis er eine erträgliche Lage für seinen verletzten Arm gefunden hatte.

»Wie ist das passiert?«, fragte ich Hubert, der sich die ganze Zeit kaum gerührt hatte.

Er stieß sich von der Wand ab und ging zum Tisch, lehnte die Brechstange an den Pflaumenbaum, nickte Frau Beinhard zu und setzte sich. »Er hat die Waffe gezogen, als der Blonde auf dich los ist«, sagte er. »Da hab ich ihm eins auf den Arm gegeben.«

»Und wie schnell das ging!«, sagte Frau Beinhard.

»Schön, dass du pünktlich warst.« Ich setzte mich dazu.

Hubert schüttelte den Kopf und deutete auf die beiden Schläger. »Ich war ein paar Minuten zu spät, aber die waren pünktlich, obwohl du sie vermutlich nicht eingeladen hattest.«

»Nicht direkt.«

»Ich sah sie aus dem Auto steigen und ins Haus gehen. Und nach deiner Beschreibung von gestern Abend, dachte ich, ich nehme mal lieber Werkzeug mit.«

»Fahren sie noch den schwarzen BMW?«

»Ja.«

»Mit Frau Beinhard zusammen hätte ich die beiden nicht so schnell auf die Matte geschickt.«

»Davon bin ich überzeugt.«

Hubert und ich lächelten Frau Beinhard an. Sie schien einen Moment verwirrt, dann lächelte sie ebenfalls. »Ich hätte mich aber angestrengt«, sagte sie.

Der Blonde am Boden schnaufte verächtlich.

»Bleib ruhig«, rief ich ihm zu. »Wir machen nur Witzchen.«

»Ich glaube, der Grill ist so weit«, sagte Hubert. »Deswegen sitzen wir doch hier draußen, oder?«

Ich reichte Hubert ein Bier, öffnete mir selbst eins und stand auf. Ich hakte den Rost in die Halterungen des Grills ein und verteilte Steaks und Würste darauf.

»Ihr seid doch nicht ganz dicht!«, krächzte Gebrochener Arm. »Wir schmoren hier in der Sonne und ihr bratet in aller Seelenruhe Würste!«

»Ja, Arschloch«, antwortete ich. »Was hast du denn gemacht, nachdem du das letzte Mal einen alten Mann an der Gurgel gepackt hast. Für ihn gebetet?«

»Selber Arschloch«, antwortete er. Seine Wut half ihm bei der Schmerzbekämpfung.

»Soll ich mal nach deinem Arm sehen?«

Er schwieg.

Ich zündete mir eine Zigarette an und nahm die Grillzange vom Tisch. Hubert warf einen Blick auf das Radio, aber als sich unsere

Blicke trafen, war klar, dass wir vorerst auf Musik verzichten würden. Frau Beinhard sagte, dass sie spätestens nach dem Essen einen Schnaps bräuchte.

Ich wollte sie gerade fragen, ob es wirklich bei nur einem bleiben sollte, als die Hoftür aufging. Zwei Uniformierte und Cosels Mitarbeiterin kamen herein. Oberkommissarin Wettin, wenn ich mich recht erinnerte. Wie auf Kommando reihten sie sich nebeneinander auf und betrachteten das absurde Stillleben: zwei Männer am Boden zu ihren Füßen, ein Mann und eine Frau Bier trinkend am Tisch unter einem Pflaumenbaum und ich am Grill; auf dem Tisch Geschirr, Salate, Getränke und eine Pistole und ein Baseballschläger.

»Wo ist Cosel?«, fragte ich, nur um daran zu erinnern, das das hier eben kein Stillleben war.

Die Kommissarin musterte mich streng. Von ihrer einstmals sonnigen Ausstrahlung war nichts zu sehen. Sie wirkte müde und verspannt.

»*Hauptkommissar* Cosel kommt nicht«, sagte sie tadelnd. Die zwei Uniformierten zogen sich dezent einen Schritt zurück, versuchten, hinter dem schmalen Kreuz ihrer Dienstvorgesetzten unsichtbar zu werden. Es gelang ihnen nur annähernd, sich der Farbe der Hausmauer anzupassen – die Uniformen störten.

Die beiden am Boden machten sich mit herzzerreißendem Stöhnen bemerkbar. »Ganz ruhig, Jungs«, sagte ich. »Ihr seid gleich dran.«

»Was ist das hier?«, sagte Wettin. »Eine Grillparty mit zwei Unbekannten?«

Sie trug Jeans, Sakko und Turnschuhe, wie bei unserer ersten Begegnung, wirkte aber längst nicht mehr so flott. Das Sakko war zerknittert, das Adriablau ihrer Augen wirkte blass wie Seifenlauge und die tiefen Ränder drum herum passten nicht zur Tageszeit.

»Ja«, bestätigte ich. »Das ist eine Grillparty und die zwei Unbekannten sind für Sie, zum Mitnehmen. Allerdings enttäuscht es mich, dass Sie sie für unbekannt halten. Ich dachte, die stünden auf Ihren Fahndungslisten ziemlich weit oben?«

Ohne auf meine Bemerkung einzugehen, teilte sie den beiden Geschlagenen mit, dass sie vorläufig festgenommen seien und sagte den

Uniformierten, sie sollen sie wegschaffen und die Rechtsbelehrung vornehmen.

»Der eine braucht einen Arzt«, sagte ich und zeigte auf den Dunkelhaarigen. »Arm gebrochen.« Sein Partner brauchte vermutlich auch einen, so hirnlos, wie er auf mich losgegangen war, aber das erwähnte ich vorläufig nicht.

»Wir berücksichtigen das«, sagte Wettin und gab ihren Begleitern durch eindeutige Handzeichen zu verstehen, endlich tätig zu werden. Zuerst nahmen sie sich den Blonden vor, klopften ihn professionell ab und schafften ihn anschließend durch die Tür.

Die Kommissarin trat näher an unsere Grilltafel, deutete auf die Pistole und fragte schroff: »Und was ist das da, bitteschön?«

»Sieht aus wie 'n Grillanzünder«, sagte Hubert.

»Ist aber keiner«, ergänzte ich.

Sie schaltete schnell. »Der gebrochene Arm?«, fragte sie. Dann fixierte sie Frau Beinhard und legte eine Spur Misstrauen in ihre Stimme, als sie sagte: »Und Sie waren dabei und haben das alles mit angesehen?«

Frau Beinhard richtete sich im Stuhl auf, dass sich ihre Kittelschürze straffte. »Nu sei mal nich so förmlich, Mädchen«, antwortete sie. »Nimm die beiden Gangster mit, damit wir hier in Ruhe zusammenhocken können!«

Die Kommissarin wurde rot und man konnte ihr deutlich das Verlangen ansehen, die alte Dame zurechtzuweisen. Aber sie beherrschte sich.

Ich stand seelenruhig auf, wendete die Steaks, piekste die Würste an, wendete sie ebenfalls und löschte das auflodernde Fett mit Bier ab.

»Das darf doch alles nicht wahr sein!«, platzte es aus Wettin heraus. »Lassen Sie doch mal den Quatsch!«

»Warum?«, sagte ich. »Wir saßen hier ganz friedlich und zündeten den Grill an, dann drangen diese zwei Ganoven ein um mich fertigzumachen. Kurz danach trifft mein Gast ein«, ich deutete mit der Grillzange auf Hubert, »und plötzlich geht der Blonde mit einer Keule«, die Spitze meiner Zange richtete sich auf den Baseballschläger, »auf mich los.«

»Und der andere«, ergänzte Hubert, »zieht die Pistole.«

Zwei neue Uniformierte betraten den Hof und nahmen Gebrochener Arm in Gewahrsam. Bevor sie verschwanden, tuschelte die Kommissarin mit ihnen, sah zu, wie einer der Uniformierten den Schläger und die Pistole in große Tüten packte und wendete sich danach wieder uns zu.

»Ich zweifle ja nicht an Ihrer Geschichte, aber mich interessiert vor allem, *warum* die beiden hierher gekommen sind.«

Ich zuckte die Schultern. »Um zu tun, was sie immer tun. Erpressen, einschüchtern. Sie hatten es ja schon mal versucht, erinnern Sie sich an meine Aussage? Und gestern Abend bin ich der Kralova ein bisschen auf die Nerven gegangen, um die Sache zu beschleunigen.«

»Aussage ist ein gutes Stichwort. Ich brauche die Ihren schriftlich.«

»Setzen Sie sich und essen Sie was mit uns.«

Leicht angewidert starrte sie auf den Grill, was mich daran erinnerte, die Grillzange zu benutzen. Ich musste ein neues Bier öffnen, um die aufkeimenden Flammen zu unterdrücken. Langsam schüttelte sie den Kopf.

»Nein, danke«, sagte sie.

»Vegetarier?«

Sie wandte den Blick vom Grill ab und nickte. Der Anflug eines Lächelns erhellte ihr Gesicht. »Also gut«, sagte sie dann, »ich denke, wir haben genug in der Hand, um die beiden Typen in U-Haft stecken zu lassen. Und da Sie es hier so schön haben«, sie machte eine ausschweifende Geste über den Hof und unsere Runde und es war kein Funken Ironie in ihrer Stimme zu erkennen, »reicht es, wenn Sie wegen der Aussagen am Montag zu uns ins Büro kommen.«

Die letzten Worte waren direkt an mich gerichtet.

»Ich rufe an«, sagte ich. »Montag früh.«

»Na dann, guten Appetit.« Sie wandte sich zum Gehen und ich reichte Hubert die Grillzange, um sie zur Haustür zu begleiten.

»Das LKA hat mir heute Nachmittag einen Besuch abgestattet«, sagte ich, während ich ihr die Haustür aufhielt.

»Ich weiß. Und das hier wird den Beamten nicht gefallen.«

Ich nickte, ohne zu wissen warum. Wahrscheinlich gefiel den Beamten vom LKA sowieso nichts, außer der Tatsache, dass sie beim LKA waren.

Die Wettin stand mittlerweile unter dem verblühten Flieder und drehte sich zum Abschied noch einmal um. »Montag«, erinnerte sie und stieß mit dem Zeigefinger in meine Richtung.

»Der eine der beiden Heinis hat übrigens zugegeben, dass sie in der Tatnacht bei Kühn waren«, sagte ich.

Sie runzelte die Stirn und machte einen Schritt zurück in meine Richtung. »Was?«

»Ja. Die beiden waren dort.«

Sie legte den Kopf schief. »Und warum sollten die Ihnen das erzählen?«

»Ich musste ein wenig nachhelfen«, sagte ich. »Aber wirklich nur ein wenig. Er hat allerdings behauptet, dass sie Kühn nur ein bisschen zugesetzt haben – seine Worte. Für seinen Tod seien sie nicht verantwortlich. Ich sag Ihnen das jetzt nur, weil dieser Teil nicht in meiner offiziellen Aussage vorkommen wird.«

Sie deutete mit dem Kinn in Richtung Hof. »Ihr Kumpel ist ja scheinbar hartgesotten, aber glauben Sie, dass die alte Frau das durchhält, wenn's drauf ankommt? Glauben Sie, die lügt für Sie?« Der Vorwurf in ihrem Tonfall war nicht zu überhören.

»Sie müsste nicht lügen. Und was Härte angeht, ist die alte Dame uns allen um Längen voraus.«

Sie zuckte die Schultern. »Das mag sein.«

»Außerdem ist sie zwar abenteuerlustig, aber im Zweifelsfall immer schwerhörig.« Ich grinste.

Sie lächelte wieder, leicht wehmütig. »Was glauben Sie? Haben die beiden Festgenommenen Kühn umgebracht?«

»Keine Ahnung. Wenn sie wirklich dort waren, werden sie das auch zugeben müssen, weil man es ihnen sowieso nachweisen wird. Aber alles andere überlasse ich Ihrem Geschick. Wenn Sie nicht weiterkommen, bringen Sie sie eben zurück, aber bitte in Handschellen.«

Sie winkte ab. »Bis Montag.«

Ich sah ihr nach, bis sie ihren Wagen erreichte, einstieg und wegfuhr.

Zwei, drei Nachbarn fläzten auf den Fensterbrettern der angrenzenden Häuser und starrten neugierig auf mich herab. Gaffer, angelockt von den Streifenwagen, die längst verschwunden waren. Ein paar Schritte die Straße hinunter parkte der schwarze 3er BMW und direkt dahinter stand Huberts Pick-up. Mal sehen, wann sie das Auto holen würden, dachte ich, kurz bevor mein Magen knurrte. Ich hatte Hunger, richtig großen Hunger.

10

In der Nacht hatte sich ein grauer Wolkenteppich ausgebreitet und am Morgen begann es leicht zu regnen. Feine Tröpfchen klärten die Luft, fielen herab, landeten leise rieselnd wie Reiskörnchen auf einem Teppichboden und vermengten sich mit dem Staub der letzten trockenen Tage zu einem schmutzigen Film, der das Straßenpflaster glitschig werden ließ und ein paar frisch gewaschene Karosserien versaute.

Am Samstagvormittag gegen halb elf saß ich in meinem Wagen auf dem Parkplatz vor dem städtischen Heidefriedhof. Der Regen hatte aufgehört. Weißer Nebeldunst hing zwischen den Baumkronen, unschlüssig darüber, in welche Luftschicht er ziehen sollte. Dicke Wassertropfen klatschten in unregelmäßigen Abständen vom Laub der Kastanien auf meine Windschutzscheibe. Durch das verschwommene Glas beobachtete ich den Haupteingang. Der Blumenladen daneben war kaum größer als ein Kiosk und sah so einladend aus wie ein Postabfertigungsschalter aus den Siebzigern.

Ich zündete mir eine Zigarette an und ging nochmal die letzten zwei Tage durch. Das Einzige, was Müller mit seinem Beharren auf meinem Auftrag erreicht hatte, war, dass ich seinen persönlichen Verhältnissen näher gekommen war. Vielleicht näher als ihm lieb war. Neben mir auf dem Beifahrersitz lagen die Ausdrucke der Rechnungen, die ich für Müller besorgt und dem LKA vorenthalten hatte.

Die Kralova. Da sie offenbar enge Beziehungen zum Ortsamt hatte, dürfte es für sie nicht allzu schwer gewesen sein, meine Adresse rauszubekommen.

Der Mord. Es bestand zwar die Möglichkeit, dass die Erfüllungsgehilfen der betrügerischen Sexbombe bei Kühn Mist gebaut hatten, aber auf Grund des von mir erpressten Geständnisses und vor allem, weil ich kein Motiv sah, konnte ich mir nicht vorstellen, dass sie ihn tatsächlich umgebracht hatten. Ich fragte mich, was die Bullen eigentlich davon hielten, nun, da sie die beiden schon einige Stunden in Gewahrsam hatten.

Eine viertel Stunde war vergangen, seit ich hier parkte. Neben meinem zählte ich vierzehn weitere Autos, darunter den Bus eines Behinderten-Fahrdienstes, der vermutlich Kühns Mutter transportiert hatte. Ich klemmte mir die Papiere unter den Arm, stieg aus und schlenderte gemächlich auf den Eingang zu. Während ich im Vorbeigehen die Ausstellungsstücke des Blumenladens betrachtete, bahnten sich erste Sonnenstrahlen den Weg durch den Nebel. Eine Minute später waren die Bäume ringsum von gleißendem Licht erfüllt, welches von abertausenden Wassertröpfchen widergespiegelt wurde. Irgendwo hämmerte ein Specht und es wurde plötzlich so heiß, dass man dabei zusehen konnte, wie die Kiesel auf dem Parkplatz trockneten.

Ich postierte mich im Schatten einer der Torsäulen und wartete. Als ich die zweite Zigarette anzündete, hörte ich die Trauergäste näher kommen. Ehrfurchtsvolles Gemurmel unterlegt von knirschenden Schuhsohlen. Zuerst erschien eine Gruppe von etwa zehn Männern, die, kaum dass sie das Tor passiert hatten, ihre Zigarettenschachteln zückten. Gut die Hälfte von ihnen hatte ich in der Wohnresidenz schon gesehen, Oskar Wild nickte mir flüchtig zu und hielt ein Streichholz an seinen Glimmstängel. So schnell, wie sich danach der

Parkplatz mit schwarz betuchten Menschen füllte, konnte ich unmöglich jedes einzelne Gesicht registrieren – gut vierzig bis fünfzig Leute tummelten sich innerhalb einer halben Minute vor dem Tor, die Anspannung der Beerdigungszeremonie entwich, das Gemurmel wurde lauter und die frisch gewienerten Schuhe erzeugten Staub. Ich sah ein paar weitere, diesmal auch weibliche Residenz-Beschäftigte, Familie Fink, um die sich deren Angestellte scharten, ein paar Handwerker, denen man anmerkte, dass sie ihre schlecht sitzenden Anzüge am liebsten vor Ort entsorgen würden, und drei alte Frauen, die sich gebückt, aber zielstrebig aus der Ansammlung entfernten und die nahegelegene Bushaltestelle ansteuerten. Eine hagere Gestalt löste sich aus der Menschenmenge und kam auf mich zu.

Lothar Müller wirkte so elegant wie ein Entertainer, der auf seine alten Tage seine Brötchen in einem Luftkurort für Privatpatienten verdient. Schwarz mit Nadelstreifen machte ihn noch schlanker, als er ohnehin schon war, seine blitzblanken Schuhe blendeten nahezu und der Kragen seines Hemdes, das nur wenig heller als blütenweiß war, umschloss seinen Hals wie ein Eisenring. Aber der Schrei war die Fliege, die, riesig, schwarz und nicht ganz gerade sitzend, eher einem Nachtfalter glich, der schon mehrmals gegen eine Laterne geflattert war.

»Da sind Sie ja«, sagte er und streckte mir eine Hand entgegen, allerdings nicht, um damit die meine zu schütteln, sondern um sie in einer fahrigen Bewegung vorwurfsvoll gen Himmel zu heben, wobei mich ein goldener Manschettenknopf anfunkelte. »Wo waren Sie denn?«

Der abfällige Blick, mit dem er mich ansah, erinnerte mich an einen Interhoteltürsteher zu DDR-Zeiten, der es immer dann mit dem einfachen Volk zu tun bekam, wenn im Keller seines Hauses alle paar Monate eine öffentliche Disko stattfand. Dabei hatte ich mein bestes, nachtblaues Markenjackett an, das ich mir nach einem gut bezahlten Job in einem Anflug von Größenwahn zugelegt hatte. Es saß perfekt und außerdem hatte Sylvia damals gemeint, genau so ein Jackett könne ich gut brauchen.

»Nachtblau ist im Grunde dunkler als Schwarz«, sagte ich.

Müllers Augen verzogen sich zu schmalen Schlitzen. »Was sagen Sie da?«, zischte er misstrauisch.

Ich winkte ab. »Ich bin hier, wie es ausgemacht war«, sagte ich, dann streckte ich ihm die Papiere entgegen, die ich in zwei DIN-A4-Umschläge gezwängt hatte. »Das ist für Sie. Kralova, Sie wissen schon.«

Er nahm die Umschläge lässig mit einer Hand und musste mit der anderen nachfassen, als ich losließ. Über seine Schulter erkannte ich seine Ehefrau, die zusammen mit zwei anderen Frauen und zwei Nadelstreifenträgern herumstand – wahrscheinlich die Geschäftsführenden von MOKA nebst Anhang – und mit leichter Besorgnis zu uns herüberschaute. Anscheinend fragte sie sich, was wir beiden miteinander zu kungeln hatten. Hinter ihr tauchte der Pfleger auf. Er schob Kühns Mutter im Rollstuhl vorbei. Er sah mich und wir tauschten einen stillen Blick. Frau Kühn weinte hemmungslos, aber leise. Unbeholfen tupfte sie mit einem tränendurchtränkten Tuch ihre Wangen ab, das Kinn tief auf die Brust gesenkt. Offensichtlich war sie bei Sinnen.

Müller wandte sich, meinem Blick folgend, um. »Die arme Frau«, sagte er, so traurig wie ein Pinguin, der seine letzten Familienangehörigen in die Mäuler der Orcas schwimmen sieht. Mensch, Müller, dachte ich und schielte ihn von der Seite an. Ich konnte nichts Unaufrichtiges in seinem Ausdruck erkennen, und so beließ ich es bei einem stummen Seufzer.

Eine Frau mit wallendem, hellblondem Haar gesellte sich zu den Geschäftsführenden. Vermutlich war dies Müllers Tochter, ein »Traum aus Wachs«, wie Oskar Wild sie mir gegenüber einmal bezeichnet hatte. Sie trug natürlich heute Schwarz, war recht groß und schlank, mit nahezu perfekt proportionierten Gesichtszügen, und hielt einen vielleicht vierjährigen Jungen an der Hand, der in seinem Traueraufzug wie ein Püppchen wirkte.

»Meine Tochter«, sagte Müller.

»Ich weiß«, sagte ich. »Haben Sie die Beerdigung organisiert?«

»Ja, also, das heißt, meine Frau.«

»Gibt es jetzt so eine Art …«, ich zögerte, denn das Wort Leichenschmaus wollte mir nicht über die Lippen kommen, »gemeinsames Beisammensein?«

Er sah mich argwöhnisch an. »Wir fahren jetzt in die Stadt, wenn Sie das meinen. Ich habe in meinem Hotel einen Raum eindecken lassen.«

»Was dagegen, wenn ich vorher mal kurz mit Ihrer Tochter rede?«

Sein Gesicht verzog sich, als hätte ich ihm Zwiebeln unter der Nase zerrieben. »Wozu soll das gut sein?«

»Kommt drauf an«, antwortete ich vage und machte mir einen Spaß daraus, seinen Argwohn noch zu steigern, indem ich hinzufügte, »was dabei herauskommt.«

»Das hier ist eine Beerdigung«, zischte er, während sich seine Frau im Lippenlesen versuchte. »Was bilden Sie sich ein!«

»Sehen Sie sich die arme Frau im Rollstuhl ruhig nochmal an«, sagte ich und deutete mit einer knappen Kinnbewegung hinüber zu dem Behinderten-Bus, wo der Pfleger gerade dabei war, Frau Kühn aus dem Rollstuhl zu heben. »So erschüttert sieht jemand aus, der sein Kind verloren hat.«

Zu dem Zorn gesellte sich eine Spur Argwohn. Er sagte nichts, wartete ab.

»Sagten Sie nicht bei unserer ersten Begegnung, Kühn wäre so etwas wie ein Sohn für Sie?« Ich konnte mir eine gewisse Ironie im Tonfall nicht verkneifen. »Und dass das Kind Ihrer Tochter auch sein Kind sei?«

Einen Moment schien es, als wolle er mich lynchen. Dann wich die Anspannung plötzlich aus seinem Gesicht und er schien einen Entschluss gefasst zu haben. »Sie wissen es«, sagte er lakonisch.

Ich nickte. »Ich bekam gestern im Altenheim zufällig ein paar alte Fotos zu sehen. Sie haben eben Ihren Sohn beerdigt.«

»Ja«, sagte er. »Und selbst, wenn Sie mich für einen kalten Lumpen halten, Sie können mir glauben, dass mir das zu schaffen macht.«

Ich glaubte es ihm. Obwohl ich ahnte, was ihm daran im Moment am meisten zu schaffen machte. Er schien nervös zu sein, weil seine Frau direkt in meinem Blickfeld stand. Er versuchte, locker zu wirken, als er sein schmales Kreuz um einen halben Meter verschob, mehr um ihr, als mir die Sicht zu verstellen, aber seine Schultern wirkten verkrampft. »Meine Frau ...«, druckste er leise.

»Weiß davon nichts«, ergänzte ich. »Man merkt's Ihnen an.«

»Genau«, sagte er.

»Und Kühns Mutter?«, fragte ich.

»Das Ganze ist eine Ewigkeit her. Sie weiß nicht mehr, wer ich bin.«

Ich widerstand der Versuchung hier und jetzt die ganze Geschichte erörtern zu wollen. »Und die Geschichte mit Ihrer Tochter und Kühn ist ein riesengroßer Kokolores?«

Er nickte. »Ich wollte nur ...«, stammelte er, aber danach kam nichts weiter. Er wirkte so klein, dass es beschämend war. Großaktionär mal anders.

»Hat Kühn Sie in irgendeiner Form erpresst?«, fragte ich, davon ausgehend, dass Kühn wusste, was wir beide wussten.

Er hob erstaunt das Kinn. »Warum hätte er das tun sollen?«

»Das wäre einfach das Naheliegende«, sagte ich. »Seit wann wusste er denn, dass Sie sein Vater sind?«

»Seit ungefähr einem Jahr. Damals war er zu einer Feier im engeren Führungskreis der Firma eingeladen. Da wusste ich schon, dass er mein Sohn war und ich wollte ihn mir in Ruhe aus der Nähe ansehen. Aber daraus wurde nichts.« Müller schüttelte gedankenverloren den Kopf, als erlebte er es noch einmal. »Er bandelte mit meiner Tochter an und ihr schien dies zu gefallen, was ich aus naheliegenden Gründen unterbinden musste, und so habe ich ihn beiseite genommen und ihm reinen Wein eingeschenkt.«

»Das heißt?« Ich wollte, dass er mir ebensolchen Wein einschenkte.

»Ich habe«, begann er, kratzte sich am glattrasierten Kinn und blickte flüchtig über die Schulter, »ich habe ihm erzählt, dass ich damals, 1969, ich war als Soldat an die innerdeutsche Grenze eingezogen worden, seine schwangere Mutter verlassen habe. Und ich habe ihm erzählt, dass ich mir im Nachhinein mehrere Gründe zurechtgelegt hatte, um meine sogenannte Republikflucht schönzureden, dass ich aber letztendlich vor der Verantwortung geflohen bin.«

»Hat ihn Ihr Geständnis nicht ziemlich überrascht?«

»Hat es. Aber er hat es letztendlich einfach weggesteckt.«

Das konnte ich mir schwerlich vorstellen, aber ich ließ es erstmal so stehen. »Und woher das plötzliche Interesse für Ihren Sohn? Sie hatten ihn doch schon jahrzehntelang abgeschrieben?«

»Ich hatte ihn nie …«

»Lothar?« Frau Müller drängte sich zwischen uns und warf mir einen kurzen, alles andere als liebenswürdigen Blick zu. »Später ist sicher noch Zeit, mit Herrn Staiger zu diskutieren, aber jetzt sollten wir uns um die Gäste kümmern.« Sie zupfte an seinem Ärmel und er ließ sich widerstandslos von mir wegbewegen. Kurz bevor er sich umdrehte, flehten mich seine Augen an, um Himmels willen dichtzuhalten.

»Moment«, sagte ich höflich, aber bestimmt. »Da wäre noch was.«

Müller erstarrte. Frau Müller wurde ungehalten. Sie schob ihr Kinn kampfeslustig nach vorne. »Wenn es wegen Ihres Honorars ist, müssen Sie sich gedulden, bis die Beerdigung vorbei ist«, giftete sie und zuckte mit den unter schwarzem Stoff künstlich verbreiterten Schultern.

Ich ignorierte sie und hielt mich an meinen Ansprechpartner. »Gestern Abend hat die Polizei die beiden Schläger der Kralova festgenommen.«

Er nickte erleichtert und schüttelte fast unmerklich den Ärmel, den seine Frau immer noch festhielt. »Und? Sind es Franks Mörder?«

»Ehrlich gesagt, bin ich mir da nicht so sicher.«

Er wartete ab. Sie wartete ab.

»Ich sehe kein Motiv«, sagte ich. »Was schade ist, denn die zwei sind die geborenen Buhmänner.«

»Sieht die Polizei das auch so?« Müller war der geborene Pragmatiker.

»Keine Ahnung, aber ich nehme an, dass Sie's rausfinden werden.«

»Ich will wissen, wer ihn umgebracht hat.« Seine Stimme war wieder fest wie ein Steinwall. »Und *warum*.« Es gelang ihm, die Hand seiner Frau loszuwerden und gleichzeitig Haltung anzunehmen.

»Ein paar Worte mit Ihrer Tochter«, erinnerte ich ihn.

»Gut«, sagte er, wandte sich um und ging, seine Frau im Gefolge, zielstrebig auf die Gruppe der Geschäftsführenden zu, an deren Rand sich seine Tochter eben bemühte, ihren aufgeweckten Jungen davon abzuhalten, Kieselsteine auf die Rückleuchten der parkenden

Autos zu werfen. Nachdem sie kurz in meine Richtung geschaut und Oma und Opa ihren Sohn anvertraut hatte, beobachtete sie mich, bis ich vor ihr stand. Ihre Augen waren lichtgrau und zu schmalen Schlitzen verengt, wie man es oft bei Menschen mit nordischem Einschlag sieht, wenn sie dem Sonnenlicht ausgesetzt sind.

»Hans Staiger«, stellte ich mich vor. »Ich arbeite für Ihren Vater.«

Sie musterte mich so kühl, dass ich erwog, mir bei unserer nächsten Begegnung etwas überzuziehen. »Ich weiß«, sagte sie. Sie trug die gleichen Nadelstreifen wie die anderen, zurechtgeschnitten zu einem eleganten Kostüm. Wahrscheinlich hatte die Firma einen Schneider an der Hand. Sie war groß und die schwarzen Lackstöckelschuhe erhöhten sie nochmal um gut sechs bis acht Zentimeter, so dass wir fast auf Augenhöhe waren.

»Was wolln Sie?«

Ich kam zur Sache. »Haben Sie Kühn mal eine Postkarte geschickt?«

»Eine was?« Sie hob die blonden Augenbrauen um ein paar Millimeter. Wenn Sie geschminkt war, dann sehr, sehr dezent.

»Eine Postkarte«, wiederholte ich.

»Eine Postkarte?« Sie versuchte mit mäßigem Erfolg, Falten auf ihre junge Stirn zu bekommen. Sie schien meine Frage für nicht sehr bedeutend zu halten, und, ehrlich gesagt, war ich geneigt, ihr zuzustimmen.

»Ja, so ein Stück Pappe mit einem Foto drauf und auf der Rückseite einer Briefmarke über der Adresse.« Das konnte doch nicht so schwer sein. »Vielleicht vor ...«, ich musste einen Moment überlegen, »maximal zehn Monaten?«

»Ach!« Sie hob eine Hand und schmale lange Finger fuhren über die Stirn, die sich augenblicklich glättete. Dann lächelte sie sparsam. »Klar, als wir im Urlaub waren, auf den kanarischen Inseln ...«

»Wir?«

»Nur Leon, das ist mein Sohn«, sie wandte sich nach Leon um, der inzwischen mit seinen Großeltern beim Auto angekommen war, »und ich.«

»Wo ist Leons Vater?«

Sie schnaubte verächtlich und ihre Schultern zuckten. »Selbst, wenn ich's wüsste, ginge Sie das nichts an. Was soll die ganze Fragerei?«

»Ich versuche, mir ein Bild zu machen«, sagte ich einen dieser schwammigen Sätze. »Wie gut kannten Sie Kühn?«

Sie schüttelte unentschlossen die Unterarme. »Gut genug, um ihm eine Karte zu schicken, aber nicht gut genug, um eine Ahnung zu haben, in was er hier reingeraten ist.«

»Wie kommen Sie darauf, dass er in was hineingeraten ist?«

»Na ja, so ganz ohne schlechte Gesellschaft wird man doch nicht umgebracht, oder?«

Da war was dran, allerdings ist »schlechte Gesellschaft« ein dehnbarer Begriff.

»Susanne!« Die Stimme ihre Mutter schallte zu uns herüber.

»Gleich!«, rief sie zurück. Dann senkte sie den Blick und starrte den Boden zwischen uns an. »Wer macht so was?«, flüsterte sie. Sie hob den Blick wieder und sah mich an. »Wer?«

»Keine Ahnung«, antwortete ich. »Aber ich habe das Gefühl, es wird rauskommen.«

»Gefühl?« Sie verzog hochmütig einen Mundwinkel, ihre schmalen Lippen wurden dabei noch schmaler.

Fast hätte ich gegrinst. Fast. »Nach allem, was ich über ihn erfahren habe, ist es schwer, ein Motiv zu erkennen, das nicht mit irgendwelchen Frauengeschichten zusammenhängt.«

Die Antwort kam prompt und geradeaus: »Das könnte ich mir auch gut vorstellen.«

»Haben Sie irgendeine Ahnung?«

»Wie sollte ich. Ich habe ihn seit Monaten nicht gesehen.«

Frau Müller glitt lautlos herbei, stellte sich neben ihre Tochter und sagte: »Wir müssen jetzt wirklich los«, nickte mir höflich, beinahe freundlich zu und fügte hinzu: »Mein Mann ruft Sie an.« Sie war wieder so dezent nett, wie ich sie beim ersten Mal erlebt hatte, und wie sie so neben ihrer Tochter stand, konnte ich durchaus Ähnlichkeiten in Form und Habitus ausmachen. Was ich beruhigend fand.

»Dann halte ich Sie jetzt nicht länger auf«, sagte ich und ließ die beiden Damen ziehen. Die Mutter hakte die Tochter unter, da diese die höheren Absätze hatte, was auf diesem Untergrund fast schon ein Wagnis war. Müller erwartete die beiden neben der offenen Hintertür eines Mercedes und ich glaubte zu erkennen, dass er mir zunickte.

Aus dem Blumenladen kam eine kräftige Frau in Jeans und grüner Schürze heraus und begann ihre Ausstellungsstücke einzusammeln. Ich zündete mir eine Zigarette an und schlenderte langsam auf meinen Audi zu. Auf halber Strecke rollten die ersten, mit Trauergästen besetzten Wagen an mir vorbei.

»Hallo«, hörte ich eine weibliche Stimme von der Seite.

Die Verkäuferin aus Finks Baustoffhandel, mit der ich schon einige spritzige Augenblicke an ihrem Tresen verbracht hatte, stand nur ein paar Schritte entfernt neben einem blauen Corolla und lächelte mir zu.

Ich blieb stehen. »Ach, Sie sind's«, sagte ich und suchte nach einer Anrede, da ich mir sicher war, ihren Namen nicht zu kennen.

»Simone«, half sie mir lächelnd, gab den Leuten im Wagen ein Zeichen, dass sie gleich kommen würde und kam näher. Auf ihrer Arbeitsstelle hatte sie Hosen und T-Shirt getragen, deshalb war sie kaum wiederzuerkennen, in ihrem knapp über den Knien endenden Rock und dem legeren Jackett, beides in graumeliertem Schwarz, und der nachtblauen Bluse. Ein bisschen erinnerte sie mich an eine attraktive französische Stewardess, die mich einmal während eines Fluges nach Marseille mit Rotwein abgefüllt hatte.

»Hans«, stellte ich mich vor. »Aber ich nehme an, das wissen Sie schon.«

Sie lächelte kokett. »Aber das ist auch schon so ziemlich alles, was ich von Ihnen weiß. Und, dass Sie manchmal den Finanzbeamten geben.«

»Ich bin wohl schon der Lacher in der Firma?«

»Nein«, jetzt lachte sie entzückend. »Aber die Chefin hat Ihnen die Nummer anscheinend nicht abgenommen und erstmal die halbe Belegschaft über Sie ausgequetscht, bevor sie sich beim Finanzamt kundig gemacht hat.« Ihre hellbraunen Augen strahlten mich an.

Feine Fältchen hatten es sich in ihrem Gesicht bequem gemacht, besonders um Augen und Mundwinkel. Trotz ihres Alters – aus der Nähe betrachtet schätzte ich sie auf Anfang vierzig – hatte ihr Lächeln die jugendliche Kraft eines Teenagers.

»Ich hatte diesbezüglich schon Ärger«, sagte ich. »Aber Sie haben doch wohl dichtgehalten? Bei der Chefin, meine ich.«

Sie legte den Zeigefinger auf ihre Lippen und schloss für eine Sekunde die Augen. Dann sagte sie: »Wie ein Buch mit sieben Siegeln.«

»Wie wär's mit einer Tasse Kaffee, wenn Sie das hier hinter sich haben?«

»Aber sehr gern. Vielleicht so gegen acht?«

»Gegen acht. Wo Sie wollen.«

»Kennen Sie die Villa Pancho?«

»Sicher. Und Sie kommen wirklich?«

»Klar.« Ich entnahm ihrem Tonfall, dass sie die Kneipe nicht nur von außen kannte, und wunderte mich, warum sie mir dort noch nie aufgefallen war.

»Um acht in der Villa Pancho«, resümierte ich.

»Gut«, sagte sie, machte einen Schritt rückwärts und schenkte mir noch ein zauberhaftes Lächeln, »wir müssen jetzt los. Bis heute Abend.« Sie machte schwungvoll kehrt und stieg in den Corolla. Als sie rückwärts aus der Parklücke stieß, winkte sie mir zu.

Der Kies war schon wieder so trocken, dass die Reifen Staub aufwirbelten, der meine Hosenschläge umspielte. Über das Dach des wegfahrenden Wagens hinweg sah ich die Finks und ihren BMW. Ansgar Fink saß schon drin, seine Frau starrte kurz zu mir herüber, bevor sie sich auf den Sozius begab, und ihre Tochter nahm noch einen tiefen Zug, warf dann die Zigarettenkippe weg, um schließlich hinten einzusteigen. Ansgar Fink hatte mir letztens nicht die Wahrheit gesagt – beim Durchsehen von Kralovas Rechnungen hatte ich festgestellt, dass sie ihre Materialien schon viel länger zu Sonderpreisen bezog, und nicht, wie von Fink behauptet, erst nachdem sie angeblich vor ein paar Monaten zusammen mit Kühn in der Baustoffhandlung erschienen war. Und ich bezweifelte, dass er sich, in solch einer, für einen Händler nicht unwichtigen Angelegenheit, einfach nur geirrt hatte. Eva Fink grinste mich im Vorbeifahren hämisch an, wodurch ich mich dazu hinreißen ließ, ebenso hämisch zurückzugrinsen. Wir beide waren noch nicht fertig miteinander.

Ich stieg in meinen Audi, öffnete das Seitenfenster und wartete, bis der Parkplatz leer war. Frank Kühn war beerdigt. Wer immer seinen Tod verursacht hatte, war vermutlich noch frei und lebendig. Ich wunderte mich, dass kein Polizist hier gewesen war. Oder vielleicht hatte ich einfach nur keinen bemerkt. So wie ich Simone noch nie bemerkt hatte, obwohl wir möglicherweise schon zur selben Zeit in derselben Kneipe gewesen waren. Ihr Teenagerlachen, ihre jugendliche Ausstrahlung, die in einem sehr fraulichen Körper wohnte, hatten ein Gefühl aus mir hervorgeholt, das ich seit der kurzen Affäre mit Mona zu Grabe getragen glaubte. Ich war verliebt, nicht bis über beide Ohren, aber ich spürte Verlangen nach dieser Frau, etwa so, wie man den Frühling ersehnt, um dem Winter zu entkommen.

Ich ließ den Motor an und warf die Kippe, die schon vor Minuten in meiner Hand erloschen war, aus dem Fenster. Die Frau vom Blumenladen hatte ihre Auslagen mittlerweile geborgen. Sie war dabei, ihren Laden zu verrammeln. Ein Lüftchen wehte vom Friedhof den bitteren Geruch frisch beschnittener Thujasträucher herüber. Ich wollte nach Hause, ein Schostakowitsch-Streichquartett auflegen, dabei auf dem Liegestuhl rumlümmeln und mir Gedanken machen. Über Lothar Müller, Hana Stein-Kralova, die Finks, Schostakowitsch und, nicht zuletzt, über meine Verabredung mit Simone. Ich lehnte mich zurück, ließ den Unterarm aus dem Fenster baumeln und fuhr los.

Zu Hause kochte ich Eier, toastete zwei Scheiben Weißbrot, schaltete den Plattenspieler an und hörte nebenbei die zwei Nachrichten ab, die mein Anrufbeantworter aufgezeichnet hatte. Hauptkommissar Cosel teilte mir lapidar mit, wie super er es fand, dass die beiden Schläger bei mir festgenommen werden konnten, und dass er es noch viel besser finden würde, wenn ich mich von nun an nicht weiter in seine Sachen einmischen würde, beispielsweise als Steuerfahnder. Ob die beiden Festgenommenen etwas mit Kühns Ableben zu tun hatten, ließ er unerwähnt. Sylvia fand es wieder mal schade, mich nicht erreicht zu haben, sie hatte aber auch ein Talent, mich zu verfehlen.

Bis gegen sechs döste ich im Liegestuhl, hörte im Radio eine Sendung über Haydns Zeit in England, und das abschließend gespielte Finale der Oxforder Sinfonie beschwingte mich so weit, dass ich den Weg unter die Dusche fand. Um endgültig munter zu werden, legte ich »Powerage« von AC/DC auf, schlüpfte in frische Klamotten und löffelte zu guter Letzt eine Dose Ölsardinen leer. An der Haltestelle schaffte ich eine halbe Zigarette, bis eine »13« angescheppert kam und mich und zwei weitere Fahrgäste aufnahm.

Eine viertel Stunde später stand ich vor der Villa Pancho. Drinnen war es nicht besonders voll, aber der Abend fing erst an. Simone hockte allein an einem der Tische im vorderen Bereich, sie winkte mir zu, kaum, dass ich mich an das Halbdunkel gewöhnt hatte. Sie hatte die Beine übereinandergeschlagen und ihr legeres Lächeln passte ausgezeichnet zu dem unaufdringlichem Jazz, der wie ein sommerlicher Nieselregen aus den Lautsprechern rieselte.

Ich blieb vor ihrem Tisch stehen, bewunderte ihre makellosen Knie und fragte, wobei ich auf ihre leere Kaffeetasse deutete, ob sie auch was Alkoholisches vertragen würde.

»Aber sicher«, sagte sie mit einem verführerisch dunklen Unterton in der Stimme. »Ich bitte darum!«

»Ich hol mir 'n Bier«, sagte ich.

»Für mich darf's auch was Härteres sein«, sagte sie.

Mit einem Bier und einem Wodka Lemon, an dessen eiskaltem Glas mir die Finger fast festfroren, kam ich vom Tresen zurück. Sie nickte anerkennend, als ich die Gläser abstellte und mich zu ihr setzte.

Sie hatte ihren Traueranzug gegen ein orangefarbenes Sommerkleid getauscht und um ihre sehnigen Schultern flauschte ein olivgrünes Seidentuch, welches so luftig wirkte, dass ich nicht zu niesen gewagt hätte.

Sie hob ihr Glas und prostete mir zu. »Das ist seit langer Zeit mein erstes Rendezvous«, sagte sie lächelnd. Nicht ohne Selbstironie, das gefiel mir. Sie sah mich abwartend an.

»Ich muss gestehen«, gestand ich, »dass mein letztes nicht so lange her ist. Aber dafür hielt ich es für mein allerletztes.«

»Nie wieder Frauen?«

»Nie wieder, dachte ich.«

»War es so gut oder so enttäuschend?«

Ich dachte einen Moment darüber nach. Es heißt nicht umsonst, dass man hinterher schlauer ist. »Von beidem ein bisschen«, sagte ich.

»Oh.« Sie beugte sich nach vorn, nahm meine Hand, die ich arglos neben dem Bierglas abgelegt hatte, fest in ihre Hände und brachte ihr Gesicht ganz nahe an meines heran. Das Seidentuch fiel locker nach vorn und ich hätte hinter ihrem Kleidchen die Sommersprossen auf ihren kleinen Brüsten zählen können. Hellbraune Augen versuchten, mich zu durchdringen, als sie sagte: »Jetzt küss mich endlich, und dann sag ich dir alles, was du wissen willst.« Dann kicherte sie und es klang ein wenig verlegen, vielleicht war sie erschrocken darüber, wie ernst ihre Worte geklungen hatten.

»Was ich wissen will?«, entgegnete ich einigermaßen erstaunt. Obwohl ich ahnte, dass sie mich durchschaut hatte, besser als ich mich selbst.

»Klar«, raunte sie von ganz tief unten, so dass ich den Wodka in ihrem Atem riechen konnte. »Du triffst dich doch nicht mit mir, um eine Liaison zu beginnen. Leider«, fügte sie lächelnd hinzu. Eine tiefe Falte hatte sich in ihrem Mundwinkel eingegraben. »Du willst doch mit mir über den Toten plaudern.«

»Stimmt«, sagte ich. »Aber dafür hätten wir nicht hierher …« – kommen müssen, hatte ich den Satz beenden wollen, aber sie hob ihre Hand und legte mir ihre kühlen Finger sacht über die Lippen und schloss für einen Moment ihre Augen, so dass ich verstummte.

»Küss mich«, wiederholte sie. Ihre Lippen berührten mich. Zunächst zaghaft, tastete sie meine trockenen Lippen ab, dann fanden unsere Zungenspitzen zueinander und befeuchteten die spröde Haut, bis wir zu einem stillen, leidenschaftlichen Kuss verschmolzen. Ihre Hand ruhte immer noch auf meiner, ich zog sie weg und vergrub meine Finger in ihrem duftenden Haar, woraufhin sie mich im Nacken packte und mich noch fester an sich presste.

Nach einer Ewigkeit lockerte sie den Griff und ließ von mir ab, sie lehnte sich zurück und sagte munter: »War doch gar nicht so schwer, oder?«

Ich atmete tief ein, sah sie an und strich ihr mit zwei Fingern über das oben liegende Knie ihrer immer noch übereinandergeschlagenen Beine. »Ich hätte Lust auf mehr«, sagte ich.

»Ich auch«, sagte sie. »Nachher.«

»Du meinst, ich soll dich erst nach allen Regeln der Kunst ausfragen?«

»Genau. Aber mach schnell.« Sie spitzte die Lippen zu einem Kuss. Ihr Mund glänzte im Schummerlicht wie frischer süßer Ketchup.

»Das Problem ist, ich beherrsche diese Regeln nicht.«

»Dann mach es eben, wie du denkst.« Sie legte den Kopf schief, trank ein winziges Schlückchen aus ihrem Glas und bereitete sich anscheinend darauf vor, mir beim Denken zuzusehen. Sie freute sich auf das Frage-Antwort-Spiel.

Ich betrachtete ihr von feinen Fältchen durchzogenes Gesicht, die Lippen, auf denen winzige Risse die Schicht des roten Lippenstiftes durchzogen, die hauchzarten Härchen über der Oberlippe, das Rouge auf ihren Wangen, die hellen Augen mit dem jugendlich übermütigen Blick …

»Wann geht's los?«, fragte sie und griff nach ihren Zigaretten.

»Jetzt«, sagte ich. »War Kühn mal zusammen mit der Kralova bei euch in der Firma?«

Die Fältchen auf ihrer Stirn vertieften sich. »Ich glaube nicht«, sagte sie. »Jedenfalls nicht während meiner Arbeitszeit.«

Ich notierte in Gedanken einen Minuspunkt für Ansgar Fink und fragte mich, wieso er mir etwas vorgemacht hatte, obwohl aus den Rechnungen eindeutig etwas anderes hervorging.

»Wann geht's weiter?«, sagte Simone ungeduldig. Der Rauch ihrer Zigarette stieg kerzengerade nach oben.

»Hat Kühn dich mal angemacht?«, fragte ich spontan.

Sie lächelte amüsiert, als hätte sie genau diese Frage erwartet. Sie zog an der Zigarette, bevor sie antwortete: »Ab und zu hat er mit mir geflirtet«, sagte sie, Rauch über mich hinweg pustend, »wenn er persönlich im Verkaufsraum war, was selten vorkam.«

»Wie selten?«

Sie dachte nach. »Höchstens einmal im Monat. Meistens ist er gleich zum Chef oder einem der Sachbearbeiter ins Büro gegangen. Aber er war sehr charmant.«

»Davon hab ich schon gehört«, sagte ich.

»Neidisch?« Sie grinste.

Ich zuckte die Schultern. »Ich lebe noch«, sagte ich gleichmütig.

»Stimmt«, pflichtete sie mir bei.

Ich wechselte das Thema. »Als ich neulich im Auftrag des Finanzamtes in eurer Firma war, hatte ich den Eindruck, dass die Frau des Chefs mehr als nur die Frau des Chefs sein könnte.«

»Klar.« Sie grinste spitzbübisch. »Offiziell ist er der Geschäftsführer, aber sie hat den Hut auf. Ihr gehören auch die Anteile der Familie.«

»Die Polizei mal dagewesen?«, sprang ich zum nächsten Themenkomplex über. Eine Idee hatte ich vielleicht, aber kein Konzept.

»Ja. Einmal. Zwei Uniformierte mit Notizblöcken und eine Zivile, eine Frau.«

»Lass mich raten«, sagte ich, »du hattest mit den Uniformierten zu tun, während die Zivile schnurstracks zu den Finks ins Büro marschiert ist.«

»Genau.«

»Und?«

»Und was?«

»Was wollten die Bullen wissen?«

Sie paffte ein Wölkchen hoch zu den Schwaden, die sich unter der Decke sammelten. Um uns herum begann es voller zu werden. Überrascht stellte ich fest, dass es keinen freien Tisch mehr gab.

»Zum Beispiel, ob es irgendwelche privaten Berührungspunkte zwischen Kühn und jemandem in der Firma gab.«

»Eine kluge Frage. Gab es welche?«

»Nee, nicht, dass ich wüsste.«

»Tja.« Ich lehnte mich einigermaßen resigniert zurück und leerte mein Glas. »Offensichtlich bist du keine Hauptzeugin in dieser Sache.«

Sie stupste mich mit der Schuhspitze des übergeschlagenen Beines an, verhakte sie anschließend hinter meiner Kniekehle und strich mir mit dem Rist über die Wade. »Bin ich denn zu gar nichts zu gebrauchen?«, schmollte sie scheinheilig.

»Ach was«, winkte ich ab. Irgendwas spukte in den Gespinsten meiner Gedanken herum, etwas, dass ich nicht greifen konnte. Ich hakte es vorläufig ab und wollte gerade zum privaten Teil unserer Unterhaltung zurückkehren, als ich plötzlich einen feuchten Kuss auf die Wange bekam und zwei fest zupackende Hände auf meinen Schultern spürte.

»Hallo, Hans«, hörte ich Sylvias Stimme mehr über als hinter mir, und an Simones Blick konnte ich ablesen, dass sich die beiden Damen direkt in die Augen sahen. »Ich wollte nicht stören«, fuhr Sylvias Stimme fort, »aber sehen wir uns nachher noch? Ich muss mit dir reden.«

Ich hob den Kopf und sah ihr von dunkelblonden Locken umrahmtes, teuflisch schön lächelndes Gesicht auf mich herabblicken. Sie zwinkerte mir zu und beobachtete aus den Augenwinkeln, wie Simone darauf reagieren würde. Sie reagierte – wie ich fand – großartig. Sie lehnte sich zurück, stupste die Asche von ihrer Kippe und sagte mit gespielt einfühlsamer Stimme: »So schlimm, wie du erzählt hast, sieht deine Ex nun auch nicht aus.«

Die Hände auf meinen Schultern schienen sich zu verkrampfen, ich vermied es, Sylvia anzusehen. Allerdings war ich gespannt.

»Ich bin vorn am Tresen«, kam es unterkühlt aus ihrem Mund. Und: »Wenn du mit der alten Dame hier fertig bist.« Die Hände rutschten von meinen Schultern, eine Gänsehaut kroch über meine Unterarme und ich hörte Sylvias Absätze ein paar Schritte lang energisch klappern, bevor das Geräusch im allgemeinen Gemenge untertauchte.

Ich ließ einen Kubikmeter Luft aus meinen Lungen entweichen. Simone lächelte mich schadenfroh an.

»Probleme?«, fragte sie.

»Sylvia«, sagte ich lapidar, so als würde das sowieso alles erklären.

»Sylvia«, wiederholte sie.

»Meine Ex, wie du richtig bemerkt hast.«

»Ex?«, sagte sie kichernd und hob ungläubig die Augenbrauen. »Die ist bis hierher in dich verschossen.« Sie strich sich mit der Handkante über den Scheitel, um mir zu zeigen, bis wohin sie meinte.

»Ach ja?«, entfuhr es mir schärfer, als ich gewollt hatte.

»Genau«, sagte sie. Sie warf ihre Zigarette in den Aschenbecher, packte das Päckchen in die Handtasche und stand auf. Ihr Lächeln war irgendwo zwischen Enttäuschung und Mitgefühl angekommen. »Du kannst mir glauben, ich hab's ihr angesehen, Frauen sind besitzergreifend.« Sie beugte sich zu mir herunter und kam mit ihrem Mund ganz dicht an mein Ohr. »Du bist genau ihr Typ.«

Sie richtete sich wieder auf und kramte in ihrer Handtasche herum, dann fand sie, was sie gesucht hatte, und ließ eine Visitenkarte neben meinem Bierglas liegen. »Falls du mal wieder einen guten Tipp brauchst«, bemerkte sie schnippisch. Dann warf sie die Handtasche kokett über die Schulter, streifte mit der Andeutung eines Kusses meine Wange und machte sich davon. Ich kam nicht einmal dazu, ihr nachzuschauen, denn ein knapp achtzehnjähriges Mädchen mit einem Cocktail und einer Zigarette in den Händen tippte mich an, streckte mir ihren, von makelloser Bräune umgebenen, Bauchnabel entgegen und fragte, ob der Stuhl jetzt frei geworden sei. Ich bejahte nickend und schon saß sie darauf und strahlte irgendjemand an, der hinter mir stand.

Das Personal hatte die Musikrichtung gewechselt. Passend zum Gedränge am Tresen begleiteten die verzerrten Akkordfolgen von Nirvanas »Nevermind« das allgemeine Stimmendurcheinander. Ich nahm die Visitenkarte und steckte sie in meine Hemdtasche, nachdem ich registriert hatte, dass Simones Privatnummer darauf stand. Ich würde sie anrufen, wenn ich mit Sylvia geklärt hatte, wie sie sich verhalten sollte, wenn sie mich zukünftig in weiblicher Begleitung sah. Aber das wollte ich später in Angriff nehmen, nicht heute, nicht jetzt. Der relativ schnell abgebrochene romantische Abend hatte eine Lücke hinterlassen, die ich mit ein paar Bieren in einer Kneipe zwischen harmlosen bekannten Gesichtern auszufüllen gedachte. Ich stand auf und gab der erfreuten Maid, die auf Simones Platz saß, zu verstehen, dass auch mein Stuhl ab jetzt zu ihrer Verfügung stand.

Die Dönerbude draußen war leer. Der abendliche Andrang war buchstäblich gegessen und die, die später noch Hunger haben würden, hatten gerade erst begonnen sich zu amüsieren. Ohne Zeitdruck bekam ich einen von einem entspannten Mitbürger unbekannter Herkunft zubereiteten, riesigen Döner mit Halloumi. Beidhändig belastet schlenderte ich kauend in Richtung Alaunstraße und bedauerte, dass mein Audi nicht in der Nähe war.

Man kann einen Döner unterwegs nicht essen, man kann ihn nur von außen her abnagen, bevor die Hälfte des Belages auf der Straße landet. Als mein Döner endlich so klein geworden war, dass ich ihn mit einer Hand halten konnte, hörte ich hinter mir Schritte. Schnelle Schritte, jemand rannte. Ich hörte meinen Namen. Ich drehte mich um und im selben Moment kam Sylvia vor mir zum Stehen, sie keuchte und funkelte mich wütend an.

»Hans, verdammt!«, stieß sie zwischen zwei Atemzügen hervor. »Warum haust du vor mir ab?«

»Ich hau nicht ab«, sagte ich, »ich gehe nach Hause.«

Sie holte tief Luft und ich sah, wie sie mit ihrem Zorn kämpfte. Sie gewann. Sie deutete auf den Rest meines Döners und sagte: »Knoblauchsoße?«

»Wie immer«, antwortete ich.

Sie nickte, machte plötzlich einen Schritt auf mich zu, packte meine Hand und biss in den Döner. Sie brachte es fertig, gleichzeitig zu kauen und frech zu grinsen. Ihre hellgrünen Augen, die ich jedes Mal aufs Neue erstaunlich fand, überstrahlten das Schummerlicht der Straßenbeleuchtung.

»Was soll das werden?«, fragte ich. »Ein Versöhnungsessen? Mit einem viertel Döner?«

»Ach, komm!«, sagte sie und brachte sich in Stellung. Das hieß, sie steckte die Fingerkuppen in die Gesäßtaschen ihrer Jeans, legte den Kopf schief und streckte mir ihre Brust entgegen, deren Warzen sich deutlich unter dem T-Shirt abzeichneten und von den Aufschlägen ihrer weit offenen Jacke eingerahmt wurden. »Jetzt fang nicht mit den alten Geschichten an«, bat sie, »ich versuche seit Tagen, dich zu erreichen.«

Ihre Stimme war weich geworden und ich konnte deutliche Anzeichen eines schlechten Gewissens darin ausmachen. Auch ihr hübsches Gesicht zeigte nicht den gewohnt selbstsicheren, oft nahe an der Grenze zur Überheblichkeit angesiedelten Ausdruck.

»Und warum?«, fragte ich unterkühlt, obwohl mir ihr Anblick und die Tatsache, dass sie mit mir redete weiche Knie verschafften.

Sie wechselte das Standbein und senkte den Kopf. »Kannst du's dir nicht denken?«, seufzte sie in einem einzigen langen Ausatmen. Während sich ihre Worte gemächlich auf dem dunklen Asphalt ausbreiteten, hob sie den Kopf wieder und sah mich an.

Ich genoss ihren demütigen Wiederannäherungsversuch. Klar, konnte ich's mir denken, schließlich war sie von einem Tag auf den anderen nahezu wort- und grußlos aus meinem Leben verschwunden. Für ein paar Wochen jedenfalls, bis die ersten Anrufe kamen, von wegen Plattenspieler.

»Denken ist was für Frauen«, sagte ich und warf den Dönerrest weg. »Wir Männer sind eher emotional gestrickt.« Ich machte einen vorsichtigen Schritt auf sie zu und legte meine Handflächen an ihre Hüften. Worauf sie gewartet zu haben schien, denn ihre Hände kamen aus den Gesäßtaschen geflogen und ihre Arme fingen wie ein Lasso meine Schultern ein, sie drückte mir ihre Stirn gegen das Stoppelkinn, rieb sie ein paarmal wild daran, schaute mir dann von unten prüfend in die Augen und sagte: »Du verzeihst mir?«

Ich blickte auf sie hinunter und sie erhob sich auf die Zehenspitzen. Ein feiner Schweißfilm glänzte auf ihren Wangen. Die Sicherheit war in ihr grundfreches Gesicht zurückgekehrt und sie schien nichts anderes als ein glattes Ja von mir zu erwarten. So sehr ich mir wünschte, sie noch ein wenig zappeln zu sehen, so unfähig war ich dazu.

»Ist schon ziemlich lange her«, nuschelte ich ziemlich bissig, wie seinerzeit Bogart als Sam Spade.

»Das entschuldigt es nicht«, sagte sie streichzart und bot mir einen Blick an, in den ich nicht ohne Atemgerät eintauchen konnte.

»Du siehst toll aus, Sylvia«, sagte ich und war selber überrascht, wie leicht mir ihr Name über die Lippen kam, obwohl ich ihn schon ewig nicht mehr laut ausgesprochen hatte.

Sie ließ ihren Kopf gegen meine Schulter sinken und flüsterte die Worte, nach denen ich mich sehnte, seit ich sie das erste Mal neben mir gespürt hatte: »Oh, Hans, ich will nur dich!«

Ich befreite mich vorsichtig aus ihrer Umklammerung, um ihr durchs Haar streichen zu können, sie neigte den Kopf leicht zurück und ich tupfte ihr mit den Lippen den kühlen Schweiß von Wangen und Stirn, bevor wir uns küssten.

»Gehn wir zu mir?«, sagte sie.

Ich fragte mich, ob sie immer noch bei ihren Eltern wohnte.

»Ich muss nach Hause. Ich hab gerade einen Job, der mich zwar nicht überanstrengt, mir aber einiges zu denken gibt.«

»Ich komme mit.«

»Gut, aber wie gesagt, ich hab zu tun, also wenn du dir zwischendurch mal vernachlässigt vorkommst, dann mach keinen Aufstand.«

»Aufstand? Ich?«

»Schon gut.«

»Ich will nur bei dir sein.« Sie streichelte mit ihren schlanken Fingern meine Ohrläppchen. »Was ist das für ein Job?«

»Das erzähle ich dir auf dem Heimweg.« Wir setzten uns langsam und eng umschlungen in Bewegung.

»Wo steht dein Auto?«, wollte Sylvia wissen. Jetzt, wo sie an meiner Seite war, verwarf ich mein ursprüngliches Vorhaben, zu Fuß heimzugehen.

»Vor meiner Haustür«, sagte ich. »Wir müssen die Bahn nehmen. Das heißt, falls du nicht inzwischen ...«

»Nein«, unterbrach sie mich lachend. »Kein eigenes Auto, aber den Führerschein hab ich jetzt«, fuhr sie nicht ohne Stolz fort.

»Gratuliere.«

»Was war das für eine Frau vorhin?«

»Es ging um den erwähnten Job.«

»Toller Job. Sie sah gut aus – für ihr Alter.«

»Ja«, stichelte ich. »Sie heißt Simone und hätte heute wahrscheinlich noch mehr Zeit gehabt.«

»Wenn ich nicht gekommen wäre.«

Ich antwortete nicht. Einerseits, weil sie recht hatte, andererseits, weil mir eingefallen war, dass ich vergessen hatte, Simone die eine von Kühns Postkarten zu zeigen. Ich hatte sie nicht mal dabei. Sylvia zwickte mich ins Hinterteil. »Bist du noch bei mir?«

Ich lachte sie an. »Immer«, sagte ich. »Wenn du das willst.«

×××

Die Nacht und den darauffolgenden Sonntag verbrachte Sylvia bei mir. Wir blieben zu Hause, bis auf einen kurzen Spaziergang am Elbufer entlang, um an der nächsten Tankstelle heiße Brötchen zu kaufen, die wir dann, mit zerlaufender Butter und Marmelade bestrichen, halbnackt auf meinem Mobiliar herumlümmelnd verzehrten. Am Abend aßen wir im Hof geröstete Knoblauchbrote und tranken eine Flasche Weißwein, Frau Beinhard gesellte sich mit den Worten »Na, Sylvie, biste wieder da?« zu uns, welche bei Sylvia ein verlegenes Lächeln und einen Hauch von Schamesröte auslösten. Es war so betörend, dass ich Angst hatte, die rostigen Stuhlbeine könnten unter mir einknicken. Nach dem Essen holte Sylvia meine Gitarre, die für mich reine Dekoration war, und klampfte ein paar bluesige Nummern vor sich hin, die sie noch aus ihrer Zeit bei einer Schülerband drauf hatte. Gern hätte ich sie mal auf einer Bühne erlebt, aber das war lange vor meiner Zeit gewesen. Sie trug eines von meinen T-Shirts, das ihr bis über die Knie reichte. Die ausgeleierte Kragenöffnung entblößte ihre rechte Schulter, sie hatte die nackten Beine übereinandergeschlagen und saß leicht nach vorn über den geschwungenen Gitarrenkorpus gebeugt, ein paar dunkelblonde Strähnen hingen vor ihrem Gesicht, aus dem mich ab und zu ein hellgrüner Blick traf, den Amor persönlich zu begleiten schien. Ihre Finger glitten locker über die Bünde, zupften die Saiten, als wäre es das Einfachste überhaupt. Sie wirkte so entspannt, wie ich sie noch nie erlebt hatte, und selbst Frau Beinhard, die im Grunde immer irgendwie unter Strom stand, schwieg und genoss in ihren Stuhl gelehnt den sanften Ausklang des Tages.

Die allgemeine Ruhe brachte es mit sich, dass ich zum ersten Mal seit meinem gestrigen Gespräch mit Simone wieder an Kühn zu denken begann. Ich ließ mir nichts anmerken, doch nachdem Frau Beinhard eine abschließende Runde Likör spendiert hatte, brachte ich das Geschirr nach drinnen und suchte nach den Postkarten. Ich brauchte nicht lange, sie steckten noch in der Innentasche der Lederjacke, die ich trug, als ich in Kühns Schreibtisch gekramt hatte. »Ach du liebe Güte!«, sagte ich laut, als ich die Karten betrachtete.

Sylvia kam hinzu und nahm mir neugierig die Karten aus der Hand. Die erste, die mit den Grüßen aus Lanzarote, war ihr nur eine halbe Sekunde wert. Die zweite – Mutter mit Baby, Rückseite: »Danke«, sonst nichts – sah sie sich länger an.

»Ich glaube, die hab ich schon mal irgendwo gesehen.«

»Das kann ich mir gut vorstellen«, sagte ich. »Ich hab sie gestern erst gesehen, auf Kühns Beerdigung. Die Tochter der Finks.«

Sylvia tippte auf das Foto. »Sieht aus, als hätte man einem mäßig talentierten Maler den Auftrag gegeben, aus dem Stegreif ein Mutter-mit-Kind-Bild zu malen.«

»Das Mädchen sieht tatsächlich so aus.«

Sie tippte erneut auf den Karton. »Ist das wichtig?«

»Ich hoffe nicht.« Ich hatte sie gestern weitgehend eingeweiht. Jetzt zeigte ihre Stirn jene Falten, die sie des Öfteren aus der Uni mit heimgebracht hatte, wenn ihr irgendetwas das Hirn *zermarterte*, wie sie sich auszudrücken pflegte. »Denn *dann*«, fuhr ich fort, »werden es mir die Bullen ziemlich übelnehmen, dass ich ihnen *das*« – ich nahm ihr die Karten wieder ab – »nicht gezeigt habe.«

»Hast du sie unterschlagen?«

»Nein, geklaut. Allerdings lebte da der Tote noch, deshalb wird es schon nicht so schlimm werden. Vorausgesetzt, das hat überhaupt eine Bedeutung.«

Ich war schon unterwegs, um Simones Visitenkarte zu holen, als Sylvia fragte: »Was hast du jetzt vor?«

»Erstmal telefonieren«, murmelte ich, wählte und presste den Hörer ans Ohr.

»Jaa?«, kam es nach dem dritten Klingelton. Simone klang, als wäre sie beim Faulenzen unterbrochen worden.

»Hans Staiger«, meldete ich mich.

»Das ging aber schnell.« Im Hintergrund lief eine Stimme, die zu einem Fernsehprogramm gehören musste. »Schon Sehnsucht?«, fragte sie in eher gelangweiltem Tonfall.

»Nur Redebedarf«, sagte ich und zwinkerte Sylvia zu. »Ich hatte gestern vergessen etwas zu fragen.«

Sylvia zeigte mir einen ausgestreckten Mittelfinger, leckte sich lasziv über die Lippen und drehte sich weg. Sie zündete sich eine Zigarette an und begann in meiner Schallplattensammlung zu blättern.

»Uuund?«, kam es träge aus der Muschel. Sie schien kaum interessierter als eine Hirschkuh an einem Stück Schweinefleisch.

»Die Tochter der Finks.«

»Ja, Anna. Was ist mit ihr?«

»Sie hat ein Kind.«

»Jesses!« Simone spielte die Entrüstete. »Ist das ein Verbrechen?«

»Wer ist der Vater?«

»Keine Ahnung, wahrscheinlich das Übliche.«

»Das Übliche?«

»Na, du weißt schon. Vögeln und verduften. Das Übliche eben.«

Da schien ein gebranntes Kind am anderen Ende der Verbindung zu sprechen. Ich räusperte mich unbewusst. »Mach dir nur keine tiefgründigen Gedanken«, fügte sie hinzu. »Ihr seid alle gleich, aber wahrscheinlich könnt ihr's nicht ändern. Was ist jetzt mit Anna?«

»Weißt du, wo sie wohnt?«

»Keine Ahnung, jedenfalls nicht mehr bei ihren Eltern.«

»Weißt du, wo man sie tagsüber treffen kann?« Ich erinnerte mich, dass ihr Vater erwähnte, sie wolle Künstlerin werden.

»Sie studiert irgendwas in Richtung Kunst. Meines Wissens Malerei, an der HfbK.«

»Weißt du, ob sie Kühn mal begegnet ist?«

»Mmh, nee, keine Ahnung, aber …« Sie schien zu überlegen, und ich unterbrach sie nicht. »Vielleicht auf einem unserer Betriebsfeste, da sind jede Menge Kunden eingeladen. Ganz schön unübersichtlich.«

»Aber sicher bist du dir nicht?«

»Je mehr ich drüber nachdenke, umso wahrscheinlicher finde ich es.«

»Na gut. Dann danke ich dir erstmal. Ich werde es mal an der Kunsthochschule probieren.«

»Ist sie bei dir?«

»Was?«

»Ich meine die junge Frau, die so verknallt in dich ist.«

»Äh, ja.«

»Sie steht nicht sehr weit von dir weg und beobachtet dich beim Telefonieren, stimmt's?«

»Du kennst dich aus.«

»Klar. Grüß sie von Muttern.«

»Mach ich«, sagte ich und hörte noch, wie die Verbindung unterbrochen wurde, während ich es sagte.

»War das die betagte Dame von gestern Abend?«, sagte Sylvia.

»Ja«, antwortete ich. »Ich soll dich von ihr grüßen, so von Frau zu Frau.«

Ihre Hände hörten auf, am Gürtel herumzufummeln, und ihre Stirn verzog sich skeptisch – nein, eher skeptizistisch. »Hat sie das so gesagt?«

»Sinngemäß«, wich ich aus. »Was meinst du? Wie stehen die Chancen, eine Kunststudentin in der HfBK anzutreffen?«

»Heute noch?«

»Na, zum Beispiel.«

»Gut möglich, probier's einfach. Morgen triffst du dort vor zwölf höchstens den Hausmeister, würde ich meinen. Aber vielleicht kennt der deine Studentin ja und kann dir über ihre Gepflogenheiten Auskunft geben.«

Ich nickte. »Du kannst hier schlafen«, sagte ich. »Ich geh noch mal weg.«

»Kunsthochschule?«

»Ja.«

Sie schien zu überlegen, ob sie bleiben sollte. Der Vorteil dabei war, dass sie sich den Heimweg sparen würde, sie wohnte einige Kilometer südöstlich, am anderen Elbufer. Der Nachteil, sie müsste morgen früher aufstehen, denn die Technische Universität lag ebenfalls auf der anderen Flussseite. Sie seufzte, immer noch unentschieden, mit leichtem Hang zu der von mir angebotenen Variante.

»Ich fahr dich morgen früh hin«, bot ich an.

Sie lächelte auf mich herab. »Überredet«, sagte sie. »Aber dann hau ich mich gleich hin.«

Ich erhob mich und suchte meine Schuhe. Als ich sie gefunden, angezogen und geschnürt hatte, drückte Sylvia mir einen flüchtigen, schläfrig schlaffen Kuss auf die Wange. Sie konnte von einem Moment auf den anderen sterbensmüde werden. »Machst du noch ein bisschen Musik, bevor du gehst?«, winselte sie und verzog sich hinter den Vorhang, der mein winziges Schlafgemach vom Wohnzimmer abtrennte.

Ich zündete mir eine Zigarette an und legte Beethovens »Waldstein-Sonate« auf. Während der ersten Takte des Stückes stand ich mitten im Zimmer und ließ mich von der Musik einlullen. Jemand nannte Beethovens Klaviersonaten mal »das neue Testament für Pianisten«. Den Zuhörern dieser Pianisten wurden meines Wissens keine großen Worte gewidmet, aber mit Sylvia im Nebenzimmer und solch einer Platte unter der Nadel fühlte ich mich ohnehin blendend.

»Das ist gut«, hörte ich Sylvia nebenan sagen. Und ich erahnte das wohlige Lächeln, mit dem sie im Kopfkissen versank.

Ich nickte und zog an meiner Zigarette. »Schlaf schön«, rief ich gedämpft zurück und begab mich zur Wohnungstür.

11

Am Montagmorgen gegen neun hockte ich auf einem kleinen Mäuerchen an einer ziemlich verlassenen Straße irgendwo in der Südvorstadt zwischen einer Park- und einer Tennisanlage. Ich zündete mir eine Zigarette an und betrachtete durch einen gut vier Meter hohen Maschendrahtzaun, an dem sich ein paar Knöteriche emporrankten, die leeren, sauber abgezogenen Plätze. Vor einer guten viertel Stunde hatte ich Sylvia an der Uni abgesetzt. Gerade noch rechtzeitig, denn wir hatten verschlafen. Danach war ich eine Weile ziellos umhergefahren, um mir die Umgebung anzusehen, denn hier im Süden hatte ich, von einigen Abstechern abgesehen, bisher noch nichts zu tun gehabt. Es war ziemlich ruhig hier draußen, um nicht zu sagen öde. Außer auf dem Uni-Gelände, das etwa um die Wende vom 19. zum 20. Jahrhundert bebaut worden war und mittlerweile ein paar nagelneue Perlen aufzuweisen hatte, fand ich keine weiteren architektonischen Highlights. Dresden war für seine knappe halbe Million Einwohner recht ausgedehnt, besonders in Flussnähe verfranste sich das Stadtgebiet regelrecht in niedlichen, teilweise unübersichtlichen Ausläufern. In Richtung dieser Gegend hier schien die Stadt allerdings nicht gewachsen zu sein, sie war einfach nur recht schnell breiter geworden. Ausladende Wohnviertel, recht großzügig angelegt, fast ohne Plattenbauten und nur mit wenigen nachträglich bebauten Lücken, die der Bombenregen von 1945 gerissen hatte. Breite Hauptstraßen und kaum Industrie – die größeren Industriegebiete, sowohl die verfallenden als auch die neueren, lagen ein paar Kilometer entfernt in der Friedrichstadt, in Plauen oder auf der anderen Elbseite in Dresdens Norden.

Die Sonne stand noch in einem moderaten Winkel, aber es war abzusehen, dass der erste Schweißausbruch nicht mehr lange auf sich warten ließe. Mein Audi, das einzige Auto in Sichtweite, stand nur ein paar Schritte entfernt, und durch die offenen Fenster fegte AC/DCs »Whole Lotta Rosie« über die angrenzenden Grünflächen – ein Rasenmäher hätte den Grashalmen nicht schlimmer zusetzen können.

Nach Hause fahren wollte ich nicht. Erstens, weil ich keine Lust auf einen Anruf von Lothar Müller hatte, denn seit der Beerdigung waren fast zwei Tage vergangen und ich hätte wetten können, dass er spätestens um zehn bei mir anrufen würde. Und Zweitens, weil ich noch einmal in die Kunsthochschule musste, da mein gestriger, später Besuch nicht erfolgreich gewesen war. Außer einer ziemlich alkoholisierten Schnapsnase von Professor war ich im Gebäude niemandem begegnet, aber wenigstens konnte dieser mir sagen, dass ich Anna Fink mit an Sicherheit grenzender Wahrscheinlichkeit heute so ab zwölf, halb eins dort antreffen würde.

Ich hatte Zeit und einen zahlungsfähigen Auftraggeber, ich hatte Hunger und Lust, mal wieder im Lokalteil einer Zeitung zu blättern, und so beschloss ich, hinunter in die Innenstadt zu fahren, mir einen Parkplatz zu suchen und anschließend irgendwo in aller Ruhe ausgiebig zu frühstücken.

Die Hochschule für Bildende Künste gehört zu jenem Ensemble zwischen Zwinger und Albertinum, dessen Grundstein schon um 1500 gelegt worden war und dessen architektonische Meisterleistungen einen solch glorreichen Glanz ausstrahlen, dass sogar die heutigen Stadt- und Landesoberen noch regelmäßig in Versuchung geraten, sich darin zu sonnen. Wenn sie sich nicht gerade im Schlamm der jüngeren Vergangenheit suhlten. Die Frauenkirche war fast fertig. Wieder mal, musste man ja sagen. Um das zu ergänzen, was man woanders neudeutsch eine »Skyline« nannte – hier hieß es Silhouette und meinte das, was ein Maler namens Bellotto Mitte des 18. Jahrhunderts im Bild festgehalten hatte und was noch heute in der hiesigen Galerie Alter Meister zu besichtigen ist. Mir wurde bewusst, wie lange ich nicht mehr hier gewesen war, beim letzten Mal gab es noch eine Baustelle mit einem Kran daneben und einen Bauzaun mit einem Schild auf dem sinngemäß gestanden hatte, dass man Dresden und den Dresdnern per Spende dabei helfen könne, der Weltkultur dieses einzigartige Bauwerk zurückzugeben. Ich ahnte damals nicht, wie dringend diese Weltkultur danach zu lechzen schien.

Gegen eins stieg ich am Albertinum die Treppen hinauf zur Brühlschen Terrasse, einer Art Riesenveranda hoch über dem südlichen Elbufer, im Scheitel einer sich weit dehnenden Flussbiegung. Hier oben tummelten sich um diese Zeit nur ein paar sonnenerprobte Touristen und Geschäftsleute, die zwischendurch stehen blieben, sich an das Geländer lehnten und den Blick über das Panorama aus Fluss mit Schiffchen und Brücken und der weniger spektakulär anzusehenden Silhouette der Neustädter Elbseite schweifen ließen. Auf einer Bank neben einem jungen, wenig Schatten spendenden Bäumchen saßen zwei gut gekleidete Frauen um die fünfzig, sie rauchten und kicherten leise, wahrscheinlich über ihre männlichen Begleiter, die schwitzend in irgendeiner Schlange standen, um Eintrittskarten für die Semperoper zu ergattern oder einen Tisch im Schattenberg-Palais zu bestellen. Manchmal strahlt die Stadt eine lähmende Ruhe aus, man meint fast, man könnte sich unten zwischen den aneinandergereihten Hotelschiffen einen kleinen Dampfer mieten und langsam elbaufwärts schippern, einem anderen, längst vergangenen Jahrhundert entgegen.

Das hohe Portal der Hochschule für Bildende Künste hatte eine zweiflügelige massive Holztür mit einer großen, abgegriffenen Klinke aus geschmiedetem Eisen. Sie ließ sich noch genauso schwer öffnen wie gestern Abend und ich setzte einen guten Teil meines Gewichts dafür ein. Vielleicht ist es ja nur den Hochbegabten gegeben, sie so leicht zu öffnen wie den Deckel eines Poesiealbums, vielleicht bleibt sie den gänzlich Unbegabten auf ewig verschlossen. Ich trat ein, mit der Befürchtung, eher mäßig begabt zu sein, eine starke Schließfeder ließ die Tür sofort hinter mir zuschnappen.

In einem kleinen Kabuff hinter einer Glasscheibe und einem Tischchen saß ein Pförtner und nickte mir zu. Ich fragte mich, wieso ich gestern Abend hier einfach so hereinspaziert war, wenn es doch einen Türwächter gab. Aber vielleicht war er für die Touristen da.

»Wo finde ich Anna Fink, Malerei?«, fragte ich durch eine Öffnung in der Scheibe. Das hatte ich den alkoholisierten Professor gestern vergessen zu fragen. Ich war ziemlich gut im Fragenvergessen.

»Versuchen Sie's im 2. Stock, dort sind die Ateliers«, antwortete er, »die genaue Zimmernummer weiß ich allerdings nicht.«

Nach dieser Anstrengung tupfte er sich mit einem zerknüllten Tuch den Schweiß von der Stirn. Ich schenkte ihm ein verständnisvolles Lächeln und stieg die Treppe hinauf.

Oben angekommen, begann ich die Türen abzuklappern. Allein der beträchtliche Abstand zwischen diesen ließ auf geräumige Zimmer schließen. Die dritte Klinke, die ich niederdrückte, öffnete endlich eine Tür. Ich trat ein und befand mich im Schummerlicht. Es kam von einer gedimmten Stehlampe, die mitten im Raum stand und auf das große, mit Karton verklebte Atelierfenster gegenüber der Tür gerichtet war. Ich zog die Tür hinter mir zu, um die heimelige Atmosphäre nicht durch das Licht zu stören, das aus dem Gang hereinschien. Irgendwie hatten sie es hier nicht mit der Helligkeit, Tageslicht schadete anscheinend dem künstlerischen Blutrausch.

Neben der Lampe stand eine grundierte Leinwand auf einer Staffelei und warf einen gespenstischen Schatten durch den Raum, davor saß auf einem Stuhl ein junger Mann, das Gesicht der Tür zugewandt. Er hob erstaunt den Kopf, als ich eintrat und mich umsah. An den Wänden lehnten bemalte Leinwände, auf dem Fensterbrett stand ein Radio, aus dem klassische Musik kam, ein Streichquartett. Es roch streng nach Ölfarbe und Firnis, ein Häufchen Tuben lag neben der Staffelei auf ein paar verstreuten Zeitungsseiten. Das Parkett war über und über mit getrockneter Farbe bekleckert, hier stapelten sich jahrzehntelange Bemühungen, Spuren in der Kunstgeschichte zu hinterlassen.

»Was gibt's?«, fragte er mich.

»Ich suche Anna Fink«, sagte ich.

»Nächste Tür«, sagte er und deutete mit dem Finger auf die Wand. Danach ließ er das Kinn auf die Brust sinken und schloss die Augen.

Ich nickte ihm zu, was mit Sicherheit überflüssig war, und entfernte mich genauso behutsam, wie ich gekommen war. Hier wurde an der Zukunft der Menschheit gearbeitet, spürte ich, ein Lauf, in den ich nicht einzugreifen wagte.

Als ich die Tür des Nebenzimmers öffnete, empfing mich zu meiner Überraschung ein lichtdurchfluteter Raum. Die gut zwanzig Quadratmeter Nordlicht waren weder mit Karton verrammelt, noch klebte besonders viel Taubenscheiße an den Scheiben. Trotz der Helligkeit war es hier kühler als im Gang, der der direkten Sonneneinstrahlung ausgesetzt war.

Anna Fink kam hinter einer riesengroßen Leinwand zum Vorschein, die auf einer grob zusammengezimmerten Staffelei stand, auf der auch mühelos eine Granitplatte Halt gefunden hätte. Die Massen von Holz kamen mir in den Sinn, die in der Baustoffhandlung ihrer Eltern lagerten. In ihrem Radio lief dasselbe Streichquartett, dessen Finale eben auf die Schlusssequenzen zusteuerte.

»Was gibt's?«, fragte auch sie, genau wie ihr Zimmernachbar vor einer Minute.

»Hans Staiger«, sagte ich. »Ich arbeite für Lothar Müller.«

»Ja und?«, sagte sie und sah mich dabei prüfend an. Ihr Haar war kürzer, als auf dem Foto, das ich von ihr besaß, und wenn sie, so wie jetzt, ein paar nachdenkliche Falten über ihrer Nasenwurzel stehen hatte, gelangte tatsächlich so etwas wie Persönlichkeit in ihre Züge. Sie legte Pinsel und Palette auf den Boden und kam ein paar Schritte näher. »Lothar Müller, kenn ich den?«

»Das ist der Boss der Firma für die Frank Kühn gearbeitet hat.«

Sie warf mir einen unterkühlten Blick aus tiefbraunen Augen zu, dann schweifte sie hinüber zu einem kleinen Tisch, auf dem Zigaretten lagen. Während sie sich darauf zubewegte, schien sie angestrengt zu überlegen.

»Und Frank Kühn ist der«, schob ich nach, »der vorgestern auf dem Heidefriedhof beigesetzt wurde.«

Ich zündete mir eine Zigarette an und lauschte dem Radiosprecher, der einen Ausschnitt aus einer Bach-Cello-Suite ankündigte. Dann hockte ich mich auf die Fersen nieder und lehnte meine Schulter an den Türrahmen. Das Cello erklang und machte sich daran, ganz sanft den Raum zu erobern, denn Anna Fink schwieg. Sie rauchte ebenfalls, steckte ihr Feuerzeug in die Tasche des weißen Arbeitskittels, den sie trug, zurück, und als sie mich am Türrahmen niedergelassen sah, huschte der Anflug eines Lächelns über ihr Gesicht. Dann setzte sie sich auf den Fußboden, lehnte sich an die blütenweiß gestrichene Wand, streckte die Beine aus und sah mich an.

»Okay«, sagte sie mit entschlossener Stimme, die sie um eine Nuance tiefer eingestellt hatte und in der ein rauchiger, fast erotischer Unterton mitschwang. »Was weißt du?«

»Nicht genug«, erwiderte ich. »Und du?«

Ihr Mund verzog sich abwertend. »Was soll das werden? Ein Ratespiel?«

Ich schüttelte den Kopf. »Wer weiß sonst noch, dass Kühn der Vater des Kindes ist?«

Ihre Augen weiteten sich und sie schluckte sichtbar. Aber sie fing sich schnell, pustete eine Rauchwolke über ihre nackten, recht ansehnlichen Beine und betrachtete ihre schmutzigen Zehen, die in ausgetretenen Bio-Latschen steckten. Dann, nach einem weiteren tiefen Zug an der Zigarette, wandte sie sich mir zu. »Okay«, sagte sie nochmal. »Ich hab Frank in der Kneipe aufgegabelt. Er hat mir ein Kind gemacht. Ich wollte es so.« Sie seufzte und sah mich trotzig an, als hätte sie wissentlich gesündigt und sei sich sicher, dass sie dafür keine Absolution benötigte.

»Tja«, sagte ich. »So läuft das eben manchmal. Aber warum schreibst du ihm anschließend eine Karte, auf der du dich dafür bedankst?«

Sie grinste kühl. »Schon mal mit 'ner Lesbe gefickt?«

Meine Augenbrauen schnippten nach oben. Es dämmerte mir. »Nicht wissentlich«, sagte ich.

»Eben«, sagte sie. »Einen Kerl ins Bett zu kriegen, ist kein Problem. Aber ihn zu verarschen ist eine andere Sache. Und ich habe Frank *nicht* verarscht.«

Ich drückte meine Kippe auf einem alten Farbfleck aus, der einen noch älteren Farbfleck überdeckte. »Das heißt, er wusste, dass du lesbisch bist, und hat dir absichtlich ein Kind ...«

»Er heißt Manuel.«

»... gemacht?«

Wieder grinste sie. »Schwer vorstellbar, oder?«

Darauf suchte ich keine Antwort. Wundersame Geschichten hatte ich schon des Öfteren gehört, allerdings war ich deswegen nicht hier.

»Ich hab ihn in der Kneipe kennengelernt«, redete sie weiter. »Er war mir äußerlich sympathisch und ich hab mich an ihn rangemacht. Er war mit einem Kollegen da und es gefiel mir, wie er sich gab, sich bewegte.« Während sie sprach, schien die Erinnerung in ihr sehr lebendig zu sein. Obwohl ich so etwas wie Trauer nicht ausmachen konnte. »Dann hab ich ihm auf den Kopf zugesagt, dass ich lesbisch bin und von ihm ein Kind will. Er hat mich gefragt, warum ich das mache, und ich hab ihm erklärt, dass es als Lesbe schwierig ist, in Deutschland auf legalem Wege ein Kind zu bekommen, wenn man keinen Mann verarschen will. Er hat gesagt, wenn ich am nächsten Tag wieder da bin, macht er es, denn dann sei er nüchtern. Er kam und, was soll ich sagen, wir sind zu mir gegangen und es klappte.«

»Und er war sich über die Rechtslage im Klaren?«, fragte ich. Ein Schulkamerad von Sylvia, den ich auf einer ihrer Partys kennengelernt und mit ihm die halbe Nacht sämtliche vorhandenen Whiskeysorten ausprobierte, erzählte damals von seinem gerade währenden Praktikum bei einer auf Familienrecht spezialisierten Rechtsanwaltskanzlei. Starker Tobak, danach ist einem nichts Zwischenmenschliches mehr fremd, allerdings weiß man dann auch, dass das meiste mit Familie nicht viel zu tun hat.

»Er wollte einen Vertrag machen, aber ich sagte ihm, dass das nichts bringt. Einmal Vater, immer Vater – rechtlich betrachtet. Ich habe ihm versichert, dass ich ihn nach unserem Date nicht mehr wiedersehen will, und er versicherte mir im Gegenzug, dass er keine Ansprüche anmelden würde.«

»Ziemlich schwer, sich in Dresden nicht mehr wiederzusehen«, sagte ich. »Das hier ist schließlich nicht Hongkong oder Mexiko-City.«

»Na ja, ganz so war das auch nicht gemeint. Aber er hat sich korrekt verhalten.«

»Das heißt?«

»Als das Kind da war, hat er nicht versucht, den Papi rauszukehren. Er wollte nicht mal wissen, ob Junge oder Mädchen.«

»Und du wolltest auch kein Geld von ihm?«, fragte ich das Naheliegende.

Sie warf mir einen verächtlichen Blick zu. »Ihr Männer könnt wohl nicht anders, wie?«

Ich deutete eine Handbewegung durch ihr Atelier an. »Du studierst noch, was nicht gerade auf Reichtum schließen lässt.«

»Ich habe genug und ich lebe in einer Beziehung. Manuel ist unser Sohn.«

Ich versuchte, mir vorzustellen, mit zwei Müttern aufzuwachsen. Lieber nicht, aber schließlich kann man sich seine Eltern nicht aussuchen. »Sonst noch was?«, unterbrach sie meinen gedanklichen Ausflug.

Sie stand auf, warf ihre Kippe in den Aschenbecher und lehnte sich mit der Schulter an die Wand.

»Die Frage ist noch nicht beantwortet«, sagte ich.

Sie sah gelangweilt auf mich herab.

»Wer weiß sonst noch, dass Kühn der Vater ist«, wiederholte ich.

»Niemand. Jedenfalls nicht von mir.«

»Deine Frau? Freundin, Partnerin?«, hakte ich nach.

»Die natürlich. Aber die kannte ihn nur vom Sehen.«

»Deine Eltern?«

Ihr Blick schien sich plötzlich nach innen zu kehren. Sie stieß sich von der Wand ab, zündete sich eine neue Zigarette an und begann langsam durch den Raum zu laufen.

»Könnte sein, dass meine Mutter was ahnt. Besonders, nachdem ich gesagt hatte, dass ich mit zur Beerdigung komme. Aber ...«, sie hielt inne und grinste freudlos in meine Richtung. »... sie hat sich nicht zu fragen getraut. Über so was reden wir schon lange nicht mehr.«

»Und dein Vater?«, fragte ich.

»Mein Vater?« Sie lachte, ohne dabei fröhlich zu wirken. »Er ist ein Mann!« Das letzte Wort klang verächtlich, eher, als hätte sie »Memme« sagen wollen.

»Sieht deine Mutter das auch so?«

»Was?«

»Hatte oder hat sie was mit einem anderen Mann?«

»Mann, Schnüffler.« Jetzt kehrte sie aber die Harte, Durchtriebene raus. »Woher soll ich das wissen? Und was interessiert das diesen Müller, für den du arbeitest?«

Ich schüttelte den Kopf. »Nichts wahrscheinlich, wenn es nicht etwas mit Kühns Tod zu tun hat«, sagte ich. Ich erhob mich und bewegte meine Füße, die mir in der Hocke fast eingeschlafen waren. »Die Polizei wird mit dir und deiner Partnerin reden wollen.«

Sie zuckte mit den Schultern.

»Dein Söhnchen hat übrigens Großeltern«, sagte ich. Und als sie mich verständnislos ansah, fügte ich hinzu: »Väterlicherseits.«

»Drauf gepfiffen«, erwiderte sie.

»Weißt du was über Kühns Eltern?«

»Haben wir nie drüber gesprochen.«

»Du hast Kühn eine Karte geschickt ...«

»Ja und?«

»... also scheinst du nicht ganz so abgebrüht zu sein, wie du jetzt tust.«

»Jeder hat mal einen sentimentalen Moment. Ich habe ihm gedankt für das, was er getan hat. Man kann das auch *Anstand* nennen.«

»Wie alt ist Manuel?«

»Knapp sieben Monate.«

Ich ging langsam zu ihr hinüber und hielt ihr meine Visitenkarte hin. »Vielleicht will Manuel ja irgendwann mal mehr über seine Herkunft wissen, als ihm seine Mutter erzählen kann oder will«, sagte ich und sah ihr dabei ins Gesicht.

Sie erwiderte meinen Blick mit gezwungener Gelassenheit, zehn, zwanzig Sekunden lang, dann zeigten sich erste rötliche Spuren auf ihren Wangen und sie senkte den Kopf, griff mit einer fahrigen Bewegung nach der Karte und sagte hölzern: »Ich würd's ihm dann ausrichten.« Die Karte verschwand im Kittel und ich bekam eine Rauchwolke ins Gesicht.

»Hat Kühn mal den Namen Kralova erwähnt?«, sagte ich.

»Wir haben nicht über Privates gesprochen«, antwortete sie. Ich wollte mich gerade verabschieden, als sie fortfuhr: »Du meinst diese aufgetakelte Tschechin?«

»Genau die.«

»Sie macht mit meiner Mutter Geschäfte, jedenfalls habe ich sie ein paarmal zusammen gesehen. Schlechte Gesellschaft, wenn du mich fragst.«

Endlich mal etwas Interessantes. »Wie kommst du darauf?«

Sie grinste. »Ist nur so ein Gefühl.«

»Wie lange kennen sich die beiden schon?«

Sie zuckte die Schultern. »Ein paar Jahre vielleicht. Ich habe, ehrlich gesagt, kein besonders großes Interesse an dem, was meine Eltern tun. Und umgekehrt gilt das Gleiche.«

Sie schien auch kein Interesse an weiteren Fragen meinerseits zu haben, schon wieder pustete sie den Zigarettenrauch in meine Richtung. Als ich auswich, sah ich mir das unfertige Bild auf der

Staffelei an. Farbenprächtiges Durcheinander, hätte ich es genannt, wenn man mich gefragt hätte. An einer der Wände lehnten ähnliche Werke. Wahrscheinlich würde sie damit nicht groß rauskommen, aber beschwören wollte ich das nicht.

»Kühns Mutter ist in einem Pflegeheim«, sagte ich. »Besonders viele helle Momente hat sie nicht mehr. Vielleicht ...«

»Lass gut sein«, unterbrach sie mich. »Ich will das nicht hören.« Sie fixierte mich treuherzig flehend, wie man einen Kontrolleur ansieht, dem man glaubhaft versichern will, dass man seinen gültigen Fahrschein gerade verloren haben musste.

Ich atmete tief durch und tröstete mich damit, es wenigstens versucht zu haben. Die Cello-Suite war ausgeklungen. Im Radio wurden die 2-Uhr-Nachrichten angekündigt. Ich verabschiedete mich mit einem Kopfnicken von ihr. An der Tür wandte ich mich nochmal um. »Wahrscheinlich liegt's an dem ganzen erdrückenden Barock hier im Viertel«, sagte ich, »dass sich alle ein bisschen merkwürdig verhalten.«

»Hochrenaissance«, sagte sie, und zum ersten Mal schien sie zu lächeln.

Als Mätresse der Wettiner Fürsten hätte sie hier wohl keine Karriere gemacht. Ich erwiderte das Lächeln, dankte ihr für ihre Auskunftsbereitschaft und trat in den überhitzten Gang hinaus.

Unten stand der Pförtner jetzt vor dem Portal. Er hatte ein belegtes Brot in der Hand und kaute auf einem Bissen herum.

Während ich zurück zum Auto lief, spielte ich mit meinem Schlüssel in der Hosentasche. Kaum einen Steinwurf von meinem Parkplatz entfernt lag Dresdens Polizeizentrale. Dort hatte Cosel sein Büro und für einen Augenblick erwog ich, ihn aufzusuchen, verwarf es aber gleich darauf wieder. Sicher hatte der Hauptkommissar keine Lust, mit Amateuren über seine Ermittlungen zu reden. Ich beschloss, ihn anzurufen.

Mein Audi stand, wie beim Einparken erhofft, mittlerweile im Schatten einer mächtigen Linde. Bevor ich den Motor anließ, öffnete ich die Fenster und wartete, bis ein paar Leute vor der Motorhaube vorbeispaziert waren. Ein nicht mehr ganz junges, aber offensichtlich jung verliebtes Pärchen kam langsam näher. Sie hatte sich bei ihm untergehakt und hörte mit verklärtem Lächeln seinen Ausführungen zu, die er mit ausschweifenden Gesten seiner freien Hand unterstrich. Ich schnappte ein paar in höfischem sächsisch vorgetragene Worte auf, die sich tatsächlich um den starken August zu drehen schienen – jenes von manchen Dresdnern zum Feingeist verklärte Cleverle, das mal eben die Konfession gewechselt hatte, um ein Königreich zu ergattern und außerdem ein Faible fürs Protzige hatte. Das Stadtbild als Abfallprodukt eines geltungssüchtigen Monarchen. Man kann seinen gehorteten, auserlesenen Kitsch noch heute bewundern, und heute wie damals gilt und galt: Richtig reich wird man mit ehrlicher Arbeit nicht. Nicht mal mit Schwarzarbeit. Ich ließ den Wagen losrollen, um in mein Armenviertel zu verduften.

Während der Fahrt versuchte ich zu rekapitulieren, und wie immer, wenn ich auf den Verkehr achten musste, nicht sehr konzentriert. Vor zweieinhalb Wochen hatte ich den Auftrag übernommen, nach einer Ursache für Frank Kühns Kündigung zu suchen. Seit eineinhalb Wochen war Kühn tot. Ich hatte herausgefunden, wer Kühns Vater ist und dass Kühn selber Vater war. Aber wo lag das Motiv, ihn umzubringen? Ich wusste, dass sich Kühn mit mindestens einer dubiosen Firma eingelassen hatte und dass nach einem schweren Arbeitsunfall sein gesunder Menschenverstand zeitweilig Opfer des Termindrucks geworden sein musste. Was ihn grundsätzlich nicht von anderen Verantwortlichen seiner Branche unterschied, ihn wohl aber letztendlich zu einer Zäsur seines bisherigen Tuns veranlasst hatte. Was ihn wiederum von den meisten Verantwortlichen seiner Branche unterschied. Brigitte Fink und die Kralova – zwei Sympathieträgerinnen, wie man sie besser nicht erfinden könnte – was hatten die beiden miteinander zu schaffen? Irgendwo, irgendwann musste Kühn jemandem dermaßen auf den Schlips getreten sein …

Aber wem?

×××

Lothar Müller rief an, kaum, dass ich zu Hause war, das Lämpchen am Anrufbeantworter blinken sah und die Wiedergabetaste drücken wollte.

»Sie sind aber heute mal wieder schwer zu erreichen«, sagte er fast schon mit dem alten Chef-Unterton.

»Unterwegs in Ihrem Auftrag«, antwortete ich.

Der nächste Satz klang fast wie eine Frage. »Von Mobiltelefonen halten Sie wohl nichts.«

»Nein.«

Er hakte nicht weiter nach. »Gibt's was Neues?«, wollte er wissen.

»Könnte sein«, sagte ich ausweichend. Dass er einen Enkel hatte, würde er, wenn überhaupt, nicht von mir erfahren. »Aber der Tag ist ja noch nicht rum«, ergänzte ich vage.

»Hören Sie«, sagte er, und ich hörte ihn zunächst tief Luft holen. »Ich wollte Sie nicht hintergehen, ich hielt es allerdings auch nicht für zwingend, Ihnen zu sagen, dass ich Franks Vater bin.« Das ließ er erst einmal so stehen.

Ich auch, denn er hatte recht. Wir konnten ja beide nicht vorhersehen, dass Kühn Opfer eines Verbrechens werden würde. Jetzt konnte er mir beim Atmen zuhören, ich hatte mir eine Zigarette angezündet und pustete Rauch quer durch meine Bude.

»Meine Frau«, fuhr er zögerlich fort, »wusste, dass ich ein Kind im Osten habe. Aber ich fand nie den rechten Moment …« Er machte eine Pause. Atem, purer Atem.

»Sie meinen«, sprang ich ein, »dass Sie Ihrer Frau jetzt endlich reinen Wein eingeschenkt haben?«

»Genau.« Erleichtert. »Ich wollte, ich hätte eher den Mut gefunden, mit ihr darüber zu reden.«

Dessen war ich sicher. »Aber deshalb hat man ihn schließlich nicht umgebracht«, beruhigte ich ihn.

»Ja«, sagte er, anscheinend nicht ganz davon überzeugt.

»Wie haben Sie sich eigentlich wiedergefunden, ich meine, nach all den Jahren? Oder hatten Sie zu DDR-Zeiten Kontakt?«

»Nein. Er hat mich gefunden, über seine Mutter. Damals war er schon eine aufstrebende Führungskraft bei uns in der Firma.«

Kühns Mutter war ein gutes Stichwort. »Bezüglich Kühns Mutter gibt es sicher einiges, was Sie tun könnten, zum Beispiel muss geklärt werden, wer ihre Pflege finanziert«, machte ich ihm Hoffnung auf gute Taten.

»So was Ähnliches habe ich schon von meiner Frau gehört.«

»Sehr gut. Und wenn die ganze Sache mal ausgestanden ist, gibt es noch mehr zu tun.« Mir schwebte da schon etwas vor. »Aber, wie gesagt, der Tag ist noch jung und ich muss noch einen Weg erledigen, danach weiß ich vielleicht mehr.« Aus meinen Worten sprach eher Hoffnung, als Gewissheit, aber er hatte nichts einzuwenden. Er war mit seinen eigenen Hoffnungen beschäftigt.

»Wie geht es Ihnen?«, fragte ich abschließend. »Gesundheitlich?«

»Gut«, sagte er. »Erstaunlich gut.«

»Das freut mich. Grüßen Sie Ihre weitsichtige Frau und machen Sie sich nur die Vorwürfe, die Sie tatsächlich verdient haben.«

Atempause.

»Klingt fast philosophisch«, sinnierte er.

Das vertagen wir, dachte ich, und machte es kurz: »Wenn Sie morgen nichts von mir hören sollten, dann rufen Sie mich übermorgen an.« Er würde sich sowieso nicht daran halten.

»Gut. Dann bis später.«

»Wiederhören.«

Nachdem ich eingehängt hatte, drückte ich die Taste des Anrufbeantworters. Viermal nichts, das war vermutlich Lothar Müller, der meinen Ansagesatz schon nicht mehr hören konnte. Einmal Cosels Mitarbeiterin, wegen eines Termins, um meine Aussage zu machen, was die beiden festgenommenen Schläger betraf. Dann Schommer, der mir für Ende nächster Woche einen ruhigen Job in Aussicht stellte, wobei es sich meiner Erfahrung nach mal wieder um ein Einkaufszentrum oder Kaufhaus handeln dürfte. Und zu guter Letzt Sylvia, die ankündigte, erst gegen Abend zu kommen, da sie noch bei ihren Eltern vorbeischauen würde. Ich löschte die Nachrichten, sah in meinen Hosentaschen nach, wie viel Bargeld ich noch bei mir hatte, und verließ die Wohnung. In den Auslagen der Bäcker und Fleischer an der Oschatzer Straße fand ich nur noch unappetitlich aussehende Reste vom vergangenen Mittag, deshalb machte ich den Schwenk in die Bürgerstaße und kaufte beim vietnamesischen Fruchthändler einen knackigen Apfel für schlappe 28 Cent und schlenderte damit zum Auto. Ich legte eine Kassette ein und spulte, bis J. J. Cales »Cocaine« erklang, was, wie ich fand, ausgezeichnet zu meinem Apfel passte. Als der Song verklungen war, warf ich den Griebs aus dem Fenster, ließ den Motor an und fuhr in exzessiver Begleitung von Willy DeVilles »Cadillac Moon« standesgemäß in Richtung des mir wohlbekannten Baufinken.

Es war kurz vor fünf und am Tresen des Baustoffhandels schien sich gut die Hälfte aller Baugewerblichen der Stadt versammelt zu haben, um ihre legal oder illegal Beschäftigten für den kommenden Abend mit Material einzudecken. Es roch wie auf einer Großbaustelle, auf der alle Gewerke vertreten waren – nach erkaltetem Teer, frischen Kiefernholzsägespänen, Kugellagerfett, auf heißen Reifen verdampftem Altöl, verschwitzten Klamotten, auf denen Farbreste und Zement antrockneten, und nass abgespritzten Schubkarren. Mit ein bisschen Glück drängelte ich mich vor zwei Herren in roten Latzhosen, die noch darüber diskutierten, ob sie lieber erst die Hälfte der Gipsplatten und die gesamten Latten oder lieber die Hälfte der Latten und den gesamten Gips mitnehmen sollten.

Nach etwa fünf Minuten des Wartens blickte ich in Simones professionell lächelndes Gesicht.

»Frau Fink im Haus?«, fragte ich gedämpft, obwohl bei dem Trubel hier kaum die Gefahr bestand, dass jemand etwas mitbekam.

Sie senkte den Blick auf ihr Schreibpult, schielte zur Seite nach ihren beiden ebenso schwer beschäftigten Kolleginnen und hantierte mit Zettel und Stift. »Schon weg«, sagte sie beiläufig, ohne das Lächeln zu vernachlässigen.

»Wo kann ich sie finden?«

»Vielleicht zu Hause«, sagte sie.

»Und den Chef?«

»Ist noch im Büro.« Sie blickte wieder auf, zwinkerte mir zu und reichte den gefalteten Zettel über den Tresen.

»Danke«, sagte ich und nickte ihr einen Gruß zu.

Sie erwiderte das Nicken für den Bruchteil einer Sekunde, bevor ihr Lächeln zu meinen beiden unentschlossenen Hintermännern wanderte.

Draußen entfaltete ich den Zettel. Es stand eine Adresse darauf – ein Goldstück, diese Frau – und, dass ich ihr ein Essen dafür schuldete. Gerne, allerdings würde ich sie kaum in Sylvias Anwesenheit zum Grillen einladen können. Oder vielleicht doch? Das würde ich später klären.

Die angegebene Adresse lag in Wilschdorf, einer ehemals eigenständigen Gemeinde am nördlichen Stadtrand. Vor ein paar Jahren gab es noch einen hübschen Schleichweg durch den Wald dorthin, an einer längst verlassenen Ausflugswirtschaft mit dem bezeichnenden Namen »Waldesruh« und ein paar Häuschen vorbei, die der ständigen Gefahr ausgesetzt schienen, vom wilden umliegenden Grün überwuchert zu werden. Seit allerdings die Autobahnanschlussstelle »Wilder Mann« ausgebaut worden war, gab es diese idyllische Variante nicht mehr und ich nahm den Weg über Boxdorf, was mich kurzzeitig außerhalb der Stadtgrenzen brachte.

Kurz vor meinem Ziel, auf der sprichwörtlichen grünen Wiese, siedelte seit etwa Anfang der Neunzehnhundertneunziger ein US-amerikanischer Chiphersteller – des Standortvorteils wegen, wie es damals hieß, als dieses Wort zum Standardvokabular dessen zu werden begann, was man heute Globalisierung nennt. Dass der Standort zumindest für die Firma ohne Zweifel seine Vorteile hatte, bewiesen die in letzter Zeit geäußerten Expansionswünsche. Dass allein der Parkplatz der Fabrik dann größer werden würde als das benachbarte Wilschdorf mit seiner schmalen Hauptstraße und den Gässchen rund um Kirche und Friedhof, mochten die Einwohner des Örtchens unterschiedlich bewerten.

Ich rollte über den einigermaßen intakten Asphalt an einem mittelalterlichen Handwerkerhaus im Ortskern vorbei und näherte mich dem Ortsende, das alles andere als mittelalterlich war. Es sei denn – und das sollte ja vorkommen – man verwechselte die vierzig Jahre DDR mit dieser Epoche. Ich parkte neben einem nicht gerade riesigen Grundstück mit einem pastellgelb gestrichenen Einfamilienhaus, hinter dessen Fassade man sicher nicht die Betreiber einer Baustoffhandlung vermutet hätte. Die bemoosten Betondachpfannen standen in schäbigem Kontrast zur Fassade und die ehemals kobaltblaue Farbe der hölzernen Fensterläden war nur noch an wenigen Stellen zu erahnen. Aber bekanntlich tropft ja beim Klempner daheim ebenfalls der Wasserhahn. Der Vorgarten bestand aus strubbeligem Rasen, aufgelockert von unzähligen Maulwurfshügeln und zwei mickrigen Rhododendron-Büschen, und wurde von schulterhohen Thuja-Koniferen und einem Jägerzaun umrandet, der sich in einem vorkompostierten Zustand befand. Eine Garage war vor vielleicht zwanzig Jahren an das schätzungsweise vierzig Jahre alte Haus angebaut worden, breit genug für einen Personenkraftwagen aus sozialistischer Produktion – der davor parkende Mercedes SLK konnte dort höchstens mit eingeklappten Seitenspiegeln hineingeschoben werden.

Unweigerlich musste ich mir dieselbe Frage stellen, die jedem in Dresden Neuankommenden nach dem Verlassen des Hauptbahnhofes beim Anblick der, vorsichtig ausgedrückt, sehr funktional gestalteten Prager Straße durch den Kopf geht: Bin ich hier richtig? Ich vergewisserte mich auf Simones Zettel, dass die Hausnummer stimmte und im selben Moment öffnete sich die Haustür und die Gestalten von Cosel und Wettin füllten den Türrahmen. Sie kamen mir entgegen und hinter den beiden erschien Brigitte Fink. Aus der Ferne betrachtet wirkte sie weniger souverän, als ich sie in Erinnerung hatte.

»Was macht denn der Hochstapler hier?«, rief sie mit zusammengekniffenen Augen in meine Richtung.

Cosel beschwichtigte sie mit einer gebieterischen Handbewegung und sagte etwas zu seiner Kollegin. Diese begab sich zurück zu Brigitte Fink, während er sich gemächlich auf mich zubewegte.

»Sie wollten gerade gehen?«, sagte ich, als Cosel auf der anderen Seite des Gartentürchens stehen blieb.

»Jetzt nicht mehr«, erwiderte er trocken. Sein Veteranenblick ruhte in sich, weniger auf mir. Er steckte die Hände in die Hosentaschen und wippte auf den Zehenballen, wobei ihm seine geschmeidigen Leisetreter gute Dienste leisteten.

»Was machen Sie hier?«, wollte er wissen.

»Die Dame des Hauses interessiert mich«, sagte ich.

»Ich hatte Ihnen doch den Rat gegeben, sich aus der Sache Kühn rauszuhalten.«

»Stimmt. Aber ich habe nichts Illegales vor.«

Eine halbe Minute lang starrten wir uns über den Zaun hinweg an, wie zwei noch nicht von der Leine gelassene Preisboxer. Dann brach er mit einem Lächeln, in das ich sofort erleichtert einstimmte, den Bann.

»Dieser Lothar Müller«, sagte er, »bezahlt sie anscheinend immer noch dafür«, stellte er fest und begann wieder seine Ballenabrollübung, »dass Sie fremde Wäsche waschen.«

Ich bemühte mich, meine Gesichtszüge nicht wieder verhärten zu lassen. »Weder mache ich für Geld alles«, sagte ich im friedfertigsten Tonfall, zu dem ich fähig war, »noch wasche ich anderer Leute Wäsche. Ich bringe sie bestenfalls zum Waschsalon.«

Er hob eine Augenbraue und gab mir dadurch zu verstehen, wie gering er den Unterschied einschätzte. Schließlich grub er seine rechte Hand aus der Tasche heraus und kratzte sich am Kinn. Sein Blick wurde etwas milder. »Schon gut«, sagte er, dabei wanderten seine kratzenden Finger zur Schläfe hinauf. Er drehte sich nach den beiden Frauen um. Aus Brigitte Finks Augen schoss ein Blick herüber, mit dem man Stahlplatten hätte verschweißen können.

»Es gibt da eine Postkarte«, holte ich Cosels Aufmerksamkeit zu mir zurück. »Die habe ich aus Kühns Schreibtisch genommen, als er noch lebte. Und dann für eine Weile vergessen. Gestern ist sie mir wieder in die Finger gekommen und, um es kurz zu machen, aus dieser Karte konnte man schließen, dass Anna Fink«, ich zeigte mit einer Kinnbewegung zur Haustür, »Brigitte Finks Tochter, ein Kind von Kühn hat. Ich habe Anna Fink vorhin besucht, deshalb bin ich hier.«

»Klingt verwirrend. Sie meinen, Sie wissen erst seit vorhin, was auf der Postkarte steht, die Sie seit …«

»Nein. Die Karte zeigt ein Foto. Und auf der Beerdigung habe ich gesehen, dass die Frau auf dem Foto Anna Fink ist. Dann hat es noch ein bisschen gedauert, bis ich mich daran erinnerte, wo ich ihr Gesicht schon mal gesehen hatte und heute Nachmittag habe ich mit ihr gesprochen.«

»Aha. Und wo ist diese ominöse Karte?«

»Bei mir zu Hause. Ich bringe sie Ihnen vorbei, wenn Sie wollen …«

»Ich bitte darum.«

Die beiden Frauen starrten in unsere Richtung und schienen auf ein Zeichen zu warten. Aber es kam keines.

»Anna Fink ist sich übrigens nicht sicher, ob ihre Mutter weiß, wer der Vater des Kindes ist.«

»Aha. Und das wollten Sie ihr jetzt verklickern?«

»Nein, bloß nicht. Ich wollte nur mal antesten, ob sie etwas darüber weiß, hintenrum gewissermaßen, schließlich sollte sie es nicht von mir erfahren.« Ich zündete mir eine Zigarette an und stellte fest, dass er mich dabei neidisch beäugte. »Nichtraucher?«, fragte ich.

»Vernünftigermaßen«, antwortete er schwermütig.

»Weshalb sind Sie hier?«, sagte ich.

Die pralle Sonne brannte auf uns herab und er schielte seelenruhig nach den Rauchwölkchen, die ich in die Prärie blies. Trotz der Hitze trug er ein Jackett, allerdings zeigte sich nicht eine einzige Schweißperle auf seiner Stirn. Wahrscheinlich gehörte er zu der Sorte von Menschen, die nicht schwitzten, weil sie außer ein paar Tassen Kaffee nichts Flüssiges zu sich nahmen. Oder die nur ein paar Tassen Kaffee zu sich nahmen, weil in ihrem Flüssigkeitsbedarf das Schwitzen nicht einprogrammiert war.

»Am Abend, als Kühn umgebracht wurde«, begann er schleppend, »besser gesagt, in der Nacht, ging ein Anruf von seinem Apparat im Baustoffhandel ein. Wir haben heute früh erst die entsprechenden Daten von der Telefongesellschaft bekommen. Ein 30-Sekunden-Gespräch. Könnte sein letzter Anruf gewesen sein.«

»Und?« Ich sah, dass sich Brigitte Fink inzwischen eine Zigarette angezündet hatte und gelangweilt am Türrahmen lehnte. »Was sagt sie dazu?«

»Dass sie öfter noch bis spät in die Nacht im Büro sei und sich an einen Anruf erinnere, der durchaus in der Mordnacht gewesen sein könnte, bei dem sich angeblich jemand verwählt haben soll.«

»Verwählt? Dreißig Sekunden? Das dürfte der Rekord für verwählt sein.«

»Verwählt.« Er schnaubte durch die Nase, dass ich froh war, kein paarungswilliges Walrossmännchen in der Nähe zu wissen. Dann wischte er sich mit dem Handrücken über den Mund und wiederholte: »Verwählt.«

»Das heißt, derjenige, der von Kühns Anschluss im Baustoffhandel angerufen hat, soll allen Ernstes gesagt haben, er hätte sich verwählt?«

»Das heißt es wohl.«

»Hatte sie was mit Kühn?«

Er nickte unbeholfen. »Scheint so, dass jede Frau in dieser Stadt was mit Kühn hatte.«

»Kann ich mit ihr sprechen?«

Er sah mich mit einem Anflug von Mitleid an. »Bringen Sie mir diese Postkarte«, sagte er. »Ich bin den ganzen Abend im Büro und warte auf Sie. Wenn Sie bis sieben nicht da sind, lasse ich nach Ihnen fahnden.«

Er machte Anstalten, sich zum Haus zurückzubewegen.

»Anna Fink ist sich nicht sicher, ob ihre Mutter weiß, wer der Vater ihres Kindes ist«, wiederholte ich.

»Soll heißen?«

»Dass auch Sie es ihr nicht unbedingt auf die Nase binden sollten.«

Er lächelte müde. »Schon komisch«, sagte er. »Da gibt es diese wunderbare Verbindung zwischen Kühn und Mutter und Tochter und Sie meinen, ich soll sie damit nicht belästigen.«

»Nicht alles ist so, wie es aussieht.«

»Aber fast alles.«

»Verwählt«, sagte ich und zuckte mit den Schultern.

»Haun Sie ab«, sagte er. »Und vergessen Sie nicht«, er deutete mit dem Daumen über die Schulter, »dass Sie meiner Kollegin noch einiges zu Protokoll zu geben haben.«

»Wussten Sie, dass Brigitte Fink und Hana Kralova sich offenbar besser kennen, als es die Beziehung zwischen Händler und Kunde vermuten lässt?«

Er zögerte. »Ist das so?«

»Anna Fink erwähnte so etwas.«

»Schön, dass Sie doch noch verraten, weshalb Sie wirklich hier sind.«

»Eine Sache würde ich gerne noch abhaken«, drängte ich.

Er verdrehte die Augen. »Welche?«

»Die beiden Schläger der Kralova. Die haben Kühn doch nicht umgebracht?«

»Jedenfalls geben sie's nicht zu. Auch wenn sie sonst ganz gesprächig sind. Und, was Körperverletzung angeht, einschlägig vorbelastet.«

»Und was ist mit ihrer Chefin?«

»Die hat das LKA in der Mangel, wegen dieser Häuserschieberei in Pieschen. Angeblich haben sie bei ihr Kühns Festplatte und ein paar CD-Roms gefunden.«

»Angeblich?«

»Sie haben sie uns nicht gezeigt.« Seelenruhig blinzelte er hoch zur Sonne.

Mir lief die heiße Brühe den Rücken hinunter. Die Kommunikation zwischen LKA und Stadtpolizei schien verbesserungswürdig zu sein. Die leere Sektflasche und die zwei Gläser in Kühns Wohnung fielen mir ein. »Vielleicht hat Kühn Brigitte Fink angerufen und sie ist zu ihm gefahren. Und hat mit ihm Sekt getrunken?«

»Den Sekt haben sich die beiden Schläger aufgemacht, nachdem sie Kühn bearbeitet hatten. Perverses Gesindel. Sonst noch was?«, sagte Cosel. Womit er zum Ausdruck brachte, dass für ihn das Ende der Unterhaltung gekommen war.

»Danke«, sagte ich.

»Keine Ursache. Bringen Sie mir einfach diese Postkarte und sprechen Sie mit meiner Kollegin.« Als er beobachtete, wie ich an seinen breiten Schultern vorbei einen Blick auf Brigitte Fink riskierte, sagte er: »Jetzt verduften Sie endlich.«

»Ich bin ja schon weg«, antwortete ich und trottete zurück zu meinem Audi. Beim Losfahren sah ich Cosel im Haus verschwinden.

Nach ein paar hundert Metern fand ich einen neuen Parkplatz in einem Gässchen neben der Kirche, von wo aus ich die Hauptstraße überblickte, aber selbst nicht so leicht gesehen werden konnte. Sobald Cosel und Wettin abgezogen waren, würde ich einen zweiten Versuch bei Brigitte Fink machen.

Nachdem ich zehn Minuten im eigenen Saft geschmort hatte, fuhren die beiden Polizisten vorbei, ohne mich zu bemerken. Ich stieg aus meiner überhitzten Karre und lehnte mich an die Schattenseite einer Natursteinmauer, die mir augenblicklich Linderung verschaffte, indem sie mir den Nacken kühlte. Ich zündete eine Zigarette an und beobachtete eine junge Katze, die ein paar Meter entfernt zögerlich, aber geräuschlos, immer wieder innehaltend und mich neugierig beäugend, vorbeitrappelte. Fast wäre mir der SLK entgangen, aber Brigitte Finks Haupthaar war zu auffällig, als dass ich es hätte übersehen können. Es wehte im Fahrtwind wie eine goldene Standarte. Ich warf die Kippe weg, eilte hinter das Steuer und folgte ihrem Kondensstreifen.

Sie nahm den anderen Weg, den über Ränitz und die Radeburger Straße, hinunter in die Stadt. Allerdings bog sie unten nicht, wie ich erwartet hatte, zum Baufinken ab, sondern fuhr in die Gegenrichtung ein Stück ins Hechtviertel hinein, wo sie vor einer Telefonzelle anhielt, ausstieg und jemanden anrief. Das Gespräch dauerte etwa drei Minuten und ich sah sie von meinem Beobachtungsplatz aus heftig gestikulieren. Anscheinend hatte Cosel sie mit irgendetwas ganz schön aufgescheucht. Als sie die Zelle verließ, schien sie ihre Umgebung kaum wahrzunehmen – ein Fahrradfahrer konnte ihr mit einem riskanten Herumreißen des Lenkers gerade noch ausweichen, während sie mit eingeengtem Blick ihren Wagen anvisierte.

Sie wendete mit quietschenden Reifen und ich ließ sie ziehen. Als ich den Telefonhörer abnahm, zeigte der Automat noch 20 Cent Guthaben an, das ersparte mir die Suche nach Kleingeld. Die Wahlwiederholung brachte eine Mobilfunknummer auf das Display. So viel zum Datenschutz.

»Ja!«, kam es schnell und unwirsch aus der Leitung, was mich überraschte.

»Brigitte hat noch was vergessen«, sagte ich, da mir auf die Schnelle nichts Besseres einfiel, und nach einer, wie ich meinte, Schrecksekunde am anderen Ende wurde sofort eingehängt. Ich tippte nochmal die Wahlwiederholung, erwartungsgemäß nahm niemand ab, aber ich notierte mir die Nummer und fuhr anschließend zum Baufinken.

Der SLK stand auf dem Parkplatz und ich stellte meinen Audi daneben und machte mich auf den langen Weg zur Chefin. Es war kurz vor Feierabend, aber der Laden war immer noch gut besucht. Niemand beachtete mich, als ich zwischen den ausgestellten Dachfenstern und Haustüren hindurcheilte und anschließend im Gang verschwand, um das Büro aufzusuchen, in dem ich vor ein paar Tagen als gefälschter Finanzbeamter aufgetreten war.

Ich klopfte an und hörte von drinnen ein wütendes »Jetzt nicht!« aus Brigitte Finks Mund, was ich zum Anlass nahm, umgehend einzutreten und die Tür hinter mir zu schließen. Die Jalousie am Fenster war heruntergelassen und das Licht einer Schreibtischlampe beleuchtete diffus die Szene, die sich mir darbot. Es schien, als hätte ich Brigitte Fink dabei überrascht, wie sie über den Schreibtisch auf ihren im Drehstuhl versunkenen Ehemann hechten wollte – und zwar nicht, um sich von ihm vernaschen zu lassen. Beide hatten sichtlich Mühe ihre von gegenseitigem Misstrauen durchdrungenen Mienen in ein künstliches Erstaunen ob meiner Dreistigkeit umzuwandeln.

Brigitte Fink schaffte es als Erste. »Verschwinden Sie!«, kreischte sie wie das stumpfe Blatt einer Kreissäge.

»Nur ein Geständnis bringt mich hier raus«, antwortete ich ebenso lässig wie verwegen.

Brigitte Finks Schwerpunkt verlagerte sich hinter den Schreibtisch. Höhnisch grinsend wandte sie mir ihre üppige Vorderfront zu. »Machen Sie sich nicht lächerlich. Wer soll hier was gestehen?«

»Zum Beispiel Sie. Dass Sie bei Kühn waren, nachdem ihn Kralovas Schläger bearbeitet hatten, und die Gunst des Augenblickes ausnutzten.«

»Ich? Warum hätte ich ihn umbringen sollen?«

Ansgar Fink ließ den Blick teilnahmslos zur geschlossenen Jalousie abschweifen. Nur seine verkrampften Fäuste auf der Schreibunterlage ließen darauf schließen, dass er gedanklich nicht ganz so abwesend war.

»Weil er von Ihren krummen Geschäften wusste.«

»Was für krumme Geschäfte?«

»Sie hängen doch mit drin«, schoss ich ins Blaue, »bei den Sachen, die die Kralova im Pieschener Ortsamtsbereich laufen hatte. Und Sie wussten ebenso gut, dass Kühn reinen Tisch machen wollte. Entweder von der Kralova oder von ihm selbst. Ihnen«, spielte ich großspurig auf ein besonderes Verhältnis zu Kühn an, »dürfte er das doch sicher nicht vorenthalten haben.«

»Was wollen Sie damit sagen?«, fragte sie, obwohl sie es genau wusste.

Ihr Mann schien sich immer noch für nichts anderes als die Jalousie zu interessieren.

Ich zuckte nur mit den Schultern, schließlich konnte ich schlecht zugeben, dass ich nur Allgemeinplätze zu bieten hatte. »Wollen Sie etwa behaupten, dass Sie in jeder Hinsicht eine weiße Weste haben?«

»Sie wissen nichts«, zischte sie. »Gar nichts wissen Sie.« Ihre Worte klangen nach tiefer innerer Überzeugung.

»Ich weiß«, versuchte ich ebenso überzeugt zu klingen, »dass sich Ihr Gebilde aus Lügen und Halbwahrheiten nicht mehr lange halten lässt.« Und fügte mit einem Seitenblick auf ihren Mann hinzu: »Was sagt denn Ihr Mann zu all dem?«

Ihr entwich ein verächtliches Schnaufen. »Was soll er dazu schon sagen?«, antwortete sie, wobei ihre Stimmlage mindestens um eine Quinte nach oben rutschte.

Ansgar Fink wandte sich vom Fenster ab, schaute erst mich, dann seine Frau an. Seine Fäuste lockerten sich etwas, seine müden Augen ruhten auf ihr, aber an seinen Mundwinkeln hatte sich ein fatalistisches Lächeln eingehakt. Sie bemerkte es und versuchte, wie vermutlich schon hunderte Male praktiziert, ihn mit einem eisenharten Blick zur Räson zu bringen, aber es war zu spät, diesmal hatte sie den Bogen um einen Zoll überspannt. In den paar Sekunden, in denen ihr Erstaunen zur Erkenntnis mutierte, verbreiterte sich das Lächeln ihres Mannes zu einem diabolischen Grinsen.

»Ich war bei Kühn«, sagte Ansgar Fink.

»Du warst bei …?«, sagte Brigitte Fink, wurde aber von einer herrischen Handbewegung ihres Mannes unterbrochen. »Und ich war befriedigt, als ich sah, dass alles Leben aus ihm gewichen war.«

Der Satz blieb im Raum stehen wie ein Kubikmeter Granit. Während ich überlegte, wann ich zum letzten Mal so etwas altmodisch Pathetisches gehört hatte, sah Fink mich an, mit einem Blick, so breit und schnurgerade wie eine Startbahn. Er schien zu erwarten, dass ich etwas sagte.

»Du Idiot.« Noch ein Kubikmeter, diesmal von Brigitte Fink beigesteuert. Sie betrachtete ihre bessere Hälfte wie eine Kloschüssel, in die sie sich gleich übergeben würde.

Ansgar Fink tat, was er sich wahrscheinlich schon hunderte Male verwehrt hatte. Und er tat es in einer Geschwindigkeit, die ich ihm nicht zugetraut hätte. Er sprang blitzschnell auf und scheuerte ihr eine. Seine Pranke landete auf ihrer Wange, es klatschte, als hätte jemand einen Schinken auf eine polierte Steinplatte fallen lassen. Brigitte Finks Kopf flog mit schreckgeweiteten Augen herum, sie taumelte einen Schritt zur Seite und krachte gegen die Gipskartonwand. Kaum dass Fink mit ihr fertig war, flog er auf mich zu, und ich konnte seiner Faust, die zumindest das Format einer Ofenkachel hatte, nur zum Teil ausweichen, er traf mich irgendwo zwischen Schulter und Hals, so dass mir für einen Augenblick die Luft wegblieb und ich mit dem Rücken am Türblatt zu Boden rutschte. Der große, aufgebrauste Mann fegte mich beiseite wie einen Krümel vom Frühstücksbrettchen, riss die Tür auf und hetzte über mich hinweg in den Gang hinaus. Ich rappelte mich keuchend auf, warf noch einen Blick auf die äußerlich unverletzte, aber seltsam apathisch an der Wand kauernde Brigitte Fink und eilte dem Flüchtenden hinterher.

Die Blicke aller Verkäufer und Kunden richteten sich auf mich, als ich mich, immer noch leicht benommen, an ihnen vorbeischleppte. Keinem entwich der geringste Ton und nur am Rande nahm ich Simones fassungslosen Gesichtsausdruck wahr – alle hier hatten gesehen, hinter wem ich herlief, und alle schienen bestürzt darüber zu sein. So temperamentvoll hatte man den Chef hier anscheinend noch nicht erlebt. Ich rief Simone zu, sie solle Hauptkommissar Cosel von der Kripo anrufen, stieß die Glastür auf und rannte ohne Umschweife auf meinen Audi zu.

Ich hatte erwartet, ihn mit quietschenden Reifen davonfahren zu sehen, aber nichts dergleichen geschah. Als ich etwa dreißig Meter gehetzt war, sah ich Ansgar Fink und ich verlangsamte meine Schritte abrupt. Es war keine Eile geboten. Er saß in seinem 3er BMW, die Hände schlaff über das Lenkrad gehängt, den Kopf in die Nackenstütze gebettet, und den Blick ins Nichts gerichtet. Die Wagentür stand offen und ich näherte mich vorsichtig an, aber Fink schien mich nicht wahrzunehmen. Angestellte und Kunden drängten hinter mir aus dem Verkaufsraum in den Hof hinaus und versammelten sich zu einem energetischen Pulk aus Neugier und Erregung, hielten aber sicherheitshalber Abstand. Ich umrundete den Wagen, öffnete die Beifahrertür und stieg ein. Vorsichtig und ohne, dass Ansgar Fink mich daran zu hindern versuchte, entfernte ich den Zündschlüssel aus dem Schloss und steckte ihn in meine Brusttasche.

Die Sonne hatte das Wageninnere zu einem Brutkasten werden lassen. Trotz der offenen Türen herrschten hier drin mindestens vierzig Grad. Ich zündete mir eine Zigarette an und drehte den Innenspiegel so, dass ich die Leute im Hof im Auge behalten konnte.

»Sie sollten sich mal mit Cosel unterhalten«, sagte ich.

Nichts deutete darauf hin, dass er mich überhaupt gehört hatte.

»Das ist der Ermittler im Todesfall Frank Kühn«, sagte ich.

Ganz langsam drehte er sein Gesicht in meine Richtung, nur um mich anzusehen, als gehöre ich zur Grundausstattung des Wagens. Dann setzte er die Drehbewegung fort und warf einen Blick nach hinten, wo das Publikum respektvoll verharrte. Ich tat es ihm nach und stellte fest, dass seine Frau nicht unter den Zuschauern weilte.

»Holn Sie endlich die Polizei«, glaubte ich ihn sagen zu hören, und fast wäre ich darüber erschrocken, eine andere Stimme als meine eigene zu vernehmen.

»Ich habe keine Eile«, sagte ich. Die Polizei war sicher schon unterwegs.

»Die hab ich auch nicht.« In Lautstärke und Gleichförmigkeit hätte er es mit jeder Rasenheizung aufnehmen können. Er schwitzte kein bisschen und die Oberfläche seiner Haut schimmerte matt wie frisch bearbeitetes Holz.

Ich versuchte, mir diesen großen Teddybär dabei vorzustellen, wie er dem mehr oder weniger wehrlosen Kühn ein Messer reinrammte. Vorhin war er recht jähzornig gewesen, eine Art Strohfeuer, für Totschlag im Affekt allemal ausreichend, aber Kühn war schließlich ermordet worden. »Wollen Sie etwa behaupten«, sagte ich, »Sie hätten Kühn eiskalt umgebracht?«

»Ich war dort«, antwortete er.

»Und warum? Mitten in der Nacht?«

»Er hat *mich* angerufen.«

»Ihre Frau behauptet, er hätte sie angerufen. Hier im Büro.«

»Er hat mich angerufen«, wiederholte er.

»Und was wollte er?«

»Er sagte, er wolle mit mir über meine Frau sprechen.«

O je, dachte ich. Fest stand nur, dass von Kühns Anschluss hier angerufen wurde. »Wer von Ihnen beiden war denn nun so spät noch im Büro, Sie oder Ihre Frau?«

Er sah mich an, als hätte er Mitleid mit mir und meiner Einfalt. Endlich mal wieder eine spontane Gefühlsregung. »Meine Frau ist nie nachts im Büro«, belehrte er mich.

»Und warum behauptet sie dann, dass sie den nächtlichen Anruf entgegengenommen hat?«

Er antwortete nicht. Auch nicht, als ich ihm dafür eine Minute Zeit ließ.

»Warum lügt sie?«, vermutete ich laut. »Und, vor allem, warum decken Sie sie?«

Er antwortete noch immer nicht. »Also« sagte ich, »ich spekuliere jetzt mal. Ihre Frau war in dieser Nacht bei Kühn. Und als sie ihn vorfand, von den beiden Schlägern der Kralova vorbehandelt, hat sie die Gelegenheit ergriffen und ihm mit einem Messer den Rest gegeben. Danach hat sie hier angerufen, vielleicht weil der Adrenalinspiegel gesunken war und sie sich bewusst darüber geworden war, was sie getan hatte, vielleicht auch, um Sie reinzureiten, wahrscheinlich hat sie sich nicht mal gemeldet, sondern nur den Hörer in die sprichwörtliche Totenstille gehalten. Bis Sie schließlich aufgelegt haben.«

Irgendwo in ihm mochte sich etwas regen, jedoch ließ er sich nichts anmerken. Nur seine Hände umklammerten das Lenkrad, als sei es die Haltestange einer Achterbahngondel. Vielleicht lag ich mit meinen Mutmaßungen richtig, vielleicht lachte er mich auch innerlich aus.

»Sie sagten, Sie waren dort«, knüpfte ich an seine Bemerkung von eben an.

»Ich habe geklingelt, aber es hat niemand geöffnet.«

»Sie sagten vorhin auch, Sie wären über sein Ableben froh gewesen. Für mich klang das, als hätten Sie direkt neben seiner Leiche gestanden.«

Er sah mich fast ängstlich an, aber er sagte nichts.

»Hatte Ihre Frau ein Verhältnis mit Kühn?«, versuchte ich der Unterhaltung eine neue Richtung zu geben.

Seine breiten Schultern zuckten kraftlos.

»Na kommen Sie schon, selbst als Mann merkt man manchmal was. Frauen verstellen sich nicht immer so gut, wie sie glauben.«

Seine Fäuste drückten das Lenkrad, dass ich befürchtete, der Kunststoff würde gleich schmelzen. »Ich weiß«, presste er mühsam hervor, »dass da was ist. Aber ich weiß nicht mit wem.«

»Nun«, machte ich weiter, »frage ich mich mehr denn je, warum Sie Ihre Frau schützen wollen? Oder steht so was in Ihrem Ehevertrag?«

Ein nachsichtiger Blick streifte mich, seine Fäuste lockerten sich. »Sie sind nicht verheiratet?«, stellte er mehr fest, als dass er fragte.

Ich schüttelte den Kopf.

»Das hat seine Vorteile«, stellte er weiterhin fest.

Ich verlor die Lust an seinem Gequatsche und ich hatte das Glück, gleich abgelöst zu werden – vorn an der Straße stiegen Cosel und Wettin aus ihrem Wagen. »Was immer Sie zu erzählen haben«, ich zeigte auf die näherkommenden Polizisten, »dort kommen Ihre Ansprechpartner.«

»Was wird aus der Firma?«, sagte er.

Ich sah ihn an, als hätte er eine Scherzfrage gestellt, doch nichts an seinem wie in einen Fels gehauenen Profil deutete auf einen Anflug von Humor hin. Sein Auge glänzte wie ein angetauter Eiswürfel.

»Ich fasse es nicht!«, hörte ich Cosel zetern. Seine kleine Hand mit hellen, im Sonnenlicht golden schimmernden Härchen auf dem Fingerrücken legte sich auf die Beifahrertür und die Schatten der beiden Polizisten verdunkelten minimal die Aussicht. Cosels düsterer Blick, mit dem er Fink und mich abwechselnd musterte, stand im Kontrast zu seinem kurzärmeligen, kanariengelben Baumwollhemd, das aussah, als hätte man es eben erst hergestellt. Seine Kollegin, im Dienst anscheinend nie ohne Jackett, wechselte mit mürrischem Gesichtsausdruck auf Finks Wagenseite hinüber.

»Man sollte Sie irgendwo festbinden«, fauchte Cosel mich an. Und: »Steigen Sie bitte aus.« Das war an Fink und mich gerichtet, denn für mich allein hätte er sich das »Bitte« sicher erspart.

Ich stieg aus. »Das ging aber schnell«, sagte ich. »Gibt es 'ne neue Brücke oder sind Sie mit der Fähre übergesetzt?«

Cosel trat zur Seite und stopfte die Hände in die Hosentaschen. »Ich lache darüber«, sagte er, »wenn ich ausgeschlafen bin.« Das rötlich-blonde Fell auf seinen kräftigen Unterarmen sträubte sich. Ich hatte nach unserem unverhofften Zusammentreffen in Wilschdorf nicht erwartet, ihm heute nochmal zu begegnen, schon gar nicht ohne Jacke. »Also«, er deutete mit dem Kinn auf Ansgar Fink, der sich eben aus dem Sitz gequält hatte und nun mit hängenden Schultern neben Cosels Kollegin stand. »Was verschafft uns die Ehre?«

Ich vergewisserte mich, dass nicht ein Stück meines Hemdes am Beifahrersitz kleben geblieben war. »Herr Fink hat mir versichert, all Ihre Fragen zu beantworten«, sagte ich.

Cosel sah mich abwartend an.

»Sie *haben* doch Fragen?«, sagte ich.

»Sicher.« Ein Grinsen schob sich in sein Gesicht und sein nächster Satz ging an Fink. »Und nicht nur das. Wir haben auch Fingerabdrücke von Ihrer Frau am Tatort gefunden. Obwohl sie behauptet hat, nie dort gewesen zu sein.«

Soso, dachte ich, Fingerabdrücke, während ich Fink zusah, wie er stoisch schweigend und mit hängenden Schultern neben der Wettin stand. Er überragte sie um fast zwei Köpfe, wirkte aber dennoch kaum größer. Ich spürte plötzlich den starken Drang, einfach nach Hause gehen zu wollen. Das hier war nicht meine Baustelle.

»Wo ist Ihre Frau?«, hörte ich Cosel fragen.

Einige der Schaulustigen, die die respektvolle Entfernung mittlerweile auf Horchweite verringert hatten, drehten sich auf Cosels Frage unwillkürlich zum Verkaufsgebäude um. Mir kam eines meiner Lieblingsgedichte von Ringelnatz in den Sinn, welches von einem geworfenen Bumerang handelte, dessen Rückkehr von einem Publikum stundenlang vergeblich erwartet wurde.

»Vielleicht ist sie ja noch drin«, sagte ich.

Cosel und Wettin tauschten einen Blick, dem ich entnahm, dass er ins Haus gehen wollte, während sie hier bei Ansgar Fink warten würde. Die Kommissarin zückte daraufhin ein Mobiltelefon aus ihrem Jackett, klappte es elegant auf und bestellte einen Streifenwagen.

»Warten Sie«, hielt ich Cosel zurück und gab ihm Finks Autoschlüssel und den Zettel, auf dem ich die Nummer notiert hatte, die Brigitte Fink vorhin von der Telefonzelle aus angerufen hatte. »Vielleicht können Sie was damit anfangen. Bevor Brigitte Fink hier herkam, hat sie vorn am Bischhofsplatz mit diesem Anschluss hier telefoniert.«

Er warf einen Blick auf die Nummer und steckte den Zettel weg. »Sie sollten eine Firma eröffnen«, sagte er abwertend, und mit großer Geste umriss er ein imaginäres Firmenschild in der Luft. »Staiger-Beschattungen, könnte ich mir vorstellen.«

Seine Kollegin kicherte. Dass er jetzt anfing, gehässig zu werden, schrieb ich dem Stress und dem Druck zu, den er sicher von irgendwoher bekam. Allerdings sollte er sich in seinem Alter einigermaßen daran gewöhnt haben.

»Wie wär's mit: Die Polizei macht's nur für Steuern – wird's eng, heißt es den Staiger heuern!?«, antwortete ich und zeichnete mit dem Zeigefinger vor seiner Nase ein neues Schild.

Ich gebe zu, dass ich schon bessere Zweizeiler gelesen hatte, aber der hier war ja nicht für die Ewigkeit bestimmt. Und um aus dem Stegreif einen Polizisten zu düpieren, war er hervorragend geeignet. Cosel lief rot an und seine schon wieder kichernde Kollegin verschluckte sich fast, als sein Blick sie streifte. Ansgar Fink indes stand so unbeteiligt still daneben, als hätte man ihn dort eingepflanzt, und wahrscheinlich war es sein Anblick, der Cosel an das Wesentliche erinnerte und seinen Zorn verrauchen ließ.

Er sagte zu mir: »Sie halten mich von der Arbeit ab.«

»Das ist nicht meine Absicht. Ich wollte sowieso nach Hause, bin schon so gut wie verschwunden.«

»Wie?«, wandte er spöttisch ein. »Da ist ein Fall augenscheinlich abgeschlossen und Sie wollen einfach heimgehen?«

Ich ersparte mir eine Antwort. Hinter Cosels Dienstwagen hielt eine Streife und zwei Uniformierte stiegen aus. Ein großer und ein Kleiner. Noch während sie ihre Mützen zurechtrückten erkannte ich in ihnen meine beiden Lieblingspolizisten.

Cosel stöhnte. »Pat und Patachon«, murmelte er gequält.

»Verpassen Sie Brigitte Fink nicht«, erinnerte ich ihn.

»Und Sie vergessen nicht, dass wir immer noch eine Verabredung haben. Ich erwarte Sie heute noch in meinem Büro.«

»Sicher«, brummte ich.

»Ich warne Sie, ich lasse Sie abholen!«

Ich lächelte ihn nachsichtig an, er lächelte breit zurück. Wir lächelten uns so herzlich an, als stünde eine Sperre aus Natodraht zwischen uns. Ich würde mich nicht um seine Aufforderung scheren und er ahnte dies. Entweder, er nahm mich vorläufig fest oder er ließ mich von der Staatsanwaltschaft vorladen. Was er so kurzfristig nicht hinbekommen würde.

»Haun Sie ab!«, sagte er das, was er mir heute schon einmal gesagt hatte. Dann winkte er die Uniformierten herbei, die in sicherem Abstand stehen geblieben waren und abwartend herüberschauten. Ich klapperte instinktiv mit dem Schlüsselbund in meiner Hosentasche, schlenderte den beiden entgegen und wünschte ihnen im Vorbeigehen viel Vergnügen, was sie mit wohlmeinenden Mienen zur Kenntnis nahmen.

Als ich in meinen Wagen stieg, bog ein silberfarbener Opel-Omega in die Einfahrt des Baufinken. Im Fond saß das Pärchen vom LKA, das mich vor ein paar Tagen zu Hause aufgesucht hatte. Dass die hier auftauchten, bestätigte meine Annahme, dass die Finks mit den Geschäften der Kralova enger verbandelt waren, als sie es bisher zugegeben hatten. Aber was ging es mich an? Ich hatte für heute genug. Also machte ich mich vom Acker. Im Rückspiegel sah ich Wettin und Ansgar Fink neben dem BMW stehen. Der Geschäftsführer wirkte so trostlos wie ein toter Baum. Er tat mir leid.

×××

Vor dem Einkaufszentrum am Pieschener S-Bahnhof verzehrte ich an einer asiatischen Imbissbude einen Teller gebratene Nudeln mit Gemüse und unterhielt mich ein halbes Stündchen mit einem Steinmetz, für den ich im letzten Winter herausgefunden hatte, welcher von seinen Angestellten dafür verantwortlich gewesen war, dass seine Maschinen nachts des Öfteren aus seiner Werkstatt entkommen konnten.

Ich fuhr nach Hause und parkte neben dem Flieder, dessen herabgefallene Blütenblätter den Bürgersteig bedeckten. Der Weg und die Stufen vor der Haustür waren frisch gefegt, was mich daran erinnerte, dass ich in dieser Woche an der Reihe war, das Treppenhaus zu reinigen. Sylvia war noch nicht da – sie hatte ja angekündigt, später zu kommen – und ich sah zu meinem Erstaunen, dass mein

Anrufbeantworter keinen Anruf aufgezeichnet hatte. Ich überlegte einen Moment, nahm den Hörer ab und wählte die Nummer des Immobilienmaklers.

»Residenz-Immobilien, Richter, guten Tag.«

»Hallo, Herr Richter, Hans Staiger hier.«

»Ach, Sie sind's.« Er lachte. »Ich weiß ja nicht, wie's Ihnen letztens ging, aber ich hatte ganz schön zu kämpfen am nächsten Morgen.«

»Ging mir genauso.«

»Und was kann ich für Sie tun? Wieder mal auf der Suche nach ein paar Häusern für Microsoft?«

»Nein. Aber ich habe noch eine Frage bezüglich der Dame, über die wir neulich geredet haben.«

»Schießen Sie los.«

»Können Sie sich in Zusammenhang mit der Kralova daran erinnern, mal den Namen Fink gehört zu haben? Ansgar oder Brigitte Fink?«

»Fink?«, sagte er. »Interessant, da sind Sie nicht der Erste heute.« Und nach zwei Sekunden: »Warten Sie, ich geh mal online, das habe ich erst heute Vormittag für die beiden Beamten vom LKA rausgesucht«, er machte es spannend, ich hörte Finger auf einer Tastatur klappern und wartete geduldig, »Moment, ich glaube, gleich hab ich's ... ja, hier. A, Punkt, Fink, Sparkasse Dresden, das ist der Inhaber des Kontos, von dem ich meine Provisionen bekommen habe.«

»Und heute war das LKA bei Ihnen?« Das passte ja alles wunderbar zusammen.

»Wie gesagt, am Vormittag. Ich hoffe nicht, dass Sie jetzt auch noch die Beträge wissen wollen«, sagte er mit besorgt scherzhaftem Unterton.

»Nein, keinesfalls«, beruhigte ich ihn. »Ich gehe davon aus, dass Sie sich jeden Cent verdient haben ...«

»Das will ich meinen.«

»Haben Sie diesen A-Punkt-Fink mal getroffen?«

»Nein. Ich hatte nur mit Hana Kralova zu tun, und, ehrlich gesagt, solange die Zahlungen buchungstechnisch zuzuordnen sind, legt auch keiner Wert darauf, woher sie tatsächlich kommen.«

»Das kann ich mir denken.« Ich steckte mir eine Zigarette in den Mund. »Aber wohin die Kaufsummen überwiesen wurden, können Sie mir vermutlich nicht sagen?«

»Sie meinen, dass das Geld eventuell nicht bei der Kralova gelandet ist, sondern, beispielsweise bei diesem Fink?«

»Ja, ich vermute, die Kralova war nicht viel mehr als so eine Art Strohfrau.«

»Tja, das tut mir jetzt leid, aber da kann ich Ihnen nicht weiterhelfen.«

»Ist nicht weiter schlimm, ich danke Ihnen.«

»Und was macht Ihre Mordgeschichte?«

»Ich nehme an, die Polizei dreht deswegen gerade das Ehepaar Fink durch die Mangel. Also, nochmals vielen Dank.«

»Nichts zu danken, melden Sie sich mal wieder, wenn Sie Durst haben.«

»Mach ich.«

Ich hängte den Hörer ein. Lothar Müller anzurufen ersparte ich mir, der würde sich, wenn nicht heute noch, dann spätestens morgen früh melden. Somit blieb mir noch Zeit, die Ereignisse des Tages zu rekapitulieren und über die Zusammenhänge zwischen dem Mord und den Machenschaften der Finks und Kralovas, die ich immer noch nicht ganz durchschaute, nachzudenken. Ich zündete die Zigarette an, legte eine »Best of« von der Steve-Miller-Band auf den Plattenteller und wollte es mir gerade im Liegestuhl gemütlich machen, als plötzlich hinter mir die Scharniere meiner Abstellkammertür quietschten. Abrupt drehte ich mich um und erstarrte fast im selben Moment. Mein Wohnzimmer war nicht sehr groß, aber *zu* groß, um die Entfernung zwischen mir und dem Mann auf der anderen Seite mit einem Hechtsprung aus dem Stand zu überbrücken. Zumal mein Esstischchen zwischen uns stand und dieser Mann eine Pistole auf mich gerichtet hielt.

»Das mit der Strohfrau war gut«, sagte er, aber es klang nicht, als würde er mich ehrlich bewundern.

»Nicht wahr?«, sagte ich.

»Werfen Sie die Zigarette weg.«

Als ich zögerte, schwenkte er mit dem Pistolenlauf auf den Boden zu meinen Füßen und sagte: »Na machen Sie schon.«

Seufzend ließ ich die Kippe auf die Dielen fallen und trat sie aus. Mein erster Brandfleck, nach all den Jahren.

»Gut so. Und jetzt heben Sie mal Ihr Hemd hoch und drehen Sie sich um die eigene Achse«, sagte er mit fester ruhiger Stimme. »Ich will nur nachsehen, ob Sie eine Waffe im Hosenbund tragen.« Er trug Jeans und langärmeliges Holzfällerhemd, dazu weiße Turnschuhe. Er war vielleicht Anfang fünfzig, groß, drahtig schlank, und ich hatte ihn schon einmal gesehen. Vor etwa zwei Wochen hatte der Pförtner des Pieschener Rathauses diesen Mann als Ortsamtsleiter Braun bezeichnet. Sein herausforderndes Grinsen wirkte auf mich, als würde er »Ätsch« sagen.

»Das trifft sich gut«, sagte ich, »ich wollte sowieso mal mit Ihnen reden.«

Er ging nicht darauf ein. »Sie solln sich umdrehen!«, die Stimme ein wenig angehoben, man nennt so was wohl Nachdruck.

Ich fühlte mich in meiner eigenen Bude wie ein Einbrecher. »Für wen halten Sie mich?«, fragte ich und tat, was er verlangt hatte, »Bruce Willis?«

»Sparen Sie sich die Sprüche.« Trotz des fortwährenden Grinsens wirkte er recht humorlos und seine nächste Handlung bestätigte dies. Er stoppte den Plattenspieler indem er mit dem Pistolenlauf gegen den Netzschalter schlug, die Nadel sprang vom Teller und krächzte dabei wie ein mit Stecknadeln gefüllter Küchenmixer. Mir sträubten sich die Nackenhärchen und ein Frösteln ließ mich trotz der Hitze erschauern. Ich ballte die Fäuste.

Mein Gegenüber verzog keine Miene. Er sah mich an, wie irgendeinen Karton, der im Weg rumsteht und den man je nach Laune umgehen oder mit einem Tritt zur Seite befördern konnte.

»Was wolln Sie? Und wie sind Sie hier reingekommen?«, fragte ich, obwohl ich wusste, dass mein Türschloss keine Herausforderung darstellte. Außerdem war ich mir nicht mal sicher, ob ich überhaupt abgeschlossen hatte. Ich überlegte, wie ich mich möglichst unauffällig näher an ihn heranarbeiten könnte.

Er machte sich nicht die Mühe, darauf zu antworten. Die Pistolenmündung zuckte ein paarmal in Richtung der Fenster. »Gehen Sie da rüber, aber bleiben Sie vom Fenster weg.« Seine Logik war bemerkenswert – ich sollte mich neben das Fenster stellen und gleichzeitig davon wegbleiben.

Wie beim Ringelreihen umrundeten wir den Tisch, bis ich neben meinem Plattenspieler angekommen war und er den Kachelofen in seinem Rücken hatte. Anstatt ihm näher zu kommen, verlor ich noch zwei Armlängen und von dort, wo er jetzt stand, konnte er die Tür und mich gleichzeitig im Auge behalten, ohne sich zu verrenken. Langsam begann mein Körper die Hitze komplett zu ignorieren. Der Stoff, der mir am Rücken festklebte, fühlte sich an wie ein nasser Rucksack voller Softeis. Und Braun ließ keine Anstrengung erkennen, irgendetwas anderes tun zu wollen, als die Pistole auf mich zu richten und mich anzugrinsen. Ich riskierte einen Blick aus dem Fenster, sah den Flieder in seiner welken Pracht, den milchig blauen Abendhimmel und ein Stück des gefegten Weges, auf dem schon wieder ein paar Blättchen lagen. Aus dem Haus auf der anderen Straßenseite, von wo aus man theoretisch zu mir hineinschauen könnte, erwartete ich keine Hilfe. Dort hausten wahrscheinlich nicht mal mehr Ratten, weil keiner mehr da war, der etwas Essbares hinterließ. Ich schimpfte mich innerlich einen Dilettanten, weil ich mich am Telefon von einer Angestellten mit der offensichtlich falschen Auskunft, Braun sei im Urlaub, hatte abfertigen lassen und weil ich spätestens nach dem ersten Gespräch mit Immobilien-Richter ein wenig mehr Aufmerksamkeit auf Braun hätte verwenden sollen. Stattdessen war ich auf die Machenschaften der Kralova fixiert gewesen – und die Cosels und Wettins offensichtlich auch. Tolle Leistung. Jetzt stand der Mörder Kühns – darin bestand für mich kein Zweifel – in meiner Wohnung und war drauf und dran mir eine zu verpassen.

»Mit wem haben Sie eben telefoniert?« Endlich wurde er aktiv. Hinter seinem reglosen Blick konnte ich die Neugier nur vermuten.

»Mit einem Makler, der mal für die Kralova gearbeitet hat.«

Er nickte knapp, als hätte er diese Antwort ohnehin erwartet.

»Und was will die Polizei von Brigitte Fink?« Jetzt glaubte ich, erste Anzeichen von Unsicherheit herauszuhören. Seine Lippen schlossen sich nach dem Satz zu einem dünnen Strich und das Grinsen verschwand wie eine Einbildung, seine Augen schienen in ihrer Starre nicht mehr ganz so gefangen zu sein. Und er sprach nur von Brigitte Fink, obwohl ich eben am Telefon über das *Ehepaar* Fink geredet hatte.

»Das dürften Sie doch besser wissen, als jeder andere. Allerdings scheint es Ihnen nicht in den Kram zu passen.« Ich deutete auf die Pistole und hoffte dabei, dass meine Hand nicht allzu auffällig zitterte. »Warum haben Sie die bei Kühn nicht benutzt? Ist das eine Neunmillimeter?«

»Sie sind nicht sehr witzig«, zischte er, indem er die Worte zwischen den Vorderzähnen hindurchpresste. »Halten Sie Ihre Hände unten und verraten Sie mir, was Sie mit der Sache zu schaffen haben.«

Ich spürte eine unangenehme Flaute in der Magengegend, genau dort, wohin der Lauf zeigte. »Was soll das hier werden?«, fragte ich, weil mir nichts Besseres einfiel. Bedauerlicherweise war ich heute nicht mit Hubert zum Grillen verabredet. Ein weiterer Blick durchs Fenster bestätigte nur, wie menschenleer der Weg vor dem Haus war. »Sie kommen mit einer Knarre in meine Wohnung«, laberte ich weiter, »zerdeppern mir den Plattenspieler und das alles soll einen Sinn haben? Eigentlich sollte *ich* eine Pistole auf *Sie* richten.«

Fast, so schien es zumindest, hätte er gelacht. Aber es wurde nur ein kurzes unlustiges Grinsen. Plötzlich war ich mir sicher, dass die von Brigitte Fink in einer Telefonzelle am Bischhofsplatz gewählte Nummer zu ihm gehörte. Und wie lange würde Cosel brauchen, um das herauszufinden? Wahrscheinlich zu lange.

»Mann«, sagte Braun. »Hätten Sie sich mal früher auf Ihr humoristisches Potential festgelegt, hätten Sie mich jetzt nicht am Hals.« Im Gegensatz zu seinen vorherigen Sätzen klang dieser nahezu umgänglich.

Ich antwortete: »Und hätten Sie sich an Ihr Dienstrecht gehalten, würden Sie zwar immer noch auf Ihrem Hintern im Rathaus vor sich hin modern, aber niemand wäre hinter Ihnen her.«

»Wer …?«, entfuhr es ihm überrascht, und er strich sich mit der Linken fahrig durch das schüttere graublonde Haupthaar, aber er fing sich sofort. »Woher wissen Sie, wer ich bin?« Er schien ein wenig von seiner inneren Spannung zu verlieren. Nur die Pistole zeigte stoisch auf dieselbe Stelle.

»Ich sagte doch eben, dass ich sowieso mit Ihnen reden wollte«, sagte ich. »Das war kein Scherz. Sie sind – oder waren vermutlich – hier mal Ortsamtsleiter. Und bis vor ein paar Minuten dachte ich noch, ihr einziges Vergehen sei es gewesen, mit Hana Stein-Kralova eine betrügerische Gemeinschaft gebildet zu haben.«

»Dachten Sie das?« Sein Tonfall deutete auf echtes Interesse hin.

Ich nickte eifrig. Vielleicht ergab sich ja tatsächlich so etwas wie eine Unterhaltung.

»Hat Kühn Sie erpresst?«, sagte ich.

Braun sonderte ein Lachen ab, das sich anhörte, als würde man durch eine Tabakpfeife pusten. »Wenn er's wenigstens versucht hätte. Aber dazu war er wohl nicht flexibel genug.«

»Dann erklären Sie mir mal, warum Sie Kühn getötet haben. Erschießen können Sie mich ja nachher immer noch.« Ich appellierte an seine Eitelkeit. Niemand ist gerne clever, ohne dass jemand mitbekommt, wie clever er sein kann.

Braun lehnte sich lässig mit der Schulter gegen meinen Kachelofen. »Wer sagt denn, dass ich Sie erschießen will?«, sagte er.

»Was wollen Sie dann?«, drängte ich.

»Sie hätten die Nummer heute Nachmittag nicht anrufen sollen. Brigitte hat mir erzählt, dass Sie hinter ihr her schnüffeln.«

»Aha. Brigitte also. Tut mit ehrlich leid, wenn das ein Fehler gewesen sein sollte.«

»Wir machen eine kleine Spritztour mit Ihrem Wagen und ich lasse Sie an einem ruhigen Ort zurück. Es wird zwar ein wenig unbequem für Sie werden, aber Sie bleiben am Leben, vorausgesetzt, Sie machen keine Dummheiten. Wenn man Sie nach zwei Tagen finden wird, können Sie erzählen, was immer Sie wollen, ich werde dann außer Reichweite sein.«

»Wo soll's denn hingehen?«

»Mal sehen, wohin der erste Last-Minute-Flug geht.« Sein Grinsen war düster wie ein Burgverlies und er wollte gerade fortfahren, als das Telefon klingelte. Er zuckte kaum merklich zusammen, überspielte es aber mit einem harten Blick auf mich, der mir bedeutete, es klingeln zu lassen. Der Klingelton trennte den Raum wie eine Lichtschranke, keiner von uns beiden rührte sich und das Schweigen schichtete sich zu einer Mauer auf, die schließlich, als der Anrufbeantworter ansprang, von Cosels Stimme durchbrochen wurde: »Cosel hier«, tönte es, gefolgt von einem deutlichen Räuspern. »Ich nehme nicht an, dass Sie gerade auf dem Weg zu mir sind, aber falls Sie mit dem Gedanken spielen sollten, dies tatsächlich zu tun, dann warten Sie bis morgen. Heute lässt es sich leider nicht mehr einrichten, wir haben hier genug zu tun.« Wieder ein Räuspern, wahrscheinlich überlegte er, ob er noch etwas hinzufügen sollte. Braun starrte mich mit reglosem Blick an, wie eine Statue, die man an den Ofen angegossen hatte.

»Übrigens, falls es Sie interessiert«, redete Cosel weiter, »wir haben das Ehepaar Fink zu Gast und morgen wird sich der Staatsanwalt mit ihnen unterhalten. Ihre Aussagen sind mindestens so widersprüchlich wie die aktuelle Parteienlandschaft. Sie sagt, sie sei in der Tatnacht im Büro gewesen und habe Kühns Anruf entgegengenommen – er sagt, nein, er hätte den Anruf bekommen und sei daraufhin zu Kühn gefahren, hätte aber vor verschlossenen Türen gestanden und sei dann wieder abgezogen. Das muss ja ein munteres Kommen und Gehen gewesen sein in jener Nacht – erst die Schläger, dann Fink, und jetzt halten Sie sich fest: Ansgar Fink behauptet, der Anrufer hätte zu ihm gesagt: ›Wenn Sie wissen wollen, wo Ihre Frau ist, dann kommen Sie her.‹«

Cosel lachte trocken und verfing sich dabei in einem ebenso trockenen Husten. »Ach, und« fuhr er fort, »Brigitte Fink hatte vorhin zwei gepackte Koffer in ihrem Wagen, und seit dieser Entdeckung gilt sie bei uns vorerst als Beschuldigte und sagt nichts mehr, was ihr gutes Recht ist. Aber ich bin sicher, dass wir die Sache auch so unter Dach und Fach kriegen. Aber …«, diesmal schaffte er es, zu lachen, ohne zu husten, »ich quatsche schon wieder zu viel, tun Sie mir den Gefallen und treten Sie hier an. Ich bin morgen früh ab acht im Büro.« Die Verbindung wurde unterbrochen.

Brauns Gesichtszüge verhärteten sich. Die Haut spannte sich über seine Kieferknochen, die im selben Moment zu versteinern schienen. Trotzdem vermutete ich, dass unter seinem schütteren Haar jede Menge Gedanken durchgewalkt wurden. Cosels Anruf musste seinen Plan, den er sicher gehabt hatte, durcheinandergebracht haben.

»Brigitte wird wohl nicht mitkommen können«, sagte ich. Das Brigitte Fink in Cosels Gewahrsam war, schien Braun am wenigsten zu gefallen.

Er antwortete nicht. Sein Blick versickerte irgendwo vor meinen Füßen im Boden.

»Wenn Ansgar Fink nicht lügt«, nahm ich Cosels Faden auf, »dürften Sie es gewesen sein, der ihn aus Kühns Wohnung angerufen hat.«

Er hob den Kopf. »Das dürfte ich wohl.« Die harten Kiefer bewegten sich, ohne zu zerbröseln.

Inzwischen konnte ich mir gut vorstellen, was in jener Nacht in Kühns Haus gelaufen war. »Sie wussten, dass die Kralova ihre Jungs fürs Grobe zu Kühn geschickt hat. Als die ihn bearbeitet hatten, sind Sie gekommen und haben ihn getötet. Der Verdacht würde sofort auf die beiden Buhmänner fallen, aber um dem Ganzen noch eins draufzusetzen, riefen Sie Ansgar Fink an. Der war auch sofort bereit, zu kommen, allerdings war er auch so brav, wieder zu verschwinden, nachdem ihm bei Kühn niemand die Tür geöffnet hatte.«

»Nahezu perfekt«, sagte er. »Wissen Sie auch, wie die Geschichte weitergeht?«

»Ich ahne etwas. Vermutlich warten auch in Ihrem Wagen ein paar gepackte Koffer, noch zwei Pässe für Herrn und Frau Schmidt, und die Flugtickets. Oder fahren Sie mit der Bahn?«

Cosels Anruf schien ihn regelrecht gelähmt zu haben. Er wirkte kaum beweglicher als ein fossiler Abdruck in Thüringer Schiefer. Der Lauf der Pistole hatte sich auf Höhe meiner Knie eingependelt, was mich zu einem erneuten Blick aus dem Fenster ermutigte. Nichts und niemand – wie allein man doch in der Stunde der Gefahr sein kann. Ohne dass er mich davon abzuhalten suchte, steckte ich die Hände in die Hosentaschen. Er sah mir einfach dabei zu. Mir fiel ein, was Karel erzählt hatte – da war der Mann, der einfach nur dagestanden hatte. Der Mann, der mit dafür verantwortlich zu sein schien, dass der Unfall vertuscht worden war. Weil es um Verluste gegangen war, um Geld.

Ich sagte: »Wie viel Geld steht Ihnen denn zur Verfügung? Hundert-, vielleicht Fünfhunderttausend? Was meinen Sie, wie lange das reicht, wenn man auf der Flucht ist?«

Er hob den Arm so weit, dass ich direkt in den Lauf der Pistole starren konnte. »Doppelt so lange, wenn ich allein verschwinde«, sagte er trocken. Einfache Rechnung.

»Ich rate jetzt mal«, fuhr ich fort, in der Hoffnung, dass kein Schuss fallen würde, solange ich redete. »Sie haben Ihren Anteil der Kohle aus den Geschäften mit Hana Kralova in die Wohnresidenz gesteckt. Und als es Probleme gab, haben Sie eingegriffen. Denn zeitliche Verschiebungen kosten bekanntlich Geld. Sie wollten über unseren wunderschönen kleinen Stadtteil hinaus wachsen, aber Sie haben es mit Leuten wie Kühn zu tun bekommen. Leute, die Sie nicht unter Kontrolle haben. Liege ich weit daneben?«

Er löste sich vom Ofen und baute sich auf wie einst John Wayne: aufrecht, entschlossen und die Kanone fest im Anschlag. »Richtig«, sagte er. »Allerdings war es nicht allein mein Geld, das investiert wurde.«

»Natürlich nicht«, sagte ich. »Ergaunertes Geld gehört nie den Gaunern. Womit wir schon wieder bei Brigitte Fink wären.« Das große Schild an der Wohnresidenz tauchte vor meinem inneren Auge auf, ich kannte die daraufstehenden Firmen auswendig. »Hinter welchem Namen verbirgt sie sich?«, wollte ich wissen. »Saxonia-Invest? Consult-Dresden-Nord, Sachsen-Residenz …?«

»Das spielt doch keine Rolle«, unterbrach er meine Aufzählung.

»Schloss-Immobilien, Helser und Söhne, Elbtal-Konsortium, Zwinger-Architekten …«

»Lassen Sie das, verdammt!«

»Freital-Büro«

»Hörn Sie auf!« Er trat wütend gegen meinen filigranen Liegestuhl. Mühsam unterdrückte er den Schmerz, den der Tritt ihn gekostet hatte, aber seine Pistole hielt mich weiterhin in Schach. Ich bewegte mich nicht, auch weil ich aus den Augenwinkeln wahrnahm, wie sich zwei Personen der Haustür näherten. Die vordere Person hatte lange Haare und Sylvias schleppenden, fast unfraulichen Ich-schlendere-nach-einem-anstrengenden-Unitag-nach-Hause-Gang. Die hintere war einfach nur grau und lief der vorderen hinterher.

»Es reicht jetzt«, sagte Braun. »Los, gehn Sie voran.«

Ich rührte mich nicht von der Stelle. »Wozu?«, sagte ich. Ich hatte vielleicht zwanzig Sekunden, bis Sylvia an der Wohnungstür war.

»Na los, ich hab nicht ewig Zeit!«

Ich fragte mich, warum er auf einmal so ungehalten war.

»Machen Sie schon!«

Ich schüttelte den Kopf. »Ich bleibe hier«, blieb ich stur und bekam es so hin, dass es alles andere als ängstlich klang. »Sie kommen ja doch nicht weit.«

Eine wertvolle Sekunde lang starrte er mich an. »Vielleicht«, sagte er dann, »sollte ich Sie doch gleich hier erschießen.«

Das klang für mich, als hätte er mein Ableben sowieso eingeplant. »Ich könnte tot umfallen, wenn Sie das tun«, sagte ich. »Außerdem nehme ich an, dass Sie meinen Wagen benötigen.«

Wenn auch nur ein Fünkchen Wahrheit an seiner Schilderung eines Fluchtplanes dran war, wollte er mit mir zusammen von hier verschwinden, mich an irgendeinem einsamen Ort, tot oder festgezurrt, zurücklassen und danach vermutlich mit einem anderen Wagen weiterziehen.

»Sicher, Schlaumeier«, höhnte er. »Und ich fahre ihn auch selbst, falls Sie mich dazu zwingen sollten.«

»Ich zwinge Sie zu gar nichts«, blaffte ich hochmütig zurück und überlegte währenddessen, welcher Gegenstand in meiner Reichweite am handlichsten war. Eine Axt wäre jetzt nicht übel gewesen, aber meine steckte in einem Holzpflock in Keller fest. Ich kramte meine

Hände aus den Hosentaschen hervor und versuchte, das Zittern zu verbergen, das sich ihrer bemächtigte, sobald ich sie freiließ. Ich hatte Angst bis in den hintersten Winkel meiner armen Seele, gleichzeitig war ich aufgeregt, weil jeden Moment irgendetwas passieren würde. Was immer es war.

»Wird's bald?«, sagte er.

»Was dagegen, wenn ich meinen Plattenspieler mit ins Jenseits nehme?«, sagte ich. Ohne seine Antwort abzuwarten, hob ich das nicht sehr schwere Gerät vom Regal, entfernte die Anschlüsse – »Lassen Sie das«, wandte er ein, aber ich kümmerte mich nicht darum und hielt es in Brusthöhe vor mir wie ein Tablett. Ich kniff die Augen zusammen, blinzelte zur Tür und sagte: »So, ich wäre dann so weit.«

Er fuchtelte mit der Pistole und hob die Stimme deutlich an. »Legen Sie das Scheißding weg!« Dem befremdeten Gesichtsausdruck nach, mit dem er mich dabei bedachte, hielt er mich für komplett durchgedreht.

Endlich drückte jemand draußen an der Wohnungstür die Klinke nieder. Die halbe Sekunde, die Braun benötigte, um sich daran zu erinnern, dass man bei mir einfach so hereinspazieren konnte, war meine Chance. Mit aller Kraft stieß ich den Plattenspieler in Richtung seines Gesichtes. Fast hätte ich zu hoch gelegen, aber die Grundplatte aus mitteldichter Holzfaser erwischte ihn an der Stirn und sein Kopf krachte mitsamt meines Prunkstückes und der Steve-Miller-Scheibe gegen die Ofenkacheln. Den Schwung des Wurfes ausnutzend, warf ich mich über den Tisch, ein Schuss löste sich aus der Pistole und durchschlug eines der Fenster hinter mir. Noch bevor Braun zu Boden ging, war ich über ihm und bekam sein Handgelenk zu fassen, als er unten ankam hatte ich die Waffe einigermaßen unter Kontrolle und stellte fest, dass mein Gegner zu benommen war, um etwas dagegen zu unternehmen.

»Hans«, sagte eine mir bekannte, sanfte männliche Stimme, die ich allerdings nur nebenbei registrierte. Ich war vollauf damit beschäftigt, mit zitternden Fingern die Munition aus der Pistole zu entfernen. Braun stöhnte und seine Augen zuckten unter den geschlossenen Lidern. Aus einer Platzwunde direkt über seinem Haaransatz perlten Blutstropfen.

»Staiger, verdammt!«, hörte ich Sylvia flüstern. Ich sah zur Tür. Sylvia und Karel, beide auf der Schwelle, beide so bleich, dass sich ihre Gesichter kaum von den weiß gestrichenen Wänden abhoben. Bläuliche Pulverrauchschwaden vernebelten den Anblick und in meiner Bude roch es wie auf einem Schießplatz. Ich stand auf und machte einen Schritt auf die beiden zu. Sylvia stieß Karel zur Seite und fiel mir um den Hals. Ich erwiderte die Umarmung mit der Linken, in der anderen Hand baumelte Brauns schwere Pistole. Die Berührung ihrer warmen Schultern brachte auch mir ein Stück Wärme zurück. Meine Finger zitterten immer noch und ich krallte mich in ihrem verschwitzten T-Shirt fest.

»Wer ist der Scheißkerl?«, sagte sie.

»Das ist der *Bösewicht*«, raunte ich ihr ins Ohr.

»Das ist der Mann«, machte sich Karel bemerkbar, »von dem ich dir erzählt habe. Glaube ich«, fügte er mit böhmischer Vorsicht hinzu.

»Glaub ich auch«, sagte ich.

Braun regte sich. Er rappelte sich so weit auf, dass er einen Ellenbogen auf meine Ofenbank hieven und den Oberkörper aufrichten konnte. Seine Augen schienen noch nach Fixpunkten zu suchen, seinem Mund entwich undeutlich das Wort »Scheiße«.

»Soll ich die Bullen rufen?«, sagte Sylvia.

»Noch nicht«, antwortete ich und ließ ihren Wärme spendenden Körper los. Das Zittern hatte nachgelassen und mein Puls näherte sich Normalwerten. Ich wandte mich an Karel. »Was machst du hier?«

Er trug eine neue Jeans, blank geputzte schwarze Schuhe und ein verblichenes Motörhead-T-Shirt. Mir fiel auf, dass ich ihn noch nie in Freizeitkleidung gesehen hatte. Sein Gesicht zeigte die altbekannte Vorsicht, die man auch leicht als Besorgnis oder gar Ängstlichkeit deuten konnte. »Ich wollte dich besuchen. Übermorgen ich fahre nach Hause und in der nächsten Woche habe ich neuen Job in Nürnberg.«

»Nürnberg? Neue Firma?«

»Neue Firma, neuer Chef.« Er grinste.

Da er offenbar nicht unglücklich damit war, fragte ich nicht weiter nach. »Wie geht es deinem Kollegen?«

»Och«, er tippte an seinem Unterarm auf die Stelle, an der es den Kollegen erwischt hatte. »Dickes Gips, wird aber wieder in Ordnung kommen. Kollege ist zu Hause. Vier Wochen, sagt der Doktor.«

»Und der andere? Der, den es schwerer erwischt hat?«

Karel zuckte mit den Schultern. »Ich weiß nicht. Ich werde nachschauen, wenn ich zu Hause bin.«

Ich stellte mein Tischchen wieder auf, das ich bei meinem Überflug umgerissen hatte. Karel kramte einen Zettel aus seiner Jeans, entfaltete ihn zu einem A4-Blatt und legte ihn auf den Tisch. Auf meinen fragenden Blick hin sagte er, das sei die Liste mit den Kollegen, die dabei waren, als der Dachstuhl zusammengekracht war. Stimmt, erinnerte ich mich, darum hatte ich ihn gebeten.

»Ich brauch einen Arzt, verdammt«, machte sich Braun ächzend bemerkbar. Ich holte ein zerknautschtes, aber nicht benutztes Zellstofftaschentuch aus meiner Hosentasche und legte es neben ihn auf die Bank.

Karel sah ihn an und hielt sich mit einem Kommentar zurück, allerdings konnte ich mir denken, was ihm auf der Zunge lag. Ich sagte: »Einen Arzt? Den hätte der Junge damals sicher auch gebraucht.«

»Mir brummt der Kopf«, nuschelte Braun, und es schien mir nicht sicher, ob er meine Anspielung überhaupt verstanden hatte. Ich warf ihm seine nutzlose Pistole in den Schoß, um zu verhindern, dass er seine Umgebung vergaß. Er zuckte zusammen.

»He, Braun«, sagte ich, und seine Augäpfel drehten sich widerwillig in meine Richtung. »Sie haben sich heute wohl zu viel auf einmal vorgenommen.«

»Pffh«, stieß er verächtlich hervor. Um seine Gesundheit musste ich mir wohl keine Sorgen machen. »Sie können mich …«, sagte er und presste dann die Lippen aufeinander, als wüsste er nicht, wie er den Satz zu Ende bringen sollte.

»Was glauben Sie«, fragte ich ihn, »wie lange die Polizisten noch gebraucht hätten, um auf Sie zu kommen?«

»*Zu* lange«, antwortete er mit der Überzeugung eines trotzigen Kindes.

Er nahm die Pistole in die Hand und betrachtete sie von allen Seiten, so als wolle er sich vergewissern, wie überflüssig so ein Ding ohne Munition sein kann. Der Geruch des verpufften Pulvers hatte sich verzogen und ich bemerkte, dass ich selber nicht mehr ganz frisch duftete. Braun fluchte und schleuderte die Waffe kraftlos in die Ecke, in der die eine Hälfte meiner nicht ganz billigen Stereoboxen stand. Es polterte, als das harte Metall über die Holzdielen rappelte, bis es schließlich gegen die Scheuerleiste krachte. »So eine Scheiße«, schickte er hinterher, und es war für mich nicht auszumachen, ob er seine aussichtslose Situation damit bedachte, oder die Tatsache, dass er die Box nicht getroffen hatte.

»Jetzt reißen Sie sich zusammen«, sagte ich. »Wenn Sie im Knast genauso randalieren, wird man Sie in Folie einschweißen.«

Ein trübes Etwas, das ein sprödes Grinsen sein mochte, streifte seinen Mund. Sylvia kam mit einem Sechserpack Bier aus der Küche, stellte es auf den Tisch und riss die Pappverpackung auf. Sie öffnete drei Flaschen und reichte Karel und mir je eine. Mir war nicht nach Anstoßen zumute, gierig griff ich zu und ließ die Hälfte des kühlen Inhaltes in mich reinlaufen. Karel nippte nur und Sylvia blickte auf Braun hinunter. »Wolln Sie auch eins?«

Braun antwortete nicht, aber er sah Sylvia mit offenem Mund an. Wahrscheinlich verblüffte ihn ihre Art der Gastfreundschaft ebenso wie mich. Ich nahm ihr die Flasche ab und hielt sie ihm hin. »Trinken Sie schon, das lockert auf.«

Er griff nach der Flasche und setzte sie an. Er gehörte zu der Sorte von Leuten, die die Augen zuklappen ließen, wenn sie sich zum Trinken zurücklehnten. »Ich bin locker«, sagte er, nachdem er abgesetzt hatte. »Ich glaube, so locker war ich seit Monaten nicht mehr.« Sein fatalistischer Unterton war nicht zu überhören. Womöglich meinte er, was er sagte.

»Wie lange geht das schon mit Ihnen und Brigitte Fink?«, sagte ich.

Braun senkte den Kopf und betastete mit dem blutigen Taschentuch seine Stirn. Die Wunde war so harmlos wie sie aussah, auch wenn nicht jeder glauben würde, dass sie von einem Plattenspieler stammte. »Wir sind zusammen zur Schule gegangen«, sagte er.

»Süß«, sagte ich. »Aber Sie wissen, dass ich was anderes meine.«

Er betrachtete das angetrocknete Blut auf dem Taschentuch. »Aber es erklärt einiges, finden Sie nicht?«

Ich zuckte die Schultern. »Jugendliebe?«, vermutete ich.

»Nein.« Braun stemmte sich hoch und ließ seinen schmächtigen Hintern auf der Ofenbank nieder. »Sie hat mich benutzt. Das Ganze war ihre Idee.« Anscheinend bastelte er schon an einer Version für die kommenden Vernehmungen. »Aber warum erzähle ich Ihnen das?«

»Je öfter Sie es erzählen«, antwortete ich, »umso mehr werden Sie glauben, dass es die Wahrheit ist.«

»Es *ist* die Wahrheit.«

Lass es gut sein, dachte ich. Damit sollten sich die Polizisten auseinandersetzen. »Sie meinen die Schiebereien mit den Häusern in Ihrem Ortsamtsbereich?«

Er nickte.

»Und den Mord an Kühn? Hat den auch Ihre Brigitte bestellt? Oder war das Ihre eigene Kreation?«

Er antwortete nicht. Vielleicht hatte er bemerkt, dass er noch an seiner Glaubwürdigkeit arbeiten musste.

»Und die Kralova …«, ich bemerkte, dass Karel, der sich mittlerweile mit seinem Bier angefreundet hatte, bei der Erwähnung des Namens seiner Ex-Chefin ein paar Millimeter kleiner wurde, »die ist wohl auch von Brigitte Fink vom Pfad der Tugend weggelockt worden?«

»Was soll das bringen«, entfuhr es ihm verärgert, wobei er den Kopf ein wenig zu heftig schüttelte. Er verzog den Mund unter Schmerzen, während er weiterredete: »Die Kralova war eben zur richtigen Zeit am richtigen Ort.«

»Falsch!«, unterbrach ich ihn barsch. Ich deutete auf Karel. »Erinnern Sie sich an diesen jungen Mann hier?«

Braun sah Karel nicht an, als er sagte: »Einer von Hanas Tschechen.«

Ich trat ihm gegen sein Knie, so dass er überrascht aufjaulte und fast die Flasche fallen gelassen hätte.

»Hans!«, ermahnte mich Sylvia.

»Haaans!«, sagte Karel.

»Schon gut«, sagte ich, ohne mich ablenken zu lassen. »Da gibt es noch so einen von *Hanas Tschechen*, wie Sie sie nennen, der auf Ihre Anweisung hin regelrecht beseitigt wurde, nachdem er einen schweren Arbeitsunfall hatte. Ein Schwarzarbeiter, zugegeben, aber schuld an diesem Unfall waren nicht Hanas Tschechen! Haben Sie auch nur eine Ahnung davon, wie es diesem Kollegen jetzt geht? Können Sie sich vorstellen, dass er vielleicht an seinen Verletzungen gestorben ist, weil es Ihnen nicht der Mühe wert war, einen Notarzt zu holen?«

»Was alles erst bewiesen werden muss«, entgegnete er. Wieder hinderte ihn sein lädierter Schädel an allzu heftigen Bewegungen.

»Ach ja? Ich glaube, Sie träumen.«

Ich starrte ihn an, bis er resigniert das Kinn auf die Brust fallen ließ. Er hatte genug von meiner Predigt und sie ging ihm am Hintern vorbei. Mechanisch rieb er mit der freien Hand das von mir geschundene Knie. Wie ein Fußballprofi, der ein Unentschieden über die Zeit retten wollte. Ich unterdrückte das Verlangen, ihm eine reinzuhauen. »Ganz zu schweigen«, fuhr ich fort, »von den Mietern, die aus den Häusern vertrieben wurden, weil sonst die Sanierungen und der Verkauf der Wohnungen schleppender vorangegangen wären.«

Er bedeckte die Augenlider mit der Hand und zog sich ganz auf seinen Kopfschmerz zurück.

»Okay.« Ich hatte keine Lust mehr. Ich wollte essen, trinken, mit Sylvia im Garten sitzen. »Holen wir die Bullen.«

»Ich mach das«, sagte Sylvia.

Während sie zum Telefon ging, fragte ich Karel, ob er lieber verduften sollte. Er entschied sich, dazubleiben. Wir köpften die beiden verbliebenen Flaschen aus dem Sechserpack, und als Frau Beinhard anklopfte, um sich nach dem »lauten Knall« zu erkundigen, der sie geweckt hatte, beruhigte ich sie mit dem Versprechen, ihr am nächsten Abend bei Gegrilltem und Kartoffelsalat, den sie beisteuern wollte, alles bis ins Kleinste zu berichten. Karel grinste mich an, als ich die Tür hinter ihr schloss. »Ich habe genau eine solche Nachbarin«, sagte er, »zu Hause in Prag.«

Sylvia stand am Fenster und begutachtete die kaputten Doppelgläser. »Kann es sein, dass da draußen niemand bemerkt hat, dass hier eine Pistolenkugel rausgeflogen ist?«

»Falls es jemand bemerkt hat, hat er es wahrscheinlich für einen Partyscherz eines Zugezogenen gehalten.« Hier im Stadtteil gab es noch genug un- oder teilsanierten Wohnraum, was sich auch in der angrenzenden, nahezu durchsanierten Neustadt herumgesprochen hatte.

»Wo mag das Ding eingeschlagen sein?«, sinnierte Sylvia.

Ich peilte über den Daumen die Richtung an, in die Braun geschossen haben könnte. Ballistik war mein zweiter Vorname. »Wahrscheinlich ist sie auf einen der Tische auf dem Freideck eines Elbdampfers geplumpst, wo sie irgendein Tourist mit dem Ärmel weggewischt hat, weil er sie für angetrocknete Vogelscheiße hielt.«

»Schöne Vorstellung«, sagte Sylvia, den Blick dorthin gewandt, wo die Elbe liegen musste.

»Oder sie hat drüben im Watzke eine Krähe vom Baum geholt, die dann zwischen die Bierbänke gestürzt ist, was die erschrockenen Gäste bewog, lieber die Schweinshaxe, als das Hähnchen zu nehmen.«

»Du spinnst.« Sylvia drehte sich um. In ihrem Lächeln lag eine Spur Sorge. Ich lächelte zurück. Ich fühlte mich, als könne ich durch bloßes Handauflegen dicke Feuerschutztüren zum Schmelzen bringen. Als Zwölfjähriger war ich beim Herumtollen mit meinen Spielkameraden von einem acht Meter hohen Gerüst gefallen – nicht blitzartig, sondern der Ärmel meines Anoraks hielt mich noch zwei, drei Sekunden fest, in denen ich mir über mein bevorstehendes Ende bewusst werden konnte, bevor der Stoff riss und mich in die Tiefe stürzen ließ. Ich hatte Glück und landete am Hang einer Grube, die mich regelrecht ausbremste. Außer ein paar blauen Flecken und

Abschürfungen trug ich keinen Schaden davon. Als mir damals so nach und nach klar geworden war, dass ich noch unter den Lebenden weilte, hatte ich Ähnliches empfunden. Allerdings wusste ich da noch nicht, was eine Feuerschutztür ist.

»Sie kommen«, sagte Sylvia und trat vom Fenster zurück.

Ich sah Braun an, der sich immer noch bedeckt hielt. Wahrscheinlich legte er sich seine Story zurecht. Oder er dachte über die Art und Weise nach, sein Recht auf Schweigen zu verkaufen, von dem er meiner Meinung nach spätestens Gebrauch machen sollte, nachdem ihn die Bullen begrüßt hatten. Falls sie das überhaupt taten.

»Trinken Sie wenigstens das Bier aus«, sagte ich zu ihm, »es könnte für eine Weile das letzte sein.«

×××

Nachdem Cosel, Wettin und der Größere meiner beiden liebgewonnenen Uniformierten endlich alle einen Stehplatz in meinem Wohnzimmer ergattert hatten und ich gerade damit fertig war, ihnen zu erklären, um wen es sich bei dem hageren Mann handelte, der dort auf der Ofenbank hockte und sich weigerte, irgendjemanden anzusehen, klingelte das Telefon.

Da Sylvia und Cosel anwesend waren und ich ein Gespür für die Art des Klingelns entwickelt zu haben glaubte, tippte ich auf meinen wissbegierigen Auftraggeber Lothar Müller. Unter den missbilligenden Blicken der verbeamteten Personen im Raum drängte ich mich zum Apparat durch. Es war Lothar Müller.

»Wie geht es Ihnen«, fragte er, immer noch ohne diese geradlinige Härte in der Stimme, die ihn zu Beginn unserer Bekanntschaft so ausgezeichnet hatte.

»Ich habe Besuch«, antwortete ich mit einem Blick in die Runde. »Wie wär's, wenn ich Sie zurückrufe?«

»Und wann?« Ich musste feststellen, dass ihm zwar die Härte, nicht aber die Zielstrebigkeit abhanden gekommen war.

»Geben Sie mir die Nummer Ihres Anschlusses und ich melde mich innerhalb der nächsten halben Stunde.« Ein Blick auf die Polizisten zeigte mir, dass die Wettin skeptisch ob meiner Zeitangabe in meine Richtung schaute. Cosel war damit beschäftigt, mit übergestülpter Plastiktüte nach der Waffe zu trachten, der Uniformierte behielt Braun im Auge. Ich kannte die Nummer, die Müller durchgab, und legte auf.

»Ich glaube nicht«, sagte die Wettin, »dass Sie in der nächsten halben Stunde dazu kommen werden, Ihr Telefon zu benutzen.« Sie hatte die Aufschläge ihres Jacketts nach hinten geschoben und ihre Finger in die engen Hosentaschen gesteckt, so dass ihre Handgelenke lässig nach vorn geknickt zeigten.

»Das glaube ich auch nicht«, sagte ich, ohne Lust, mich weder durch irgendetwas provozieren noch von meinem Vorhaben abhalten zu lassen. Ich bahnte mir den Weg zur Tür und murmelte dabei: »Bin gleich wieder da.«

»Wo wolln Sie hin?« Cosel erhob sich aus der Ecke, die Pistole zwischen den plastikummantelten Fingern baumelnd.

»In Ruhe telefonieren.«

»Jetzt?«

»Ja, jetzt. Ich komme doch gleich zurück.«

Cosel überlegte, was er zuerst tun sollte – mir eine Antwort geben oder die Pistole eintüten. Nach ein paar Sekunden Bedenkzeit nickte er mir zu wie einem Grundschüler, dem man während des Unterrichts den Gang zur Toilette gewährte. »Aber«, wandte er sich schließlich an den uniformierten Kollegen, »Sie gehen mit Herrn Staiger, und schicken Sie ihren Partner rein.«

Ein paar kiffende Kids mit Bier hatten die Bänke um den Sandkasten am Konkordienplatz okkupiert. Sie verzogen sich, als ich mit meiner uniformierten Begleitung die Telefonzelle ansteuerte. Müller kam an den Apparat, kaum dass ich seine Nummer eingetippt hatte.

»Was ist da los bei Ihnen?«, wollte er wissen.

»In meiner Wohnung wimmelt es von Polizisten. Sie haben Kühns Mörder festgenommen.«

»Wer?«, war das Einzige, was er daraufhin über die Lippen brachte.

Während mein persönlicher Begleiter draußen die Hände hinter dem Rücken verschränkte und in die Richtung sah, in der die Kids verschwunden waren, erklärte ich Müller geduldig, was sich seit unserem Gespräch am frühen Nachmittag alles zugetragen hatte.

»Und dieser Braun«, hakte Lothar Müller nach, als ich meine Ausführungen beendet hatte, »handelte der im Auftrag dieser Brigitte Fink?«

»Ich glaube nicht, dass sie ihn zu dem Mord angestiftet hat. Allerdings verbindet die beiden eine sehr enge Interessengemeinschaft, die auch ins Private hineinreicht. Vielleicht wusste sie sogar, dass er Kühn umgebracht hat, aber da bin ich mir nicht sicher, denn Braun versuchte, den Verdacht auf Ansgar Fink zu lenken.«

Müller schwieg. Irgendwo in seinem Hintergrund lief ein Radio. Der Uniformierte draußen lächelte mich an, als ich ihm dabei zusah, wie er die Dienstmütze lupfte und sein am Kopf klebendes Haar mit den Fingerspitzen auflockerte.

»Tja«, kam es aus dem Hörer gekrochen.

Tja, dachte ich.

»Das wär's dann wohl«, sagte Lothar Müller.

»Nicht ganz«, sagte ich.

»Was denn noch?« Jetzt klang er wieder so ungehalten, wie der alte Mann, dem man nur die Zeit stahl.

Ich sagte nichts und ließ ihm Zeit, an unsere Abmachung zu denken. Falls er sich erinnern würde.

»Ihr Honorar wird zu Ihnen finden«, blaffte er hochmütig. »Falls es darum geht. Und darum geht's doch immer.«

»Und falls nicht?«, gab ich ebenso hochmütig zurück, was uns einen weiteren Moment des Schweigens bescherte.

Schließlich atmete er durch. »Wir kümmern uns um Franks Nachlass«, sagte er. »Für seine …« – er machte eine Pause, die unterstrich, wie sehr er sich dazu durchringen musste, über die Frau zu sprechen, die er einst hatte sitzen lassen – »seine Mutter wird weiterhin gesorgt sein.«

»Mit *wir* meinen Sie Ihre Frau?«, stichelte ich.

»Das hatten wir doch alles schon besprochen«, sagte er ungehalten.

»Stimmt«, sagte ich, »aber es freut mich, dass Sie sich dran halten. Schließlich zwingt Sie niemand dazu.«

»Aha«, antwortete er knapp und scheinbar überrascht. Er war nicht der Typ, der darauf abfuhr, wenn man ihm Honig ums Maul schmierte, aber ein klitzekleines bisschen empfänglich für Lob war wohl jeder. Und etwas wollte ich ja noch loswerden.

»Sie erinnern sich an den Unfall, von dem ich Ihnen erzählt habe, mit dem schwer verletzten jungen Mann?«

»Sicher.«

»Ihr Sohn war nicht ganz unbeteiligt an der Katastrophe. Und an deren Vertuschung.«

»Worauf wollen Sie hinaus?«

»Haben Sie was zu Schreiben? Ich gebe Ihnen jetzt die Adresse des Geschädigten. Es ist in Tschechien. Regeln Sie, was es zu regeln gibt. Sehen Sie zu, dass für den jungen Mann und seine Familie alles getan wird, was in Ihrer Macht steht. Selbst wenn Sie Ihre Yacht dafür verkaufen müssten …«

»Woher wissen Sie …?«, wandte er überrascht ein.

»War nur so eine Redewendung«, stellte ich klar.

»Gut«, sagte er. »Ich habe was zu schreiben.«

Ich gab ihm die Adresse, wobei ich den größten Teil buchstabieren musste. Die tschechische Provinz war uns beiden nicht geläufig.

»So«, sagte ich abschließend. »Das war's dann wirklich.«

»Ich kümmere mich darum«, sagte der Unternehmer in ihm, der, so wie ich ihn kennengelernt hatte, ungefähr einhundertzehn Prozent seiner Persönlichkeit ausfüllte.

»Davon gehe ich aus. Und natürlich weiß ich, dass mein Honorar zu mir finden wird, wie Sie so schön sagten.«

»Herr Schommer hatte recht«, sagte Müller.

»Hat er meistens«, sagte ich.

»Sie lassen nicht locker, hat er gesagt, als er Sie mir empfohlen hat.«

»Schön, wenn man ein paar Fürsprecher hat.« Auch ich kann durchaus Lob vertragen.

»Die haben Sie.« Er druckste herum, bevor er hölzern hinzufügte: »Ich glaube, ich muss mich bei Ihnen bedanken.«

Musste er nicht, meinte ich, behielt es aber für mich. Es gab nichts mehr zu sagen. Als ich den Auftrag übernommen hatte, war Kühn noch lebendig gewesen. Hätte Müller von Anfang an mit offenen Karten gespielt, wäre vielleicht einiges anders gelaufen. Aber eben nur vielleicht. Und daran würde er noch genug zu knabbern haben, auch ohne dass ihn jemand daran erinnerte. Auf mich warteten massenhaft Polizisten, die meine Bude bevölkerten.

»Leben Sie wohl«, sagte Lothar Müller diesen altmodischen, mit Wehmut behangenen Satz, von dem ich nie geglaubt hätte, ihn selbst einmal zu hören zu bekommen.

»Auf Wiedersehen«, antwortete ich konventionell und wartete dann, bis er eingehängt hatte.

Mein Begleiter hatte sich eine Zigarette angezündet und genoss es sichtlich, mitten im Dienst, ohne Streifenwagen, ohne Kollegen, ohne latente Funkverbindung blaue Wölkchen in die Abendluft zu blasen.

»Na?«, sagte er lässig, wie jemand, der mit sich im Reinen ist. »Alles geklärt?«

»Alles«, bestätigte ich. »Wenn ich jetzt noch was zu beißen hätte, wäre die Welt in Ordnung.«

Er half mir dabei, die geschlossenen Geschäfte der näheren Umgebung der Reihe nach zu mustern. Die tagsüber recht belebte Oschatzer Straße wirkte ausgestorben. Und die nächsten annehmbaren Kneipen waren alle außer Rufweite.

Ich zündete mir ebenfalls eine Zigarette an und sagte zu meinem Mitstreiter: »Zu mir oder zu dir?«

Er verschluckte sich fast am Rauch, bevor er ein Lächeln zustande brachte. »Zu dir, vermute ich mal«, antwortete er.

Also dann.

12

Kaum eineinhalb Stunden später saßen Sylvia und ich mit einer Flasche Dornfelder unten am Elbufer. Ein tief stehender Dreiviertelmond warf lange Schatten über die flauschigen, von einem kaum wahrnehmbaren Lüftchen gekräuselten Wiesen und der träge Fluss zog zu unseren Füßen lautlos dahin. Vor ungefähr einem Jahrzehnt hatte hier noch eine Fähre das Pieschener und das Altpieschener Ufer miteinander verbunden, noch länger war es her, dass täglich Massen von Arbeitern übergesetzt waren, um drüben in den längst stillgelegten Schlachthöfen zu arbeiten. Ein einziges Licht inmitten der schwarzen Silhouette aus Baumkronen erinnerte daran, dass auch auf der gegenüberliegenden Elbseite bekannte Lebensformen existieren mochten. Weiter südöstlich ragte das für mich eigentliche Wahrzeichen Dresdens aus dem Dunkel heraus – das Yenidze, ein im Stile einer farbprächtigen Moschee erbautes ehemaliges Tabakkontor, mit hell angestrahlter, leuchtender Kuppel und einem minarettartigen Türmchen, auf dem scheinbar jeden Moment ein Muezzin erscheinen konnte, um die Gläubigen diesseits und jenseits des Bosporus zum Gebet zu rufen.

Aber natürlich passierte nichts dergleichen, die einzigen Geräusche kamen von einigen oben auf der Leipziger Straße vorbeifahrenden Autos und aus dem Biergarten des Ballhauses, von wo aus die letzten Gäste feuchtfröhlich zu weiteren Erkundungen aufbrachen.

»Woran denkst du?«, stellte Sylvia eine meiner Lieblingsfragen. Sie lehnte an meiner Schulter und ihr Haar duftete noch nach dem Shampoo, das sie heute Morgen benutzt hatte.

»An unsere schöne, verträumte Stadt«, sagte ich. Deren Anblick mir beinahe verwehrt geblieben wäre, dachte ich. »Ohne dich säße ich wohl jetzt nicht hier.«

Sie hob den Kopf und sah mich an, vielleicht um sich zu vergewissern, dass ich nicht scherzte. Dann strich sie mir mit den Fingerspitzen sanft über die Wange. »Gern geschehen«, flüsterte sie, und ihr Lächeln war anmutig wie das einer glücklichen Braut.

Sylvia hatte Cosel hoch und heilig versprochen, dass wir beide und Karel morgen Mittag bei ihm im Büro antanzen würden. Sie war großartig gewesen, und nachdem ich Cosel schließlich noch die Postkarte gegeben hatte, war er einigermaßen befriedigt abgezogen.

»Und woran denkst du?«, sagte ich.

Sie grinste und das Mondlicht zauberte weiche, goldene Konturen aus dem Schatten ihres Gesichts hervor. Rembrandt. »Willst du das wirklich wissen?«, fragte sie zurück, und ihr Unterton verriet schon eine gewisse Vorfreude.

»Klar«, meinte ich. »Also, woran denkst du?«

»Ich denke, dass du den Plattenspieler behalten solltest. Vielleicht brauchst du ihn ja nochmal.«

Sie nahm einen Schluck Wein und hielt mir anschließend die Flasche hin. Ich prostete dem Mond zu, trank und ließ mich ins Gras sinken.